KB081370

프랑스 문학과 오리엔탈리즘

19세기와 20세기 프랑스 문학에 나타난 중국과 일본, 한국

프랑스 문학과 오리엔탈리즘

19세기와 20세기 프랑스 문학에 나타난 중국과 일본, 한국

개정판 펴낸 날 2019년 12월 28일
초 판 펴낸 날 2012년 10월 5일

지은이 | 김중현
펴낸이 | 김삼수
펴낸곳 | 아모르문디
편 집 | 김소라
등 록 | 제313-2005-00087호
주 소 | 서울시 마포구 성미산로13길 87 201호
전 화 | 0505-306-3336 팩 스 | 0505-303-3334
이메일 | amormundi1@daum.net

ⓒ 김중현 2019

ISBN 978-89-92448-91-8 93860

이 이 도서의 국립중앙도서관 출판예정도서목록(CIP)은 서지정보유통지원시스템 홈페이지
(http://seoji.nl.go.kr)와 국가자료공동목록시스템(http://www.nl.go.kr/kolisnet)에
서 이용하실 수 있습니다. (CIP 제어번호: CIP2019043755)

프랑스 문학과 오리엔탈리즘

19세기와 20세기 프랑스 문학에 나타난 중국과 일본, 한국

김중현 지음

아모르문디

책머리에

　'오리엔탈리즘'이란 용어에는 여러 의미가 부여된다. 우리는 그중에서도 에드워드 사이드Edward Said(1935~2003)가 부여한 특수한 의미에 많이 익숙해져 있다. 그는 오리엔탈리즘에 대한 논의와 분석의 출발점을 대략 18세기 말로 잡으면서, 이 용어에 "동양을 취급하기 위한—동양에 관하여 무엇을 서술하거나, 동양에 관한 견해에 권위를 부여하거나, 동양을 묘사하거나, 강의하거나 또는 그곳에 식민지를 세우거나 통치하기 위한—동업 조합적인 제도로 볼 수 있다. 간단히 말하면, 오리엔탈리즘이란 동양을 지배하고 재구성하며 위압하기 위한 서양의 스타일"[1]이라는 의미를 부여한다. 이를테면 오리엔탈리즘은 서양의 권위와 우위를 조장하기 위한 것이었고, 마침내는 군사적인 헤게모니의 구축에 이용된 지배 담론에 불과했다고 규정하면서 서양의 모든 오리엔탈리스트들을 부정적이고 음험한 담론 생산자의 집합체로 바라본다. 그는 "모든 텍스트가 (당연히) 장르에 의한 또 시대에 따른 다양성을 갖추고 있다는 점에서 세속적이며 상

---

　1) 에드워드 사이드, 『오리엔탈리즘』, 박홍규 옮김, 교보문고, 2001, 18쪽.

황적이라고 생각하는 이상, 나의 혼성적인 관점은 역사적임과 동시에 '인류학적인' 폭넓은 것"[2]이라고 말하면서 동양에 관한 서양의 모든 텍스트를 마찬가지 시선으로 바라본다. 그는 "19세기 대부분의 작가들이(그보다 앞선 시대의 작가들도 마찬가지였다는 점은 사실이다) 제국의 현실에 관하여 특별히 잘 알고 있었다. […] 자유주의 문화 영웅들인 (그들은) 인종과 제국주의에 관해 확고한 의견을 지니고 있었다"[3]고 말하면서, 그들의 작품이 '세속성'과 '상황성'에 연루되어 있음을 강조한다. 물론, 문학 텍스트의 층위에 세속성과 상황성(그것은 사이드가 말하고 있듯이 역사성이기도 하고 집단성이기도 하다)이 내재되어 있다는 점은 널리 인정된다. 그러나 문학 텍스트에는 그 층위 외에 개별성 또한 내재한다. 사이드는 전자의 층위만을 지나치게 의식하고 강조함으로써, 동양에 관한 모든 문학 텍스트를 서양의 문화적·인종적 우위를 조장하기 위한 일종의 프로파간다로 간주한다. 따라서 그것들은, 의식적이었든 무의식적이었든 저의가 '의심스럽고' 동양 지배에 이용된 '위험한 담론'들이다.

그러나 본래 오리엔탈리즘이란 용어는 사이드가 부여한 의미와는 달리 서양인들이 동양에 대해 연구하는 학문, 즉 '동양학'이라는 의미와 함께 "서양이 동양에 반응하는 방식으로 서양 또는 서양인이 동양이나 동양 문화에 대해서 갖는 태도나 관념, 이미지 그리고 서양인이 동양에 대해서 만들어 내는 담론"[4]이란 의미를 포괄한다. 따라서 오리엔탈리즘이란 "서양이 동양이란 대상에 나타내는 반응의 총체"[5]로 그 의미 스펙트럼이 아주 넓고 다원적이며 복합적이다. 그렇기에 본래 이 용어가 지니고 있는

---

2) 위의 책, 55쪽.
3) 위의 책, 39쪽.
4) 정진농, 『오리엔탈리즘의 역사』, 살림, 2003, 4쪽.
5) 위의 책, 15쪽.

다양하고 광범위한 의미 스펙트럼을 단선적으로 축소하고 고정한 사이드의 해석에 비판이 제기될 수밖에 없다.

리사 로는 사이드가 오리엔탈리즘을 "동양을 서양의 타자로 '단선적으로monolithically' 구성하는 가설에 의문을 제기"[6]한다. 이를테면, 사이드가 오리엔탈리즘을 단선적이고, 진화적인developmental 담론으로 요약하면서, 지나치게 획일적으로 동양을 서양의 타자로 구성하고 있다는 것이다. 그녀의 주장에 의하면, 오리엔탈리즘은 동양/서양이라는 이분법적인 대립에 의해 단일하게 발전된 전통이 아니라, 복수의 다양한 조건과 변덕스러운 관계항들referents이 서로 작용하여 형성된 매우 이질적인heterogeneous 전통이라는 것이다.

클라크 또한 오리엔탈리즘은 단일하거나 통합된 주제를 형성하지 않는다고 주장한다. 그는 '지식', '권력', '지배'의 관계를 밝힌 푸코의 저작, 즉 『지식의 고고학』과 『감시와 처벌』을 바탕으로 "오리엔탈리즘을 자신에게 복종하는 타자를 구성하고 통제하는 서구 제국주의의 '지배 서사master narrative'로 보는" 사이드를 다음과 같이 비판한다.

> 이 책은 사이드에게 어느 정도 빚지고 있으나, 그의 책과는 다른 길을 가게 될 것이다. 나는 서양이 자신들의 지적 관심사 안으로 동양을 통합하려고 노력했다는 사실을 밝히려고 한다. 사이드가 오리엔탈리즘이라는 개념을 서구의 자유주의를 강력하게 비판하기 위한 토대로 사용하면서 침울한 색조로 채색했다면, 나는 명암을 모두 지닌 광범위한 태도들을 드러내고, 동서양의 '권력'과 '지배'라는 표면적인 관계만으로는 온전히 설명할 수 없는, 보다 풍요롭고 때로는 보다 긍정적인 오리엔탈리즘을 재발견할 것이다.[7]

---

6) Lisa Lowe, *Critical terrains: French and British Orientalisms*, Cornell Univ. Press, 1991, Preface.

위의 인용에서 보듯이, 물론 클라크 또한 사이드의 견해를 완전히 부정하지는 않는다. 서양인들의 동양 개념은 어느 정도 인종적이고 제국주의적인 선입견과 자민족 중심주의적인 편견에 의해 형성되었기 때문이다. 그리하여 그는 오리엔탈리즘이 서양의 식민주의와 제국주의적 팽창이라는 틀 안에서 적절히 이해될 수 있다는 것을 인정한다. 그러나 그는 "오리엔탈리즘을 단순히 인종주의의 가면 또는 식민 지배의 합리화에 봉사하는 서구의 구성물로 보는 것을 피하고자 한다. 아시아에 대한 유럽인들의 패권은 오리엔탈리즘의 필수 조건이지 충분조건은 아니라고 판단하기 때문이다."[8]

자오밍 퀴안은, 사이드의 오리엔탈리즘이 지리적 경계와 분석 대상의 설정에서 주로 이슬람 문화권에 국한되어 있음을 지적한다. 그는 "(나의) 이 연구에서 나는 몇 가지 점에서 오리엔탈리즘이라는 용어를 에드워드 사이드(『오리엔탈리즘』, 1978)와는 다르게 사용한다. 사이드에게 동양은 특히 이슬람의 동양이다. 나에게 그것은 극동, 특히 중국이다. 19세기 초까지 동양은 '실제로 인도와 성서의 나라들the Bibles lands을 의미했다'(사이드의 위의 책)면, 20세기 초에 이 용어는 주로 중국과 일본을 의미하게 되었다. 실로, 예이츠, 파운드, 엘리엇, 윌리엄스, 스티븐, 무어 등 위대한 모더니스트들에게 문학적 모델의 더욱 풍요로운 원천이었던 곳은 근동보다는 극동이었다. […] 사이드에게 '오리엔탈리즘은 문화·정치적 […] 사실'이다. 따라서 그의 연구는 다양한 모든 차원의 복합적인 체계를 다룬다. 그러나 나에게 그 개념은 주로 문학적인 차원이다."[9] 사이드가 설정

---

7) J. J. 클라크, 『동양은 서양을 어떻게 계몽했는가』, 장세룡 옮김, 우물이 있는 집, 2004, 19쪽.

8) 위의 책, 20쪽.

9) Zhaoming Qian, *Orientalism and Modernism*, Duke Univ. Press, 1995,

한 지리적 경계는 주로 이슬람의 동양, 다시 말해 중근동으로 동양의 일부일 뿐인데, 중국과 일본이 포함된 극동, 즉 동(북)아시아까지를 하나의 오리엔탈리즘에 획일적으로 환원하는 것은 무리가 있다는 것이다. 이 지역들(중근동, 극동)은 다 같이 동양에 속하지만, 역사상 서양인들이 중근동에 대해 갖는 관념과 극동에 대해 갖는 관념에는 크게 차이가 있을 수 있는 만큼 그의 지적은 타당성이 더욱더 크다.

우리의 이 연구에서 오리엔탈리즘의 개념은 사이드의 오리엔탈리즘 개념과 일정한 거리를 둔다. 우리의 오리엔탈리즘 개념은 오히려 사이드의 오리엔탈리즘을 비판하는 위의 세 연구가의 것과 여러 측면에서 유사하다. 우리는 리사 로처럼 오리엔탈리즘을 "복수의 다양한 조건과 변덕스러운 관계항들이 서로 작용하여 형성된 매우 이질적인 전통"으로 바라보고, 클라크처럼 "보다 풍요롭고, 때로는 보다 긍정적인 오리엔탈리즘을 재발견"하려 시도하며, 연구의 지리적 경계와 분석 대상 면에서 자오밍 퀴안을 패러디하자면 '우리에게 동양은 극동, 특히 동(북)아시아이며, 우리에게 오리엔탈리즘의 개념은 주로 문학적인 차원'이다.

따라서 이 연구는 19세기에 동(북)아시아에 경도되었던 프랑스의 주요 작가들을 다루는데, 발자크Honoré de Balzac, 위고V. Hugo, 고티에Th. Gautier, 쥐디트 고티에J. Gautier, 고비노J. - A. Gobineau, 로티P. Loti, 공쿠르 형제Les Goncourt, 클로델P. Claudel이 바로 그들이다. 첫 번째 글 「19세기 프랑스의 '동양 르네상스'와 타자로서의 동양」은 19세기에 서양이 맞이한 동양 열정, 즉 '동양 르네상스' 현상을 개관한 것으로, 19세기 작가들의 동양에 대한 시선도 함께 개괄한다. 아울러 오리엔탈리즘이라

Preface.

는 용어에 부여하는 의미와 개념의 차원에서 우리와 에드워드 사이드 사이에 존재라는 차이 또한 개괄할 수 있을 것이다. 물론, 그 차이는 이어지는 개별 작가들에 대한 연구에서 선명하게 드러날 것이다.

그동안 프랑스 문학 속의 오리엔탈리즘을 연구해 온 우리는, 연구 범위를 18세기 계몽주의 시대의 주요 작가들, 이를테면 볼테르, 몽테스키외, 루소, 디드로까지 확대할 계획을 갖고 있다. 동(북)아시아에 대해 19세기 작가들과는 또 다른 시선이 기대된다. 나아가 '로티와 클로델, 미쇼H. Michaux, 아폴리네르G. Apollinaire가 바라보는 한국'에 대해서도 연구를 진행 중이다. 구한말과 일제 강점기의 한국에 대한 그들의 시선은 당시의 중국과 일본에 대한 시선과는 사뭇 다를 것으로 기대된다.

끝으로, 이 연구서에 수록된 몇 편의 글은 한국학술진흥재단(한국연구재단)의 지원을 받아 연구되었음을 밝혀 둔다.

개정판 서문

이 주제에 대한 나의 이 긴 연구는 박사학위 논문에서부터 시작되었다. 논문 제목은 『발자크와 아시아*Balzac et L'Asie*』였는데, 그 일부는 『서양 문학 속의 아시아 ─ 발자크 연구』라는 제목으로 출판되었다.

이후 나는 같은 주제로 다른 작가들에 대해서도 관심을 갖게 되었는데, 물론 19세기의 프랑스 작가들이었다. 그 결과물들의 모음이 이 책 『프랑스 문학과 오리엔탈리즘』으로, 2012년에 출판되었다.

이어 나는 20세기 작가들에 대해서도 관심을 갖게 되었다. 로티와 클로델, 미쇼 등이 그들이다. 이들은 주로 20세기 초반의 작가들이다. 물론 20세기 후반의 작가들 중에서도 이 주제로 다룰 만한 작가들이 좀 있다. 그러나 주저할 수밖에 없었다. 나의 이 주제 쪽으로 꽤 많이 연구가 되었기 때문이다.

18세기 계몽 사상가들에게도 동(북)아시아, 특히 중국은 중요한 관심사였다. 프랑스를 비롯하여 유럽에 광풍에 가까운 중국 열풍이 불었기 때문이다. 나는 볼테르에 관한 연구를 먼저 이 개정판에 싣는다. '보론補論'의 형식으로 싣게 되었는데, 이 책의 목차가 갖는 논리성에 맞지 않기 때문이다. 계몽 사상가들 가운데 루소와 몽테스키외도 중국에 대해 관심을 가졌다. 하지만 그들에 대한 글은 아직 논문으로 게재하지 않아 이 개정판에 싣지 않았다.

이 연구의 주제는 프랑스 문학 속의 동(북)아시아이지만, 그중에서도 나라별로 보면 다분히 중국과 일본이 중요한 언급 대상이다. 아쉽게도 우리나라에 대한 언급은 별로 없는 것이 사실이다. 제국주의 시대에 들어와서야 조금씩 언급되는데, 이 책에 실은 「20세기 초 프랑스 작가들과 한국」은 바로 우리나라에 관한 이야기이다. 아폴리네르의 작품에도 한국에 대한 언급이 좀 있는데, 그에 대한 글도 아직 논문으로 게재하지 않아 싣지 않았다.

이 개정판은 내용 측면에서는 거의 변화가 없다. 다만 책의 구성 측면에서 「위고의 『동방 시집』과 색色」을 빼고, 5편의 글을 보충했다. 그러니 증보판이라는 말이 더 어울릴지도 모른다.

요즘에는, 쥘 베른이나 르네 바르자벨 같은 과학소설 작가들을 비롯한 프랑스의 대중소설 작가들에 대해서도 같은 주제로 연구해 보면 재미있을 것 같다는 생각이 든다.

결국 이 주제는 프랑스 작가들이 아시아를 바라보는 시선(또는 시각)에 관한 것이다. 그런데 이 시각은 곧 그들에게 타자인 아시아(인)에 대한 생각이나 상상이며, 평가이다. 타자에 대한 평가는 늘 큰 주의가 요구된다. 타자에 관한 신중치 못한 평가는 그 타자에 대한 단순한 오해를 넘어 편견이나 차별, 증오, 폭력까지 야기할 수 있기 때문이다. 그러니 함부로 타인을 평가하지 말 일이다. 무엇보다 '타인에 대해 함부로 말하지 말 일'이다.

2019년 가을 김중현

11

차 례

책머리에 _ 4

개정판 서문 _ 10

1부 19세기 프랑스의 '동양 르네상스'

1장 19세기 프랑스의 '동양 르네상스'와
      타자로서의 동양 _ 16

2장 발자크의 아시아의 꿈 _ 37

3장 고티에의 아시아의 꿈
      –『수상루』와『포르튀니오』를 중심으로 _ 60

4장 쥐디트 고티에와 시와 풍류의 나라 중국
      –『옥의 서』와『황제의 용』을 중심으로 _ 85

5장 고비노 작품 속의 아시아 여인
      –『아시아 이야기』를 중심으로 _ 112

6장 공쿠르 형제와 우키요에 _ 132

2부 제국의 시대와 동아시아 삼국

7장 피에르 로티의 '잃어버린 환상'
  – 일본을 중심으로 _ 158

8장 피에르 로티와 중국 문명의 신비 _ 186

9장 클로델의 중국 친화력 _ 203

10장 클로델의 일본 취향에 관한 한 연구 _ 233

11장 20세기 초 프랑스 작가들과 한국
  – 로티와 클로델을 중심으로 _ 258

12장 앙리 미쇼가 탐구한 아시아의 지혜들
  –『아시아에 간 미개인』을 중심으로 _ 284

보론: 볼테르의『철학 콩트』속의 중국 이미지 _ 307

참고문헌 _ 331
찾아보기 _ 340

제1부

19세기 프랑스의 '동양 르네상스'

1장 19세기 프랑스의 '동양 르네상스'와
타자로서의 동양

동양이라는 '신기루'

　오래전부터, 동양은 서양인들에게 동경의 대상이었다. 그들에게 동양은 꿈의 터전이기도 했거니와 모든 것이 기원하는 '영원한 시발점'이기도 했다. 그들의 영혼은 그렇게 동양이라는 '신기루'에 끊임없이 매료되었다. 마케도니아의 대왕 알렉산드로스가 페르시아 제국과 중앙아시아를 거쳐 인도 북부까지 이르는 대제국을 건설한 것도 그 동양이라는 '신기루'를 잡기 위한 여정이었다고 말해도 그리 무리는 아닐 것이다. 세이렌의 아름다운 목소리에 유혹된 율리시스처럼, 동양으로 향하는 서양인들의 발걸음은 그 이후로도 간단이 없었다. 이탈리아의 상인이자 여행가였던 마르코 폴로는 동양으로의 꿈길을 걸어 24년(1771~1795)에 걸친 동방 여행을 감행했으며, 그 여행을 바탕으로 17년 동안 원나라에 머문 이야기와 이란 및 중앙아시아, 몽골, 인도 등의 역사 및 풍속, 그리고 지지地誌 등이 담긴

『동방견문록』을 발간했다. 이 여행기는 서양인들에게 동양에 대한 동경을 실로 엄청나게 불러일으켰다. 콜럼버스의 이야기는 또 어떠한가? 황금을 찾아 인도 제국으로 향했던 그, 비록 아메리카 대륙으로 향하는 '실수'를 범하고 말았지만 그의 모험은 동양의 꿈을 실현하고자 한 또 하나의 상징적인 사건이었다.

동양1)에 대한 열정은 19세기에 들어와 또 한 번 '르네상스'를 맞이한다.2) 노쇠화의 번민에 시달리곤 하던 서양인들은 그들에게 새로운 기운을 불어넣어 줄 문명들에 더 큰 호기심을 가지게 된다.3) 그처럼 상대적으로 무기력을 느끼던 서양인들에게 동양의 땅은 야생적인 힘과 푸른 생명이 약동하는 꿈의 세계로 다시 다가왔다. 그들의 욕망은 동양에 대한 탐험으로 표출되었는데, "산업 혁명의 많은 결실들, 그중에서도 증기선의 발명은 더 멀리 탐험하고 싶은 욕망을 충족하는 데 크게 기여했다. 사람들은 이제 그 이기를 이용하여 더 용이하게 꿈을 펼쳐 나갔다. 먼저 가까운 중근동으로, 이어 인도와 중국으로 향료와 금은보화를 손에 쥐기 위해 떠났다. 용기 있는 그 사람들은 동양의 황금과 이국적인 정보, 그리고 찬란한 꿈을 듬뿍 실어다 주었다. 동양 연구가들은 신비로운 그곳 나라들의 풍속과 문학 및 예술, 종교, 지식, 산업을 보다 더 정확하게 열심히 소개했다."4) 동양에 관한 연구는 이처럼 19세기 중반까지 최대의 학문적 보

---

1) 이 글은 무엇보다 19세기의 동양 열정을 다루고 있기에, 여기에서의 동양은 지리적으로 중근동과 극동을 모두 포함한다.

2) 레몽 슈와브는 『동양 르네상스』(Payot, 1950)에서 1765년부터 1850년까지 서양에서 일었던 동양 열풍에 대해 백과사전식으로 서술하였다. 이 책 이름은 당시 동양에 대한 서양인들의 관심을 대변해 주는 상징적인 말로서, 많은 연구가들이 자주 인용한다.

3) "(서양) 문학뿐 아니라 여러 제국에서도 머지않아 동양은 서양에서 반드시 어떤 역할을 하게 될 것이다."(빅토르 위고, 『동방 시집』 서문, 『시 전집』, EFR, 1989, 98쪽)

4) 김중현, 『서양 문학 속의 아시아—발자크 연구』, 국학자료원, 1999, 10쪽.

고였으며, 프랑스 파리는 19세기 내내 동양 연구 분야에서 세계 챔피언 자리를 유지했고 그 분야의 수도이기도 했다.[5]

우리는 이 글에서, 먼저 19세기 당시의 그 같은 동양 붐의 실상을 프랑스로 한정하여 이야기를 더 진행해 보고자 한다. 이어, 동양에 크게 경도되었던 작가 및 작품들을 찾아 개략적으로 기술해 볼 것이다. 문학도 당연히 그러한 시대적·사회적인 분위기를 피해 가지는 못할 것이기 때문이다. 실제로 미지의 세계를 동경하고 탐닉하고자 했던 낭만주의에서 상징주의에 이르기까지의 많은 작가들에게 동양은 마치 유행처럼 퍼져 작품의 중요한 소재가 되었는가 하면, 그들의 문학 이론의 정립과 미학의 고양에 요긴하게 활용되었다.

동양의 '꿈'을 좇아서

이러한 19세기의 '동양 르네상스'는 대개 나폴레옹의 이집트 원정에서 시작되었다고 이야기한다. 1798년 나폴레옹의 이집트 원정은 이집트 및 이슬람에 관한 막대한 지식을 획득하는 데 크게 기여했으며, 동양 열풍의 불씨를 지폈다. 나폴레옹은 청년 시절부터 동양에 매료되었고, 한때는 터키군에 입대할 생각까지 한 적이 있었다. 그의 이집트 원정은 물론 동양 제패의 주요한 거점 확보라는 전략적 목적을 띠고 있었지만, 다른 한편으로는 예전부터 품어 온 동양에 대한 꿈을 실현할 기회이기도 했다. 그는 실제로 청년 시절부터 알렉산드로스 대왕의 동양 정복을 흠모해 왔다. 젊은 시절엔 마리니의 저서 『아랍의 역사』를 읽고 요약을 하기까지 했으며, 원정기를 전후해서는 프랑스 여행가 볼네 백작의 『이집트와 시리아 기행』

---

5) 에드워드 사이드, 『오리엔탈리즘』, 박홍규 옮김, 102쪽. 사이드는 동양에 관한 모든 연구(문학 작품까지 포함)를 오리엔탈리즘이라는 용어에 포함시키고 있다.

(1787)에 큰 신뢰를 보내고 있었다. 그리하여 나폴레옹은 자신의 이집트 원정에 상당수의 동양학자를 대동했으며, 이집트협회Institut d'Egypte를 창설하여 그 동양학자들에게 이집트에 관한 여러 관심사를 연구하게 했다. 원정대의 소위 '움직이는 문서관'에서 연구되는 것들은 하나도 빠짐없이 기록으로 남기게 했으며, 이 기록은 1809년에서 1828년에 이르기까지 23권에 달하는 『이집트지Description de l'Egypte』라는 이름으로 출판되었다. 이 저작은 그야말로 기념비적인 것으로, 이집트에 관한 지식의 집대성이었으며 이집트학의 기폭제가 되었다.

이어 1822년에는 아시아협회Société asiatique가 창립되었다. 아시아협회의 회칙은 협회의 목적을 다음과 같이 규정해 놓았다. "임명된 교수가 스스로 담당하는 여러 언어(곧 동양의 여러 언어)의 강의를 위해 유익하고 불가결하다고 인정한 문법서, 사전, 기타의 기본 문헌의 편집과 인쇄를 하는 것. […] 지리, 역사, 예술, 자연 과학의 분야에서 유익한 저술 작업을 행하는 사람에 대하여그들의 숨은 노력의 성과를 일반에게 공개하는 수단을 확보하는 것. 정기적으로 아시아의 문헌과 자료를 수집하고 간행함으로써 동양의 과학, 문학, 시 작품 및 유럽에서 정기적으로 산출되는 동종의 저작에 대하여 공중의 주목을 끌고, 유럽에 관련된 동양의 사실들과 동양 민족들을 주제로 하는 다양한 종류의 발견과 업적에 대하여 공중의 주의를 환기시키는 것. 아시아협회는 이상을 그 목적으로 한다."[6] 아시아협회는 이처럼 동양에 관한 자료를 다각도로 확보하여, 정기 간행물을 통해 체계적이고 전문화된 지식의 형태로 동양에 관한 지식을 확산시켰다. 초대 회장은 프랑스 아랍학의 창시자로 여겨지는 실베스트르 드 사시Silvestre de Sacy(1758~1838)가 맡았는데, 그는 『아랍어 문법』(1810),

---

6) 위의 책, 296쪽.

『아랍 명문 선집』(1826) 등 동양에 관한 많은 저서와 논문을 통해 동양 연구에 체계를 부여했다. 1795년에 설립된 동양어학교L'Ecole des langues orientales 최초의 아랍어 교사로 재직하기도 했던 그는 많은 동양학자를 양성했으며, 1824년에는 그 학교의 교장이 되기도 했다.[7]

1829년 빅토르 위고(1802~1885)는 『동방 시집 Les Orientales』을 출판하는데, 이 시집의 서문에는 당시 프랑스의 동양 심취와 열풍이 이렇게 증언되어 있다.

> 사람들은 오늘날 그 유례를 찾아보지 못할 만큼 동양에 몰두해 있다. 동양 연구는 이전의 그 어느 시대에도 이렇게 깊게 행해진 적이 없다. 루이 14세 시대의 사람들이 그리스 연구가였다면 지금 사람들은 동양 연구가들이다. 사실, 진보라고 할 수 있을 것이다. 지금까지 그와 같은 대단한 지성들이 동시에 이처럼 아시아의 그 거대한 심연을 깊이 있게 탐구해 본 적이 없기 때문이다. 우리에게는 오늘날 중국에서 이집트에 이르기까지 동양의 각 고유 언어에 몸담고 있는 지식인들이 있다.[8]

1830년의 알제리 합병은 동양 환상을 더욱 부채질했다. 1832년, 알제리와 모로코를 여행하고 돌아온 들라크루아는 〈알제의 여인들〉(1834)이라는 걸작을 남겨 회화에서의 오리엔탈리즘을 주도했다. 그와 함께 회화에서 동양 취향을 주도한 드캉 역시 1827년 터키의 콘스탄티노플과 소아시아를 여행하고 돌아와 그곳 풍물을 소재로 이국적인 색채가 농후한 그림들을 그렸는데, 〈터키의 집〉(1831)과 〈샘물에 모여드는 터키 어린이들〉

---

7) 사시 이후의 동양 연구와 관련해서는 에드워드 사이드의 『오리엔탈리즘』(제2부 제2장)에 더욱 자세히 조사되어 있다.

8) Hugo, *Hugo—Oeuvres poétiques complètes*, Efr, 1989, 98쪽.

(1833) 등은 그중 대표적인 작품들이다. 그러한 동양 취향을 보여 주는 그림들은 〈터키 목욕탕〉(1863)을 그린 앵그르와 샤르댕, 샤세리오 등의 신고전주의 화가들로까지 이어졌다. 그리하여 동양은 이제 동경의 대상을 넘어 주위에 가까이 있는 화제로 인식되었으며, 파리의 많은 살롱에서도 일상의 화제로 등장했다.9)

1828년 8월 세계주의를 표방하며 창간된 『라 르뷔 데 되 몽드La revue des deux mondes』지는 2년 뒤 『여행지』를 흡수하는데, 알렉상드르 뒤마Alexandre Dumas, 발자크, 비니A. de Vigny, 생트뵈브Sainte - Beuve 등 유명 작가들의 글을 실음으로써 여행기를 주로 싣던 초기의 방향을 틀어 문학지로 발돋움했다. 하지만 동양에 대한 대중의 관심은 지대하여, 그 잡지는 『마하바라타 발췌』(1844), 『중국의 세 종교』(1845), 『인도의 화교도 문학』(1847), 『크리슈나와 그의 교리』(1852)의 저자인 테오도르 파비의 아시아에 관한 글들과 『그리스, 로마 그리고 단테』(1848)를 쓴 한 역사학자의 소아시아 여행기, 『베다』와 『부처와 그의 종교』(1860)의 저자인 바르텔레미 생틸레르의 동양에 관한 글 등을 다시 싣지 않을 수 없었다. 외젠 뷔르누는 1845년에 『인도 불교사 입문』을 출판한 데 이어 1847년에는 『바가바타 푸라나』를 번역했으며, 필리프 에두아르 푸코는 『티베트어 문법』과 『마하바라타』(1862)를 출판했다. 포슈는 1854~1858년에 걸쳐 볼미키의

9) 마르그리트 루이즈 앙슬로, 쥘 타르디외, 『파리의 살롱』, 1858. 사이드의 앞의 책 276쪽 참조. 물론 이러한 붐은 동양 연구가들의 동양 연구와 그 저서들, 식민지 개척(특히 19세기 후반과 20세기 초), 그리고 제한적이기는 하지만 부유층의 동양 여행자 수 증가 및 그들의 여행기 등에 힘입은 바 크다. 또한 인간이 가진 보편적 심리이기도 한 이국의 문화와 풍습에 대한 호기심과 동경, 이를테면 이국취미도 중요한 요인으로 첨가되어야 할 것이다. 하지만 직접 동양을 여행한 작가들의 여행기라든가, 동양에 관련된 위 연구가들의 연구서 및 여행가들의 여행기로부터 영감을 얻어 집필된 작품들 또한 그 열풍을 일으키는 데 가세했다.

『라마야나』를 9권으로 번역 출간했으며, 알렉상드르 랑글루아는 1845년부터 1848년까지 『리그베다』를 4권으로 번역 출간했다. 또 동양어학교 교수인 가르생 드 타시는 『힌두스탄어 문학사』(1839~1847)를 출판했다. 이처럼, 19세기 중반을 전후하여 불교와 중국, 그리고 인도 사상에 대한 원전 번역과 전문 연구서가 전례 없이 쏟아져 나왔다. 이와 같이 "이 시기에, 유럽에서는 학식이 풍부한 전문가들의 손으로 동양의 사물에 관한 여러 가지 학문적인 발견이 행해졌고, 그와 별도로 실제로 동양 유행병이라고 할 수 있는 것이 당시의 저명한 시인, 수필가, 철학자들에게 영향을 미쳤다. 슈와브의 생각에 의하면 '동양'이란 말은 아마추어와 전문가를 가리지 않고 모든 아시아적인 것에 대한 열광과 같은 뜻이었고, 아시아적인 것이란 이국성, 신비성, 심원함, 생식력 등과 놀랍게도 부합되었다. 이것은 과거의 르네상스 극성기에 유럽에 나타난 고대 그리스와 로마에 대한 정열이 그대로 동양을 향한 것으로 바뀐 것이었다."[10]

19세기 후반에 들어와서는 인상주의 화가들이 일본 취향을 북돋웠다. 끊임없이 변화하는 현상들로 가득 찬 세계, 바로 그 세계 속의 순간적이고 과도기적인 찰나의 변화무쌍한 현상들을 묘사하고자 한 인상주의 화가들에게는 각 주체의 주관적이고 순간적인 인상이 중요했다. 그러므로 "그런 예술에서는 우연이 모든 존재의 원리로 여겨지며, 순간의 진리가 다른 모든 진리를 무력하게 만들 것이다. 순간과 변화와 우연의 우위는 미학적으로 말하면 생활을 기분이 지배한다는 것, 말하자면 변하기 쉬울 뿐더러 분명치 않고 모호한 속성을 가진 사물과의 대외 관계가 삶에서 지배적인 의의를 갖는다는 것을 뜻한다."[11] 관찰자가 그처럼 '변하기 쉬울

---

10) 에드워드 사이드, 앞의 책, 102쪽.
11) 아르놀트 하우저, 『문학과 예술의 사회사』(현대 편), 백낙청 · 염무웅 옮김, 창비,

뿐더러 분명치 않고 모호한 속성을 가진 사물'을 묘사하기 위해서는, 어느 정도 떨어진 거리에서 풍경을 감상해야 하고 얼마간의 생략이 불가피함과 동시에 원경으로 그려질 수밖에 없을 것이다. "우화나 일화 같은 이른바 주제에서의 문학적 요소에 대한 포기"[12]는 당연히 시각적이고 "회화적인 원칙의 우위를 나타내는 한 증상"[13]으로서 색조를 중요시할 수밖에 없다. 그러한 화법을 주장하는 인상주의 화가들에게 일본 판화는 자신들의 화법을 정당화할 수 있는 주요한 매개물로 보였다. 이성적인 것을 천박하다고 타박하며 미지의 것, 불가사의한 것에 매혹을 느끼던 "그들의 눈에 일본 판화의 신비성(이국취미의 영향도 배제할 수 없는), 비정격성, 어떤 개인의 순간적인 인상을 암시적으로 형상화한 것 같은 감각적인 터치는 자신들이 그림에서 추구하던 바로 그것임을 느꼈기"[14] 때문이다.

그렇게 중근동에 대한 취향에서 시작하여 인도 및 중국에 대한 붐으로 확산된 프랑스의 동양 열정은, 인상주의 화가들의 일본 판화에 대한 취향을 통해 마침내 일본 유행을 낳기에 이르렀다. 이처럼 동양은 사회 전반에 걸쳐서, 나아가 일상생활에 이르기까지 광범위하게 열병처럼 번지고 있었다.

동양 타령은 하나의 붐이었다. 그것이 어떤 정통적인 문학에 뿌리를 남겼다는 점보다는 오히려 삼류·사류 작가들의 인기 소설, 통속극, 잡지의 가십난의 독점물이었다는 점이 오히려 이 현상을 보는 정확한 판단이리라. 특히 19세기 중반 이후 서구인의 의상, 가구, 예술품 등 수집에는 동양 유행이 빠질 수 없는 요소였다. 여기저기 일본식 찻

1974, 172쪽.
  12) 위의 책, 173쪽.
  13) 위의 책, 173쪽.
  14) 민용태, 『서양 문학 속의 동양을 찾아서』, 고려원, 1997, 61쪽.

집이 인기를 끌고 일본식 머리형, 병풍을 사용한 무대 세팅이 어디서나 볼 수 있는 서구의 풍경이었다.[15]

1798년 나폴레옹의 이집트와 시리아 원정으로부터 시작된 동양 취향과 열풍은 19세기를 관통하여 변함없이 이어져 왔으며, 그 지리적 범위 또한 근동에서 극동으로 단계적으로 확대되었다. 이와 같은 시대적·사회적 분위기는 문학 또한 예외일 리 없었다. 위고는 『동방 시집』 서문에서 이런 분위기가 지성 및 상상력에 미친 영향이 얼마나 컸는지에 대해 이렇게 말하고 있다. 스페인이 왜 여전히 동양이라고 말할 수 있는지에 대한 이유와 함께.[16]

이 모든 것(프랑스 사람 모두가 동양 연구가라고 말할 수 있을 정도로 동양에 대한 연구가 그 어느 때보다 크게 진척되었다는 사실)으로 인해, 동양은 이미지로서든 아니면 사고로서든 지성 및 상상력 둘 모두에 대해 보편적이고 주된 관심거리가 되었다. 그리하여 이 책(『동방 시집』)의 저자인 나 역시 자신도 모르게 아마 이 관심거리(동양)에 끌렸던 것 같다. 동양 색채는 스스로 나의 모든 사고와 몽상 속으로 스며들어 그 흔적을 남겼다. 그리하여 나의 몽상과 사고는, 내가 거의 바라지도 않았건만, 번갈아 히브리적이기도 하고 터키적이기도 한가 하면, 페르시아적이기도 하고 아랍적이기도 했다. 심지어는 스페인적이기까지 했는데, 스페인은 여전히 동양이기 때문이다. 왜냐하면 스페인은 절반은 아프리카적이기 때문인데, 아프리카 역시 절반은 아시아적이다.[17]

---

15) 위의 책, 56쪽.
16) 동양은 유럽, 특히 프랑스와 영국에서 보아 동쪽을 일컫는다. 하지만 작가에 따라 그 같은 지리적인 경계는 모호할 때가 많다. 유럽 대륙의 서쪽에 있는 스페인까지도 동양으로 생각하는 경우가 있기 때문이다. 위고의 이 설명은 지리적인 경계상의 모호함에 대해 잘 해명해 주고 있다.

그러면, 이제 동양에 대해 열정을 가졌던 작가와 작품들에 대한 개략적 기술로 넘어가 보자.

동양의 '신기루'에 매료된 사람들

낭만주의의 선구자인 샤토브리앙René de Chateaubriand(1768~1848)은 1792년에 다녀온 미국 여행을 바탕으로 집필한 『아탈라』(1801)와 8년간의 영국 망명 시절에 쓴 『기독교의 정수』(1802)로 유명해졌다. 특히, 미국의 대자연을 배경으로 펼쳐지는 한 늙은 인디언 추장의 비련의 청년 시절 이야기인 『아탈라』는 자연에 대한 감정, 이국정서, 채워지지 않는 몽상에 대한 갈증, 무한과 먼 곳에 대한 동경 등을 토로함으로써 큰 성공을 거두었다. 1803년에는 나폴레옹에 의해 로마 주재 대사관 서기에 임명되기도 하나 그 자리에 오래 머물지 않았다. 1806년, 그는 『순교자』(1809)의 서사시에 필요한 이미지 및 자료를 수집하기 위해 동양 여행을 떠난다. 그리스와 여러 성지를 차례로 방문한 그는 이집트, 튀니지, 스페인을 거쳐 프랑스로 다시 돌아오는데, 그 여행에서 쓴 일기를 바탕으로 『파리에서 예루살렘까지의 여정』(1811)을 출판했다. 그는 이 작품에서 풍경화가로서의 재능과 동양의 주요 역사적 장소들 앞에서 느낀 기독교도의 휴머니스트적인 감동을 보여 주었다.[18] 또한 그는 '다른 어떤 곳(혹은, 어떤 먼 곳 ailleurs)'을 동경하는 낭만주의의 주요 정서를 유감없이 내보이면서 동양에 대한 이국정서에 무람없이 신비로움을 가미하고 있다.

위고는 1829년에 『동방 시집』을 출판한다. 당시 오스만 튀르크를 상대로 치렀던 그리스 독립전쟁(1821~1827)에 관한 이야기는 프랑스 사람들

------

17) 위고, 앞의 책, 98쪽.
18) Lagarde et Michard, *XIX Siècle*, Bordas, 1985, 67쪽.

에게 커다란 감동거리였다. 영국의 시인 바이런이 이 전쟁에 참전하는 등 그리스를 사랑하는 유럽의 진보적인 지식인들은 그리스의 독립전쟁을 옹호했다. 위고는 이 전쟁 및 당시 유럽에 번지고 있던 동양에 대한 사회적 취향을 이용하기로 했다. 아직 동양을 여행해 본 적은 없지만, 자유로운 상상을 통해 프랑스 독자들에게 동방에 대한 몽환을 보여 줌으로써 낭만주의의 주요 정서 중 하나인 이국 취향을 자유로운 상상력에 실어 고취하고자 했던 것이다. 이를테면 『크롬웰』 서문에서 선포한 '문학에서의 자유'라는 낭만주의 주장을 이 시집을 통해 확고히 하고 싶었던 것이다.19)

> 시에는 좋은 주제도, 그렇다고 좋지 않은 주제도 없다. 좋은 시인, 그렇지 못한 시인이 있을 뿐이다. 다시 말하지만 모든 것이 주제가 될 수 있으며, 모든 것이 예술에 속할 수 있다. 또한 모든 것이 시의 시민권을 가진다. […] 공간과 시간은 시인의 것이다. 그러므로 마음 가는 대로 달려가 자신의 마음에 드는 것을 그리면 된다. 그것이 규칙이라면 규칙이다. […] 시인은 자유롭다. 그가 바라보는 관점에 몸을 맡기자. 그리고 바라보자.

위고는 『동방 시집』의 서문에서 이렇게 이야기하면서, 그야말로 자유로운 상상과 몽환에 따라 자유자재로 동양을 노래함으로써 "먼 곳에서 빛나는 공간"20), 곧 동양에 대한 독자들의 환상과 이국 취향을 만족시킨다.

사랑하던 애인 쥘리가 불치의 병으로 세상을 떠나자, 몇 달간 두문불출하며 지상에서 영원히 사라진 애인을 그리면서 시작에 몰두한 라마르틴A. de Lamartine(1790~1869)은 그때 집필한 시를 모아 『명상 시집』(1820)을 발표했다. 이 시집은 프랑스 문학사에서 보기 드문 성공을 거두었는데,

---

19) 김중현, 『세기의 전설』, 좋은책만들기, 2001, 156쪽.
20) Jean - Marc Moura, *Lire l'exotisme*, Dunod, 1992, 163쪽.

26 프랑스 문학과 오리엔탈리즘

이 성공은 너무도 전격적이고 신속해서 출판 후 보름도 채 안 되어 청년 시인 라마르틴에게 큰 영광을 안겨 주었다. 나폴리와 피렌체 주재 대사관 서기로 근무하던 중 루이 필립이 왕위에 오르자, 그는 사표를 제출한 뒤 수년 동안 간직해 온 동양의 꿈을 실현하고자 자기만의 '공상의 조국'으로 여행을 떠났다. 이 여행에는 물론 자신의 신앙을 새롭게 하기 위한 목적도 포함되어 있었다. 1832년 아내와 딸을 데리고 프랑스 남부 항구 마르세유를 출발한 그는 그리스, 터키, 팔레스타인을 거쳐 레바논에 도착한다. 성묘를 참배한 뒤 베이루트를 거쳐 돌아오던 중 열 살짜리 딸 쥘리아를 잃은(1832년 12월) 그는 그야말로 절망과 고통 속에서 이 여행을 마치지 않을 수 없었다. 이 순례 여행은 『동방 여행』(1835)이라는 작품을 탄생시켰는데, 신앙과 기적의 땅인 바로 그 꿈의 고장 동양을 여행하면서 그는 자신이 경건한 신앙인의 전형임을 느꼈으며, 자신이야말로 루소의 『에밀』 가운데 「사부아 보좌 신부의 신앙 고백」에 나오는 이신교(자연신교)를 물리치도록 신으로부터 선택받은 존재라는 확신을 가지기도 한다.

정신적으로뿐 아니라 경제적으로도 불행했던 삶의 고통으로부터 해방되기 위해 자살로 생을 마감한 네르발G. de Nerval(1808~1855)도 살아생전 프랑스의 여러 지역과 플랑드르, 이탈리아, 독일, 오스트리아 등 많은 곳을 여행했다. 그 역시 당시 여러 낭만주의 작가들이 앞다투어 나섰던 동양 여행을 놓치지 않았다. 네르발은 1842년에 프랑스를 출발, 이집트 수도 카이로에서 3개월간의 체류를 시작으로 레바논과 시리아, 터키에 이르기까지 약 1년여 동안 동양의 땅을 편력했다. 그 당시 써 놓았던 수기와, 일간지 및 잡지 등에 발표한 동양에 관한 이야기와 단편들을 한데 모아 출판한 것이 바로 『동양 여행』(1851)이다. 이 작품은 그 장르가 요구하는 여행 대상에 대한 이국적인 묘사는 경시한 채 자주 자신의 환상 속으로 빠져들기도 한다. 동양은 그에게 꿈과 환상의 나라이며, 가능성으로 넘쳐 나는 광대무변한 공간이었다. 이 작품에 표현된 '동양의 배'는 그야 말로 동양에 대한 자신의 꿈을 실어 나르는 꿈의 배를 상징하는데, 당연히 이 배를 떠나는 순간 그는 일상의 권태와 고통 속으로 다시 떨어지고 말 것이다. 동양 여행을 마치고 프랑스로 돌아오는 길에 그는 지중해의 몰타 섬에 잠시 내렸는데, 당시의 그 우울한 감정을 이렇게 회고하였다.

> 우울한 느낌이다! 나는 다시 이 추위의 나라, 천둥 치는 비바람의 나라로 돌아왔다. 그러니 이미 동양은 내게 하루의 권태와 고통이 뒤따라 올 그날 아침에 꾸는 꿈들 중의 하나에 불과하다.[21]

그에게 꿈은 환영(혹은 영감)의 세계가 펼쳐지는 또 다른 삶이다. 동양에 대한 네르발의 심취는 『동양 여행』뿐 아니라 『광상 시집』을 비롯한 여러 다른 작품과 서간, 그리고 산문 등에서 폭넓게 확인된다.

낭만주의의 주요 정서 중의 하나는 '먼 곳'(혹은 '다른 어떤 곳')에 대한 동경이다. 현실로부터의 도피 욕망이기도 한 이러한 동경은 자연스럽게 이국 취향으로 이어진다. 그 취향은 시간상 먼 과거로 도피하는 것일 수도 있고, 공간상 먼 곳으로 도피하는 것일 수도 있다. "이런 뜻에서, 중동, 그리스 등지는 동양이라는 지역적인 이질감과 고대 역사 속의 고향이라는 시간적인 향수가 이룬 이그조티시즘 문학의 천국이었다."[22]

그처럼 낭만주의 작가들에게 동양은 이국 취향을 만족시킬 수 있는—때로는 유토피아적이고, 때로는 신비로운—'먼 곳'이었기에 위고나 라마르틴, 네르발 외에 알프레드 비니 등 여러 다른 낭만주의 작가들의 작품

---

21) Gérard de Nerval , *Le Voyage en Orient II*, Flammarion, 1980, 363쪽.
22) 민용태, 앞의 책, 38쪽.

들에서도 동양 취향의 흔적을 접하기란 그리 어렵지 않다. 형과 함께 초기 낭만주의 기관지인 『아테네움』을 창간했으며, 스탈 부인Mme de Satël(1766~1817)에게 영향을 미쳤는가 하면 독일 낭만주의 전파에도 크게 기여한 슐레겔F. von Schlegel(1772~1829)의 말―"동양에서만 이 최상의 낭만주의적인 소재를 찾을 수 있을 것이다"[23]―대로 동양은 신비로운 것과 과거에로의 도피 감정, 나아가 미지의 것에 대한 위엄의 감정[24]을 만끽할 수 있는 "낭만주의의 가장 순수한 형태"[25]였다.

사실주의의 선구자인 발자크H. de Balzac(1779~1850) 또한 예외가 아니었다. 그는 10여 년간 자바 섬과 그 주위의 군도에서 체류하고 돌아온 그랑브장송이라는 사람으로부터 들은 경험담을 바탕으로 하여 쓴 『자바 여행』(1832)과, 친구 오귀스트 보르제가 쓴 중국 여행기 『중국 중국인』에 대한 서평[26]을 남겼는데, 그 서평에 의하면 그는 중국에 아주 큰 관심을 가지고 있던 아버지의 영향으로 이미 어린 시절부터 중국에 대해 적지 않은 열정을 가지고 있었다.

어린 시절 나는, 그 이상한 민족에 대해 지대하게 찬탄하여 마지않았던 사랑하는 한 사람(아버지를 가리킨다)에게서 중국과 중국인에 대한 이야기를 자주 들으며 자랐다. 게다가 열다섯 살 때부터 나는 […] 적잖이 거짓말이 섞인 중국에 관한 대부분의 서적을 읽었다.[27]

23) 위의 책, 39쪽에서 재인용.
24) 아르놀트 하우저, 앞의 책(근세 편, 하), 206쪽.
25) 에드워드 사이드, 앞의 책, 251쪽.
26) 1848년 『라 레지슬라튀르』지에 발표했다. 이후 『중국 중국인』으로 표기한다.
27) Honoré de Balzac, 『중국 중국인』, *C.H.H.*, 28권, 456쪽.

이 서평은 중국의 사회, 정치, 풍습, 예술, 종교, 경제 등을 다루었다. 반면 『자바 여행』은 신비로운 자연 풍경, 비현실적인 식물 및 동물 이야기, 육감적인 여인, 사랑의 열정, 감각적인 삶의 즐거움 등을 다루었다. 전자가 더 객관적이고 이성적이며 사회와 풍습에 관한 작품이라면, 후자는 보다 환상적이고 관능적이며 감각적인 데다가 자연에 관한 작품이라고 말할 수 있다.

플로베르G. Flaubert(1821~1880) 역시 동양의 꿈에 흠뻑 취했다. 1849년 10월부터 1851년 5월까지 그는 친구 뒤캉과 함께 이집트와 시리아, 팔레스타인, 터키, 그리고 그리스를 방문했다. 이 여정 역시 앞서 본 과거의 라마르틴이나 네르발의 그것과 별로 다를 바가 없다. 이 여행에 관한 이야기들은 『여행 수첩』과 『이집트 여행』, 그리고 『동양과 이집트 여행』(이 책들은 플로베르가 여행 중 기록한 노트 및 편지를 바탕으로 하여 사후에 편집된 것이다) 등의 이름으로 출판되었는데, 사실주의 작가답게 여러 인물과 사건 그리고 풍경 등에 대해 아주 세세하게 묘사하고 있다. 카르타고의 역사 속 에피소드를 재생한 작품인 『살람보』(1862)의 자료를 수집하기 위해 그는 1857년에 또 튀니지와 알제리를 여행한다. 카르타고의 장군인 하밀카르의 딸 살람보와 용병대장 마토의 숙명적인 사랑을 그린 이 역사 소설은 그의 광범위한 동양 서적의 독서와 현장 조사, 그리고 동양에 대한 오랜 꿈을 실현시킨 작품으로, 출간되자마자 대중적으로 큰 성공을 거두었다. 동양에 관한 이야기는 이 소설뿐 아니라 『성 앙투안의 유혹』(1849)과 『에로디아』(1877) 등 그의 저작의 곳곳에서 찾아볼 수 있다. 사드의 열렬한 독자이기도 했던 그답게, 플로베르의 동양은—때로는 공포감을 주기도 하는—성적인 환상과 뒤범벅이 되어 묘사되기도 한다.

다른 한편, 고티에Th. Gautier(1811~1872)와 그의 딸 쥐디트J. Gautier (1850~1917)는 중국에 열광했다. 고티에는 젊은 시절부터 중국과 일본의 자기와 영묘靈廟에 많은 관심을 가졌고, 1846년에는 중국에 관한 이야기인 『수상루』를 출판했다. 1851년, 1855년, 1867년 파리에서 개최된 만국 박람회 때 중국과 일본에 대한 전시회에 관해 글을 쓰기도 했던 그는 『라 프레스』지와 『르 모니퇴르』지에 중국의 그림과 문학, 그리고 일본 문학 등에 관한 글을 많이 실어 중국 및 일본 취향에 불을 붙였다. 고답파가 형성되던 해(1865)에 발표된 그의 시에는 이태백까지 언급되어 있으며, 「일본 소곡」은 일본을 테마로 한 시이기도 하다.28)

소설 『모팽 양』(1835)의 서문에서 '예술을 위한 예술'을 선언한 그는 감상적인 시를 부정하며 조형미와 비개인성을 추구함으로써 고답파의 선구자가 되었는데, 그의 영향을 받은 르콩트 드 릴L. de Lisle(1818~1894) 또한 그리스와 인도에 관한 시 모음집 『고대 시집』(1852)을 출판했으며, 그의 『이국 시집』(1862) 또한 동양을 주제로 삼은 시들을 많이 포함하고 있다. 고티에는 팅퉁링이라는 중국인 가정교사까지 두어 딸 쥐디트에게 중국어를 배우도록 했는데, 쥐디트는 이후 중국의 고대 시와 현대 시를 번역한 『옥의 서』를 17세 약관의 나이에 출판했다. 이 책은 당시 베를렌과 아나톨 프랑스 등의 주목을 받기도 했다. 중국 시를 프랑스에 알리는 획기적인 기회가 되었던 이 번역서 외에도 그녀는 당시 파리에 공부하기 위해 와 있던 기모치 사이온지라는 학자가 직역한 시들을 프랑스 시 문체로 개작한 85편의 일본 시 모음집 『잠자리 시』(1885)를 발간했다.29) 그녀는

---

28) 민용태, 앞의 책, 46쪽.
  "중국 시인들은 오래된 예절에 익숙해 있다.
  그래서 이태백도 시를 쓸 때는
  책상 위에 마거리트 꽃병을 놓고 썼으니."
  "너는 가냘픈 일본 여인의 양산 같다.
  나의 하늘거리는 몸매의 공주여. 네 곁에서 나는
  차 향기처럼 그윽하고 낯선 향취를 바란단다."(「일본 소곡」의 일부)

이어 『황제의 용』(1869), 『구나토누』(1898), 『금빛 비단 병풍』(1904) 등 동양 정서, 특히 중국의 정서가 물씬 풍기는 작품을 계속해서 발표했다. 위고가 주도하던 문학 서클 세나클Cénacle에 네르발 등과 함께 참석하기도 했던 고티에는 플로베르와 공쿠르 형제 등 친한 작가들을 식사에 초대할 때면 꼭 그 중국인 가정교사도 함께 자리하게 했다니, 쥐디트와 그가 당시 프랑스 주요 문인들에게 끼친 중국 및 일본 취향의 영향을 어렵지 않게 짐작할 수 있으리라.

반면, 공쿠르 형제로 불리는 에드몽 드 공쿠르Edmond de Goncourt (1822~1896)와 쥘 드 공쿠르Jules de Goncourt(1830~1870)는 일본에 심취했다. 일본 및 중국 골동품을 열광적으로 수집하기도 했던 그들은 1851년과 1855년에 파리에서 열린 박람회에서 일본 예술을 접한 뒤 그 새로움과 독창성에 크게 고무되었다. 그 후로 잡지와 소설을 통해 일본 그림을 예찬함으로써 19세기 후반 프랑스에 일본 열풍을 일으키는 데 큰 역할을 했다. 『마네트 살로몽』(1867)은 일본 예술에 관한 그들의 첫 작품으로, 화가인 주인공 코리올리스Naz de Coriolis는 일본 판화의 색상을 연구하여 자신의 그림에 적용하는 모습을 보여 준다. 1881년에 출판한 『어느 예술가의 집』은 일본 화첩에서 얻은 영감을 토대로 쓴 소설이다. 그 외에도 『우타마로』(1891)와 『호쿠사이』(1896)는 일본 예술가들의 일생을 다룬 작품이며, 『일본의 예술』은 일본 예술에 대한 연구서이다.

피에르 로티P. Loti(1850~1923)는 42년간 해군 장교로 복무했는데, 군함을 타고 세계를 편력한 경험을 바탕으로 쓴 이국적인 소설들로 큰 성공을 거두었다. 특히 이슬람교에 열정을 가졌던 그는 콘스탄티노플 체류 중 (1876~1877) 아지야데라는 여성과의 연애 사건에서 영감을 얻어 쓴 소설

---

29) 위의 책, 44쪽.

『아지야데』(1879)의 출판을 필두로, 1887년에는 프랑스 해군 장교와 일본 여인과의 잠정적인 동거를 주제로 한 『국화부인』을 출간했다. 이 작품은 한때 프랑스에서 가장 인기 있는 소설이기도 했다.

이어 1889년에는 『일본의 가을 정취』를 발간하는데, 이 이야기는 1855년 9월부터 약 2개월간 일본에 머문 추억을 바탕으로 여행기이다. 다시 1902년에는 의화단 사건 직후의 참담한 중국 사회를 그린 『베이징의 마지막 날들』을 출판한다. 로티는 1901년 6월에 군함 '르 르두타블Le Redoutable' 호를 타고 제물포 항에 입항하여 약 10일 동안 한국에 체류한 적이 있는데, 이 짧은 한국 체류 경험과 그 전해 12월부터 이듬해 4월까지 그리고 다시 1901년 6월 말부터 10월까지 일본에 체류한 경험을 바탕으로 『이 여사의 제3의 청춘』(1905)이라는 소설을 발표했다. 한국에 관한 이야기는 이 소설의 제40장에 묘사되는데, 르포 형식으로 삽입되었다. 아침에 가마를 타고 가는 관리들의 모습, 흰옷 일색인 군중들, 특이한 모습의 장례 행렬, 고종 황제와 후에 왕위에 오를 순종의 알현, 궁중 연회에 초대받은 일 등이 그려져 있다.30) 로티는 무엇보다 늘 이국의 자연 경관에 매료되었기에 그가 묘사하는 이국의 자연 풍경은 빼어나다는 평가를 받고 있지만, 그가 그린 동양의 모습이 항상 긍정적인 것만은 아니었다.

이 밖에도 알퐁스 도데A. Daudet(1840~1897) 역시 일본에 대해 상당한 지식을 가지고 있었는데, 그의 『월요 이야기』(1873)의 맨 뒤에 실린 「장님 황제」는 같은 제목의 일본 비극에 대한 이야기이다. 또 페르시아와 그리스 등지에서 외교관으로 근무하면서 많은 여행을 한 고비노 백작Comte de Gobineau(1816~1882)은 『아시아에서의 3년』(1859), 『페르시아인 이야

---

30) 송덕호, 「19세기 프랑스 문학에 나타난 극동」, 『세계문학 비교연구』, 한국세계문학비교학회, 1998, 128쪽.

기』(1869), 『아시아 이야기』(1876) 같은 작품을 썼는데, 6편의 중편 모음집인 마지막 작품은 스탕달과 메리메의 중편들과 비교될 정도로 그 가치가 인정된다. 방황하던 시절, 가족의 결정에 떠밀려 반강제적으로 캘커타행 남해 호에 몸을 실었던 보들레르Ch. Beaudelaire(1821~1867)의 여러 시에도 동양에 대한 꿈이 진하게 배어 나온다. 『악의 꽃』(1857)에 실린 「이국의 향기」, 「여행에의 초대」 등은 젊은 시절 그가 인도양과 모리셔스 섬, 그리고 부르봉 섬을 104일간 편력했던 여행의 기억과 결부된 이국적인 도피를 환기시킨다. "시는 윤곽이나 형태를 그리거나 형을 잡는 것이 아니고 음악처럼 암시해야만 한다"[31]는 상징주의 시인들의 암시 기법이 일본화에서 영향을 받았다는 주장을 읽을 수 있는데, 당시 프랑스에서의 일본 유행을 고려해 볼 때 이 주장이 근거 없는 이야기만은 아닐 듯하다.

> 상징주의 시인들은 일본의 화법에서 극도로 단순하고 추상화된 암시의 기법을 본받았다. 일본의 그림은 그들에게 사실의 묘사라기보다는 한순간의 인상을 가볍게 삽화적으로 그려 낸 일종의 데생에 불과했다. 그러나 그것의 불투명한 묘사와 터치는 우리에게 무한한 상상력을 자극하는 촉매 역할을 했다. 동양화는 묘사라기보다는 묘사 안 하기 쪽으로 기울어지는 것 같은 느낌을 그들에게 주었고, 이것이 상징주의의 말라르메식 모호성 미학과 일치하는 점이 있었다.[32]

이상에서 보듯이, 19세기의 프랑스 주요 작가들 대부분이—정도의 차이는 있지만—동양에 꽤 경도되어 있었음을 알 수 있다.

---

31) 방 티겜, 『불문학 사조 12장』, 민희식 옮김, 문학사상사, 1981, 253쪽.
32) 알라바마 앙리 페이르, 『상징주의란 무엇인가』, 1980. 민용태의 앞의 책 66쪽에서 재인용.

'신기루'를 좇을 권리

지금까지 우리는 19세기 프랑스에서의 동양 붐과 그에 동참했던(혹은 기여했던) 작가들 및 그들의 작품에 대해 개괄해 보았다.

그 세기의 작가들이 그토록 깊이 동양에 심취했던 것은 물론 나름대로의 동기가 있었을 것이다. 발자크처럼 관능적인 미와 쾌락 그리고 신비로움에 대한 욕망의 충족 및 힘든 현실에서 잠시 비켜나 청량제로 이용하고자 하는 도피의 욕구에서든, 아니면 누구에게나 일반적으로 존재하는 이국취미에 대한 갈망에서든, 혹은 고갈된 문학적 영감과 상상력을 보충하거나 새로운 미학을 추구하고자 하는 욕망에서든, 또는 인류 문명의 신선한 비전을 동양 문명으로부터 기대함으로써 그곳의 약동하는 정기를 흡수하고자 하는 바람에서든, 동양에 경도되었던 작가들 대부분의 마음을 포괄할 수 있는 한 구절이 있다면 그것은 아마도 '동양에 대한 꿈'일 것이다.

그런데, 꿈은 분명 현실이 아니다. 그러므로 타자, 곧 19세기의 프랑스 작가들이 바라보는 동양은—대체적으로—현실 속의 모습이 아니다. 그들이 생각하는 동양은 객관적이고 실증적인 지식의 경계 저편에 위치한다. 작가는 우리가 아는 (현실의) 동양 저 너머의 어떤 신천지를 거닐고 있으며, 그것은 그가 그동안 자신이 접한 동양에 관한 정보들에 대한 주관적인 인식에 근거하여 '자기 개인의 동양'을 상상 공간 안에 재창조하고 있기 때문이다. 따라서 그들의 동양은 그들 각자의 욕망의 흐름에 따라 구축된 각 개인의 동양이다. 에드워드 사이드의 표현을 빌리자면, 각 작가에 의해 '동양화된 동양'인 것이다. 아니면, 동양에 관한 이전의 담론이 구축해 놓은 권위로 말미암아 '있는 그대로' 표상된 동양이 아닌 조작으로서 표상된 동양일 수도 있다.[33] 하지만 중요한 것은 어쨌든 그것이 작

---

33) 에드워드 사이드, 앞의 책, 50~52쪽. 이러한 표현들을 통해 그가 주장하고자 하

가의 내부에서 은밀하게 '꿈꾼' 동양이라는 점이다. 누구에게나 행복하게 꿈을 꿀 권리는 있으므로.

는 것은 물론 우리가 주장하고자 하는 것과는 다르다. 이를테면, 사이드는 유럽의 모든 오리엔탈리스트를 부정적이고 음험한 담론을 생산한 집합체로 바라보고 있다. 그들의 연구가 끝내는 서양 우위를 조장하는 것이었고, 마침내는 군사적인 헤게모니의 구축에 이용되었다는 것이다. 그는 동양을 소재로 한 거의 모든 문학 작품까지 그와 같은 시선으로 바라보고 있다. 그의 저서에서 언급되지 않은 작가들은 아마도 그가 그 작가들을 독서하지 못했기 때문이지 그의 그러한 시선에 '저촉'이 되지 않기 때문은 아닐 것이라는 생각조차 갖게 할 정도로, 그는 자신의 주장을 모든 동양 관련 문학 작품에 획일적으로 적용한다. 그처럼, 그에게는 동양에 관한 거의 모든 글이 '의심스럽다.' 그의 주장에 따르면, "19세기 대부분의 작가들이—그보다 앞선 시대의 작가들도 마찬가지였다는 점은 사실이다—제국의 현실에 관하여 특별히 잘 알고 있었"(위의 책, 39쪽)기에, 그들의 작품은 당연히 세속적 현실과 상황을 반영할 수밖에 없다는 것이다. 그러나 그렇다 치더라도 동양을 다룬 모든 문학 작품이 '상황성'과 '세속성'의 법칙에 온통 지배를 받는다고 주장하는 것은 문학을, 결과적으로 인간을 지나치게 단순한 존재로 치부한다는 오해를 받을 수 있다.

2장 발자크의 아시아의 꿈

중국을 찬미했던 아버지

발자크Honoré de Balzac는 절친한 친구 오귀스트 보르제Auguste Borget
가 중국을 여행하고 돌아와서 쓴 『중국 중국인*La Chine et les Chinois*』에
관한 서평에 이렇게 쓰고 있다.

어린 시절 나는, 그 이상한 민족에 대해 지대하게 감탄하여 마지않던 사랑하는 한
사람에게서 중국과 중국인에 대한 이야기를 자주 들으며 자랐다. 게다가 열다섯 살 때
부터 나는 알드 사제Père du Halde와 아르스날 도서관의 샤를 노디에Charles
Nodier의 선임자였던 그로지에 사제l'abbé Grosier[1)]의 저서를 읽었으며, 적잖이

---

1) 알드 사제(1624~1743)는 예수회 신부로 극동 아시아에서 근무한 사제들의 기록
을 바탕으로 하여 *Description géographique, historique, chronologique, politique, et*

거짓말이 섞인 중국에 관한 대부분의 서적을 읽었다." (『중국 중국인』, *C.H.H.*[2]), 27권, 456쪽)[3]

이 고백적인 글에서 보듯이, 그의 아버지("사랑하는 한 사람")는 중국을 사랑하고 경탄한 나머지 순전히 독학으로 중국에 대해 놀라울 정도의 지식과 정보를 습득한다. 이 글은 그러한 가정에서 자라난 발자크에게 중국과 아시아에 관한 한 아버지의 영향이 지대했음을 여실히 보여 준다.

이러한 가정적 영향으로 아시아와 중국에 남다른 친근감을 갖게 된 작가는, 성장 과정과 연이은 작품 활동 중에도 아시아에 대해 끊임없는 관심과 호기심을 가진다. 그리하여 발자크에게 아시아는 단순히 머나먼 어딘가에 있는 지리학적인 관심의 대상을 넘어서게 된다. 그곳은 어느새 미지의 세계, 상상의 세계로 그의 깊숙한 내부에 자리 잡는다. 때로는 고통스러운 현실의 도피처이기도 하고, 때로는 달려가 포근히 안기고 싶은

---

physique de l'empire de la Chine et de la Tartare chinoise(Paris, 1735)를 저술했다. 그로지에 사제(1743~1823)는 예수회 신부로 중국에 관한 자료를 오랫동안 수집하여 *L'histoire générale de la Chine*(Paris, 1777~1784, 12 vol., in-40)과 *Description générale de la Chine*(1786, in-40)을 저술했다. 이 책은 중국 제국의 연대기를 최초로 유럽에 알린 저서이다.

2) Société des Etudes balzaciennes, Club de l'honnête homme, 1955~1963을 가리킨다. 약자 *C.H.H.*로 표기한다.

3) 이 서평보다 6년 전에 발표된 그의 작품 『금치산자』에서 데스파르 후작은 이와 비슷한 내용을 언급하고 있다. "나의 가정교사는 그로지에 사제였소. [···] 그는 중국에 대해, 그리고 그 나라의 풍속과 풍물에 대해 박학한 지식을 가지고 있었소. 사람들이 자신이 배우는 것에 열광하지 않을 수 없는 그러한 나이에 그는 나를 자신의 후계자로 만들었소. 25세 때 나는 중국어를 배웠소. 나는 그 민족에 대한 무한한 찬탄을 숨길 수가 없었음을 고백해야겠소. [···] (그 나라의) 유물들은 방대하며 [···] 정치는 완벽하오. [···] 부와 산업은 너무도 고차원적이어서 우리는 어느 분야에서도 그들을 따라잡을 수가 없을 것이오."(『금치산자』, 3권, 487쪽)

꿈의 세계가 되어 주기도 한다. 이처럼 발자크가 아시아를 하나의 꿈의 고장으로 변형시킨 데는 앞서 설명했듯이 개인적인 환경의 영향도 크게 작용했지만, 이미 오래전부터 서양인들에게 동양이 동경과 선망의 지역으로 인식되고 있었다는 사실 또한 중요한 원인이었다. 비근한 예로, 콜럼버스의 인도 발견의 꿈과 용기도 그와 같은 서양인들의 집단의식과 욕망에서 비롯된 것일 터이다. 그러한 꿈은 19세기에 들어와 또 한 번의 동양 붐을 개화시킨다. 산업 혁명의 결실들은 더 쉽게, 더 멀리 탐험하고 싶은 욕망을 충족시켜 주기에 이른다. 서양인들은 이제 여러 이기利器를 이용하여 더 용이하게 그들의 꿈을 펼쳐 나간다. 먼저 가까운 중근동les Proche, Moyen Orients으로, 이어 조금 더 용기를 부려 인도와 중국으로 향료와 금은보화를 손에 쥐기 위해 떠난다. 이 용기 있는 사람들은 현실적이고 물질적인 부는 물론, 아시아를 포함한 동양에 대한 이국적인 정보와 찬란한 꿈을 듬뿍 실어다 준다. 상대적으로 무기력을 느끼기 시작하던 서양인들에게 아시아의 땅은 야생적인 힘과 생명이 준동하는 꿈과 희망의 세계로 다가온다. 문학과 예술도 그러한 영향을 고스란히 받는다. 낭만주의 시대를 맞이하고 있던 서양에서, 미지의 세계에 탐닉하고자 하는 많은 작가와 예술가는 앞다투어 동양에 관한 것들을 작품의 소재로 삼기 시작한다. 그들은 서양인들에게는 아직 생소하고 신기한 동양과 아시아의 풍물을 열심히 묘사하고 이국적인 풍경과 풍속을 작품에 삽입한다. 당시 이국적인 풍물 기행기가 큰 인기를 끌었던 것도 이러한 맥락에서이다.

　동시대에 살던 작가라면 그러한 시대 조류에 어떤 식으로든 반응했으리라는 점은 누구나 쉽게 추정할 수 있을 것이다. 발자크가 낭만주의와 거리가 먼 작가라고 말하지만, 오리엔탈리즘이 풍미하던 시기에 살았던 그가 시대의 영향을 어떤 식으로든 받았음은 당연한 일이다. 앞서 보았듯이 발자크는 개인적인 영향과 동시에 사회적인 영향 아래에서 아시아에 대한 꿈을 꾸면서, 그 대상을 향한 욕망을 자신의 작품 속에 면면히 표출하였다.

아시아의 꿈을 담은 작품들

우리는 이 글에서, 아시아에 관한 발자크의 작품을 살펴봄으로써 그가 꿈꾸었던 아시아의 모습을 드러내 보고자 한다. 이 작품들은 아시아에 대한 단편적인 서사가 아니라, 전적으로 아시아에 관한 것을 다룬다. 1823년에 쓴 「이네르Idner」와 1832년의 『자바 여행 *Voyage de Paris à Java*』, 그리고 1842년의 『중국 중국인』에 관한 서평이 바로 그 작품들이다.

첫 번째 작품은 시를 창작하기 위한 사전 준비로서 집필한 산문인데, 카슈미르의 술탄의 딸인 슈자Scheza와 페르시아에서 최고의 미남으로 회자되는 이네르라는 청년 사이의 사랑 이야기이다. 두 번째 작품은 자바 여행 이야기인데, 작가는 이 작품을 통해 아시아의 다채로운 모습을 보여 준다. 한편 세 번째의 작품은 작가의 친구 오귀스트 보르제가 쓴 중국 여행기에 관한 일종의 서평이다. 거의 10년 간격으로 집필한 이 세 작품에서 작가는 아시아 대륙의 거대한 두 '산맥'인 인도 지방les Indes과 중국 지방을 망라한 발견을 시도한다.

1823년이면 오노레가 아직 '참다운 발자크'가 되기 전의 시기로, 작가 수업에 매진해야 했던 불확실한 해이다. 숄레R. Chollet와 기즈R. Guise의 말에 의하면 발자크는 처음에 소설가보다 시인이 되고 싶어 했는데, 그의 편지 도처에서 발견되는 시구들이 그 점을 증명해 준다고 한다. 뿐만 아니라 발자크는 여러 개의 가명으로 쓴 소설에 시를 삽입하기도 한다.

시인이 되고자 했던 그의 욕망은 잠시 제쳐 두자. 그런데 더 놀라운 사실은, 그 시대에는 소설가가 되려면 먼저 자신의 시정poésie을 시험해 보는 것으로 시작했다는 점이다. "작가가 되기를 간절히 바라는 젊은이는 먼저 시정으로 자기 자신을 시험해 봐야 했다는 점을 이해해 주기 바라는 데, 작가들이 오늘날보다는 더 쉽고 풍요롭게 운문을 썼던 시대에 그것은 거의 법칙에 가까웠다. 알렉상드르 뒤마나 프레데릭 술리에Frédéric Soulié, 외젠 쉬Eugène Sue뿐만 아니라 그 밖의 많은 소설가들도 동일한 시도를 해 보았었다."(「이네르」의 서문, 『잡문 Ⅰ』, 플레이아드, 1706쪽).

시 창작을 시도하던 중 자신의 평범성을 깨달은 발자크는 이 장르를 거의 포기하다시피 한다. 그리하여 이제 소설가가 되기 위한 작가 수업을 계속하면서도, "그는 시와 시집 편찬 계획, 그리고 시 작품의 습작에 전념한다. 그리하여 그의 시구詩句들은 『클로틸드 드 뤼시냥Clothilde de Lusignan』에서부터 『반클로르Wann - Chlore』에 이르기까지 원고 곳곳에 간단없이 나타난다. 이처럼 발자크가 시인이 되기를 완전히 단념하는 데는 오랜 시간이 걸리는데,"(「이네르」의 서문, 『잡문 Ⅰ』, 플레이아드, 1760쪽) 그는 그렇게 고집스럽게 시 창작을 추구한다. 「이네르」는 1819년에서 1823년 사이 그의 시 창작 수련기에 쓰인, 운문으로 전환되기 이전의 산문들 가운데 하나이다.

비록 이후의 두 작품에 비해 크게 다른 특징을 지닌 데다 아시아에 관한 묘사가 훨씬 적지만, 이 작품은 이미 아시아적인 분위기에 깊이 젖어 있다. 시 형태로 옮겨지기 전의 짧은 산문이긴 하지만, 이 작품을 읽다 보면 누구나 카슈미르에 대한 작가의 달콤한 꿈속에 함께 빠져들게 된다.

9년이 지난 1832년 『자바 여행』을 쓸 당시 발자크는 아직도 아시아에 대한 자신의 지식에 겸손함을 보인다. 그렇기에 이 이야기는 더 비사실적이며 몽상적이다. 동시에 그는 자신에게 인도뿐 아니라 자바에 대한 많은 정보를 제공해 준 그랑브장송Grand - Besançon 씨에게 고마움을 표한다.

고맙습니다, 라고 나는 그 여행자에게 말하고자 합니다. 당신은 내게 운임을 절약해 주고, 피해를 줄여 주고, 폭풍우와 그 자바 여인들의 위험천만한 매력을 피하게끔 해 주면서 자바를 구경시켜 주었습니다. […] 그랑브장송 씨는 내게 신드바드가 생생하게 살아 있는 제2권을 쓸 생각을 갖게 해 주었고, 공포와 사랑과 위험이 넘쳐 나는 수많은 모험 이야기를 해 주었는데, 그것들은 모두 내게 갠지스 지방에 대한 심한 갈증을 불러일으켰습니다. 그 외에도 그는 내게 후하게 인도에 대한 호기심 넘치는 자료들을 남겨 주었는데, 나는 그 속의 감동적인 이야기들과 시정, 이미지들을 잘 이용할 것입니다. (『자바 여행』, *C.H.H*, 27권, 214쪽)

그렇기에 그랑브장송 씨는 작가에게 아시아에 대한 갈증을 풀어 주는 일종의 오아시스와 비교될 수 있으며, 동시에 아시아에 대한 이국적인 환상들로 이글거리는 욕망을 다시 한 번 불태우게 해 주었다.

반면 10년 후 그는 보르제⁴⁾의 『중국 중국인』에 대한 서평에서 마치 전문가처럼 중국에 대해 언급하면서, 자신의 친구가 "중국을 지나치게 파고들지 않은 것"에 한편으로 기뻐하면서 다른 한편으로는 자크몽V. Jacquemont⁵⁾을 비판하고 나선다. 실제로 아시아에 대해 큰 열정과 호기심을 지녀 온 발자크는, 비록 비체계적일지언정 그 지역에 관한 자료들을 여러 통로를 거쳐 꾸준히 수집하여 지식을 보충해 나간다. 어떻든 1842년 그는 아시아와 훨씬 더 친밀한 상태가 되었다. 조사를 통해 수집한 자료가 『자바 여행』을 집필하던 때보다 훨씬 더 풍성해짐으로써 직업적 성숙성이 더해졌기 때문이다.

---

4) 카로Carraud 부인을 매개로 만나 발자크의 소중한 친구가 되었다. 보르제는 약 4년(1836~1839)간 세계를 일주했고, 여행에서 돌아와 세 권의 저서(*La Chine et les Chinois, Fragments d'un voyage autour du monde, La Chine ouverte*)를 각각 1842, 1845, 1845년에 출판했다.

5) 식물학자로 북아메리카, 인도, 티베트까지 여행하며 연구를 했다. 과학자로서 실증주의적인 관점에서 쓴 『인도 여행 *Voyage dans l'Inde*』(1836~1844) 외에 『자크몽의 여행 일기』(1835), 『서한』(1834) 등의 저서가 있다.

슬픈 일입니다! 프랑스에서 중국에 관한 사실을 배운다는 것은 내게는 상상력을 침해하는 대단히 큰 잘못 중의 하나로 보였습니다. […] 불행했던 때, 나는 주위의 것들이 너무 단조로운 나머지 그 환경이 마음에 들지 않아 자크몽 이전의 아시아, 즉 골콘다의 여왕의 아시아, 바그다드 칼리프의 아시아, 『천일야화』의 아시아 속으로 뛰어들었는데, 그곳은 환상적인 꿈의 고장인 데다 악마들의 소굴이기도 하며, 요정의 궁전들이 가득한 데다, […] 머리에는 값비싼 캐시미어를 두르고 허리에는 호신 패들로 주렁주렁한 허리띠를 두르는, 독재가 그의 도원경桃源境을 실현하는 그런 고장인 것입니다. (『중국 중국인』, *C.H.H.*, 28권, 457쪽)

세 작품에 관한 이야기로 다시 돌아오면, 「이네르」는 슈자와 이네르라는 두 인물 사이의 사랑을 줄거리로 한 짧은 작품이다. 그들의 사랑은 순수하며, 슬프기까지 하다. 언어는 시적이며, 견고한 구조 아래 세 부분(세 편의 노래)으로 구성되어 있다. 그런 만큼, 이 작품 속의 아시아는 다른 두 작품(『중국 중국인』의 서평, 『자바 여행』)에 비해 보다 상상적인 데다 전설적이며, 신비화된다.

이어 1832년, 발자크는 『자바 여행』을 집필하면서 더 행복하게 상상하고, 꿈꾸며, 감각으로 느낀다. 「이네르」와는 반대로 언어는 감정적이고 우울해서, 감정 측면에서의 구상이라고 말할 수 있다. 그와 상반되게 『중국 중국인』의 서평에서는 오히려 현실 속의 현상들이 다루어지며, 서사는 이성의 영역 속에서 유기적으로 배치된다. 이는 곧 지식 측면에서의 구상이라고 말할 수 있다. 세 작품을 좀 더 비교해 보면, 「이네르」는 정신적이고 정열적이며 비현실적인 사랑 이야기인 반면, 『자바 여행』은 상대적으로 보다 관능적이고 육감적이며 촉각적이다. 마지막으로 『중국 중국인』의 서평은 행정적이고 경제적이며 정치적이어서, 오히려 현실적인 내용을 많이 담고 있다. 그렇지만 작가는 그의 꿈을 현실에 굴복시키지 않는다. 그 것은 아마도 상상에 기반을 둔 두 작품과 한 서평 간의 차이일 뿐 아니라, 각 작품을 집필하던 당시의 연령 차이에 기인하는 특성이기도 할 것이다.

다음으로 우리는 세 작품의 주요 내용을 살펴봄으로써, 각 작품에 나타나는 특성을 비교해 보면서 작가의 욕망의 틀 속에 아시아가 어떤 모습으로 구축되어 있는지를 알아볼 것이다.

생매장된 연인

카슈미르의 한 술탄에게 슈자라는 아름다운 딸이 있었는데, 그녀는 아버지의 질투심 때문에 외부와 격리되어 생활한다. 따라서 아버지 외의 어떤 남자도 "그 자연의 경이"를 볼 수가 없다. 그녀와는 정반대로 "놀랄 만큼 추한" 아버지는 날마다 아침이면 슈자를 보러 온다.

어느 날, 페르시아 최고의 미남인 이네르가 프랑스 마술사가 일으킨 구름을 타고 수천의 병사가 감시하는 별채에 몰래 들어가는 데 성공한다. 그로서는 자신의 목숨과 사랑과 미래가 걸린 중대한 모험을 감행한 것이다. 마침내 그는 별채에 갇혀 있는 슈자를 유혹하는 데 성공하여 열광적이고 완벽한 사랑의 기쁨을 맛본다. 그런데 아침마다 자신을 보러 오는 아버지의 눈을 피하기 위해, 슈자는 위험하게도 방 안의 긴 의자 밑에 "신 앞에 맹세한 (그녀의) 남편"을 숨겨야만 한다. 그 순간이 지나가면 그들은 다시 호화로운 방에서 향료와 값비싼 술을 곁들여 사랑에 취한다.

그러던 중 불행하게도, 이러한 장면의 목격자인 하녀가 자신이 본 모든 것을 술탄에게 일러바친다. 그러나 슈자의 아버지인 술탄은 세인의 이목이 두려운 데다 자신이 들은 것을 믿고 싶지 않아, 오히려 그 유일한 목격자인 하녀를 몰래 처형해 버린다. 그러고는 즉각 하인들을 시켜 딸의 방을 수색하게 하여, 문제의 그 긴 의자를 땅속에 파묻게 한다. 당연히 이네르도 그 의자와 함께 매장될 수밖에 없었다. 저녁이 오자 슈자는 이네르가 생매장된 곳으로 달려가 필사적으로 파헤치지만, 헛일일 뿐이다. 다음 날 아침, 슈자는 "신 앞에 맹세한 남편"의 무덤 앞에서 시체로 발견된다.

> 그녀는 흙 위에 차갑게 누워 있었다. 두 팔은 힘없이 나무 옆에 우아하게 늘어지고, 머리칼은 산만하게 헝클어져 있었으며, 백설 같은 두 손은 흙으로 더럽혀져 있었다!
> (「이네르」, 『잡문 I』, 플레이아드, 1087쪽)

기즈와 숄레에 의하면, "작가에 의해 상상된 전철어anagrames는 이 작품의 몹시 개인적인 특성을 보여 주는데, 이 작품에서는 『코르시노 Corsino』나 『팔튀른 II Falthurne II』 이후로 발자크의 작품에서 자주 보게 되는 환상, 즉 아버지와 딸 사이의 근친상간적인 강박 관념이 표현되어 있다."(「이네르」의 서문, 『잡문 I』, 플레이아드, 1736쪽)

관능미의 쾌락이 넘치는 육욕의 고장

앞서 말했듯이, 『자바 여행』은 앙굴렘Angoulême에 있는 화약 공장에서 임원으로 근무하던 그랑브장송 씨의 자바 여행 이야기에서 영감을 받아 쓴 작품이다. 그는 발자크의 삶에서 조언과 격려와 비판을 아끼지 않았던 충실한 친구인 쥘마 카로 부인6) 가족의 친구였다. 발자크가 현실의 고달픔과 창작에 지칠 때면 종종 휴식을 갖기 위해 찾았던 그 부인의 집에는 저녁이면 조그만 살롱이 형성되었는데, 작가와 카로 부부, 그랑브장송 부부가 그 작은 살롱의 구성원들이었다. 때때로 오귀스트 보르제도 합

---

6) 카로 부인은 발자크의 여동생 쉬르빌Surville de Balzac의 어릴 적 친구였는데, 그는 여동생의 소개로 그녀를 알게 되었다.

류했다. 대여행가였던 이 임원이 들려주는 자바 여행 이야기에 주의 깊게 귀를 기울이던 발자크는 "이미 여러 해 전부터 고故 로빈슨 크루소처럼 긴 여행을 하고 싶은 강렬한 욕망으로 고통 받고 있었다."(『자바 여행』, *C.H.H.*, 27권, 187쪽) 아시아 여행에 대한 강렬한 욕망을 불태우고 있던 발자크에게, 그랑브장송 씨의 입담 좋은 이야기는 상상력에 불을 붙이고도 남았다. 그는 화약 공장 임원 덕택에 "운임도 절약하고, 피해도 보지 않으며, 폭풍과 그 자바 여인들의 위험한 유혹을 피하면서"(『자바 여행』, *C.H.H.*, 27권, 214쪽) 상상의 여행을 즐겼다.

1832년 11월 25일 『라 르뷔 드 파리*La revue de Paris*』지에 발표되기 전까지 이 작품의 출판 계획은 여러 번 바뀌었다. 카로 부인에게 보낸 편지에서 발자크는 이 작품이 『레 콩베르사시옹 앙트르 옹즈 외르 에 미뉘 *Les conversations entre onze heures et minuit*』지에 실릴 것이라는 출판 계획을 이야기한다.

> 안녕히 계시오, 그랑브장송 씨에게 내가 그의 추억에 대해 매우 고맙게 여기고 있다는 것과, 『자바 여행』이 완성되어 『열한 시와 열두 시 사이의 대화지』에서 곧 읽을 수 있다는 것을 전해 주시오. 그리고 그의 이야기를 듣던 때의 아름다운 추억을 간직하고 있다는 말 또한 전해 주시오.(『서한』, 2권, 36쪽)

이전의 편지(1832년 1월 22일자)에서 그는 자신의 적들이 많은 『라 르뷔 드 파리』지에 대해 불평을 늘어놓으면서 애초에 계획했던 것과는 달리 이 원고를 『라 르뷔 데 되 몽드』지에 양도할 뜻을 밝힌다.[7]

---

7) "사실인즉 유파스Uphs, 자바 여인, 벵골인, 원숭이들의 사제prêtre des singes 등 모든 내용이 『라 르뷔 데 되 몽드』지에 넘겨지거나 아니면 머지않아 넘겨질 것입니다.

마침내, 엑스Aix에서 역시 카로 부인에게 쓴 1832년 9월 23일자 편지에는 이 작품의 발표와 관련된 결정적인 변경 소식이 전해진다.

『자바 여행』은 11월에 게재됩니다. 그랑브장송 씨는 그것이 실린 『라 르뷔 드 파리』지를 곧 받아 보게 될 것입니다.

당신의 오노레(『서한』, 2권, 131쪽)

이 편지를 쓰고 나서 두 달 뒤, 그가 1832년 9월부터 독점 계약을 맺고 있던 『라 르뷔 드 파리』지에 이 작품이 발표된다. 작품의 내용으로 들어가 보자.

서술자인 '나'는 갠지스 지방으로 출발하기에 앞서 10개월간 자바에 체류한다. 그는 그곳에서 어느 영국 대위의 미망인인 월리스Wallis 부인이라는 자바 여인과 동거한다. 그는 "자바의 여인들이 유럽 남자들을 미칠 정도로 좋아하는 만큼" 보다 쉽게 그 자바 여인과 관계를 맺었던 것이다. 서술자에 의하면, "대부분의 자바 여인들은 부유하나 종종 과부들이다. 편안한 유럽 남자라면, 그곳에 도착한 다음 날이면 잠이 오지 않는 차가운 밤의 몇 시간 동안에 그가 꿈꾸던 호화로운 결혼을 할 수 있을 것이다. 특히 오랫동안의 항해가 끝난 후 자바 여인들의 유혹에다 과도한 화려함과 끝없는 연구거리들, 그토록 빈둥거리는 아시아인들의 삶의 시정이 더해지면, 죽음을 초래할 만큼 자바에 대한 광기를 부추기게 된다."(『자바 여행』, C.H.H., 27권, 193쪽) 서술자는 그 "밤의 섬île de nuit"에서 매혹적인 자바 여인과 아주 이국적이고 환상적인 여러 경험을 하게 된다.

그 글의 한 행 한 행을 써 나가는 동안 나는 당신들 셋 사이에 있는 것 같은 감정이었음을 당신이 부디 알아주었으면 합니다."(『서한』, 1권, 660쪽)

한 남자로서 가장 직접적이며 가장 개인적인 경험(혹은 인상)의 순서에 따라 그것들에 "전설적인 색채를 부여하고 지식인과 어린아이들까지 읽도록 하기 위하여, 뿐만 아니라 믿기지 않는 모든 것을 믿으려 하는 사람들로 하여금 믿을 수 있도록 하기 위하여"(『자바 여행』, *C.H.H.*, 27권, 196쪽) 그는 자신의 상상 속 여행을 묘사해 나간다.

묘사들 가운데 먼저 자바의 여인들에 관해서 말하자면, 그들은 피부가 희고 매끄러우며, 입술은 창백하고 귀와 콧구멍은 흰색이다. "무척 아름다운 검은 눈썹과 갈색 눈만이 그 이상스러운 창백함과 대조를 이룬다." (『자바 여행』, *C.H.H.*, 27권, 192쪽) 머리카락은 풍성하며, 향수 냄새가 진하게 풍긴다. 남자에게 자신의 숱 많은 머리카락을 잘라 건네주는 것은 자바 여인이 할 수 있는 사랑 표시로서는 가장 고귀한 것이다. "모든 여인의 눈에는 영양의 눈빛처럼 사랑을 호소하는 듯한 열정이 담겨 있다. 하얀 발은 비단과 캐시미어 쿠션 위에서 유혹을 한다."(『자바 여행』, *C.H.H.*, 27권, 193쪽) 자바의 여인들은 "유동성fluidité을 타고난 듯하며", "유연성 또한 타고났다." 그들의 몸은 양서류처럼 휘어지고 펴지는 역동적인 탄력을 지닌다. 품위 있는 자바 여인은 목에서부터 땅에 닿을 정도로까지 늘어지는 모슬린 블라우스만을 입으며, 허리에는 단색의 비단 허리띠만 두른다. 다이아몬드, 진주, 보석 반지와 보석들이 그녀에게 정성껏 시중을 드는 노예들에게 아낌없이 주어진다. 빈랑나무 열매와 구장 잎들이 그녀의 치아를 검게 물들이지만, 그럼에도 숨결은 언제나 달콤하다."(『자바 여행』, *C.H.H.*, 27권, 193쪽) 그들은 아주 질투심이 강하다. 사랑하는 남자가 다른 여자와 외도를 하면, 잔인하게 복수를 한다. 그러한 의미에서 사랑의 뒤편에는 곧 살인이 잠재한다. 그렇기에 자바의 여인들에게는 항상 사랑과 (복수를 위한) 살인이라는 두 극단적인 면이 공존한다. 그렇지만 사랑하는 남자가 자신을 끝까지 사랑해 줄 것이라는 편안한 마음을 지니는 이상

"그녀의 사랑은 진정한 불 그 자체이다." "그곳에서는 장작불 위에 사는 듯한 느낌이 든다. 불이 붙으면, 순식간에 정열적으로 타오르기 때문이다."(『자바 여행』, *C.H.H.*, 27권, 193쪽)

계속해서 서술자는 벵골의 새, 즉 아시아의 모든 시를 노래하는 아름다운 목소리를 지닌 새를 소개한다. "벵골의 새의 감미로운 목청"은 모든 것을 함축하고 있다. "이 신성한 새는 장미를 빨아, 장미 향수로 자양분을 삼는다."(『자바 여행』, *C.H.H.*, 27권, 196쪽) 서술자에 의하면, "자신이 애지중지하는 장미에 대한 벵골의 새의 정열에 비교될 만한 인간의 정열은 아마도 없을 것이다."(『자바 여행』, *C.H.H.*, 27권, 196쪽) 자연이 어느 정도로 인간의 음악을 능가하는지를 이해하기 위해서는 자바 섬, 서술자가 특히 좋아하는 이 자바 섬을 여행하라고 '나'는 권장한다.

향수에 관해 말하면, 그 냄새가 "꿈을 따라 영혼 속에서 놀면서 가장 광기 어린, 그리고 가장 즐거운 생각을 자극하고 일깨우는"(『자바 여행』, *C.H.H.*, 27권, 197쪽) 볼카메리아Volcaméria가 있다. 신비한 힘을 가진 이 식물은 오성을 집요하게 공략한다. 비의 나라의 그 축축한 대기 속에서 볼카메리아의 향기를 들이마시는 것은 "딸기 맛의 황홀함, 파인애플 맛의 짜릿한 감미로움, 고급 멜론 맛의 상큼한 즐거움을 어렴풋이 환기시키는데, 그것들은 감미로운 추억을 지닌 모든 여행 속에 순수하게 용해되어 있다."(『자바 여행』, *C.H.H.*, 27권, 197쪽) 사람들은 숱 많은 머리 위에 볼카메리아 덤불을 왕관처럼 쓰고 그 신비로운 향기를 발산하는 인도 여인들을 볼 수 있을 것이다. "그 향기는 천여 가지의 신선한 향기가 혼합된 것인데, 모두 그윽하고 섬세하며 감미롭다."(『자바 여행』, *C.H.H.*, 27권, 201쪽)

또한 독자는 매우 강한 흥분제인 차와 아편의 맛도 볼 수 있다. 아편이 "허공 속의 온갖 창조를 제공해 주는 것에" 반하여, 차는 우울한 "보물"을 선사한다. 그것들이 주는 완전한 도취 속에서 사람들은 행복하게 죽어 간다. 자바의 차와 아편은 다른 자극제들과 함께 아시아의 열정을 부추긴다. 사람들은 이러한 아시아의 강력한 흥분제를 복용함으로써, 마치 포도주가 육체에 발생시키는 취기 속에 빠지듯 이번엔 사고의 취기에 빠져 몽롱한 상태를 느끼며 기분 좋아 한다.

또 그곳에는 아주 무서운 식물인 유파스가 있다. 이 식물은 지구 상에 유일하게 남아 있는 나무이다. 그것은 '죽음의 왕관'이다. 휴화산의 한가운데 홀로 서 있는 전설적인 이 나무는 강한 독취를 풍기는데, 그 영향권 내에 있는 사람은 "아무런 경련도 고통의 표시도 없이 즉사해 버린다." (『자바 여행』, *C.H.H.*, 27권, 202쪽) "이 나무를 스쳐가는 공기는 어느 정도의 반경까지는 죽음을 몰고 간다. 이 흉악한 식물은 마치 절대적인 권력을 지닌 아시아의 왕처럼 홀로 우뚝 서 있다.8) 그것은 단 한 번의 시선으로 사람을 죽이거나 살렸던 옛 아시아의 왕들처럼, 그곳을 지배한다."(『자바 여행』, *C.H.H.*, 27권, 202쪽) 그처럼 서술자가 특히 좋아하는 이 섬 안에 살아 있는 것들은 모두가 이 식물의 무시무시한 권력을 인정하며, "이 죽음의 왕관"을 경외한다.

태양이 작열하는 뜨거운 자연 속을 산책하던 서술자는 양치류 나무 l'arbre - fougère 과에 속하는 고상한 식물을 만난다. 이 나무는 항상 산책로의 급격한 커브 길에서 만나게 되는데, "어느 불멸의 사랑에 관한 생생한 시"처럼 고고하다. "이것은 소리 없이 암송되는 솔로몬의 노래인 「아가」이다."(『자바 여행』, *C.H.H.*, 27권, 206쪽) 자바 사람들에 의하면, 이 환형의 식물은 우아함과 인도의 찬란한 햇빛을 품은 식물 불꽃이다.

---

8) 정치 제도에 대한 작가의 의견을 암시하고 있다. 그는 보수적인 견해를 지니고 있는데, 혁명의 회오리 속에서 아시아의 제왕 같은 강력한 권력이 사회를 안정시킬 수 있을 것이라 생각한다.

작가가 자주 아시아와 동양을 한 범주에 넣어 혼용하듯이, 자바와 인도를 혼용하고 있는 서술자에게 그 지방은 "관능미의 본고장"이다. 그의 마음은 아시아에 대한 대단한 찬사로 넘쳐 난다. 작가는 현실을 비추는 거울 속이 아니라, 자신의 내부에 있는 욕망의 거울 속에 비치는 아시아를 들여다보고 있는 것이다. 작가에 의하면 "오직 아시아와 신만이 관능적 쾌락을 창조할 수 있었는데, 그 관능적인 쾌락이 주는 환희를 표현하기에는 언어가 부족하다. 사랑하는 두 연인의 가슴속 신비로운 찬가인 그 격렬한 포옹을 표현해 내기에 언어가 부족한 것처럼 말이다."(『자바 여행』, *C.H.H.*, 27권, 198쪽) 지금까지의 설명에서 알 수 있듯이, 발자크는 자바를 관능적인 쾌락이 넘치는 육욕의 고장으로 그리고 있다. 그런데 이러한 모습은 현실 속의 아시아와는 상당히 다르다.

전체적으로 보아, 자바에 관한 이 이야기는 작가의 친구 오귀스트 보르제가 지적했듯이 "사실이 아닌" 경우들이 아주 많다. 실제로 이 작품의 내용이 매우 비현실적임은 누구나 쉽게 알 수 있다. 그렇지만 그런 사실은 여기서 전혀 중요치 않다. 발자크가 실증주의의 추종자 자크몽을 증오했음을 알고 있는 상황에서, 그리고 그러한 묘사들이 결국 한 작가의 상상에 의한 것임을 아는 이들에게 그와 같은 사실은 아무런 의미도 없다. 그것은 작가의 욕망 체계에 따라 빚어진 그만의 세계이며, 자바라는 대상을 통해 구축된 일종의 낙원이자 이상적인 세계이다. 다시 말해, 작가의 내면 깊숙한 곳에 닻을 내린 다양한 욕망 중 하나에 적극적으로 응하는 한 세계의 표상에 불과한 것이다.

아! […] K씨, 그와 같이 만족스러운 관능적 쾌락의 나른함 속에서 보내는 삶, 영혼의 신경 돌기에 신선하게 증발되어 다가오는 향수를 피우며 사는 삶, 아무것도 하지 않고 아무것도 생각하지 않으며 그 자신의 시인이 되는 삶, 가슴속 가장 깊은 곳에 자신의 순결한 꿈을 묻는 삶이란! 내 말을 믿어 주세요, 우리의 불완전한 세계에서 그런 삶은, 모든 나라 그리고 가톨릭에서 하늘 혹은 낙원이라 불리는 더할 나위 없이 완벽한 세계를 가장 닮은 그런 세계인 것입니다. (『자바 여행』, *C.H.H.*, 27권, 214쪽)

환상적이고 우스꽝스러운 이상한 민족

이 글은 중국을 주제로 한 것으로 『자바 여행』이 발표된 지 10년 후에 쓰였으며, 이보다 6년 전에는 데스파르d'Espard[9]라는 인물을 통해 작가 자신의 아버지의 중국 열정을 보여 준 『금치산자』가 출판되었다. 실제로 어린 시절 아버지에게 "그 이상한 민족"에 대한 이야기를 자주 들었던 발자크에게 중국과 중국인은 그만큼 더 가깝고 친근한 대상이었다. 그러한 상황에서 친구 보르제가 중국을 여행한 이야기와 여행 중에 그린 아시아에 관한 그림을 함께 출간한 책들은, 저자와 가까운 친구인 데다 오래전부터 중국에 대해 꿈을 꾸어 오던 발자크에게는 더욱 강한 호기심을 불러일으켰다. 사실, 처음에 발자크는 외국을 여행하면서 예술을 습득하느니 나라 안에서 연구하는 게 더 효과적이라고 주장하며 친구의 여행 계획을 비판했다. 세계를 여행하는 것은 멋지고 유익한 일이지만 예술가에게는 너무도 큰 시간 손실이라고 생각했기 때문이다. 어떻든 보르제는 여행을 떠났고 그 결실로 세 권의 책을 출판했는데, 그 가운데 하나가 『중국 중국인』이다.

이제 발자크는 처음과는 달리, 보르제의 여행에 호의적인 태도를 보인다. 그는 한편으로는 친구에 대한 우정의 증표로, 다른 한편으로는 그 훌륭한 여행에 대한 칭찬으로 상당히 긴 서평을 쓰게 된다. 이렇게 해서 『라 레지슬라튀르』지에 4일간에 걸쳐(1842년 9월 14, 15, 17, 18일) 이 글이 발

---

9) 이 인물은 작가의 아버지처럼 중국 전문가이다.

표된다.

그런데 발자크는 이 서평에서조차도 중국을 자기 입맛대로 요리한다. 이를테면 자기가 생각하고 마음속에 품어 온 '자신의' 중국을 이야기하는 것이다. 그 중국은 환상적이고 우스꽝스러운 데다 신비한 모습이다. 그렇지만 이 글에서 소개되는 중국은 『자바 여행』이나 「이네르」에 등장한 아시아의 모습보다는 훨씬 덜 상상적이다. 여행기의 서평이기에, 내용부터가 여행자의 눈에 비친 현실적인 것들이다. 처음에 발자크는 친구의 책이 자신이 그동안 마음속 깊이 간직해 온 혹은 간직하고 싶어 했던 몽환적 중국에 대한 환상을 깨 버리지나 않을지 두려워한다. 그렇지만 다행스럽게도 보르제는 중국을 '너무 깊이 파고들지는' 않았다.

> 오귀스트가 확실히 중국으로 들어갔다는 소식을 듣자마자 뭔가 큰 걱정이 내 영혼 속으로 뚫고 들어왔습니다. '그것은 자크몽의 제2의 저작이 될 것이다'라고 나는 생각했습니다. […] 그러나 안심들 하십시오! 상상력 풍부한 사람들이여, 환상이라 불리는 그 신성한 영혼의 잠의 상앗빛 문들을 돌파하기에 충분한 힘을 불행에게 선사하는 몽상가들이여. 오귀스트 보르제 씨는 지나치리만큼 중국을 파고들지는 않았습니다. 환상적이고 우스꽝스러운 중국을 우리에게 남겨 주었으니 말입니다. (『중국 중국인』, *C.H.H.*, 2권, 457쪽)

이 서평에서 발자크는 보르제가 언급한 내용을 소재에 따라 요약하면서, 각 소재에 대해 자신의 의견을 개진한다. 그런데 실제로는 저자의 목소리보다 발자크 자신의 목소리가 더 많이 실려 있다. 이를테면 '발자크 자신의 중국'을 이야기하고 있는 것이다. 그래서 보르제에게 비친 중국의 모습보다는 오히려 중국에 대한 발자크 자신의 지식과 생각, 환상을 말하고 있다는 인상이 강하다. 다시 한 번 중국에 깊이 빠져들 기회를 얻은 발자크는 중국에 관한 많은 것들을 행복하게 반추한다. 도처에 새겨진 글귀들, 도덕적인 삶, 해외 상권, 박대받는 아이, 인구 과잉, 양식의 부족 현상, 정치, 선상 마을, 주민의 풍습, 차, 아편, 예술, 종교, 조상 숭배, 풍수지리, 도둑과 오해받은 어린 절도범, 제조업과 무역, 사원寺院의 교육, 공연에 대한 중국인의 열정, 그리고 마카오 사원의 전설 이야기 등등……

이 소재들을 통해 알 수 있듯이, 차와 아편과 중국인들의 뛰어난 상술을 제외하고는 이 서평에서 다루는 것들은 『자바 여행』에서 다룬 것들과는 완전히 다르다. 자바에 대한 글에서는 자연 풍경, 식물, 동물, 여인, 열정, 관능적 쾌락 등을 다룬 데 반해, 이 글에서는 사회, 풍습, 정치, 예술, 종교, 경제 등을 다루고 있기 때문이다.

우리의 여행가를 맨 먼저 놀라게 한 것은, 도처에 붙어 있는 글귀들inscriptions이다. 그것들은 "벽에도 바위에도 문지방에도 돌림띠에도, 덧문에도 처마에도 바위에도"(『중국 중국인』, C.H.H., 28권, 460쪽) 새겨져 있거나 붙어 있다. 실제로 이 글귀들은 삼강오륜三綱五倫이나 권선징악勸善懲惡 등 가정과 사회, 국가가 권장하고 추구하는 가치와 관련된 것이다. 보르제가 관찰한 몇 가지 글귀를 인용해 본다.

"못된 짓을 하여 얻은 재산은 무용지물일 뿐이다." "도둑질을 한 자는 그의 아버지가 죽어서 관 속에서 큰 고통을 받는다." (『중국 중국인』, C.H.H., 28권, 461쪽)

조상 숭배anoblissement rétrograde는 다른 아시아인들에게 그러하듯 중국인들에게도 아주 중요한 일이다. 그들은 죽은 조상들을 신처럼 숭배하기에, 일종의 종교와도 같다.

거기에서 죽은 이에 대한 숭배가 나온다. 그것은 너무도 큰 신앙이어서 중국인들은 자신이 불행에 처하게 되면 행여나 그들의 조상이 잘못 안치된 탓은 아닐까 생각한다.

[…] 중국에는 묏자리를 잡아 주는 지관地官이 있어서, 어떤 사람의 삶이 편치 못한 것을 보면 묏자리를 잘못 써서 그런 것이라고 이야기한다. 그러면서 조상을 영원히 편안하게 해 드릴 수 있는 아주 좋은 묏자리를 찾아 놓았다고 알려오면 그는 그 일종의 사망자의 별장을 비싼 값을 지불하고 산다. (『중국 중국인』, *C.H.H.*, 28권, 474쪽)

발자크에게, 중국은 모든 분야에서 프랑스를 능가한다. 특히 상업에 관해서라면 더 말할 필요가 없다. "중국인이 세상에서 제일가는 상인이라는 것을 아무도 부인하지 못한다!"(『중국 중국인』, *C.H.H.*, 28권, 472쪽) "중국인은 당연히 세상에서 상업적으로 가장 능한 민족이다."(『자바 여행』, *C.H.H.*, 27권, 213쪽) 중국인의 상술에 관해서는 『자바 여행』에서도 이미 언급된 바 있다. 세계 곳곳에서 상업에 능한 중국인들은, 자바에서도 기후의 악재를 극복하고 부지런히 일을 하여 상업을 독점하는 데 성공한다.

중국인들은 거리의 상인으로서는 비범하다. […] 유럽인들에게 크게 방해가 되는 것으로 기후, 사랑, 자바 여인들과의 쾌락, 나태, 그리고 중국인이 있다. 중국인들은 모두가 영원히 그들의 나라에서 추방된 데다 모든 것을 삼킬 듯한 그 환경에 익숙하여 상업을 독점하고 있으며, 처벌을 피해 가면서 대담한 속임수로 도둑질을 행하고 있다. 그 능함은 판사들 사이에서조차 칭찬하는 사람들이 있을 정도이다. (『자바 여행』, *C.H.H.*, 27권, 212쪽)

중국인들은 상업만큼 도둑질에도 능하지만, 작가는 그에 대해 말하기를 피하려 한다. 오히려 그는 독자들의 오해를 불식시키려 시도한다. 이처럼 작가는 중국인들을 끝까지 옹호하려 한다. "오류다! 영리營利보다도 덕목을 훨씬 애호하는 그 민족의 사정은 전혀 다르다."(『중국 중국인』, *C.H.H.*, 28권, 461쪽)

작가에게 중국에 견줄 수 있는 나라는 영국밖에 없다. 때때로 발자크의 중국에 대한 생각은 볼테르의 영국에 대한 그것과 유사하다.10) 발자크에게 중국은 프랑스뿐만 아니라 유럽 여타의 나라들에게도 본보기가 되며, 또 그는 그러기를 매우 바란다.

> 영국에서처럼 중국에는, 내가 설명하게 되겠지만, 높은 도덕성이 있다. 중국과 영국에서의 제조와 무역은 정직하다. 이 두 민족의 생산품은 전 지구 상에서 다른 모든 나라의 것에 비해 우위를 점하고 있는데, 그들의 성실성에 그 힘과 성공의 요인이 있음에 틀림없다. 프랑스의 상업과 제조는 그와는 반대로 졸렬하며, 비정직성은 나라의 황폐를 자초하고 있다. 파리의 아무 프랑스인에게나 중국에 무엇이든 주문해 보게 하라. 그는 요구했던 대로의 물품을 받게 될 것이다. 질에서나 제조에서 절대로 속임수가 없을 것이며, 가격도 아주 적절할 것이다. (『중국 중국인』, C.H.H., 28권, 476쪽)

그렇지만 언제나 그러하듯, 칭찬할 만한 중국인의 정직성에도 불구하고 상업에서 속임수는 늘어만 간다. 상인들은 거짓과 사기의 유혹에 항상 노출되어 있기 때문이다. 그러한 곳에 종교는 자연스럽게—이 국민이 도덕성에 민감한 만큼 더 효과적으로—악덕의 교정을 위해 스며들어 간다.

> 중국은 종교 정신에 깊게 젖어 있다. 그렇다. 투자와 상업에서 발생하는 가시적인 속임수들에도 불구하고 아무도 침입하지 못했던 […] 그 사회를 종교가 지탱해 주고 있다. (『중국 중국인』, C.H.H., 28권, 473쪽)

---

10) 볼테르는 영국을 이상화하여 프랑스가 그 나라를 모방할 것을 주장했다. 이 책에 보론으로 실린 「볼테르의 『철학 콩트』 속의 중국 이미지」 참조.

보르제는 중국의 예술에 대한 관찰에 더 주의를 기울인다. 무엇보다도 그는 예술가이기 때문이다. 실제로 보르제는 처음의 의도와는 달리, 여행 중 각국의 예술에 더 큰 관심을 기울인다. 그러한 맥락에서 보더라도, 오귀스트 보르제가 중국의 예술을 비롯하여 각 방문국의 예술을 주의 깊게 관찰한 것은 당연한 일일 것이다.

중국인들은 미美의 한계를 이해한다. 그들은 일반적인 의미의 미라는 것은 그 외적인 모양을 증대시키는 데 한계가 있다고 생각한다. "모든 미학은 미에 대한 긍정적 규정을 기술함으로써 추醜라고 하는 부정적 규정도 어떤 방식으로든 기술하지 않을 수 없기"[11] 때문이다. 곧, 이는 미학에 관한 문제이다. 일찍부터 "우리가 미라고 부르는 것의 불모성"을 깨달은 중국인들은 이전의 미 개념과는 다른 개념의 발견을 시도한다. 이를테면 추하고 변형된 이미지의 발견의 시도가 그것이다. 그 미는 사람들이 전통적으로 이해하는 그런 아름다운 이미지만은 아니다. 중국인들의 이 이론에 관한 발자크의 견해를 보면 이렇다.

> 중국의 예술은 무한한 다산성을 지닌다. [⋯] (전통적 개념의) Mlle Beau라는 것은 한 개의 혈통을 가질 수 있을 뿐이다. [⋯] 중국의 이론은 사라센이나 중세보다 수천 년 앞서, 낭만주의자들의 면전에 그토록 바보처럼 던져진 단어, 즉 미라는 단어의 반대어로 사용되는 추le Laid라는 단어가 갖는 무한한 가능성을 보았던 것이다. (『중국 중국인』, *C.H.H.*, 28권, 472쪽)

발자크에 의하면, 중국인들은 오래전부터 추함에서 끌어낼 수 있는 형상들의 미를 이해했다. 그래서 그러한 미의 개념에 입각한 중국 예술의

---

11) 카를 로렌크란츠, 『추의 미학』, 조경식 옮김, 나남, 2008, 2쪽.

형상들은 우스꽝스러워진다. "모든 아름다운 것은 조형을 필요로 하기 때문에 보편적 비례 관계나 통일성, 대칭, 조화의 관계에 기초해 있다. 그렇기 때문에 추는 통일성을 완성하는 것을 막거나 기형과 부조화를 이루는 모순의 혼란을 생산해 냄으로써 통일성을 형상 없는 것으로 해체하는 무형無形에서 시작되기"12) 때문이다. 그러므로 그와 같은 코믹하고 우스꽝스러운 이미지들 앞에서 웃음이 나오는 것은 논리적인 귀결이다.13) 행복은 그런 우스꽝스러운 이미지들 앞에서 미소 지을 수 있는 사람들의 것이다. 그러니, 중국인들은 본질적으로 즐거운 민족인 것이다.14)

이처럼 『자바 여행』보다 중국의 실제 현실에 대해 훨씬 더 많이 이야기하고 있음에도, 발자크의 말은 여전히 중국에 대해 칭찬으로 일관하는, 백일몽을 꿀 때 자기도 모르게 흘러나오는 그런 유의 행복한 말들이다.

어린 시절 동경했던 동화 같은 아시아

발자크가 꿈꾸었던 아시아의 모습을 더 잘 보려면, 무엇보다 『자바 여행』과 『중국 중국인』의 서평을 서로 보완적으로 이해할 필요가 있다. 전자가 보다 환상적이고 관능적이며 감각적인 데다가 자연에 관련된 것이라면, 후자는 상대적으로 더 객관적이고 이성적이며 사회와 풍습에 관련

---

12) 위의 책, 441쪽.

13) 카를 로렌크라츠에 의하면, "추의 개념은 미 자체의 개념과 코믹의 개념 사이에서 부정적 중간을 이룬다. [⋯] 코믹은 [⋯] 추를 유쾌하게 만들어 미로 전환시키는 것이다. 추는 미에 대립적이다. 추가 미에 모순이 되는 반면, 코믹은 미가 될 수 없다. [⋯] 추는 미의 부정성으로서 코믹 내에 함께 설정되어 있으며, 코믹은 이런 부정성을 다시금 부정한다."(위의 책, 73쪽)

14) "추가 즐거움을 생산해 낼 수 있다는 점은 병적인 것과 악한 것이 그런 즐거움을 불러낸다는 것과 매한가지로 모순적이다. 그러나 이 즐거움은 가능한데, 한편으로는 건강한 방식으로, 다른 한편으로는 병적인 방식으로 그렇다."(위의 책, 72쪽)

된 것이기 때문이다. 그럼에도 이 작품들은 중국에 대한 아주 비현실적이고 환상적인 이미지들로 가득하다. 앞서 보았듯이, 작가가 아시아라고 우리에게 소개하는 것은 실제의 아시아와는 매우 다르며, 현실 속의 객관적인 아시아의 모습과 큰 차이가 있는 아시아이다. 그 모습은 이상화되어 있기까지 하다. 그렇기에 그 아시아는 작가의 내적 욕망에 의해 구축된 이상화된 아시아이다. 그것은 곧 자신이 꿈꾼 대로의 세계이며, 상상 속에서 만들어진 아시아이다. 그 아시아는, 어린 시절 아버지의 이야기를 들으며 동경해 왔던 동화적이고 몽환적인 세계인 것이다. 하루에 15~16시간 이상 작업실에 틀어박혀 자신의 문학 세계를 조각하던 중, 머리를 좀 식힐 겸 시원스레 꿈꾸어 본 낙원이기도 하다. 그 낙원은, 현실에서 무엇 하나 성공해 보지 못한 작가에게 꿈으로나 다가갈 수 있는 행복한 도피처이기도 하며, 현실에서 갖지 못한 것들을 모두 가져다주는 요술 방망이의 세계이기도 한 것이다.

이 아시아는, 작가 자신의 영혼 속에 뿌리박고 있는 욕망의 표상이기도 하다. 이 욕망이 아시아라는 현실적인 대상을 변형하고 윤색해 놓은 것이다. 따라서 작가가 우리에게 아시아라고 소개한 것은 우리가 여행하면서 볼 수 있는 그런 모습의 아시아가 아니라, 작가의 욕망의 힘에 의해 변형된, 작가가 자신의 내부에 구축한 '작가 자신의 아시아'이다. 그러므로 그 아시아는 일종의 '신화적인' 아시아이다. 작가는 아시아라는 신화를 창조한 것이다.

3장 고티에의 아시아의 꿈

– 『수상루』와 『포르튀니오』를 중심으로[*]

'세나클'의 학생 테오필 고티에

동양에 대한 서양인들의 끊임없는 관심은 19세기에 들어와 절정을 이룬다. 그들은 자신들에게 새로운 원기를 불어넣어 줄 수 있는 세계와 문명에 큰 호기심을 가졌는데, 그중에서도 동양과 동양 문명은 야생적인 힘과 생기가 넘치는 꿈의 세계로 비친다. 그리하여 그들은 증기선 같은 운송 수단의 발명과 함께 그 꿈의 세계를 향한 탐험에 열중하는가 하면, 동양 연구가들(오리엔탈리스트들)은 또 그들대로 동양의 신비로운 풍속과 문학, 예술, 종교, 그리고 자원에 대한 정보와 지식을 더 정확히 소개하고 열심히 연구했다. 동양에 관한 이러한 연구와 소개는 19세기 중반에 이르

* 이 글은 2004년도 한국학술진흥재단의 지원을 받아 연구된 것이다.(KRF-2004-075-A00035)

러 서양 최대의 학문적 보고가 되는데, 특히 프랑스 파리는 19세기에 동양 연구(오리엔탈리즘)의 중심지 역할을 한다. 그리하여 "동양에 대한 만화경萬華鏡은 이 시기에 마침내 모든 칸의 갖가지 그림이 완성된다."[1]

이와 같은 19세기의 '동양 르네상스'[2]는 대개 나폴레옹의 이집트 원정(1798) 때부터 시작되었다고 이야기한다. '동양학자 군단'을 대동하고 이집트 원정을 떠난 그는 곧바로 이집트협회를 창설케 함으로써 이집트 및 이슬람 문화에 관한 막대한 지식과 정보 획득에 크게 기여했으며, 동양연구 열풍을 불러일으킨다. 그처럼 먼저 가까운 중근동에 관한 열풍으로 시작된 이 현상은 이어 인도와 중국, 일본 등 (극)동아시아까지 영역이 확대된다.[3] 그리하여 이제 "'동양'이란 말은 아마추어와 전문가를 가리지 않고 모든 아시아적인 것에 대한 열광과 같은 뜻이었고, 아시아적인 것이란 이국취미, 신비성, 심원함, 생식력 등과 놀랍게도 부합되었다. 이것은 과거의 르네상스 극성기에 유럽에 나타난 고대 그리스와 로마에 대한 정열이 그대로 동양을 향한 것으로 바뀐 것이었다."[4]

----

1) Thierry Hentsch, *L'Orient imaginaire*, Les Editions de Minuit, 1988, 9쪽.

2) 레몽 슈와브는 『동양 르네상스』(Payot, 1950)를 출판하는데, 이 책의 제목은 당시 동양에 대한 서양인들의 열풍을 상징적으로 말해 준다. 동양 연구가 에드가 키네가 자신의 저서 『종교의 정수』(1841)에서 처음 사용한 이 표현은 연구가들에 의해 자주 인용되고 있다. 키네는 19세기의 그 같은 동양 연구 열풍 현상을 16세기의 그리스 고전 연구 열풍 현상(르네상스)에 비유하여 이 말을 사용했다.(위의 책, 제1장 참조)

빅토르 위고도 그 상황을 비슷하게 표현하고 있다. "현금의 지식인들에게 동양 문학은 16세기 지식인들에게 그리스 문학과 같을 것이다."(위의 책, 19쪽)

3) 1814년 콜레주 드 프랑스 최초의 중국학 교수로 임명된 장 피에르 아벨 레뮈자 Jean - Pierre Abel Rémusat는 1821년 아시아협회를 설립한다. 아시아협회는 동양에 관한 자료들을 다각도로 확보하여 체계적이고 전문화된 지식의 형태로 정기 간행물을 간행하여 아시아에 관한 지식을 확산시킨다. 그리고 1795년에 설립된 동양어학교는 1841년에 처음으로 중국어 강좌를 개설하여 큰 성공을 거둔다. 동양 열풍에 발맞추어 설립되고 개설된 이런 동양 관련 연구 기관과 강좌들은 동양 연구에 크게 기여한다.

이러한 열풍은 당연히 문학과 예술에 큰 영향을 미친다. 문학과 예술은 필연적으로 시대적·사회적인 상황에 '연루'되지 않을 수 없기 때문이다. 실제로, 미지의 세계를 동경하고 탐닉하고자 했던—낭만주의에서 상징주의에 이르는—많은 작가 및 예술가들에게 동양은 무슨 유행병처럼 번져5) 작품의 주요한 소재가 되는가 하면, 문학 이론 및 미학의 고양에도 긴요하게 활용된다.

낭만주의의 거장 빅토르 위고도 그런 작가들 중의 한 사람인데, 그의 『동방 시집』(1829)은 동양에 대한 꿈과 환영의 장場이다. 그는 그 시집에서, 시에서 무엇보다 중요한 것은 "마음 가는 대로 달려가 마음에 드는 것"을 자유롭게 묘사하는 일이라는 자신의 문학적 소신을 확산시키기 위해 당시의 동양 열풍을 이용한다. 그는 『동방 시집』의 서문에서 당시의 동양 열풍 분위기가 자신을 비롯한 대다수의 작가 및 예술가들의 지성과 상상력에 끼친 광범위하고 지대한 영향에 대해 이렇게 쓰고 있다.

이 모든 것(모든 프랑스 사람이 동양 연구가라고 말할 수 있을 정도로 동양에 대한 연구가 그 어느 때보다 크게 진척되어 있다는 사실)으로 인해, 동양은 이미지로서든 아니면 사고로서든 지성 및 상상력 둘 모두에게 보편적이며 주된 관심거리가 되었다. 그리하여 이 책(『동방 시집』)의 저자인 나 역시 나 자신도 모르게 아마 그 관심거리(동양)에 끌렸던 것 같다. 동양 색채는 스스로 나의 모든 사고와 몽상 속으로 스며들어와 그 흔적을 남겼다.6)

---

4) 에드워드 사이드, 『오리엔탈리즘』, 박홍규 옮김, 교보문고, 2001, 102쪽.
5) "이 시기에 유럽에서는 학식이 풍부한 전문가들의 손으로 동양의 사물에 관한 여러 가지 학문적 발견이 행해졌고, 그것과 별도로 실제로 동양 유행병이라고도 할 수 있는 것이 당시의 저명한 시인, 수필가, 철학자 들에게 영향을 미쳤다."(사이드, 위의 책, 102쪽)

낭만주의의 산실 역할을 한, 위고가 이끌던 그 유명한 '세나클Cénacle' 에서 성실하게 '문학 수업을 받은' 낭만주의의 '학생' 테오필 고티에 Théophile Gautier(1811~1872). 그는 낭만주의의 수장인 위고의 『에르나니』(1830) 공연 성공을 위해 "자주색 상의에 연회색 바지, 그리고 검정 벨벳 칼라를 단 외투를 입고 장내를 분주히 돌아다니며" 진두지휘를 하기도 했다. 이런 고티에에게 스승 위고의 영향은 절대적이었다.[7]

위고의 영향은 동양에 관해서도 마찬가지였다. 대부분의 작가에게 그랬듯이 당시의 동양 열풍은 고티에 역시 비켜가지 않았으며, 특히 그에게 위고의 『동방 시집』의 영향은 대단히 컸다. 소설 『모팽 양Mademoiselle de Maupin』(1835)의 서문에서 밝힌 '예술을 위한 예술'이라는 그의 예술 지상주의의 옹호[8]도 결국은 위고의 『동방 시집』의 서문과 『에르나니』의 서문에 나타난 스승의 예술 지상주의 견해를 더욱 발전시킨 것[9]이라는

---

6) 위고, 앞의 책, 98쪽.

7) 고티에는 심지어 자신의 작품(『포르튀니오』)에서까지 스승에 대한 존경심을 표현함으로써 그의 지대한 영향을 증명하고 있다. 『포르튀니오』(26장)에서 주인공 포르튀니오는 서양 문명에 환멸을 느끼고 다시 인도 제국으로 돌아가기 전 라댕 망트리에게 남긴 편지에서 그 환멸의 문명국 예술가들 중 예외적인 한 인물을 옹호하는데, 바로 그 '예외적인 인물'이 자신의 스승 위고다.

"예술은 또 어떻고요. 도대체가 전혀 매력적인 상황이 못 됩니다. 화랑에 전시된 아름다운 그림들은 모두가 고대의 대가들 것입니다. 그렇지만 파리에는 이름이 go로 끝나는 한 시인이 있는데, 그만이 내겐 아주 적절하게 잘 다듬어진 작품들을 공들여 만들었던 걸로 보입니다."(Théophile Gautier, *Théophile Gautier I*, Gallimard, 2002, 728쪽)

8) 고티에는 이 작품의 서문에 "진정으로 아름다운 것은 어디에도 쓸모가 없다. 유용한 것은 모두가 다 추하다"(테오필 고티에, 위의 책, 230쪽)라고 썼다. 이 표현으로 그는 예술의 유일한 목표는 미의 추구에 있다는 자신의 주장을 대변하고 있다. 그는 예술은 도덕과 정치로부터 자유로워야 한다고 말한다. 이를테면 예술은 그 자체가 목적이어야지 도덕과 정치의 수단이 되어서는 안 된다는 것이다.

9) 마리 클로드 쇼도느레 외, 『프랑스 낭만주의』, 김윤진 옮김, 창해ABC북, 2001, 30쪽 참조.

사실에서도 고티에에 대한 이 시집의 지대한 영향은 증명된다. 심지어 생트뵈브는, "고티에는 말하자면 프랑스 문학 전체에서 테오필 드 비오와 위고의 『동방 시집』 밖에 좋아하지 않았다"[10]고까지 말한다.

그리하여 그는 젊은 시절부터 특히 중국과 일본의 자기와 예술에 큰 관심을 가진다. 1846년에는 중국에 관한 이야기인 『수상루 Le Pavillon sur l'eau』[11]를 출판하며, 1851년, 1855년, 1857년 파리에서 개최된 만국 박람회 때는 중국과 일본의 전시관 및 그 내용에 대해 기사를 쓰기도 한다. 그는 저널리스트로서 『라 프레스』지와 『르 모니퇴르』지를 통해 중국의 그림과 문학, 그리고 일본 문학 등에 관해 많은 글을 게재함으로써 프랑스 내의 중국 및 일본 취향에 더욱 불을 붙인다.

작가의 내면에 구축된 '작가 자신의 아시아'

고티에의 작품 가운데 아시아를 직접적인 소재로 하여 썼거나, 아니면 간접적이지만 주된 것으로 다룬 (허구의) 산문 작품으로는 위에서 언급한 『수상루』와 『포르튀니오』가 있다.[12]

----

10) Emile Faguet, *Dix-Neuvième Siècle, Etudes littéraires*, Boivin & Cie, 1949, 218쪽.

11) 이 작품은 *Le Pavillon sur l'eau, nouvelle chinoise*라는 제목으로 1846년 잡지 『가족 박물관 Le Musée des familles』의 9월호에 발표된다. 레뮈자(주3 참조)가 번역한 『중국 단편집 Contes chinoises』(1827)에 수록된 「물속의 그림자 L'Ombre dans l'eau」에서 결정적인 영감을 얻어 쓴 작품이다. 그 속에는 당唐나라 시대의 시인 이태백과 두보 등의 이름이 등장(테오필 고티에, 앞의 책, 1123쪽)하며, 삼강오륜과 같은 중국의 도덕과 풍속, 그리고 한자의 조형미 등에 대해서도 폭넓은 지식을 바탕으로 잘 묘사되어 있다.

12) 중근동을 주요 소재로 하여 쓴 작품은 여럿 있다. 그런데 아시아가 주되게 다루어진 작품은 시를 제외하고 이 두 작품이 거의 전부다. 하지만 다른 작품들 속에서 부분적으로는 많이 언급되고 있다. 사실 1862년에서 1866년까지 팅퉁링Ting-Tun-Ling이라는 중국인 가정교사를 딸 쥐디트에게 붙여 주기까지 할 정도로 중국에 대한 열정이

먼저, 『수상루』는 광둥 지방에 사는 두 부유한 가문(투Tou 씨 가문과 쿠앙Kouan 씨 가문)의 오랜 증오가 자식들의 운명적이고 완전한 사랑에 의한 결혼으로 해소된다는 이야기다. 투 씨와 쿠앙 씨는 어릴 때부터 절친한 친구였는데, 어른이 된 후 어느 때부턴가 조금씩 사이가 틀어지기 시작하여 마침내는 증오의 벽이 둘 사이를 가른다. 그런데 투 씨 가문에는 주키우앙Ju - Kiouan이라는 이름의 딸이 있으며, 쿠앙 씨 가문에는 칭싱Tchin - Sing이라는 아들이 있다. '벽옥'이라는 뜻의 주키우앙은 총명하기 이를 데 없으며 손재주가 아주 좋은 절세의 미인이다. '진주'라는 뜻의 칭싱 역시 일찍이 과거 시험을 뛰어난 성적으로 합격("과거 시험 합격자 목록의 맨 앞부분에서 그의 이름을 발견할 수 있었다")한 전도양양한 귀재다. 그들은 각자 부모에게 결혼을 권유받으나 번번이 거절한다. 그러던 중 양가의 어머니가 꾼 꿈의 내용을 전해들은 포Fô라는 산사의 스님이 그 꿈들을 해몽한다. 그의 말에 의하면, 그 꿈들은 '벽옥'과 '진주'의 운명적인 결합을 예견해 주고 있다는 것이다. 이윽고 두 집안은 '운명'을 받아들여 자식들을 서로 결혼시키고, 오랜 앙심을 풀어 화해를 이룬다. 물론 정자 위에서 우연히 연못에 비친 서로의 얼굴을 발견한 둘은 이미 첫눈에 반해 있었다.

고티에는 이 작품을 쓰기 위해 사전 자료 수집에 많은 노력을 기울인다. 『가족 박물관』지의 편집자 앙리 베르투에게 보낸 1840년 1월 10일자 편지 내용은 그 사실을 잘 말해 주고 있다.

대단했던 것에 비추어 볼 때 아시아를 주되게 다룬 작품은 상대적으로 적은 편이다. 그 열정의 열매는 오히려 딸에게서 더 풍성하게 맺어진다. 그의 딸은 중국에 관해 많은 작품을 남겼고, 그리하여 우리는 고티에의 딸 쥐디트의 그 작품들을 다음 연구 대상으로 삼을 것이다.

그 나라(중국)에 관한 다양한 정보를 얻기 위해 아직 많은 책을 읽어야 할 것 같습니다. 일본을 비롯한 여러 다른 나라의 많은 자기들에 대한 면밀한 관찰 또한 필요합니다. [···] 번거롭지 않다면, 한 가지 도움을 청합니다. 혹시 우연스럽게도 중국에 관한 내용이 실린 『그림으로 보는 세계』가 있으면 좀 보내 주십시오. 정말 큰 도움이 될 겁니다.[13]

그 결과, 이 작품에는 중국에 대한 많은 정보와 지식이 표출된 것이 사실이다. 그런데 이 지식과 정보에는 자신의 주관이나 평가, 환상 등이 상대적으로 덜 가미되어 있으며 객관적으로 묘사하려는 흔적이 역력하다. 중국의 정자와 정원, 실내 장식, 가구, 그림, 도자기, 그리고 여러 물품에 관한 묘사 또한 형태미에 크게 신경을 쓰고 있다. 이를테면, 그는 그 이미지들을 '단순히 보고, 재현한다.'[14] "사물에 절대적으로 복종"하면서—고티에 자신이 말하듯—"예술적 전이"[15]를 비교적 훌륭하게 해내고 있는 것이다. 그리하여, 당연한 귀결이지만, 이 작품은 아시아, 특히 중국에 대해 '감동과 명상과 몽상과 감탄'을 강하게 맛보게 하기보다는 '정확한 눈

---

13) 테오필 고티에, 앞의 책, 1536쪽. 이 인용에서 알 수 있듯이, 그의 작품 속의 중국 및 일본에 관한 묘사는 주로 작가가 접한 그림과 글에서 참고한 것이다. 그 결과 중국 것과 일본 것이 구분되지 않는 경우도 많이 발견된다.

14) 에밀 파게는 이렇게 설명하고 있다. "보는 것, 단지 보는 것, 그리하여 재현하는 것, 오로지 재현하는 것, 바로 그것이 그의 지상 목표이다. 생트뵈브가 정확히 말했듯이, 바로 그것이 사물에 대한 절대적인 복종이라는 것이다."(에밀 파게, 앞의 책, 223쪽) 그리하여 '볼 줄 아는 것'은 고티에에게는 예술가에게 절대적으로 중요한 일이다. "볼 줄 아는 것이야말로 재능의 절반이다. 회화나 시의 대가들은 정확한 눈을 가진 사람들이다."(테오필 고티에, 앞의 책, 서문, XXXVIII쪽)

15) 고티에 자신이 사용한 말로, 어떤 예술을 다른 예술로 '번역traduction'하는 것을 말한다. 이를테면 화폭의 이미지를 시로 묘사하는 일, 또는 음악을 듣고 느낀 인상을 시로 다시 묘사하는 일 등을 일컫는다.

을 통한 적확성, 호기심, 지성' 등을 상대적으로 더 확인케 한다.

반면 『포르튀니오Fortunio』(1837)의 아시아는 '감동과 명상과 몽상'을 풍요롭게 경험하게끔 해 주는 공간이다. 그곳은 꿈의 공간이며, 열정이 흘러넘치는 공간이다. 그러므로 이 작품 속의 아시아는 낭만주의자들이 열중한 이국주의의 세계, 이를테면 "텅 빈 빈약한 세계에서 충만한 가슴"[16]으로 사는 그들이기에 필연적으로 닥칠 수밖에 없는 권태로부터 도피évasion하기 위해 자주 찾은(현실적으로든 아니면 상상을 통해서든) 바로 그 이국적인 아시아인 것이다. 그처럼 『포르튀니오』에는 아직 작가의 낭만주의적 정서가 깊게 배어 있으며,[17] 나아가 작가의 환상이 스며들어 있다.

아버지가 경제적으로 어려워지자 포르튀니오는 인도 제국[18]에서 엄청

---

16) 샤토브리앙은 『기독교의 정수』에서 "불사를 대상도 목표도 없는 상황의 그 막연한 열정"이 가져오는 영혼의 고통에 대해 잘 묘사하고 있다. 그 우울mélancolie은 권태 및 세상이 부조리하다는 감정을 낳는다. 물론 그 권태는 다시 다른 곳, 다른 시대로의 도피 욕망을 불러일으킨다. 이러한 도피 욕망의 모든 형태가 곧 이국주의의 근원이다.

"불사를 대상도 목표도 없는 […] 그 막연한 상태의 열정이 커 간다. 그리하여 아주 우울한 마음이 인다. […] 풍요롭게 넘쳐 나는 놀라운 상상력. 하지만 무미건조하고 빈약한, 환멸 속의 생활. 그렇게 사람들은 텅 빈 빈약한 세계에서 충만한 가슴으로 산다. […] 그와 같은 영혼의 상태가 삶에 가하는 고통은 말할 수 없이 크다."(*Le génie du christianisme*, 1802, 97쪽)

17) 『모팽 양』의 서문에서 '예술을 위한 예술'이라는 문학적 주장을 선언한 이후 그는 낭만주의 정서를 숨기려고 하지만, 『포르튀니오』 등 여러 작품에서 영혼 깊숙이 스며 있는 그 정서는 여전히 발견된다. 자신의 문학적 주장을 선언한 바로 그 『모팽 양』에서조차 낭만주의의 영향을 적지 않게 확인할 수 있다. 실제로 그는 훗날 『낭만주의 역사』(1874)를 집필할 때도 젊은 시절 자신이 '몸담았던' 낭만주의를 부정하지 않으며, 오히려 옹호하고 있다.

"자신의 젊은 시절을 부인해서는 안 된다. 어른은 자신의 젊은 시절의 꿈을 실천할 뿐이다. 모든 훌륭한 작품은 10월에 만개하기 위해 4월에 뿌려진 씨앗과 같다."(*Histoire du romantisme*, Charpentier, 1874, 201쪽)

18) 작품에서는 그가 어린 시절을 보낸 곳이 인도의 어느 곳인지 명확하게 나타나지 않는다. 파리에 와서 사귄 애인 뮈지도라가 초창기 조르주의 집 파티에 초청되어 온 포

난 돈을 벌어 대부호로 살고 있는 큰아버지 집으로 보내진다. 어린 그는 그곳에서 완벽한 자유를 누리며 성장한다. 그는 자신의 열정과 욕망과 자유를 조금도 억제할 필요가 없었다. 큰아버지의 '특별한 교육관'에 입각하여 "그 활력이 넘치는 인간 식물"은 인도 제국의 야생적이고 원시적인 자연환경을 완벽하게 향유한다. 그에게서는 그곳의 '야생 향기'가 진하게 배어 나온다. 큰아버지는 조카에게 "도덕에 대해서도 종교에 대해서도 하느님에 대해서도 사탄에 대해서도, 심지어는 규범이나 법에 대해서도"[19] 전혀 말해 주지 않았다. 스무 살 때 큰아버지가 사망하자 그는 큰아버지의 엄청난 재산 중 일부를 가지고 유럽을 찾는다. 오고 싶었기 때문이다. 파리에 도착한 그는 완벽하게 이중생활을 한다. 이를테면 한편으로는 문명화된 파리에서 현대 문명과 부르주아 사회에 적응해 보기 위해 살롱과 호화 연회 등을 분주하게 돌아다니며 아주 개방적인 생활을 하고, 다른 한편으로는 인도에서 살았던 방식 그대로 생활한다. 그가 마련한 인도식 은거지에서는 관능적인 수자사리Soudja - Sari가 그에게 절대적인 사랑을 바친다. 그녀는 자바 여인으로, 대단한 미인이다. 그녀는 아시아의 관능미를 대표하며, "관능적인 쾌락을 주는 독"인 아편을 피우면서 '아시아의 도취'에 빠지기도 한다. 현지에서 데리고 온 온갖 피부 빛깔의 수많은 하인들은

르튀니오에게서 훔친 지갑 속에는 인도어로 된 시가 있는가 하면, 파리에 있는 저택에서 아시아의 하인들이 애인 수자사리와 자기를 즐겁게 해 주지 못하면 단칼에 살해하겠노라고 협박하며 꺼내 보인 칼은 말레이 사람이 사용하는 (날카로운 파도 모양의) 단검 criss이다. 또 파리까지 데려와 인도적인 분위기의 호화 저택에서 함께 살고 있는 애인 수자사리는 자바 여인이다.

실제로 당시의 서양인들에게 인도 제국의 개념은 인도 반도 및 그 주위의 모든 군소 섬들, 말레이 반도, 자바 등을 모두 포함한 것이었다. 그러한 인식은 서양인들이 인도 제국을 현실의 공간보다는 어떤 신기루 같은 존재로 생각하고 있었음을 보여 준다.

19) 테오필 고티에, 앞의 책, 692쪽.

주인에게 절대적으로 복종한다. 주인은 아시아의 왕처럼 그야말로 독재적이고 절대적인 권력을 행사한다. 반면 그는 또 다른 저택을 마련하는데, 그곳에서는 그의 완벽한 남성미에 한눈에 반한 뮈지도라Musidora와 함께 산다. 그녀는 이탈리아 출신의 미인으로 서양의 미를 대표한다. 이를테면 그는 작가 자신이 환상을 품었던, 그리하여 작품들에서 자주 언급되는 중혼bigamie의 결혼생활을 영위하는 것이다. 그에게는 또 정부인 중국 여인도 있다. 그녀는 여처Yeu - Tseu라는 이름의 공주로, 절세미인이다. 포르튀니오는 파리에서 이처럼 초호화 생활을 한다. 유럽의 어떤 부호도 그의 부를 능가하지 못한다. 하지만 그는 소위 문명화되었다는 파리의 추함과 부르주아들의 위선, 무기력한 생활 등에 크게 실망하고, 결과적으로 유럽에서 별로 재미를 느끼지 못한다. 권태가 그를 짓누른다. 그리하여 결국 파리에 온 지 3년 만에 인도로 되돌아가고 만다.

이 작품에서 포르튀니오는 한편으로 작가 자신이기도 하다. 네르발을 제외하고 그 어떤 작가보다도 자신이 살고 있던 현대 세계와 문명에 이방인의 감정을 느꼈던 그는 현실의 삶에서 자신이 사는 공간을 자주 '탈출'한다.[20] 그는 작품 속에서도 자주 공간적 도피를 시도하는데, 위에서 이 작품들의 대략적인 줄거리를 살펴보았듯이 『포르튀니오』를 통해 '아시아의 엘도라도'인 인도 제국으로, 그리고 『수상루』를 통해 중국으로의 공간적 도피를 결행하고 있다.

이제 우리는 아시아가 직접적인 주제인 『수상루』와 간접적이지만 주되게 다루어진 『포르튀니오』를 중심으로 작가의 내면에 구축된 '작가 자신의 아시아'의 모습을 들여다보고자 한다. 작가의 아시아는 "작가의 머릿

---

20) 그는 스페인(1840)을 비롯하여 알제리(1845), 이탈리아, 터키의 콘스탄티노플, 그리스(1850~1852), 러시아(1860) 등지를 여행한다.

속에 있기"[21) 때문이다. 다시 말해 작가가 작품 속에 구축해 놓은 아시아의 세계는 작가 자신의 꿈의 산물이기 때문이다. 그러면 작가는 아시아에 대해 어떤 꿈을 꾸고 있으며, 그 꿈들이 이루는 전체적인 아시아의 세계는 어떤 모습인지 살펴보도록 하자.

황금의 신이 지배하는 제국

작가는 『포르튀니오』의 서문에서 이렇게 말한다. "『포르튀니오』는 우리가 믿는 유일한 세 신, 즉 미와 부와 행복에 대한 찬가다." 그는 작품 속에서 포르튀니오의 입을 빌려 동일한 주장을 다시 펼친다. 뭐지도라가 포르튀니오에게 무신론자라며 다그치자 그는 이렇게 대꾸한다. "무신론자라고요! 내겐 신이 셋 있어요. 황금과 미와 행복이 그 신들입니다!"[22)

이 세 신 중 먼저 '황금'에 대해 논하자면, 작가에게 그 신의 본거지는 분명 서양보다는 아시아이다. 인도 제국에서 "환상적인" 부를 축적한 큰아버지의 후광 덕택에 포르튀니오는 왕이 되려 했다면 왕이 되었을 것이다. 하지만 그는 욕망과 열정을 '지체 없이' 불사르면서 자유롭게 살고 싶었다. 그에게는 불가능이 없을 정도의 황금의 힘이 있었기에 행동에 제약이 많은 왕보다는 '사실상의 왕'으로 자유롭게 사는 것이 더 만족스럽다. 인도 제국에서 그의 삶에는 "장애물이나 지체라는 것이 자리 잡을 곳이 없었다. 그는 다음 날을 알지 못했다. 그처럼 그에게는 오늘 당장 이룰 수 없는 일이 없었다. 그에게는 미래조차도 현재로 만들 수 있는 (황금의) 힘이 있었다."[23) 그 '황금의 힘'은 유럽에 오자 더 빛을 발휘한다. 스무 살

---

21) "동양은 우리(서양인들)의 머릿속에 있다."(티에리 헨치, 앞의 책, 7쪽)
22) 테오필 고티에, 앞의 책, 704쪽.
23) 위의 책, 695쪽.

무렵 문명화된 유럽과 파리를 보러 온 그의 눈에는 유럽의 내로라하는 부자들조차 "누더기를 걸친 거지"처럼 보일 뿐이다. 그가 파리로 오면서 가지고 온 그 엄청난 재산이 큰아버지가 죽으면서 남겨 준 재산의 극히 일부에 불과한 것임을 감안하면 그의 '황금'의 규모는 짐작이 거의 불가능하다.

> 그는 몇 톤이나 되는 금괴와 다이아몬드가 든 상자, 그리고 여타의 보석들 등 거액의 재산을 지니고 유럽에 왔다.
> 무엇보다 동양의 그 화려한 물건들에 파묻혀 산 그에게 그곳의 모든 것은 하찮고 옹색하며 초라하게만 보였다. 가장 부자라고 하는 대귀족들조차 그에게는 누더기를 걸친 거지 같은 느낌이 들었다.[24]

그처럼, 아시아는 황금의 고장이다. 황금의 신이 '지배하는' 제국이다. 포르튀니오는 파리에 마련한 은둔처에 '엘도라도'라는 이름을 붙인다. 그곳에는 "도처에 황금이 번쩍이는데, 네로가 지었던 황금 궁전도 그처럼 화려하지는 않았을 것이다."[25] 그는 이 화려한 저택에서 아주 단순한 생활을 한다. "배고프면 먹고, 목이 마르면 마시고, 잠이 오면 잔다." 그에게는 아무것도 거리낄 것이 없다. 오감을 만족시키는 자유로운 삶이며, 관능적인 삶이다. 그 삶에는 당연히 호사가 함께한다. 『돈키호테』의 부자 가마초의 푸짐한 식사도 『가르강튀아』의 풍요로운 요리도 그의 식사에 비하면 그저 간식일 뿐이다. 배가 고파 무언가를 먹기 위해 앉으면 그 앞에 얇은 나무판 두 개가 열린다. 이어 무대처럼 자동으로 위로 올라오는 식탁

---

24) 위의 책, 695쪽.
25) 위의 책, 713쪽.

위에는 먹을 것들이 화려하게 차려져 있다. 크리스털 잔들과 금은으로 정교하게 세공된 식기와 바구니 속에는 유럽의 부호들이 감히 엄두도 내지 못하는 비싸고 귀한 온갖 진미 요리가 가득가득 담겨 있다. "메테르니히 수상도 마셔 보지 못한" 토카이산 포도주가 놓여 있는가 하면 "유럽에는 단 두 병밖에 없다"는 시라즈산 포도주도 몇 병이나 놓여 있다. 식탁에 차려진 것들은 세상 각지로부터 도착한 것들이며, 채소와 과일은 계절을 불문한다. 그처럼, "포르튀니오에게는 계절이나 자연의 일상적인 질서가 존재하지 않는 것 같았다."[26]

그의 '엘도라도'는 그가 원하는 바대로 분위기가 바뀐다. 예를 들어 그가 나폴리의 분위기를 원하면 그곳은 당장 그 도시처럼 꾸며진다. 아침이면 시종이 들어와 세계의 도시와 고장들이 세밀하게 그려진 지도를 조심스럽게 내밀면서 이렇게 묻는다. "오늘은 어떤 나라를 원하시는지요?" 그런데 포르튀니오가 원하는 것은 대개 아시아의 정경들이다. 이렇게 그는 그의 저택 엘도라도에서 "세련된 아시아적인 호사raffinements du luxe asiatique"에 빠져 산다. 그러므로 그 저택은 '아시아의 엘도라도'인 것이다. 파리의 현대 문명을 접하고 저택으로 돌아오면 그는 아시아적인 호사에 빠져들 준비를 한다.

> 엘도라도에 들어가기 전 그는 (파리의) 의상을 벗어 던지고 인도의 옷으로 갈아입었다. 머리에는 금꽃을 장식한 모슬린 터번을 두르고, 노란 가죽 슬리퍼를 신었다. 그리고 허리에는 칼자루에 다이아몬드가 박힌 단검을 찼다.
>
> 이 화려한 '감옥'에 갇혀 사는 인도인들은 여자든 남자든 아무도 프랑스어를 할 줄 몰랐다. 그들은 지금 자신이 세상의 어느 구석에 있는지조차 알지 못했다.[27]

26) 위의 책, 688쪽.

그들은 아예 파리라는 곳이 있는지조차 알지 못한다. 완전히 '유폐된' 그 작은 세계는 말하자면 그의 인도 저택을 그대로 옮겨 놓은 것과 같다. 그는 그 공간에서 관능적인 인도의 여자들, 이를테면 숱 많은 검은 머리가 마치 흑옥 외투 같은 리마파유, 무지개 모양의 눈썹을 한 쿠콩알리스, 활짝 핀 꽃처럼 관능적인 입술을 한 시카라, 그리고 캄바나와 케니탕부안과 함께 쉬면서 수연통을 피운다. 그것을 피우면서 그는 "동양인들이 매우 소중히 여기는 그 관능적인 멍한 세계로 기분 좋게 빠져든다. 그 멍한 상태에서는 만사를 깡그리 잊을 수 있기에, 인간이 지상에서 맛볼 수 있는 최고의 행복이다."[28] 그러므로 그는 파리에 살고 있으면서도 그곳에서 수만 리 떨어진 인도에 살고 있는 것과 다름이 없다. 인도에서 누리던 아시아의 호사와 관능적인 행복을 유럽의 한복판에서도 변함없이 누리고 있는 것이다.

그렇듯 작가에게 아시아는 황금으로 넘쳐 나는 고장이다. 어떻게 보면 황금 그 자체이기도 하다. 실제로도 서양인들의 그러한 동양 환상은 19세기에 많은 사람들을 아시아로 떠나게 만들었다. 발자크의 작품에도 그런 인물들이 많이 등장하는데,[29] 그들이 돈을 벌기 위해 피땀을 흘리는 데 반해 고티에의 포르튀니오는 그렇지 않다는 차이가 있다. 포르튀니오는 큰아버지가 남겨 준 무진장한 황금 덕분에 아시아의 모든 호사, 더 나아가 인간이 누릴 수 있는 모든 호사를 다 누리며 아시아적인 온갖 관능의 쾌락을 향유한다. 이를테면 그는 황금의 땅인 아시아에서 자라 아시아적인 모든 호사를 누리며 사는 인물이다. 조르주 백작의 만찬에 초대된 아

---

27) 위의 책, 715쪽.

28) 위의 책, 715쪽.

29) 김중현, 『서양 문학 속의 아시아―발자크 연구』, 국학자료원, 1999의 제4부 '아시아의 황금' 부분 참조.

라벨이 "포르튀니오는 말이에요, 꿈이지 사람이 아니에요"[30]라고 그의 정체를 잘 설명하고 있듯이 포르튀니오는 꿈이다. 달리 말하면, '아시아의 꿈'인 것이다. 작가가 그를 통해 꿈꾸며 찬양하는 그 황금의 출처, 그곳은 다름 아닌 인도이기 때문이다.

완벽한 미의 고장 아시아

고티에에게는 미의 추구가 지상 과제다. 따라서 예술과 시의 목표는 오직 미의 추구에 있다. 그에게는 오로지 "미美만이 영원하기"[31] 때문이다. 그리하여 그에게는 미 또한 그의 신이다. 동시대의 문명에 권태와 이방인의 감정을 강하게 느낀 그는 외국으로 자주 '탈출'하지만 그 와중에도 이 영원한 미에 대한 추구는 멈추지 않는다.[32]

그런데 그 미의 추구 중에는 여인의 미에 대한 탐구 또한 큰 부분을 차지한다. "시각의 힘이 큰 장점"[33]인 고티에에게 여인의 미는 물론 주로 외모와 육체에 관련된 미다. 중국과 일본, 그리고 인도에 관심이 컸던 그이기에 그곳 여인들의 미에 대한 탐구도 어쩌면 당연한 일일 것이다. 딸의 중국인 가정교사 팅퉁링을 자신의 집에 데리고 오기 2년 전에 다녀온 러시아 여행(1860)에서 그는 중국인을 만날 수 있으리라는 기대를 안고 볼가 강을 따라 내려가 니즈니노브고로드에 도착한다. 그날은 그곳의 장이 서는 날이었다. 하지만 그는 중국인을 한 명도 보지 못한다. 그때의 그

---

30) 위의 책, 616쪽.

31) Lagarde & Michard, *XIXe siècle*, 1985, 264쪽.

32) 조르주 풀레는 "Théophile Gautier"(*Etudes sur le temps humain/1*, Edition du Rocher, 1952, 319쪽)에서, 우리의 생각과는 좀 다르게 그 여행들이 그 "영원한 미의 전형"을 찾기 위한 것이었다고 쓰고 있다. 어쨌든 그가 미의 추구를 멈추지 않았음은 분명하다.

33) 위의 책, 317쪽 참조.

실망감을 그는 『러시아 여행기』(1862)에 이렇게 쓰고 있다.

중국인은 한 명도 찾아볼 수 없었다. 그곳에 가면 중국인을 만날 수 있을 것이라 생각
했는데, 왜 그렇게 생각했는지는 알 수 없다. 어쨌든 우리는 니즈니노브고로드에 가
면 우리가 그동안 (열 완충용) 가리개나 도자기의 그림에서나 볼 수 있었던 그 이상한
얼굴들을 상당수 볼 수 있으리라 생각했다. 니즈니노브고로드가 중국과의 국경에서
아주 먼 곳에 있다는 것을 생각하지도 못한 채, 부질없는 구경거리를 좋아하는 우리는
중화 제국의 상인들이 그 시장에 차를 팔러 올 것이라 믿었었다. […] 하지만 그들은
이미 3년 전부터 나타나지 않았다고 했다.[34]

그런 그에게 중국 여인은 어쩌면 신기루 같은 존재였을 것이다.

1837년에 출판된 『포르튀니오』에는 여처라는 중국 여인이 등장한다.
고티에가 이 이름을 어떻게 알게 되었는지는 알 수 없다. 하지만 이 이름
의 사용 과정을 살펴보면 매우 시사적이다. 그 이름이 작가에게서 꽤 오
랫동안 떠나지 않았음을 알 수 있기 때문이다. 『포르튀니오』에 등장한 이
여인의 이름은 3년이 지나 다시 나타난다. 『수상루』를 구상할 때의 일인
데, 이 작품은 처음에는 '여처' 혹은 '한 씨의 딸'이라는 제목으로 준비된
다. 앙리 베르투에게 보낸 편지(1840년 1월 10일자)를 보면 그 점을 확인할
수 있다. "세 번째 소설 주제를 찾았소. 당신이 좋다고 하면 그 제목을 '여
처Yeu-Tseu'나 '한 씨의 딸La Fille de Han'로 할 수도 있소. 이 작품은 중
국을 소재로 한 단편이니 말이오."[35] 하지만 『수상루』는 6년 뒤에 발표된

34) Jean Richter, *Etudes et recherches sur Théophile Gautier prosateur*, Nizet,
1981, 152쪽에서 재인용.
35) 위의 책, 126쪽.

다. 『포르튀니오』가 출판되기 2년 전인 1835년에 발표된 시 「중국 취향」에 나오는 "내가 사랑하는 중국 여인"("내가 지금 사랑하는 여인은 중국에 있다/ 그녀는 노부모와 함께 살고 있다")은 물론 이 여처라는 이름의 여인은 아니다. 하지만 이미 그때, 즉 1835년 무렵 작가의 마음속에는 중국 여인에 대한 환상과 동경이 강하게, 그리고 끈질기게 자리 잡고 있었음을 알 수 있다.

『포르튀니오』에서 중국의 공주인 여처의 실내화는 포르튀니오에게 푹 빠진 뮈지도라에게 강하게 질투심을 불러일으킨다. 그 신발이 정말로 그녀의 것이냐는 뮈지도라의 질문에 그는 그렇다고 대답한다. 그러면서 그는 이 중국 공주의 모습을 이렇게 묘사한다.

> "매력적인 처녀예요! 코에는 은으로 된 코걸이를 하고, 이마는 금으로 된 판으로 장식되어 있었어요. 난 그녀에게 그녀에 관한 단시를 한 편 써 주었지요. 피부는 비취 같고 눈은 버드나무 잎 모양 같다는 내용이었어요."[36]

사실, 이 묘사는 중국 여인과는 좀 거리가 있어 보인다. 이마를 금 판으로 장식하고 코에 코걸이를 한 모습은 어쩐지 몽고 여인이나 아프리카 여인을 떠올리게 한다. 아래 인용에서 볼 수 있는 그녀의 "붉은 이"는 뮈지도라의 말처럼 "흉측스러운" 느낌마저 들게 한다. 어떻게 보면 납작한 코와 위로 치켜 올라간 작은 눈의 묘사만이 중국 여인을 어느 정도 닮았다.

어쨌든, 자기보다 예쁘냐는 뮈지도라의 질투 섞인 물음에 그는 이렇게 대답하며 이 중국 공주에 대한 묘사를 계속한다.

---

36) 테오필 고티에, 앞의 책, 626쪽.

"상황에 따라 다르지요. 그녀의 작고 가느다란 두 눈은 가장자리가 위로 치켜 올라가 있어요. 코는 납작했고 이는 붉은색이었어요."

"어머, 괴물 같아요! 흉측스러울 게 틀림없어요."

"전혀 그렇지 않은걸요. 절세의 미인으로 통했으니까요. 중국의 모든 관료들이 그녀를 열렬히 좋아했었습니다."37)

'상황에 따라 다른' 미적 기준을 가진 작가에게 여성미의 절대적 기준은 없다. 포르튀니오가 후에 사랑에 빠지게 되는 뮈지도라는 이탈리아 여인으로서의 완벽한 미를 지니지만, 여처는 중국 여인으로서의 완벽한 미를 보여 준다. 그처럼 여성에 대한 작가의 미적 기준은 상대적이다. 그가 엘도라도에서 가장 총애하는 자바 여인 수자사리 역시 아주 묘한 매력을 지니고 있다.

검은 눈동자의 가는 눈은 관자놀이 쪽으로 약간 치켜 올라간 모습이다. 사랑을 애타게 갈구하는 듯한—표현할 수 없는—어떤 관능적인 시선과 조화롭게 좌우로 구르는 부드러운 두 눈동자는 그녀를 바라보는 모든 이를 무릎 꿇게 만든다. […] 그녀의 그 부드러운 눈짓은 남자에게 무한한 나른함과, 신선함과 향기로 가득 찬 고요가 밀려오는 듯한 느낌을 갖게 만든다. […] 의지는 마치 구름처럼 흩어져 오로지 그녀의 발아래서 영원히 자고 싶은 생각밖에 들지 않게 한다. 모든 저항이 무용하고 무의미하게 느껴진다. 세상에서 할 수 있는 일이란 오로지 사랑하고 잠자는 일뿐인 것만 같다.38)

"풍만하고 우아한 몸매", "선인장 꽃처럼 붉고 무르익은 입술", "크고

---

37) 위의 책, 626쪽.
38) 위의 책, 718쪽.

널찍한 둔부와 작고 귀여운 손발"을 가진 13살의 그녀는 힘이 있어 보이며 관능적이다.39) 그런 그녀 또한 인간이 지닌 표현 수단으로는 묘사가 불가능한 절세의 미인이다.

> 우리나라의 화가들 중 아무도 수자사리를 보지 못한 것은 유감스러운 일이다. 그녀는 인간이 상상할 수 있는 여인 중 가장 사랑스럽고 가장 황홀함을 주는 여인이기 때문이다. 어떤 말로 해도 그녀의 미를 완전히 표현할 수는 없다는 생각밖에 들지 않는다.40)

『수상루』의 주키우앙도 '완벽한 미'를 지닌 여인이다. "벽옥碧玉이 중국 사람들에게는 순수와 뛰어남, 그리고 육체적 · 정신적인 완벽을 상징"41)하듯 '벽옥'이란 뜻의 이름을 가진 그녀는 매력과 우아함과 아름다움 등 모든 면에서 완전하다. 그녀는 완벽 그 자체다. 그녀는 또 여성이 해야 할 모든 일에도 능숙하다. 손 자수로 수를 놓은 나비는 날개를 파닥이며 자수 틀 밖으로 살아 나와 날아갈 것만 같으며, 꽃에서는 생화의 꽃 향기가 피어오르는 듯하다. 그녀는 중국의 오경 중 한 권인 『시경』을 줄줄 외웠으니, 사서를 읽은 뒤 오경을 읽는 과거 중국의 관례에 비추어 볼 때 대단한 지력을 소유하고 있음을 알 수 있다. 소녀들의 마음을 사로잡는 자연을 주제로 한 여러 뛰어난 작시作詩는 그녀의 재능이 얼마나 비범한지를 보여 준다. 붓글씨를 쓸 때의 붓놀림은 용보다 빠르고 힘차다. 결과

---

39) 그녀는 발자크의 『자바 여행』(1832)에 나오는 영국 대위의 미망인인 윌리스 부인을 환기시킨다. 고티에와 친했던 발자크는 자신의 그 '상상 여행기'에서 자바 여인을 양서류처럼 "유연성을 타고난" 것으로 묘사한다. 자바 여인은 역동적인 탄력을 가지고 있다. 수자사리가 그렇듯 "모든 (자바) 여인의 눈에는 영양의 시선처럼 사랑을 호소하는 듯한 열정이 담겨 있다."(김중현, 앞의 책, 58쪽)

40) 테오필 고티에, 앞의 책, 717쪽.

41) 장 리슈테르, 앞의 책, 134쪽.

적으로 그녀는 재색을 두루 겸비한 절세의 미녀인 것이다.

그처럼, '작가의 아시아'는 완벽한 미나 재능을 지닌 여인들이 사는 고장이다. 미를 자신의 '개인적인 종교'로 삼고 찬양하며 추구하는 작가에게 아시아 여인들의 미는 완전하다. 자신이 사는 대륙의 현대 문명에 권태와 이방인의 감정을 느껴 시간적·공간적 '탈출'을 자주 시도한 그에게 아시아 여인들의 이상적인 미는 멀리서 손짓하는 또 하나의 신기루다. 끊임없이 영원한 미를 추구하는 작가에게 아시아 여인들의 완벽한 미는 또 하나의 꿈이다. 곧 '아시아의 꿈'이다. 그 꿈은 또 다른 환상인 동시에 이상이다.

정열의 제국 아시아

아시아는 또 정열의 제국이다. 미지근함이 없으며 뜨겁고, 붉고, 야생적이다. 광란적이기까지 하다. 포르튀니오는 "태양과 아주 가까운, 불같은 땅"에서 자랐기에 모든 일에서 '지나치며', 과도하고, 극단적이기까지 하다. 그의 마음속에 타오르는 정열은 마치 우리 안의 사자들처럼 포효한다.[42]

거의 완벽에 가까운 남성미를 지닌 24세의 포르튀니오에 완전히 빠진 뮈지도라가 절대적인 사랑을 약속하며 그 사랑을 배반할 경우 곧 살해하고 말 것이라고 위협할 때 포르튀니오에게 그 위협은 재미로 들릴 뿐이다. 153명이나 되는 여인들이 이미 그에게 뮈지도라처럼 말했기 때문이다. 그에게 그런 위협은 너무 '신사적'이고 '얌전'하며, 귀엽게까지 들린다. 그는 이미 인도에서 온갖 광란적인 열정을 경험했기 때문이다.

열대 인도의 그 뜨겁고 광란에 가까운 온갖 열정을 경험한 그로서는, 말쑥한 금발의 파리 미녀에게 그렇게 얌전하게 '목이 잘릴 일'을 생각하니 야릇한 느낌이 들었다.[43]

---

42) 테오필 고티에, 앞의 책, 711쪽 참조.

자바 여인은 불같은 사랑을 한다. 발자크에 의하면, "그녀들의 사랑은 진정한 불 그 자체이다." "그곳에서는 장작불 위에 사는 듯한 느낌이 든다. 불이 붙으면, 순식간에 정열적으로 타오르기 때문이다."[44] 하지만 그녀들은 질투의 화신이다. 배반을 당하면 잔인하게 복수한다. "그러한 의미에서 사랑의 뒤편에는 항상 살인이 얼씬거린다. 그렇기에 자바의 여인들에게는 항상 사랑과 (복수를 위한) 살인이라는 두 극단적인 면이 공존한다."[45] 하지만 고티에의 자바 여인 수자사리는 그렇게까지 질투심이 강하지는 않다. 그녀는 오히려 "무시무시하다." 유럽의 남자가 그녀와 사랑에 빠지면 마치 흡혈귀에게 빨리듯 "3주"면 "피 한 방울 없이" 완벽하게 나가떨어진다. 그녀는 정열 그 자체다.

> 수자사리는 […] 그녀가 사는 나라의 향수와 독만큼이나 강렬한 열정을 가지고 있었다. 그녀는 3주면 유럽의 한 남자의 피를 빨아 마셔 […] 단 한 방울의 피도 남지 않게 만들어 버리는 무시무시하고 매력적인 흡혈귀 같은 그 자바 여인들 중 한 명이었다.[46]

생명력이 넘치는 고장 아시아

또한 아시아는 생명력이 넘쳐 나는 고장이다. 포르튀니오의 야생성과 열정에서는 힘이 느껴진다. 역동성이 느껴진다. 인도의 야생적인 환경 속에서 자유와 열정으로 살아온 포르튀니오에게는 "저항할 수 없는 효과를 발하는 매력과 힘이 혼재하며, 움직임은 표범처럼 부드럽다. 하지만 그의

43) 위의 책, 703쪽.
44) 『자바 여행』, *C.H.H.*, 27권, 1963, 193쪽.
45) 김중현, 앞의 책, 59쪽.
46) 테오필 고티에, 앞의 책, 718쪽.

무사태평한 듯한 부드러움과 느림 속에서는 활력과 놀라운 민첩성이 느껴진다."47) 인도와 여러 야생적인 아시아 국가들에서 오랫동안 "질주하며 산" 그에게는 당연히 유럽의 "세련된 정중함"48)이 결여되어 있다. 하지만 유럽인들의 그 세련된 정중함 뒤에는, 루소가 가장 싫어하며 두려워한, 시퍼런 칼날이 숨겨져 있다. 음모가 숨겨져 있다. 그들은 상대방을 정중하게 대하며 감정을 숨긴다. 하지만 마음속에는 그를 칠 궁리가 멈추지 않는다. 루소에 의하면, 그들은 음험함 그 자체다. 그들의 태도는 환멸과 권태에서 온 무기력의 소산이다. 더 넓은 시야와 비전을 확보하지 못하는데서 온 결과다. 이를테면 그것은 활력의 결여의 소치다. 작가는 『포르튀니오』의 서문에서 당대 유럽 젊은이들의 무기력과 생명력 부재를 이렇게 표현하고 있다.

> 독자는 이 책에서 짝이 없어 외로운 영혼의 불평이나 하소연을 거의 발견하지 못할 것이다. 환멸도 우울함도 거드름 피우는 진부함도 거의 발견하지 못할 것이다. 그런 것들은 오늘의 젊은이들에게 지겹도록 많이 느껴져 그들을 무기력하게 만들고, 용기를 꺾고 있다.49)

그러므로 작가는 『포르튀니오』를 통해 그처럼 무기력하고 우울하며 환멸에 젖은 유럽 청년들의 현 세태를, 이를테면 소위 문명화되었다는 유럽의 무기력한 세태를 보여 주고자 한 것이다.

환멸과 권태, 그로 인해 무기력에 빠진 파리와 유럽은 더 이상 포르튀

---

47) 위의 책, 622쪽 참조.
48) 위의 책, 679쪽 참조.
49) 위의 책, 606쪽.

니오의 흥미를 끌지 못한다. 그는 결국 그 "늙은 유럽"을 떠난다. 활력과 생명력이 넘치는 야생의 세계로 돌아간다. 환상적인 부와 이상적인 미와 야생적인 정열과 태양 같은 젊음이 있는 아시아로 다시 향한다. 작품 속 그의 유럽 친구들(따라서 유럽인들)과 작가에게는 포르튀니오 자신이 이미 '엘도라도', '아시아의 엘도라도'이다. 그러므로 그는 곧 '아시아의 꿈'이 며, 유럽인들이 품은 꿈이자 작가 자신이 품은 꿈이기도 하다.

마침내 포르튀니오는 친구 라댕 망트리에게 작별의 편지를 쓴다.

> 며칠 내로 나는 떠날 거네. 가지고 갈 만한 것만 싣기 위해 배 세 척을 빌렸네. 나머지 는 모두 태워 버릴 걸세. 엘도라도는 꿈처럼 사라질 것이네. 화약통이 터져 순간적으 로 사라지듯 말이네.
> 안녕, 네 자신이 젊다고 생각하고 있는 유럽이여. 나는 동양으로 가련다![50]

육안으로 보이지 않는 세계를 향하여

이상에서 볼 수 있듯이, 작가의 아시아는 현실과는 거리가 먼 아시아 다. 그것은 곧 작가 자신의 상상에 의해 창조된 작가 개인의 꿈의 세계요, 신화적인 세계요, 환상의 세계요, 이상적인 세계이다.

가슴은 열정과 경이로운 상상으로 충만하다. 욕망은 아무도 향하지 않 는 곳을 향한다.[51] 하지만 세상은 허전하고 초라하다. 메마르고 건조하 다. 구차하다. 추하다. 바로 그때 느껴지는 감정, 그것은 곧 세상으로부터 의 소외감이고, 환멸감이며, 그로 인한 권태감이다.[52] 그렇게 세상과의

---

50) 위의 책, 728쪽.
51) "나는 아무도 원하지 않는 것을 강렬히 원했다. 사람들이 죽도록 가지기 원하는 것 들에 대해서는 전적으로 무관심했다."(Gautier, *Mademoiselle de Maupin*, *Théophile Gautier I*, Gallimard, 2002, 413쪽)

불편한 관계는 지속된다.

환멸에서 오는 너무도 큰 권태는 자신이 몸담고 있는 세계, 문명화되어 오염되고 추해진 세계, 부르주아적인 위선이 지배하는 세계를 떠나도록 부추긴다. 그리고 열정이 지배하는 세계, 순수와 천연의 것이 살아 숨 쉬는 세계, 원시적인 자연의 청량한 세계, 진실한 감정이 지배하는 세계로 도피하도록 강권한다.

그리하여 그는 그 세계를 찾아 현실과 상상 속에서 여행을 계속한다. 바로 그 세계에서 그는 현실, 자신이 몸담고 있는 문명화된 유럽, 그로 인한 오염과 추함, 그리고 열정에 비해 너무도 미지근하여 권태로움만 불러일으키는 현실을 깡그리 잊고자 한다.

하늘을 나는 너희들, 제비여, 독수리여, 벌새여, 콘도르여, 내게 너희들의 날개 하나씩을 빌려 다오. 두 날개가 한 쌍이 되어 높이, 그리고 멀리 비상하여 미지의 지역들로 날아갈 수 있도록. 그곳에서 나는 인간의 도시를 기억하지 못할 것이며, 과거의 나를 잊을 수 있을 것이다. 그리하여 나는 그곳에서 경이로운 새 삶을 살 수 있으리라. 그곳은 아메리카, 아프리카, 아시아, 아니 지구의 맨 끝 섬53)보다 더 먼 곳에 있을 수 있으며, 막막한 빙해에 극광이 진동하는 저 북극 너머 어딘가에 있을 수도 있으리라. 그곳은 (육안으로는) 보이지 않는impalpable 세계로, 시인들의 숭고한 창조물들과 최고의 미의 전형들이 비상하는 곳이리라.54)

---

52) "세상은 나를 받아들이지 않는다. 마치 무덤에서 빠져나온 유령처럼 나를 냉대한다. 실제로 내 모습은 유령처럼 창백하다. 나는 내가 살아 있다고 믿으려 하건만, 내 피는 그것을 용인하지 않는다. 그것은 나의 피부에 혈색이 도는 것을 원하지 않는다. […] 사람들을 가슴 뛰게 하는 것들이건만 나는 그것들에 대해 전혀 그렇지 않다. 나의 고통과 환희는 세상 사람들의 것과 다르다."(고티에, 위의 책, 412쪽)

53) 뒤에 나오는 북극을 비롯한 이곳들은 거리를 측정할 수 있는(또는 '보이는palpable') 지리상의 지역으로, 현실 세계를 가리킨다.

이처럼 '경이로운 새 삶을 살기 위해' 작가가 끊임없이 찾아 떠나는 그 "미지의 지역들", 바로 그중 하나가 곧 '아시아'일 수 있다. 그러므로 그 '아시아'는 '(육안으로는) 보이지 않는' 세계로, 비현실적인 아시아다. 지각할 수도, 포착할 수도 없는 꿈의 세계요, 환상의 세계다.

마지막으로, 이상에서 분석한 아버지 고티에의 아시아와는 다르게 아시아를 '경험했음'을 고백하는 듯한 딸 쥐디트 고티에의 증언 하나를 인용하며 이 글을 마치고자 한다. 이 증언은 우리의 다음 연구, 즉 쥐디트 고티에의 아시아에 관한 연구에 중요한 암시를 던지고 있기 때문이다.

> 아버지는 중화 제국의 옛 문명에 아주 열렬한 흥미를 가졌었다. 아버지는 아벨 레뮈자의 (중국에 관한) 작품들과 바쟁이 번역한 (중국) 희곡들을 읽었다. 아버지는 그 꿈의 나라를 생각 속에서 여행했다. 따라서 아버지에게 그 나라는 실존하지 않는 어떤 상상적인 비현실적 세계였다.[55]

---

54) 고티에, 앞의 책, 410쪽.

55) Judith Gautier, *Le Collier des jours. Le Second rang du collier, souvenirs littéraires*, Juven, 1903, 191쪽. *Théophile Gautier I*, Gautier, Bibliothèque de la Pléiade, Gallimard, 2002, 1540쪽(Note sur le texte)에서 재인용.

4 84 프랑스 문학과 오리엔탈리즘

4장 쥐디트 고티에와 시와 풍류의 나라 중국
-『옥의 서』와『황제의 용』을 중심으로[*]

부녀의 중국 취향

"아버지는 중화 제국의 옛 문명에 아주 열렬한 흥미를 가졌었다. 아버지는 아벨 레뮈자의 (중국에 관한) 작품들과 바쟁이 번역한 (중국) 희곡들을 읽었다. 아버지는 그 꿈의 나라를 생각 속에서 여행했다. 따라서 아버지에게 그 나라는 실존하지 않는 어떤 상상적인 비현실적 세계였다."[1]

딸 쥐디트Judith Gautier(1845~1917)가 아버지 테오필 고티에의 중국에 대한 지대한 관심과 그 관심의 성격에 관해 한 말이다. 이 말은 아버지는

---

* 이 글은 2004년도 한국학술진흥재단의 지원을 받아 연구된 것이다.(KRF-2004-075-A00035)

1) Judith Gautier, *Le Collier des jours. Le Second rang du collier, souvenirs littéraires*, Juven, 1903, 191쪽. Gautier, *Théophile Gautier I*, Gallimard, 2002, 1540쪽(Note sur le texte)에서 재인용.

중국에 관해 끊임없이 꿈을 꾸었으며, 따라서 그의 작품들 속의 중국은 그 꿈에 의해 구축되었음[2]을 시사한다. 그러면서 중국에 대한 자신의 시각은 아버지의 시각과는 사뭇 다르다는 것을 우회적으로 표현하는 말이기도 하다. 다시 말해 자신은 꿈이 아니라 가능한 한 객관적 사실에 기초하여 중국을 바라보고자 했음을 표현한다고 할 수 있다. 좀 더 곱씹어 보면, 노년기에 쓴 회고록에 기록된 이 구절은 자신은 아버지와 달리 환상과 꿈을 '최대한' 배제하고 풍부한 정보와 지식을 바탕으로 중국을 객관적으로 바라보고 이해하고자 했다는 것을 함축한다고 할 수 있다.

그렇게 볼 때 그녀의 이러한 태도는 다분히 오리엔탈리스트적인 시각[3]에 입각한 중국에 대한 이해임을 짐작할 수 있다. 이러한 짐작은 작가의 중국에 관한 저술들을 읽어 보면 곧 확인되는데, 앞선 한 연구자의 말, 즉 "그녀(쥐디트 고티에)는 아시아를 변형하기를 원하지 않는다"[4]는 말 역시 그와 같은 추측을 뒷받침해 준다. 변형은 곧 꿈과 환상, 상상력의 작용이기 때문이다.

---

2) 우리는 테오필 고티에의 그 '중국에 대한 꿈'을 포함한 아시아에 대한 꿈에 관해 앞의 글에서 살펴보았다. 이 글은 아버지 고티에에 관한 앞의 글과 연계선상에서 집필하였으며, 따라서 부녀 사이의 아시아에 대한 관점을 비교하고 그 차이를 드러내 보이는 것이 주요한 목적 중 하나이기도 하다.

3) 우리가 사용한 '오리엔탈리스트'라는 어휘의 개념은 에드워드 사이드가 『오리엔탈리즘』(박홍규 역, 교보문고, 2000, 16쪽)에서 규정한 다음과 같은 보편적인 정의에 따르고 있다. "동양의 특수한 또는 일반적인 측면에 관하여 강의하거나 집필하거나 연구하는 사람들은—그가 인류학자이든, 사회학자이든, 역사학자이든 또는 문헌학자이든 간에—오리엔탈리스트이다. 그리고 오리엔탈리스트가 행하는 것이 바로 오리엔탈리즘이다." 따라서 이 글에서는 오리엔탈리스트를 대체적으로 객관적인 시각으로 동양에 대한 순수한 지식의 연구 및 전달을 목표로 하는 동양 연구가라는 의미로 사용하고 있다. 그러나 이 정의는 물론 사이드가 오리엔탈리스트들에 대해 갖는 시각과는 다르다.

4) Denise Brahimi, *Théophile et Judith vont en Orient*, La Boîte à Documents, 1990, 9쪽.

그렇다면 중국에 대한 고티에 부녀의 이러한 시각 차이는 어디에서 비롯되는 것일까? 이 질문에 대한 답을 찾아보는 시도가 이 글의 첫 번째 작업으로, 이는 이어지는 작업을 위한 선행 작업이기도 하다. 이 문제를 해결하기 위해서는 물론 두 작가에 대한 전기적인 접근이 요구된다. 이어 우리는 쥐디트 고티에의 중국에 관한 저·역서인 『황제의 용』과 『옥玉의 서』를 중심으로 작가가 오리엔탈리스트적인 시각에서 중국에 관해 어떤 점을, 어떤 객관적인 사실을 보여 주려고 했는지를 알아보고자 하는데, 그것이 우리의 두 번째 작업이다. 물론 작가는 중국의 풍속과 문화와 역사, 그리고 정치 제도 등 다양한 분야에 대해 풍부한 지식을 바탕으로 아주 많은 것을 보여 준다. 하지만 그중에는 단편적으로 묘사된 것들도 많다. 따라서 우리는 이 글에서 작가가 위 두 작품을 통해 보여 주고자 한 것들 중 아주 일관되게, 그리고 가장 심혈을 기울인 것 한 가지만을 택해 주되게 논하고자 한다. 그 한 가지 것은 다름 아닌 '중국은 시와 풍류의 나라'라는 사실이다.

고티에 부녀의 중국에 대한 시각차

앞서 제기했듯이, 그렇다면 딸 쥐디트 고티에와 아버지 고티에의 중국에 대한 시각차는 어디에서 온 것인가?

아마도 가장 큰 원인은 직접적인 경험의 유무 여부일 것이다. 다시 말해 중국을 얼마나 '직접적'으로 접해 보았느냐 하는 문제이다.

쥐디트 고티에는 1862년(17세)부터[5] 1866년까지 무려 4년 가까이 팅퉁링이라는 중국인으로부터 중국어 개인 교습을 받았다. 이 젊은 중국인

5) 1863년부터라고 주장하는 학자도 있다. 그 주장은 공쿠르 형제의 1863년 7월 17일 일기에 나타난 이 중국인에 관한 언급을 바탕으로 하는 듯하다.

은 선교사이자 후에 프랑스 외무부 통역사를 지낸 조제프 마리 칼르리 Joseph Marie Callery의 개인 비서 자격으로 파리에 오게 되었다. 그런데 1862년 조제프가 사망하자 생계가 위태로운 상황에 처였고, 훗날 프랑스 학사원 회원이 된 샤를 클레르몽가노Charles Clermont - Ganneau가 그를 고티에의 집에 소개했다.6) 이 중국인 가정교사를 기다리면서 설렜던 마음을 쥐디트는 훗날 이렇게 기록한다.

> 황제를 천자天子로 생각하는 중화 제국의 신민을 본다는 생각에 우리는 마음이 매우 설렜다. 그 믿기지 않는 존재는 정말이지 가리개나 부채에서 본 (중국에 관한) 이미지들과는 크게 다른 모습이었는데, 그는 상아처럼 흰 얼굴을 하고 있었다.7)

그동안 병풍이나 벽난로의 열 완충용 가리개, 또는 부채의 이미지들을 통해서만 상상 속에 그려 본 "그 믿기지 않는 존재"가 실제로 그녀의 눈앞에 나타나자 현실과 상상 사이의 괴리는 즉시 조정되기 시작한다. "믿기지 않는 존재"의 실재에 대한 확인은 그 존재에 대해 그동안 품어 온 환상을 크게 사라지게 해 줄 것이기 때문이다. 나아가 아버지는 한 지붕 아래 4년여 동안 함께 생활하게 될 이 중국인에게서 '중국에 관한 것'을 최대한 많이 배울 것을 주문하면서 그녀의 용기를 북돋우기까지 하는데, 따라서 그녀는 이 중국인으로부터 중국에 관한 더 많은 사실을 확인하게 될 터였다.

그 황인종이 그의 생각을 다 쏟아내게 하렴. 그렇게 해서 그의 두뇌 속에 어

---

6) 주지하듯이, 고티에의 동양 취향은 남달랐다. 당시 낭만주의 작가들 대부분이 동양에 몰입했듯 위고의 열렬한 찬미자이자 제자인 그 또한 예외가 아니었다.

7) Judith Gautier, *Le Livre de Jade*, Imprimerie nationale, 2004, présentation d'Yvan Daniel, 9쪽.

떤 비밀스러운 것들이 숨겨져 있는지 잘 관찰해 보렴.[8]

　이렇게 아버지 덕택에 중국어와 중국 문화에 대해 공부를 시작하게 된 감수성 강한 10대 후반의 쥐디트 고티에는 점차 중국에 열광하게 되는데, 이 열광이 다시 일본과 인도에 대한 열광으로 이어지면서 그녀는 평생 극동 아시아에 대해 지속적인 열정을 품는다.[9]

　물론 아버지 테오필 고티에 역시 이 중국인 팅퉁링과 함께 생활하면서 중국 및 아시아의 실상을 더 많이 알게 되었을 것이다. 당시 동료 문인들이 그의 집을 찾을 때면 항상 이 중국인도 같이 식사를 했다고 하니[10] 그런 추측은 충분히 가능하다. 따라서 그 후로 중국 및 아시아에 대한 고티에의 공상은 많이 줄어들었을 수도 있지만, 그에 대한 증거는 찾을 수 없다. '감동과 명상과 몽상'을 풍요롭게 경험하게 하는 인도 및 그 주변의 아시아에 대한 꿈을 그린 『포르튀니오』와, 낭만주의에서 벗어나 자신의

---

8) 위의 책, 11쪽.
9) 아시아에 관한 그녀의 관심은 다음의 간단한 저서 목록에서 보듯 중국, 일본, 인도 순으로 이어진다. 이를 보면 그녀가 갖는 아시아에 대한 관심과 흥미는 아버지처럼 공간적인 차원에만 머물지 않고 시간적인 차원도 아우르고 있음을 알 수 있다.
　1867년 『옥의 서 Le Livre de Jade』(중국 시 번역), 1869년 『황제의 용 Le Dragon impérial』(청나라 시대를 배경으로 한 역사 소설), 1875년 『왕위 찬탈자 L'Usurpateur』(일본 봉건 시대가 배경인 소설로 1887~1891년에 『태양의 누이동생 La Soeur du Soleil』이라는 제목으로 재출판됨), 1885년 『잠자리의 시 Poèmes de la libellule』(일본 시 번역), 1888년 『웃음을 파는 상인 La marchande de sourires』(일본에 관한 5막극), 1890년 『낙원의 정복 La Conquête du paradis』(18세기 인도의 퐁디셰리 정복 시기의 이야기로 1887년에 출판된 두 권의 책 『승리의 사자 Le Lion de la victoire』와 『방갈로르의 여왕 La Reine de Bangalore』을 한데 묶은 것), 1911년 『하늘의 딸 La Fille du ciel』(로티와 함께 쓴 중국에 관한 희곡), 1911년 『중국에서 En Chine』(그동안 쓴 중국에 관한 글 모음).
10) 그래서 동료 문인들은 그를 "테오필 고티에의 중국인"으로 불렀다.

미학 이론에 충실하기 위해 상대적으로 개인적인 주관이나 환상, 꿈을 덜 가미한 중국에 관한 중편 소설 『수상루』는 각각 1837년과 1846년에 이미 발표된 작품인 반면, 팅퉁링과 함께 살기 시작한 것은 1862년부터의 일로 그 이후로는 직접적으로 (극동) 아시아에 대해 쓴 작품이 하나도 없기 때문이다.

　이처럼 쥐디트가 갖게 된 아시아에 관한 취향은 당연히 아버지의 덕택이다. 그 (극동) 아시아 취향 외에 중근동 아시아에 대한 취향 및 전반적인 문학 취향에도 아버지의 영향은 절대적이었다. 딸에게 아버지의 역할을 제대로 하지 못하고 있던 차에 고티에는 고대 이집트에 관한 소설인 『미라 소설』(1857)을 씀으로써 딸에게 그에 대한 보상을 한다. 배우인 어머니와 가정에 대해 큰 애착이 없는 아버지로부터 거의 사랑을 받지 못하고 외롭게 자라던 쥐디트는 아버지로부터 이 소설의 창작에 대한 도움을 요청받는다. 아버지의 작업을 돕는 일이 그녀에게는 너무도 큰 즐거움이었다. 이집트 관련 판화나 이미지들을 보면서 소설의 배경과 상황을 묘사하던 아버지는 필요한 자료들을 찾아 달라고 요구하기도 하고 그것들을 다시 정리해 줄 것을 부탁하기도 했는데, 그녀는 그 일을 아주 잘 해냈다. 아버지는 딸의 그 점에 대해 "사람들 앞에서 공개적으로" 칭찬하기도 했는데 그때부터 쥐디트는 문학과 책의 세계에 눈을 뜨고, 아버지를 따라 회교권 아시아(중근동 아시아)에 관심을 갖게 된다. 그러므로 그녀는 아버지로부터 문학과 동양에 대한 취향을 동시에 '유산'으로 물려받은 것이다. 그녀는 당시의 상황을 이렇게 기록했다.

　아버지가 집필을 하는 동안 나는 (판화들의) 그 놀라운 이미지들을 감상하곤 했는데, 이미지 속의 사람들은 뿔 모양의 믿을 수 없는 머리의 동물 초상을 하고 있었으며, 그들이 취한 자세는 너무도 기이했다. 나는 또 상형문자를 동반한 너무도 화려한 색상의 이미지들의 신비로운 세계에 매료되어 나도 모르게 빠져들었으며, 몇 날을 계속 그런 상태로 보내곤 했다.11)

아버지 고티에로부터 두 가지 유산, 즉 '예술적인 유산'과 '동양 취향의 유산'을 함께 물려받은 쥐디트는 하지만―그 유산을 바탕으로―아버지와는 '다르게' 문학 활동을 해 나간다. 이를테면 아버지 고티에는 중근동의 회교권 아시아12)에 큰 관심과 열정을 가진 반면 그녀는 중국을 시발로 하여 (극동) 아시아에 더 열정을 쏟는다. 그것은 물론 앞서 보았듯이 "테오필 고티에의 중국인" 팅퉁링의 영향이 컸기 때문이다. 아버지와 '다르게' 해 나간 또 다른 점은―적어도 중국에 관해서는13)―최대한 환상을 배제하고 풍부한 자료와 구체적인 지식을 바탕으로 묘사함으로써, 결과적으로 중국에 대해 가능한 한 객관적인 사실의 전달을 추구했다는 것이다.

중국에 대한 이런 태도는 (아버지에 비해) 상대적으로 매우 오리엔탈리스트적인데, 그것 역시 팅퉁링과의 '직접적'인 접촉14)의 영향이 크다고

11) Judith Gautier, *Le Collier des jours, souvenir de ma vie*, Christian Pirot, 1994, 186쪽.

12) 따라서 그의 작품 역시 상대적으로 회교권 아시아에 관한 것이 많다. 드니즈 브라이미는 테오필 고티에의 동양을 '태양의 동양Orient solaire'으로, 딸 쥐디트의 동양을 '달의 동양Orient lunaire'으로 묘사하고 있는데, 이는 매우 설득력 있는 표현이다. "쥐디트 고티에의 동양은 테오필 고티에의 동양이 지는 순간 떠오른다. 때때로 하늘에 달이 보일 때 태양이 아직 하늘에 떠 있기도 한다. 그처럼 쥐디트 고티에의 '달의 동양'은 테오필 고티에의 '태양의 동양'이 사라지기 전에 나타난다."(드니즈 브라이미, 앞의 책, 12쪽)

13) 일본과 인도에 대한 쥐디트의 시각에 대해서까지는 현재로서 유보할 수밖에 없다. 앞서 인용한 드니즈 브라이미의 말("그녀는 아시아를 변형하기를 원하지 않는다")로 미루어 쥐디트가 일본과 인도에 관해서도 중국과 유사한 시각을 취하고 있음을 유추해 볼 수 있지만, 이를 명확히 말하기 위해서는 직접적인 독서와 보다 깊은 연구가 필요하기 때문이다.

말할 수 있다. 중국인 가정교사와 실제로 4년여 동안 한 집에서 생활하면서 현실과 상상 사이의 괴리를 조정하는 작업이 이루어졌고, 그에게서 '중국에 관한 것'을 최대한 배우라는 아버지의 격려에 힘입어 그 중국인의 "두뇌 속에 숨겨진 모든 비밀스러운 것을 조사"하여 자기 것으로 만들기 위해 최선을 다했기 때문이다. 그리고 또 이 '조사'가 바탕이 되어 맺어진 결실이 바로 『옥의 서』와 『황제의 용』이다.

이처럼 팅퉁링과 '직접적'으로 접촉함으로써, 그녀는 중국에 대해 한층 더 객관적이고 구체적인 정보와 지식을 습득하게 되었으며, 동시에 환상을 배제함으로써 (아버지에 비해) 오리엔탈리스트적인 시각으로 중국을 바라보게 된 것이다.

시와 풍류의 나라 중국

팅퉁링에게 중국어 개인 교습을 받으며 생겨난 중국에 대한 열정의 첫 결실이 바로 『옥의 서』이다. 그녀가 22살 때 출판한 이 중국 시 번역서는 큰 성공을 거둔다. 물론 "테오필 고티에의 중국인"의 조언과 도움을 받아 번역한 것인데, '제자'인 쥐디트가 중국 시를 번역하기로 마음먹자 '스승'은 너무도 기쁘고 흥분된 나머지 "침착성을 완전히 잃을 정도였다." 그녀는 중국어를 더듬더듬 겨우 말하기 시작하자마자 "대단히 조예 깊은 중국학 연구자들조차 뒷걸음질 치게 할 정도로 너무 어려워 불가능에 가까운 일, 즉 번역이 거의 불가능한 중국 시인들의 번역에 착수한다."[15] 이 어려운 작업을 해내기 위해 그녀는 무척 많은 시간과 노력을 중국 시 연구에

---

14) 하지만 그녀 역시 극동 아시아 여행은 하지 못했다. 동양 여행은 69세 때 알제리 아남 황제의 초청으로 엘 비아르El Biar에 간 것이 최초이자 전부이다.

15) Judith Gautier, *Le Livre de Jade*, Imprimerie nationale, 2004, 11쪽.

투자해야 했다. 실제로 쥐디트는 그 역서의 서문에서 그 점에 대해, 그리고 또 각고의 노력을 기울인 연구 끝에 이해하게 된 중국 시의 주요 작시법에 대해 이렇게 쓰고 있다.

중국인들의 작시법과 그 규칙들, 그리고 여러 세련된 기교들을 이해하기 위해서는 아주 오랜 기간의 공부가 요구된다. [⋯] 확실한 것은 중국인들의 작시법상의 주요 규칙들이 우리의 것과 비슷하다는 사실이다. 그런데 행을 이루기 위한 동일한 음절 수, 중간 휴지, 운, 4행 절구로의 분절과 같은 규칙들은 이미 40세기 전부터 전해 내려오는 것들이다.16)

그렇지만 중국인들의 작시법을 이해하는 일과, 중국 시를 이해한 뒤 다시 그 시를 프랑스어로 옮기는 일은 전혀 다른 차원의 문제다. 아주 정통한 중국학자들도 '물러서게 하는' 일이었던 만큼, 이 번역서는 그녀에게 자신의 모든 책 중 쓰는 기쁨을 가장 크게 맛보게 해 주었다.

중국 문화의 시발점이라고 말하는 『시경』부터 공자, 시선 이백, 시성 두보, 당송 8대가 중 한 사람인 소동파(소식), 장적, 왕유, 그리고 그녀의 '스승' 팅퉁링에 이르기까지 주제별17)로 편성된 이 중국 시 번역서에는 그야말로 중국의 거의 모든 시대를 망라한 시들이 실려 있다.

그중 한 편을 골라 원시原詩와 번역 시를 비교해 보면 이 중국 시 번역서의 대체적인 모습과 번역 상황을 가늠해 볼 수 있다.

---

16) 위의 책, 42쪽.

17) 사랑, 달, 여행, 궁중, 전쟁, 술, 가을, 시인의 주제로 구성되어 있으며, 사랑과 가을을 주제로 한 시가 가장 많다. 총 110여 편(제목으로만 계산한 편 수임)의 시가 번역되어 있으며, 이백의 시가 18수로 가장 많고 이어 두보의 시 17수, 소동파(소식)의 시 8수 등의 순이다.

清平調(其一)

雲想衣裳花想容
春風拂檻露華濃
若非群玉山頭見
會向瑤臺月下逢

**Strophes improvisées devant l'empereur Ming-Hoang
et sa belle favorite Taï-Tsun**

Des nuées!... Il pense à sa robe; des fleurs!... Il pense à son visage.

Le souffle amoureux du printemps ondule sur le feuillage
mouillé de rosé, qui enguirlande la balustrade.

Que ce soit au sommet du sévère mont Kun-Yu, Il la voit.

Que ce soit sur la terrasse ombreuse de Yao-Tai, Il la rencontre.

　이 시는 당나라 현종이 침향정沈香亭에서 재기 있고 가무에 뛰어난 미
녀 양귀비와 꽃구경을 하며 잔치를 벌이다가 이백을 불러 짓게 한 걸작
「청평조삼수淸平調三首」중의 제1수다.18) 쥐디트는 이 시의 형식이기도
한 한시의 칠언절구에 대해 잘 이해하고 있었다.

....

18) 쥐디트는 3수를 다 번역해 놓았다.

4행시에서 첫 두 행과 마지막 행의 끝은 서로 운을 맞춘다. 3행은 그렇지 않다.[19]

　　그런 만큼 이 시의 번역에서도 1, 2, 4구의 압운(visage, balustrade, 4구는 voit 대신에 rencontre를 써서 마지막 모음 e만이라도 맞춰 보려고 했다)을 맞추기 위해 비록 완전하지는 않지만 노력한 흔적을 확인할 수 있다. Ming - Hoang(명황)과 Taï - Tsun(태진)[20]이라는 고유 명사를 쓴 것을 보면, 명황이라고도 하는 당나라 6대 황제 현종과 그의 제18왕자인 수왕壽王의 비인 양귀비 사이의 이야기를 잘 알고 있었음을 알 수 있다. mont Kun - Yu(군옥산), Yao - Tai(요대) 등의 고유 명사 번역 역시 이 시의 시대 배경에 대한 그녀의 지식이 충분했음을 보여 준다. 하지만 이 책에 번역된 모든 시에서 그렇듯이, 주석을 붙이지 않음으로써 신선의 산이나 선녀의 세계를 제대로 표현하지 못해 신비로운 산의 깊고 오묘한 맛을 살리지는 못하고 있다. 더욱 아쉬운 것은 4행의 "sur la terrasse ombreuse de Yao-Tai(瑤臺月下)"에서 원시의 달밤의 정경을 제대로 살리지 못한 점이다. 달은 이백과 매우 관계가 깊고, 한시에서 달밤의 그윽한 정취는 '달의 동양Orient lunaire'의 정수 중 하나이기에 더욱 그렇다.[21]

　　그 외에도 원시를 함께 싣지 않아 한자를 아는 독자에게 표의 문자가 주는 독창적인 매력과 효과를 전달하지 못하고 있다. 하지만 그녀는 표의 문자의 매력에 대해 아주 잘 알았으며, 이렇게 기술하였다.

<hr />

19) Judith Gautier, *Le Livre de Jade*, Imprimerie nationale, 2004, 42쪽.

20) 당시에는 중국어의 프랑스어 표기법이 아직 확립되어 있지 않아 쓰는 사람마다 조금씩 달랐다. 따라서 이 글에서는 우리말로 확실히 굳어져 구분할 수 있는 고유 명사는 우리말로 표기했으며, 그렇지 않은 경우에는 프랑스어 발음법에 따라 표기했다.

21) 하지만 이 번역서의 서문에서 그녀는 이백과 그의 시에 대해 2쪽에 걸쳐 길게 평하고 있는데, 달밤에 이백이 물에 뛰어들어 죽은 일 등 이 시선詩仙에 대해 상당한 지식을 가지고 있음을 알 수 있다.

중국 시에서만 느낄 수 있는 아주 독창적인 매력은 다름 아닌 문자의 표의적 속성에서 유래한 것이다. 문자의 모양만 보아도 그 매력에 사로잡히게 되는데, 시가 그리고자 하는 전체적인 모습이 마음속에 단번에 떠오른다. 이를테면 꽃, 숲, 강물, 달빛 등이 읽기 시작하기도 전에 마음속에 그려진다.[22]

좀 더 심도 있는 비교를 위해 시인 고은의 번역을 옮겨 보면 다음과 같다.

楊貴妃頌

구름은 그대 치마다
모란은 얼굴인 듯
그대 소매
봄바람 난간을 스치고
머금은 이슬,
오오 楊貴妃여!
仙女 西王母의 群玉山에나 가야 만나랴.
달밤의 瑤臺에나 가야 만나랴.

(註) 淸平調: 淸調平調의 略. 옛 시대의 房中樂. 「淸平」은 樂府 淸·平·琴 중의 2調를 합친 것. 天寶年間 唐 玄宗이 楊貴妃와 興慶池 동쪽 沈香亭에 行幸, 木芍藥이 피어 있는 것을 보고, 樂官 李龜年에게 노래시키기 위해서 술에 곯아떨어진 李白을 수배하다가 酩酊 속의 즉흥 3首를 얻었다. 이 시는 그중의 第1首.
群玉山: 崑崙山 西王母가 살고 있다는 神仙의 山. 瑤臺: 仙女가 사는 세계.[23]

------

22) Judith Gautier, *Le Livre de Jade*, Imprimerie nationale, 2004, 43쪽.

대부분의 한국어판 한시 번역이 그렇듯이 무엇보다 자세한 역주가 달려 있어서 원시의 이해에 큰 도움을 준다.

이처럼 두 사람의 번역은 많은 차이를 보인다. 무엇보다 쥐디트의 번역은 위에서 지적한 여러 원인들과, 그 자신이 고백한 대로 '번역 불가능성'으로 말미암아 원시에의 충실성이 훨씬 떨어진다. 쥐디트의 이 번역서 『옥의 서』가 당대에는 그녀의 '창작물'로까지 평가받기도 한 것은, 역설적이지만 바로 그런 이유에서이기도 하다.

어쨌든 『옥의 서』는 빅토르 위고로부터 "감미롭고 뛰어나다"는 평가를 받는 등 큰 성공을 거둠과 동시에 여전히 먼 나라로만 느껴지던 중국과 중국의 시를 프랑스인들에게 알리는 데 크게 기여한다.24) 그런데 그녀에게 중국은 무엇보다 시인들이 존경을 받는 나라다. 사원을 세워 줄 정도로 시인을 기릴 줄 아는 '고결한 나라'다. 그녀에게는 또 명황제 시대의 궁중은 "시인들의 천국"이었다. 그처럼 중국에서는 시인이 일반인과 권력자들 모두와 훌륭한 조화를 이루며 살아간다. 그곳의 시인들은, 보들레르가 서양의 시인을 그렇게 일컬었듯 '저주받은 운명'도 아니다. 그 반대로 중국에서 시인은 '추앙받는 운명'이요, '찬미를 받는 운명'이며, '축복을 받은 운명'인 것이다. 그녀는 서문에서 시선詩仙, le Souverain Seigneur de la Poésie 이백에 대해 언급하면서 이렇게 쓰고 있다.

---

23) 고은 역주, 『唐詩選』, 민음사, 1978, 60쪽.

24) 그때까지 번역된 중국 시집으로는 에르베 드 생드니Hervey de Saint - Denys가 번역한 『당시Poésies de l'époque des Tang』(1862) 정도가 있었다. 쥐디트는 이 번역 시집을 틀림없이 읽었을 것으로 추정된다. 하지만 단편 소설이나 희곡 등은 중국학자 레뮈자에 의해 이미 좀 번역이 되어 있었다.

중국인들은 그 명민하고 고결한 문장가를 기리기 위해 사원을 세워 주었는데, 시인들에게 사원을 세워 주는 고결한 나라 중국에서 시선으로 불리는 그 시인(이백)의 사원에는 그에게 존경을 표하기 위해 찾는 사람들의 발길이 그치지 않는다. [⋯] 아름다운 시구에 열광했던 명황제의 호의로 궁중은 가히 시인들의 천국이 되었다.[25]

실제로, 중국은 시의 나라라고 말해진다. 중국에서는 너무도 오래전인 "40세기 전부터 동일한 작시법"에 의해 "거의 변하지 않은 문자로"[26] 시 창작이 이루어져 왔으며, 관직을 얻으려면 시 창작 능력이 관건이었다. 조선 시대 과거 시험이 그랬듯이 관리가 되기 위해서는 시를 잘 지을 줄 알아야 했기 때문이다. 그리하여 시는 중국의 문화유산을 대표하는 장르가 되었다. 다음의 인용은 중국의 사회와 문화가 얼마나 오랫동안 시와 깊은 관련을 맺어 오고 있는지를 잘 보여 준다.

중국을 흔히 '시의 나라'라고 한다. 중국은 오랜 역사를 통해 방대하고 다양한 문화를 이루었는데, 그 문화유산을 대표하는 것이 시라는 뜻이다. 현전하는 중국의 문헌 중 가장 오래된 것은 『시경』이다. 중국 문화의 남상濫觴이라고 할 수 있는 이 책에는 지금으로부터 대략 2500~3000여 년 전 시가 수록되어 있으니, 중국의 역사는 시로써 시작했다고 해도 지나친 말이 아닐 것이다. 또한 시를 짓는 능력이 관리 선발의 기준이던 당대 이후 청대까지 거의 모든 지식인이 시를 창작했다는 점에서도 중국은 시의 나라라고 불릴 만하다.[27]

---

25) 쥐디트 고티에, 앞의 책, 40쪽.
26) 위의 책, 43쪽 참조.
27) 이영주, 「당시선」, 『동아일보』, 2005년 6월 11일.

청나라 시대까지 거의 모든 지식인이 시를 창작했다는 사실은 틀림없이 쥐디트도 알고 있었을 것이다. 그녀의 '스승' 팅퉁링도 당시 청나라 지식인으로 훌륭한 시를 많이 썼기 때문이다. 실제로 『옥의 서』에는 그의 시가 4수나 번역되어 있다. 따라서 그 사실은 그녀에게 중국이 시의 나라라는 것, 나아가 '시의 천국'이라고 이야기할 정도로 시인이 존경과 사랑을 받는다는 점을 더욱 명백히 확인시켜 주었을 것이다.

그런데 시는 당연히 풍류에 빠져서는 안 될 중요한 구성 요소다. '풍치가 있고 멋스럽게 즐기는 일'에는 반드시 시와 가락이 있다. 시는 고상한 흥취를 돋우는 데 필수적인 요소다. 그렇기에 중국에서는 고금을 막론하고 '시와 음악은 언제나 결합'되어 있다. 중국인들은 시를 '낭송'하기보다는 오히려 '노래한다.' 시는 곧 노래요, 노래는 곧 시인 것이다. 중국인들은 이처럼 서양의 어느 문명보다도 먼저 시를 '노래하면서' 풍류를 즐길 줄 알았다.

> 예나 지금이나 중국에서 시는 항상 음악과 결합된다. 그들은 시를 낭송하지 않는다. 그들은 그것을 노래한다. 보통 노래는 중국식 칠현금인 킨의 반주가 따른다. [⋯] 그러므로 오르페우스보다 12세기나 이전의, 그리고 다비드나 호메로스보다 15세기나 이전의 중국 시인들은 그 중국식 칠현금으로 반주하며 시를 노래했던 것이다.[28]

중국인들의 풍류는, 근대성을 거부하고 고대 민족들의 문학에 열광한 당시 프랑스 고답파의 정신 원칙에도 잘 부합한다. 기계 문명의 빠른 발전과 전파로 정신세계의 가치가 흔들리기 시작하는 것을 염려한 고답파 시인들은 먼 과거로 눈을 돌린다. 르콩트 드 릴, 카튈 망데스Catulle

---

28) 쥐디트 고티에, 앞의 책, 43쪽.

Mendès,[29] 테오도르 드 방빌Théodore de Banville 등 고답파 시인들과 교분을 나눈 쥐디트 고티에 역시 서양의 기계 문명의 진보에 두려움을 느끼기에 이른다. 그리하여 "오르페우스보다 12세기나 이전의, 그리고 다비드나 호메로스보다 15세기나 이전의" 고대 중국의 시인들과의 만남과 정신적 교류는 문명화로 오염된 서양에 살고 있는 자신뿐 아니라 프랑스 독자들에게 정신세계의 참다운 가치를 일깨워 주는 일이기도 했다. 이처럼 그녀에게 하나의 '고대 민족'이기도 한 중국인들의 풍류는, "도처에 파고들어" 정신적 가치를 파괴하는 서양 문명이라는 '독'에 대한 신선한 해독제이기도 했다.

> 자신을 영원한 "중국 공주"라고 즐겨 말하곤 했던 쥐디트 고티에는 갈수록 (기계 문명에 대한) 두려움이 커졌다. 그리하여 그녀가 자주 그 영원성을 주장하곤 하던 중국의 문명과 문화는 그녀에게 '도처에 파고드는' (기계) 문명의 진보에 대한 상상적인 도피처를 제공해 주었다.[30]

곧이어 출간된 소설 『황제의 용』은 청나라 시대 제4대 성조(강희제康熙帝, 1661~1722) 15년 10월에 일어난 왕위 찬탈 반란에 관한 이야기다. 물론 그 반란은 역사적 진실이 아닌 허구이다. 만주족(여진족)인 누르하치가 세운 청조는 제3대 세조(순치제) 때 베이징으로 천도하여 강남 사대부의 반청 감정(반청 배만 감정)을 누르고[31] 1659년 윈난(운남)을 평정함으로써

---

29) 쥐디트는 아버지의 반대를 무릅쓰고 고답파 시인 카튈 망데스와 사랑에 빠져 1866년 4월에 결혼한다. 망데스의 '새로운 시 이론'은 그녀에게 '일종의 사랑의 메시지'로 작용한다.

30) 쥐디트 고티에, 앞의 책, 21쪽.

31) 저자는 이 작품의 배경을 제3대 세조(순치제) 시대로 기술하고 있다(『황제의 용』

중국의 통일을 거의 완성한다.

하지만 패망한 명나라의 한족은 소설의 시대적 배경이 되는 성조(강희제) 시대에도 여전히 만주족에 대해 불만32)이 높다. 베이징에서 30리 떨어진 시체포Chi - Tse - Po라는 대평야지에서 노부모를 봉양하며 농사를 짓던 평범한 농부인 주인공 다키앙Ta - Kiang은 만주족의 치세에 분노를 삭이지 못하며 지내다가 마침내 거사를 일으키기 위해 베이징으로 떠난다. 마침 그는 청나라 성조의 한족에 대한 '차별 대우'에 분개하여 그 도시(베이징)의 관인사Pagode de Koan - In에서 거사를 모의하고 있던 대승들 및 청나라 조정의 한족 출신 관리들이 조직한 푸른 백합당la secte du lys bleu에 의해 새 황제로 추대된다. 하지만 곧 발각되어 거사가 실패로 돌아가자, 일단 몸을 피해 지내다가 다시 군대 20만을 일으켜 강희제에게 대항한다.

위의 이야기에 앞서, 산시성의 지사는 그의 집에 초대된 젊은이들에게 8개월 내에 가장 훌륭한 시를 지어 오는 자에게는 누구나 탐내는 관직과 함께 자신의 무남독녀(치치카Tsi - Tsi - Ka라는 이름의 딸)와의 결혼을 허락하겠는 제안을 한다. 이 자리에 있던 시인이자 한량인 고리친Ko - Li - Tsin

---

48쪽 참조). 따라서 중화사상을 자랑스럽게 여기는 강남의 한족 인사들을 청나라에 복속시키기 위한 책략으로 강요한 변발에 대해서도 묘사하고 있다. 하지만 저자가 사용하는 황제의 이름, 즉 Kang - Shi는 강희제임이 분명하다. 아직 중국어에 대한 표준 발음 표기법이 만들어지지 않은 시대였음을 감안하더라도 강희 (황)제를 그렇게 표기한 것임에는 틀림없다. 제3대는 순치제인데 Kang - Shi는 순치제와는 표기상 거리가 멀어 보이기 때문이다. 게다가 저자는 당시 배경을 강희제 즉위 15년, 황제의 나이는 40세라고 말하고 있는데 제3대 순치제는 어린 나이에 즉위하여 예친왕이 섭정을 했다. 이런 사실로 보아 저자가 역사적인 사실을 잘못 알고 있음이 분명하다. 따라서 이 소설의 배경은 청조 제4대 강희제 즉위 15년 베이징으로 보는 것이 옳다.

32) 당시 한족이 만주족의 왕 성조에 대해 가진 불만에 대해서는 『황제의 용』 33~34쪽 참조.

도 지사의 딸과 관직을 얻기 위해 베이징의 30리 변방에 있는—시정을 자극하는—시체포 대평야지로 은둔하여 시 창작에 몰두한다. 좋은 시상을 얻기 위해 산책을 하던 중 그는 우연히 소설의 주인공 다키앙을 만난다. 햇빛을 받아 땅 위에 생긴 그의 그림자가 용의 모습임을 발견33)하고 고리친은 중화 제국la Patrie du Milieu의 진정한 황제가 되기 위해 거사를 일으키려 베이징으로 가는 주인공을 따라나선다. 다키앙은 약혼녀 요멘리 Yo - Men - Li를 버리고 떠나려 하지만 하녀의 자격으로 따라가겠다는 간곡한 부탁까지 거절하지는 못한다. 그리하여 소설은 이 세 인물을 중심으로 줄거리가 엮이는데, 베이징의 관인사에 도착한 뒤의 줄거리는 앞서 말한 바와 같다.

중국은 시의 나라로 그 어느 나라보다 시인이 존경받는다는 점, 시 창작 능력이 관직 획득의 관건이기에 거의 모든 지식인이 시를 창작한다는 점, 나아가 단지 관직 획득의 목적으로 시를 쓰는 데 그치지 않고 삶을 즐기는 데 그 시를 활용할 줄 안다는 점, 그리고 중국인들이 풍류를 즐길 줄 안다는 점 등 쥐디트 고티에가 『옥의 서』(1867)를 통해 전하고자 했던 중국에 관한 모든 사실은 2년 뒤에 출판된 중국에 관한 이 역사 소설 『황제의 용』(1869)에도 일관되게 강조된다.

먼저 고리친이 산시성의 지사 집에 초대되었을 때 가장 훌륭한 시를 지어 오는 사람에게 자신의 무남독녀와의 결혼을 허락하겠다고 제안하는

---

33) 용은 중국 및 아시아의 여러 나라에서 봉황과 함께 왕을 상징한다. 저자는 중국에 전해 내려오는 용의 그림자에 얽힌 설화를 이렇게 옮겨 적고 있다. 이 용의 설화는 물론 『황제의 용』이라는 이 소설의 제목 설정과 주인공 다키앙의 왕위 찬탈 행동에 중요한 동기를 부여하고 있다. "어떤 사람의 그림자가 용의 모습이면 그가 어느 날 옥으로 된 손잡이가 달린 황홀笏을 쥐게 될 것이라는 사실을 모르는 사람은 아무도 없다. 하지만 눈이 본 그 기적적인 사실이 입 밖으로 흘러나와서는 안 된다. 운명이 역전되어 하늘로부터 그에게 무수한 불운이 내려질 것이기 때문이다."(『황제의 용』, 1쪽)

장면을 보면, 시와 풍류에 대한 중국인들의 깊은 취향을 잘 확인할 수 있다. 시인들에 대한 관대한 '적선' 덕택에 당시 고리친처럼 시를 지으며 한량으로 방랑 생활을 하는 사람들이 아주 많았다는 사실, 시만 잘 지으면 가난하건 말건 자신의 딸과의 결혼을 허락하겠다는 사실, 그리고 "많은 잔을 비운" 뒤 아주 흥겨운 상태에서 그런 '시와 미인의 교환' 제안을 했다는 사실 등은, 당시 지식인 및 일반인 사이에 시에 대한 사랑이 얼마나 널리 퍼져 있었으며 아울러 시인에 대한 평가와 존경심이 얼마나 컸는지를 여실히 보여 준다.

구태여 고리친의 직업을 말하라고 한다면, 쓸 만한 주제가 머릿속에 떠오를 때마다 그것이 어떤 것이 되었든 즉흥적으로 시를 지어 기분 좋게 읊어 대는 그런 사람들을 가리키는 직업이었다. […] 그 시절 시를 사랑하는 수많은 사람들의 적선 덕택에 젊은 시절 그는 수많은 헛된 욕망에 이끌려 이 도시 저 도시, 이 고장 저 고장을 별로 생계 걱정 없이 즐겁게 떠돌아다녔다. […] 어느 날 고리친은 산시성에 머물게 되었는데, 학식이 높은 그곳 지사의 집에 여러 명문가 출신의 사람들과 함께 저녁 식사에 초대되었다. 그런데 식사가 웬만큼 끝나 갈 무렵 지사는 가장 좋은 시를 한 수 지어 오는 장정에게 자신의 외동딸을 내줄 의도를 내비쳤다. […] 이미 여러 잔의 술을 비운 뒤여서 거나한 분위기였는데, 그 친절한 지사는 자신의 딸의 덕성과 우아한 자태에 대해 자자하게 자랑하면서 8개월의 기간을 줄 것이니 식사에 초대된 젊은이들 중 정치나 철학에 관해 가장 훌륭한 시를 써 오는 사람을 맹세코 자신의 사위로 삼을 것이며, 나아가 자신이 후원자가 되어 큰 부러움을 사는 관직을 함께 마련해 주겠노라고 선언했다.[34]

베이징 관인사에서의 모반이 한 배신자의 밀고에 의해 발각되자 대부

---

34) Judith Gautier, *Le Dragon impérial*, Armand Colin, 1893, 4쪽.

분의 푸른 백합당원들은 현장에서 체포되어 처형된다. 이 모사에서 '중화제국의 유일한 황제'로 추대된 주인공 다키앙은 다행히 그곳을 빠져나와 달아난다. 하지만 고리친은 도주에 성공하지 못하고 체포된다. 그리하여 그는 판관 앞으로 끌려가 형리로부터 모진 고문을 당하는데, 죽어 가는 고통스러운 상황 속에서도 산시성 지사의 아름다운 딸을 잊지 못한다. 그녀를 아내로 취하지 않고 이대로 죽을 수는 없으며, 설령 죽더라도 목숨이 끊어지기 전에 최고의 시를 한 수 지어 그녀의 아버지의 마음을 사로잡아야 한다는 생각, 지사의 딸이 그 명시의 저자와 결혼을 하려 해도 이미 세상에 없어 결혼하지 못해 안타까워해도 좋다는 생각이 든다. 그의 영혼은 '저 높은 곳'에서일망정 아주 행복할 것이기 때문이다. 그리하여 그는 재판이 진행 중임에도 판관에게 당당하게 집필 도구를 요청한다. 판관은 당연히 어이없다는 듯 거절한다. 끈질기게 요청이 계속되자 판관은 더 참지 못하고 형리에게 철박판鐵薄板을 던지며 죄인을 더욱 고통스럽게 고문할 것을 명령한다. 그러자 고리친은 시를 경멸하는 판관을 향해 일갈한다. 그는 판관의 황제인 강희제 역시 시를 아주 좋아한다는 사실을 이미 알고 있었기에 그토록 기세등등할 수 있다.

> "이런!" 하고 고리친이 소리쳤다. "시를 무시하다니. 그런 태도는 당신에 대한 내 경멸감만 더욱 부추길 뿐이오. 당신은 당신의 주군인 강희제조차도 시인들에게 적지 않은 경의를 표한다는 사실을 알기나 하는 거요?"35)

비록 자신이 황제로 떠받드는 다키앙과 함께 강희제를 몰아내려고 했지만, 고리친은 강희제가 시인에 대해 경의를 표할 줄 안다는 사실만은

---

35) 위의 책, 114쪽.

인정하지 않을 수 없다. 시를 사랑하는 시인을 존중하는 그 고매한 마음만은 높이 평가하지 않을 수 없었던 것이다.

　실제로, 쥐디트는 강희제를 진정으로 풍류를 즐길 줄 아는 황제로 묘사한다. 그는 권력이나 '즐기는' 폭력적이고 무지한 만주족 황제가 아니다. 그는 노자와 맹자를 읽고 명상하는 학식이 풍부한 황제이며 시와 풍류를 알고 즐길 줄 아는 넉넉한 마음의 황제로, 명황제 못지않게 아주 매력적이며 인간적인 황제이다. 어느 날 황제는 '개화산'으로 사냥을 떠난다. 5월la cinquième lune의 산수풍경은 너무도 아름답다. 그는 넋을 잃은 채 꽃이 만발한 개화산의 '흰 사슴계곡'을 바라본다. 이내 그는 기분 좋은 몽상에 빠져든다. 마음속에 시정이 움튼다. 입가에 시어가 맴돈다. 마침내 입에서 부드러운 전원시가 흘러나온다. 그 순간 그에게는 그의 드넓은 제국도 영광도 아무런 가치가 없다. 그는 그저 모든 것에서 놓여난 자유인일 뿐이다. 여유로운 한량이자 시인일 뿐이다. 풍요로운 시정의 소유자인 강희제가 자연 앞에 보이는 반응과 태도는 풍류의 또 다른 한 전형을 보여 준다.

저 계곡들, 정말 아름답기도 하지! 꽃이 만발한 저 구릉들 하며! 과연 '개화산'이라는 이름이 아깝지 않구나. 화려한 풍경은 꽃밭 같고, 향기로운 바람은 달콤한 향기를 풍기며, 들려오는 새소리들은 노랫가락 같구나. 근심 걱정도 얽매임도 없이 이런 곳에서 살면 더없이 좋으련만! 노자는 이렇게 말하지 않았던가. "인간은 아무 정념 없이 우주의 조화를 명상할 줄 알 때 더 완벽해진다"고.

이어 황제는 명상에 잠긴 채 여기저기에서 모란을 꺾으면서, 그리고 또 마음속에 시구를 떠올리면서 문관 신하들로부터 조금씩 멀어져 갔다.

곧 혼자 있게 된 그는 입술에 미소를 머금으며 개울가에 앉았다. 너그러운 마음의 소유자인 그는 더 이상 자신의 제국도 자신의 영광도 생각하지 않았다. 그는 자연에 묻

혀 자유를 느꼈다. 이어 그는 자연을 찬미하는 시 한 수를 아주 작은 목소리로 읊조리기 시작했다.[36]

다키앙과 결투를 하는 동안 황제의 넷째 왕자 링은 적수에게서 용의 그림자를 발견한다. 그는 소리치며 이 기밀을 주변 사람들에게 누설한다. 마침내 다키앙에게, 용에 얽힌 설화의 내용처럼 "운명이 역전되어 하늘로부터 불행이 내려진다." 그는 더 이상 손을 쓰지 못한 채 강희제의 군사에게 포로로 잡히고 만다. 수장이 없는 반란군은 너무도 허망하게 무너진다. 고리친과 요멘리도 포로가 된다. 그들과 다키앙의 눈앞에서 차례차례 그들의 부하인 반란군 포로들이 처형되기 시작한다. 처형장은 온통 피바다를 이룬다. 마침내 다키앙이 처형될 차례가 온다. 그런데 강희제는 적의 수장을 너그럽게 용서한다. 그렇지만 다키앙은 스스로 목숨을 끊음으로써 부하들에 대한 의리를 저버리지 않는다. 이어 요멘리의 차례가 오자, 하룻밤 새에 요멘리와 사랑에 빠진 왕자 링의 고백과 간곡한 만류가 이어진다. 하지만 그녀 역시 진정으로 사랑하는 다키앙의 뒤를 따르고 만다. 마침내 고리친의 차례가 온다. 그런데 그는 처형 직전 그토록 꿈에 그리던 산시성 지사의 딸을 얻는 데 성공한다. 고리친이 처형될 찰나에 그가 지은 시를 최고로 평가한 지사가 자신의 딸을 보내온 것이다. 산시성의 지사는 이미 오래전에 베이징의 궁중으로 영전하여 황제를 보필하고 있었다. 그는 자신의 딸과 함께 모두가 탐내는 높은 관직을 주겠다는 지난날의 약속을 이행하려 한다. 하지만 고리친은 황제가 그의 죄를 용서해 줄 것이니 자신과 함께 행복하게 살자는 아내의 애절한 부탁에도 불구하고 역시 먼저 간 친구들의 뒤를 따른다.

---

36) 위의 책, 243쪽.

그렇지만 그는 곧바로 목숨을 끊지 않는다. 처형을 요구하기 전, 땅바닥을 흥건히 적시며 흐르는 먼저 간 동료와 친구들의 뜨뜻한 피를 손가락에 찍어 가까운 가옥의 흰 벽에 붉고 커다란 글씨로 (시를) 써 내려가기 시작한다. 오륜의 붕우유신朋友有信과 군신유의君臣有義의 미덕, 그리고 절개를 선양하는 고귀한 시구가 흰 벽에 한 자 한 자 새겨지기 시작하자 처형 장면을 지켜보던 군중들이 그 흰 벽 앞으로 모여든다. 그들은 읽기 시작하고, 감탄사를 연발한다.

첫 행이 다 완성되지 않았음에도 그를 바라보고 있던 모든 사람의 얼굴에는 벌써 열렬한 찬미의 기색이 나타나기 시작했다. "대단하다! 대단해!" 사방에서 감탄사가 터져 나왔다. 여러 사람이 혁대에서 먹통을 꺼내 정신없이 그들의 부채에 그 시구를 옮겨 적었다. 두 번째 행이 완성되자 다시 탄성이 터져 나왔다. "저 사람 도대체 누구지? 저렇게 비범하게 운율의 조화를 만들어 낼 줄 알 뿐 아니라 [⋯] 옛 현자들에게서나 볼 수 있는 순결하고 완벽한 문자들을 사용할 줄 아니. [⋯] 마치 노자 같은 철학자 같기도 하고 소동파 같은 시인 같기도 하지 않은가?" 참신한 비유들이 사용된 세 번째 행은 군중들의 열광을 한층 더 고조시켰다. 무지하고 비천한 만주족 군인들조차도 중국인들의 열광과 찬양의 분위기에 함께 빠져들지 않을 수 없었다.[37]

지켜보던 군중 속의 "여러 사람"이 혁대에서 먹통을 꺼내 그들이 가진 부채 위에 시를 서둘러 옮겨 적는 일,[38] 한 자 한 자 이어지는 시를 읽어

---

37) 위의 책, 331쪽.
38) 이 사실은 『옥의 서』 서문에 쓴 중국인들의 시 전파 방법을 환기시킨다. "고립되어 살던 시인은 때때로 민중에게 직접 (자신의 시를) 전파하기도 한다. 그는 건물의 벽이나 성문의 설주에 자신의 시를 써 놓는다. 대체로 자기 이름은 쓰지 않는다. 사람들은 그 시 앞에 멈춰 서곤 하는데, 그 시를 이해하는 사람들은 평을 하고 토론을 벌이는가

가던 모든 구경꾼들의 입에서 찬미와 감탄사가 저절로 흘러나오는 일, 그리고 글자를 알지 못하는 "무지하고 비천한 만주족 군인들조차도" 그 시인의 시를 찬미하는 분위기에 함께 빠져드는 일은, 중국에서 황제를 비롯한 고관들과 지식인층에만 한정되지 않고 일반 서민에 이르기까지, 이를테면 모든 계층에게 시와 시인이 얼마나 큰 사랑과 존경을 불러일으키는지를 잘 보여 준다.

프랑스와 아시아의 문화 교류에 대한 기여

이상에서 보듯이, 쥐디트 고티에가 중국에 관하여 일관성 있게 소개하고자 한 것은 중국인들이 시와 풍류를 사랑하고 즐기며 시인을 존경하는 민족이라는 사실이다. 그런데 시와 시인, 그리고 풍류에 대한 중국인들의 그와 같은 태도는, 본문의 인용(이영주 등의 글)에서 보듯이 (적어도 쥐디트가 살고 있던 당시까지라도) 대체로 확인된 객관적인 사실로 인정되고 있었다. 그리하여 그녀는 먼저 『시경』부터 공자, 두보, 이백, 당송 8대가 중 한 사람인 소동파, 왕유, 장적, 나아가 그녀의 '스승' 팅퉁링에 이르기까지 중국 시인들의 시를 번역 출판함으로써 그 사실을 웅변적으로 보여 준다.

또한 그녀의 『옥의 서』 출간은 당시 프랑스에 중국 문학, 특히 시 장르에 대한 소개가 매우 부진한 상태에서 중국과 프랑스의 문학적 교류에 기여한 획기적인 사건으로 기록된다. 19세기 프랑스 오리엔탈리스트들의 주된 작업 중 하나가 동양(혹은 동양 관련) 서적의 번역이었듯, 문화 교류의 역사는 곧 번역의 역사와 동궤를 이룬다. 그런 만큼 그녀의 이 번역 역시

하면 알고 싶어 하는 무지한 사람들에게 설명을 해 주기도 한 한다. 학식이 있는 사람들은 지나가다가 그 시가 그만한 가치가 있다고 판단되면 옮겨 적어 긴히 간직하고 있다가 친구들에게 소개하기도 한다."(『옥의 서』, 37쪽)

당시 오리엔탈리스트들의 작업과 크게 다르지 않다.

이어 2년 뒤에 출판된 『황제의 용』은 어떤 면에서 보면 『옥의 서』의 문학적 변용이기도 하다. 만주족의 청조에 대한 한족의 저항과 반란 이야기를 역사 소설의 형태를 빌려 엮어 냈지만, 다른 한편으로는 『옥의 서』의 서문과 본문에서 보여 준 중국인들의 시와 풍류에 대한 취향과 사랑, 그리고 시인에 대한 경의를 허구적 서사를 통해 아주 인상 깊게 나타내고 있기 때문이다.39) 물론, 작가는 중국인들이 사용하는 거리 단위인 리li, 음력 사용을 보여 주는 월의 표현(예를 들면, 3월을 la troisième lune으로 표기한 것), 화폐 단위인 양liang과 전tsen, 19쪽(제2장)에 이르는 자세하고 구체적인 베이징의 거리 및 풍경 묘사, 그리고 황제의 절대 권력과 철저한 위계질서 및 중화 의식을 보여 주는 수많은 칭호40) 등 중국에 관한 다양한 정보를 전달하고 있다. 작가는 또 17세기의 중국이라는 역사적 시기를 명확히 선택하여 당시의 정치 체제와 왕조, 민족 구성, 풍속, 그리고 문화적인 특징이 드러나는 전통을 아주 자세히 전달하고 있다.

중국인 가정교사와 중국 관련 책들을 통해 얻은 풍부하고 자세한 지식과 구체적인 정보를 바탕으로 창작된 이 소설은, 사실주의 소설이 그러하듯 상대적으로 꿈과 환상은 매우 부족하다. 작가에게 무엇보다 중요했던

---

39) 그녀는 또 각 장의 서두를 한 수의 시로 장식하는가 하면, 시를 통해 인물들 간의 대화가 이루어지게 만들기도 하였다. 그 시들은 중국 시를 번역한 것이거나, 자신이 직접 쓴 것도 있다. 어쨌든 소설 속에는 수많은 시가 기록되어 있는데, 중국인의 시 취향을 상징적으로 보여 주기 위한 의도인 듯하다.

40) 그녀는 중국 황제의 절대 권력과 중국인들이 품고 있는 중화 의식을 보여 주기 위해 le Fis du Ciel, le Maître de la terre, le Maître du Ciel, le Souverain Unique, le Souverain du Monde, le Souverain du Ciel, le Frère aîné du Ciel, le Maître céleste, le Maître des maîtres, la Splendeur incomparable, la Sérénité immuable, l'Egal des Immortels, le Ciel même 등의 어휘를 사용하고 있다.

것은 가능한 한 객관적인 사실을 바탕으로 중국 문화를 소개하고 전달하는 일이었기에, 최대한 상상력이 절제된 상태에서 창작하였기 때문이다. 그런데 '허구적 서사를 통한 사실의 전달'이라는 목적을 달성하기 위해서는 상상력의 절제가 관건이다. 상상력은 현실을, 즉 사실을 변형하기 때문이다. 이 소설에서 무미건조함이 많이 느껴지는 것도 바로 이 상상력이 가져다주는 꿈과 환상이 상대적으로 부족하기 때문이다. 다시 말해 꿈과 환상에 의해 창조되는 이상적인 세계, 이를테면 신화가 결핍되어 있기 때문이다.

반면 (비교를 위해) 아버지 고티에에 관해 좀 언급하자면, 그의 아시아는 환상과 꿈으로 가득하다. 열정과 경이로운 상상으로 충만한 가슴이 허전하고 초라한 세상에서 느낄 수밖에 없는 소외감, 환멸감, 그리고 그로 인한 권태감은 자신이 몸담고 있는 세계, 즉 문명화되어 오염된 세계, 부르주아적인 위선이 지배하는 추한 세계를 떠나도록 부추긴다. 그리하여 열정이 지배하는 세계, 순수와 천연의 것이 살아 숨 쉬는 세계, 원시적인 자연의 청량한 세계, 참된 감정이 지배하는 세계로의 도피를 부추긴다. 고티에에게는 이 '이상적인' 세계 중 하나가 다름 아닌 아시아다. 그리하여 그는 그곳을 향해 '꿈의 여행'을 계속한다.[41]

이처럼 쥐디트의 동양 취향, 특히 (극동) 아시아 취향은 아버지의 영향이 매우 크다. 하지만 그 취향의 추구 방법과 내용, 그리고 목적은 아버지와는 매우 다르다. 낭만주의 정서에 깊이 젖어 (중국에 대해) 환상적이고 비현실적인 시선을 가졌던 아버지와는 달리, 그녀는 중국인 가정교사 팅퉁링과의 직접적인 접촉과 관련 서적을 통해 그곳에 대한 지식을 풍부하게 습득한 만큼 훨씬 더 현실적이고 학문적이다. 그만큼 전문적인 오리엔

---

41) 3장 「고티에의 아시아의 꿈—『수상루』와 『포르튀니오』를 중심으로」 참조.

탈리스트에 더 가깝다. 그리하여 중국에서 시작하여 일본과 인도로 확대되는 50년 가까운 그녀의 변함없는 (극동) 아시아 취향과, 본문에서 증명해 보인 것처럼 팅퉁링과의 '직접적인 접촉'에 크게 기인한 오리엔탈리스트적 태도는 프랑스와 중국, 나아가 프랑스와 아시아의 문화 교류 및 문화 화합에도 적지 않게 기여했다고 말할 수 있을 것이다.42)

---

42) 우리는 에드워드 사이드가 『오리엔탈리즘』에서 19세기 제국주의 시대의 오리엔탈리스트들(동양에 관한 작품을 쓴 작가들을 포함)에 대해 동양을 지배하고 위압하기 위한 부정적이고 음험한 담론 생산의 집합체라고 비판한 사실을 알고 있다. 그렇게 볼때 이 글의 결론은 사이드의 견해와는 정면으로 대치된다. 물론 "동양을 취급하는 어떤 저작가도 동양에 관한 어떤 선례나 예비지식의 존재를 상정하며, 그것을 참조하고 그것에 의거한다"(앞의 책, 51쪽)는 지적과 "지식은 더 이상 현실에 적용될 필요가 없고 침묵 속에 주석도 없이 텍스트로부터 텍스트에 복사되는 것이다. 여러 가지 관념은 누구의 것인지도 모른 채로 전달되고, 확대되며, 누구의 것이라고 정해지지도 않은 채 반복되어 간다. 문자 그대로 상투적 관념이 된다. 그것들에게는 무조건 반복되고, 반향되고, 다시 반향되기 위하여 '그곳에 있다'고 하는 것이 중요하다"(위의 책, 217쪽)는 지적처럼, 정치적인 의도로 생산된 지식에 의해 각인된 동양에 대한 관념이 '무조건 반복'될 수도 있다. 그 사실을 증명해 주는 유익한 문구를 우리는 르콩트 드 릴이 호세 마리아 데 에레디아에게 쥐디트 고티에의 『옥의 서』에 대해 쓴 편지에서도 발견할 수 있다. "정말 터무니없고 우스꽝스러우며 잔인한 나라일 뿐인 그 중국의 모습을 찾아볼 수 없다는 점은 말할 필요도 없습니다."(『옥의 서』, 8쪽) 그런데 "터무니없고 우스꽝스러우며 잔인한 나라"의 모습을 전혀 발견할 수 없다는 르콩트 드 릴의 말은 쥐디트의 번역서 『옥의 서』가 기존의 '상투적 관념'을 반복하여 보여 주고 있지 않다는 것을, 다시 말해 중국에 대한 기존의 부정적인 관념을 바로잡아 주고 있다는 것을 역으로 증명하고 있다. 그것은 물론 사이드 자신이 말하듯 '순수한 지식'과 '정치적인 지식'은 다르기 때문이기도 할 것이다.(위의 책, 30쪽 참조) 그것은 작가의 특별한 상황, 즉 팅퉁링이라는 '스승'을 통한 중국과의 '직접적인 접촉'과 그와의 돈독한 우정에 기인한 것이기도 함은 이 글에서 이미 논증한 바 있다.

사실 이 주장은 매우 중요하지만 이 글의 균형과 일관성 문제로 본문에서 논의하지 못하고 이렇게 각주로 처리할 수밖에 없다. 하지만 이 글에서 내린 결론만으로도 이미 사이드의 주장을 우회적으로 비판하고 있음을 알 수 있을 것이다.

5장 고비노 작품 속의 아시아 여인
- 『아시아 이야기』를 중심으로[*]

아시아를 향한 꿈

고비노Arthur de Gobineau(1816~1882)는 어린 시절부터 아시아[1]를 아주 좋아했다. 14살 때 이미 갈랑Galland이 번역한 『천일야화*Les mille et une nuits*』[2]를 "열심히 그리고 푹 빠져"[3] 탐독했으며, 당시 영국에서 유

---

* 이 글은 2004년도 한국학술진흥재단의 지원을 받아 연구된 것이다.(KRF-2004-075-A00035)

1) 고비노가 말하는 아시아는 페르시아(이란)를 비롯한 중앙아시아를 주로 가리킨다. 그는 Orient이라는 말 대신 Asie라는 말을 더 좋아했다.

2) 1842년에 프랑스에서 처음으로 갈랑에 의해 번역·출판되었다.

3) *Gobineau Oeuvres complètes, tome III*, Gallimard, 1987, 1171쪽. 그의 누나 카롤린의 증언에 의하면 그는 이미 이때부터 갈랑이 번역한 이 책을 탐독했다. 고비노의 서재에 꽂힌 책에 대한 기록인 "Fragment de la bibliothèque de Gobineau"(conservés à la B.N. de Strasbourg)에도 이 책이 기록되어 있다.(위의 책 참조)

행하여 즉시 프랑스어로 번역된 소설로 매우 훌륭한 페르시아 풍속 연구서이기도 한 제임스 모리어James Morier의 『하지 바바의 모험*The adventures of Hajji Baba of Ispahan*』(1824)도 읽었다. 어린 시절 아시아 관련 서적의 탐독은 그에게 깊은 인상을 남겨 아시아를 향한 꿈을 키우게 했으며, 세월이 흘러 『아시아 이야기*Nouvelles asiatiques*』(1876)를 집필할 때까지도 그는 그 작품들에 대한 찬미를 아끼지 않는다.

> 아시아의 한 나라의 기질에 대한 가장 빼어난 작품은 확실히 모리어의 소설 『하지 바바의 모험』이다. 『천일야화』에 대해서는 당연히 말할 필요조차도 없다. 그것은 어느 것과도 비길 데 없는 대단한 작품이기 때문이다. 그 사실은 부인할 수 없다. 이 작품에 버금가는 작품은 없을 것이다. 이 걸작을 제외하면 『하지 바바의 모험』이 최고다. [⋯] 모리어는 물론 (페르시아를) 잘 보았으며, 모든 것을 아주 잘 이해하고 묘사했다. 그는 정확한 윤곽을 그려 냈으며, 이용한 색상은 완벽한 조화를 이룬다. [⋯] 그 매력적인 저자는 독특한 관점을 가지고 있다.4)

그처럼 아시아에 대한 환상을 품고 꿈을 꾸며 자란 고비노는 외교관 친구 부레Prosper Bourée의 추천으로 마침내 1855년 2월 양국(프랑스와 페르시아) 외교의 특별 임무를 띠고 떠나는 외교 사절단(부레가 단장이었다)의 일원이 되어 꿈에 그리던 테헤란으로 향한다. 그곳에 오랜 기간 체류5)하면서 그는 페르시아(이란)의 다양한 측면을 관찰하고 연구함으로써 명실상부한 오리엔탈리즘의 대가6)가 되는데, 그곳으로 가는 도중 이집트의

---

4) *Nouvelles asiatiques*, Introduction, *Gobineau Oeuvres complètes, tome III*, Gallimard(Pléiade), 1987, 305쪽. 이후의 『아시아 이야기』 속 중편들의 인용 쪽수는 이 책을 바탕으로 한다.

5) 중간에 귀국했다가 1863년에 귀국한 것까지 합하면 거의 8년이다.

수에즈에 도착하자 벌써 아시아를 가슴 깊이 '느끼며' 마음 설렌다. 그는 당시 그곳까지의 여행 과정과 그곳의 풍속, 정치, 그리고 유럽과 아시아의 관계 등을 고찰하여 출간한 『아시아에서의 3년Trois ans en Asie』(1859)에서 자신이 꿈꾸던 아시아를 일종의 성역으로, 그리고 수에즈에 도착한 자신을 그 성역 입구에 서서 성역 내부의 신비로운 비전의 전수를 기대하며 흥분해 있는 모습으로 묘사하기까지 한다.

> 수에즈에 도착했을 때 곧 심오한 비전을 전수받을—사원 입구에서 그 성역을 가리고 있는 장막을 손으로 더듬어 보는—새 신봉자 같은 기분을 느꼈던 것을 나는 기억한다.[7]

그만큼 그는 여행할 당시에도 어린 시절의 독서 영향에서 벗어나지 못하는데, 아시아는 그의 마음속에 구도적이며 영적인 세계, 환상의 세계, 마술의 세계, 신비의 세계, 이를테면 『천일야화』의 세계[8]로 깊이 아로새겨져 있으며 그곳은 변함없이 그에게 "사랑하는 동양Ce cher Orient!"[9]으로 남는다. 그리하여 그는 자신에게 아시아에 관한 많은 것을 가르쳐 준, 그리고 또 큰 나이 차이에도 불구하고 바로 아시아 때문에 돈독한 우정을 맺게 된 오스트리아의 장군 프로케슈Anton Prokesch에게 보낸 편지에서

---

6) 그곳의 종교와 철학에 대한 연구서가 1865년에 출간한 *Les religions et les philosophies dans l'Asie centrale*로, 그는 이 작품 제1장 서두에서도 다음과 같이 언급함으로써 아시아에 대한 깊은 경의와 애정을 표출한다. "우리가 사고하는 모든 것과 우리가 사고하는 모든 방식은 아시아에 그 기원을 둔다."(*Gobineau Oeuvres complètes*, tome II, Gallimard, 1983, 405쪽) 이 작품은 *Nouvelles asiatiques, Trois ans en Asie*와 함께 작가의 아시아에 관한 3부작을 이룬다.

7) *Trois ans en Asie*, *Gobineau Oeuvres complètes*, tome II, 57쪽.

8) 실제로 『아시아에서의 3년』에서 그는 자신의 눈앞에 직접 나타나는 아시아의 모습과 『천일야화』에서 읽은 아시아의 모습을 자주 비교한다.

9) 고비노, 앞의 책, 1174쪽.

"저는 유럽으로 돌아가면 남은 생을 아시아를 그리워하면서 눈물 흘리지 않을 수 없을 것입니다"10)라고 토로하기도 한다. 그는 또 잠시 프랑스에 체류한 뒤 다시 페르시아로 돌아와 누이동생에게 보낸 편지에서 "나는 모든 것이 세상에서 가장 멋진 페르시아로 다시 돌아왔어. 바로 이곳으로. 내 집에 나는 다시 돌아온 거야"11)라며 아시아에 대한 깊은 애정을 숨기지 않는다.

그렇게 그는 페르시아에 체류하면서 터키, 카프카스(코카서스), 아프가니스탄 등 주변 국가들의 전설과 단편 소설, 그리고 주민들 사이에 회자되는 다양한 일화들을 수집하여 기록해 놓는데, 그것들은 바로 우리의 이 연구 대상의 작품인 『아시아 이야기』12)의 영감의 원천이자 이야기의 토대가 되었다.

그런데 아시아에 관한 중편 모음집인 『아시아 이야기』를 독서하다 보면 작가가 그의 사상서 『인종 불평등론Essai sur l'inégalité des races humaines』(1853~1855)에서 표명한 백인종 · 흑인종 · 황인종의 각 문명 속 여성/남성 사이의 혼용13) 문제에 대한 견해와는 상당한 차이가 있음을

----

10) 위의 책, 1176쪽.

11) 위의 책, 1177쪽.

12) 여기에는 6편의 중편이 수록되어 있는데, 「샤마카의 무희La danseuse de Shamakha」, 「이름 높은 마법사L'illustre magicien」, 「감베르 알리의 이야기L'histoire de Gambèr - Aly」, 「투르코만인들의 전쟁La guerre des Turcomans」, 「칸다하르의 연인들Les amants de Kandahar」, 「여행 인생La vie de voyage」이 그것이다. 이 중 「감베르 알리의 이야기」는 이렇다 할 여주인공이 나타나지 않으며, 「여행 인생」은 이탈리아 출신 주인공들의 이야기다.

13) 'mélange'. 그는 다양한 문명 비교의 척도로 이 개념을 사용한다. 혼용을 잘 이루는 문명일수록 강력한 힘을 지니고 오래 지속될 수 있는 문명이다. "Ainsi mélange, mélange partout, toujours mélange, voilà l'oeuvre la plus claire, la plus assurée, la plus durable des grandes sociétés et des puissantes civilisations, celle qui, à coup sûr, leur survit."(Essai sur l'inégalité des races humaines. Gobineau Oeuvres

발견할 수 있다. 즉, 동서양 문명을 비교하면서 서양 문명이 "상대적으로 동적mobile"인 반면 동양 문명은 "상대적으로 정적stable"이라고 말하는 저자는 또 하나의 문명 비교 척도로 남성(적인 것, masculin)/여성(적인 것, féminin) 간의 혼용 문제를 제시하는데, 그의 주장에 따르면 서양의 백인종 문명에서는 남성(적인 것)과 여성(적인 것)이 잘 혼용되어 중용을 이루고 있는 반면 흑인종 문명에서는 여성(적인 것)이, 황인종 문명에서는 남성(적인 것)이 지나치게 강하여 중용을 깨고 있다. 그에 의하면 "문명은 적절한 혼용 이외의 아무것도 아니기 때문에"14) 어떤 한 요소가 더 강하여 바로 그 적절한 혼용을 이루지 못한 문명은 혼용을 잘 이루는 문명보다 열세한 문명이다.

물론 이런 식의 문명 우열 비교를 떠나서 대체적으로 아시아(특히 19세기)는 남성 중심 사회로 남성(적인 것)이 여성(적인 것)을 압도하는 사회로 이해되었던 것이 사실이다. 하지만 『아시아 이야기』에서의 주요 여성 인물들은 『인종 불평등론』에서 밝히고 있는—바로 앞서 언급한—작가의 그와 같은 주장 및 그동안 대체적으로 이해되어 온 견해들과는 상당히 차이가 있다는 사실을 발견할 수 있다.

우리의 이 글은 『아시아 이야기』를 독서하던 도중 발견된 바로 그 차이에 대한 궁금증을 해결해 보려는 데서 시작되었다. 그리하여 이 글에서는 그 차이의 내용을 분석하여 보여 줄 것이며, 작가의 '철저한 세계관의 표현'이라고까지 평가되는 그 저서(『인종 불평등론』)의 견해와는 달리 그와 같은 차이를 발생케 하는 원인이 무엇인지도 함께 고찰해 볼 것이다.15)

complètes, tome I, Gallimard, 1983, 1159쪽.)

14) Tzvetan Todorov, Nous et les autres, Seuil, 1989, 186쪽.

15) 『아시아 이야기』에는 여섯 작품이 실려 있지만, 우리의 분석 대상은 물론 여성 인물이 주되게 활약하는 작품들(「샤마카의 무희」, 「칸다하르의 연인들」)이다. 이외의

신비의 매력을 지닌 '묘한' 여인

『아시아 이야기』중「샤마카의 무희」에는 19세기 러시아와 페르시아 사이의 힘겨루기의 피해자인 코카서스의 한 부족 레기족Lesghys 출신의 옴디에한Omm - Djéhâne이 등장한다. 그녀는 러시아군의 잔악한 학살에 일가친척을 거의 잃고 샤마카Shamakha의 한 무용단에 입단해 러시아를 비롯한 강대국의 관리나 장교가 이 도시를 방문할 때 그들을 위해 향연장에서 춤을 춘다.

그런데 그녀는 미인이 아니다. 무엇보다 화장을 하지 않는다. 향연장에 춤을 추러 갈 때조차도 그녀는 전혀 화장을 하지 않는다. 그런데도 어떤 강력한 마력으로 남자들을 사로잡는다. 그렇지만 그 매력의 근원은 알 수가 없으며, 그 매력을 평가할 때도 그저 '묘한étrange'이라는 형용사밖에는 더 사용할 말이 없다.

대단한 매력이 그 처녀에게서 느껴졌다. 매력의 근원을 알아보려 했지만 헛일이었다. 어쨌든 그 매력의 영향력은 여전히 위력을 발휘했다. 그녀는 남자의 마음을 사로잡아 도취케 하여 매료하지만 어디에 그렇게 매력이 있는지는 딱히 잘라 말할 수 없는 그런 여자 가운데 하나였다. 사실 냉정한 평자라 할지라도 그녀의 평가에 부칠 수 있는 말이라고는 오직 하나의 형용사뿐이었을 것인데, 그는 그녀에 대해 이렇게 말했을 것이다. "저 여자는 묘해." 그렇지만 어떠한 평자도 그녀를 대하면 침착한 마음을 계속 유지할 수는 없었을 것이다. (「샤마카의 무희」, 332쪽)

작품에 출현하는 여성 인물들은 분석을 요할 만큼의 중요성을 갖지 않는다. 하지만 간헐적으로 묘사되는 여성 인물들의 특징은 간단히 주로 처리하거나 주되게 분석한 두 인물, 즉 옴디에한과 디에멜레의 인물 특징에 환원시켰다.

그런 그녀는 춤을 추면서도 자신을 바라보는 관람자에게 전혀 상냥함을 보이지 않는다. 의미 없는 빈 미소 한 번 흘리지 않는다. "시선은 차갑고 무관심하다. 오히려 불손에 가까울 정도이며 화를 내는 듯한 모습이다." 그런데도 여러 무희와 어울려 공연장에 나타나면 남자들의 시선과 마음은 "본능적으로" 그녀에게로 이끌린다. 남자들의 마음은 동요하기 시작한다. 그들은 그 마술적인 매력에서 벗어나려 하지만 쉽지가 않다.

> (그들의) 시선은, 그녀가 화장을 하지 않아서든 자태가 아주 근엄해서든—어쩌면 이것이 더 진짜 이유일 텐데—그녀의 인품의 압도적인 매력에서든 본능적으로 옴디에한에게로 향했다. 그녀를 한번 바라보면 누구도 그녀에게서 눈을 떼지 못했다. 그녀는 상대방이 누가 됐든 냉정하고 무관심하며 화를 내는 듯한 불손에 가까운 시선을 보냈다. 그렇지만 그녀는 초라한 매력을 풍기는 것이 아니었다. 눈은 디에멜레보다 훨씬 못생겼으며 몸매는 탈레메의 포동포동한 몸매를 따라가지 못하며, 풍만함에서는 거의 완벽에 가까운 '화려한 미Les Splendeurs de la beauté' (옴디에한이 소속된 무용단을 운영하는 여걸 같은 인물)에 비할 수 없었다. 그렇지만 자신의 승리를 확신하는 이 여왕 같은 존재는 모두의 마음을 동요시켰다. 그리하여 그녀의 마술에서 벗어나기 위해서는 적지 않은 노력이 필요했다.(「샤마카의 무희」, 337쪽)

아시아 여성에 관해서라면, 같은 19세기 작가 발자크 또한 아주 큰 관심을 가졌기에 잠시 비교해 보는 것은 흥미로울 것이다. 그런데 옴디에한의 아름다움은 발자크가 묘사하는 아시아 여인의 그것과는 아주 다르다. 발자크는 자바 여인들에 대해 이렇게 묘사하기 때문이다. "그들은 피부빛이 아이보리색 같고 매끄럽다. 입술은 창백하고 귀와 콧구멍이 하얀 색깔이다. 아주 아름다운 검은 눈썹과 갈색 눈만이 그 이상스러운 창백함과 대조를 이룰 뿐이다. […] 모든 여인의 눈은 영양의 시선처럼 사랑을 호소하는 듯한 열정이 담겨 있다."16) 또한 옴디에한은 발자크가 아시아 여인들에 대해 "그들은 유동성을 타고난 듯하며, 유연성 또한 타고났다. 그들의 몸에는 양서류처럼 휘어지고 펴지는 역동적인 탄력성이 있다"17)며 주로 육체적인 특징을 묘사한 것과는 거리가 멀다.

그처럼 고비노의 여주인공 옴디에한은 발자크의 자바 여인처럼 '부드럽지가' 못하다. 남성의 동정심을 적절히 불러일으키면서 사랑을 '호소하지' 않는다. 상냥함도 별로 찾아볼 수 없다. 애교도 거의 없다. 어떻게 보면 그녀에게는 이른바 '여성성'이라는 것이 부족하다. 그러므로 뭐라 설명할 수 없는 옴디에한의 매력은 동물적인 관능미보다는 차라리 도도함에서 온다. 그녀의 매력은 육체에서 풍겨 나오는 것이라기보다는 내면에서 발산되는 것이다. 이를테면 그것은 내면에서 배어나는 지적이고 정신적인 미이며 매력이다. 그렇지만 어떻게 정의 내리기 어려운 신비로운 매력이다. 마술적인 힘을 발휘하는 매력인 것이다. 발자크처럼 (아시아) 여성을 묘사할 때 대체로 육체적인 관능미에 초점을 맞추는 것과는 거리가 있다. 샤마카의 무희는 이처럼 여성으로서 육체적인 관능미보다는 내면에서 우러나오는 지적이고 정신적인 매력을 지니고 있다.18) 그리하여 그 매력으로 남성을 매료하고 압도한다.

그런데 작가의 이와 같은 아시아 여성에 대한 관점은 그의 전반적인 아시아 관觀과도 관련이 있다. 세속적인 것을 초월하는 정신적 힘을 추구하

---

16) 발자크, 『자바 여행』, C.H.H., 192쪽.

17) 위의 책, 58쪽.

18) 이것은 「칸다하르의 연인들」에서도 마찬가지다. 17살의 주인공 모센Mohsèn은 15살의 사촌 여동생으로 '매력적인 여인'이라는 뜻의 이름을 가진 디에밀레Djemylèh의 능동적이고 뇌쇄적인 포옹 뒤 "그 마술적인 접촉"에 무릎을 꿇는다. 그렇게 그 소녀 역시 모센을 강하게 매료하여 복종케 하는 신비로운 매력을 가지고 있다.

여 그 결과 절대적인 자유를 얻고, 또 그러할 때 역설적으로 자신이 원하는 것을 모두 얻을 수 있는 인도의 유명한 마법사이자 청빈 고행을 수행하는 이슬람교 승려에 관한 이야기인 「이름 높은 마법사」에서도 잘 보여주듯, 아시아인들을 비롯한 아시아적인 것 모두가 작가에게는 아주 신비롭다. 동양의 수많은 종교가 그렇듯 작가에게 아시아인들은 영성(정신성, spiritualité)을 중요하게 여기고 추구하는 존재들이다. (중앙)아시아에는 신기한 힘을 가져다준다고 여겨지는 물건과 부적들이 "사방에 널려 있다." 오래전부터 행해 오는 점술과 점성술의 놀라운 예견, 마술사의 전승, 수많은 신비로운 종교 분파 등 수수께끼 같은 불가해한 것들에 그는 크게 매료된다. 이처럼 "이란은 그에게 모든 신비로운 것들을 제공해 주는 무진장의 저장 탱크로, 온갖 종교에 의해 신성화된 땅으로 보였고"[19] "이란의 영원한 영성(정신성)은 그에게 온갖 신비로운 것들을 동시에 제공해 주었기에, 그는 열광적으로 그것들에 빠져들었다."[20] 그런데 아시아에 대한 이 신비주의적인 관점 역시 『천일야화』의 영향임을 간과해서는 안 될 것이다.

　이처럼 아시아의 신비주의적인 것에 깊이 매료된 작가에게는 아시아의 여인 역시 아주 신비로운 매력을 지닌다. 그렇지만 그 매력은 내면에서 우러나오는 정신적인 매력이자 미이다. 그것은 다음의 분석에서 보듯이 내면의 강인함, 의지, 자유로움, 열정, 적극성, 개방성, 능동성에서 스며나오는 매력이다. 그것은 비록 남성이 지배하는 사회이지만 그 안에서 자신의 운명을 스스로 결정하며 살아가는 독립성의 발로인 것이다.

　19) 『아시아에서의 3년』의 Notice de Jean Gaulmier, *Gobineau Oeuvres complètes*, *tome II*, Gallimard, 1983, 965쪽.
　20) 위의 책, 966쪽.

능동적이고 강인한 아시아 여인들

무엇보다 작가에게 아시아의 여성은 열정passion이 넘친다. 그것은 사랑이나 삶에서 공통적이다. 옴디에한은 강한 저항 정신을 지니고 있다. 그녀는 조직을 통한 운동은 아니지만 일종의 레지스탕스 운동가이다. 러시아군에 의해 자신의 부모와 친척, 그리고 부족이 거의 전멸당한 상태에서 그녀는 강한 복수심에 불탄다. 그녀의 생각은 거의 투사의 그것에 가깝다. 운 좋게 그 학살에서 살아남은 그녀는 침략군인 러시아 장군의 집에 양녀로 들어가지만, 장군의 딸들을 죽이려는 시도를 하는 등 '폭력성'이 탄로 나자 그 집에서 쫓겨나 방랑하다가 샤마카에서 무용단을 운영하는 '화려한 미'의 집 무용수가 된다. 그러나 침략군의 학살 장면을 마음에서 떨치지 못하는 그녀는 끊임없이 복수의 기회를 노린다.

그런데 그녀에게는 어린 시절부터 사랑한 사촌 오빠 아사노프Assanoff가 있다. 그는 자신의 부족을 학살한 러시아군 사관학교에 들어가 그곳에서 러시아식 교육을 받고 러시아 장교가 되어 러시아의 차르를 위해 복무한다. 그렇기에 어린 시절부터 '남편'으로 삼을 생각을 한 뒤 그렇게도 오랫동안 기다려 오던 중 마침내 공연장에서 우연히 만난, 혈족으로는 유일한 생존자인 그 사촌 오빠는 그녀에게는 이미 비열한 자이며, 그녀의 부족에게는 배신자일 뿐이다. 그녀는 애국심에 호소하며 오빠를 설득한다. 그를 '남자'로 만들기 위해,[21] 그리하여 자신이 처한 현실을 이해하고 자

---

21) 아사노프의 동료 장교 모레노 이 로디Moreno y Rodi(아사노프에 크게 실망한 그녀는 후에 이 장교를 사랑하는데, 그가 결혼할 애인이 있다는 것을 알자 고심하다가 끝내 그의 집까지 와서 죽는다)가 그녀에게 사촌 오빠를 어떻게 하고 싶으냐고 묻자 그녀는 이렇게 당당하게 대답한다.
"남자로 만들고 싶어요. 그는 여자예요. 비열하고 술주정꾼이에요. 그는 사람들의 말을 너무 잘 믿어요. 나는 그를 내가 원하는 사람으로 만들어 놓겠어요. [⋯] 그는 내 사촌으로, 유일하게 남은 핏줄이에요. 더 이상 그가 자신의 명예를 떨어뜨리지 않게 하겠

신의 정체성을 되찾게 하기 위해 불굴의 의지를 발휘한다. 그녀는 마침내 그를 각성시켜 러시아에 저항하겠다는 약속을 받아 낸다. "오빠의 삶은 죽은 삶이나 다름없다"는 그녀의 말에 설득된 그는 이렇게 모든 것이 변해 있다.

> 넌 정말 아주 예뻐. 난 진심으로 너를 사랑해. 너와 결혼할 거야. 내 명예를 걸겠어. 우리의 결혼 잔칫상에 러시아인들의 머리를 베어다 놓겠어. 그러면 넌 만족하겠지?
> (「샤마카의 무희」, 348쪽)

변화된 모습은 거기에서 끝나지 않는다. 그는 마침내 전쟁을 선포할 결심에까지 이른다.

> 난 너의 신념을 믿어. 옴디에한은 내 사촌이야. 나는 그녀와 결혼하기로 결심했어. 그녀를 데리고 산으로 도망가겠어. 요컨대 나는 탈영하겠어. 그 뒤 러시아인들에게 전쟁을 선포하겠어. (「샤마카의 무희」, 349쪽)

그녀는 오빠에게 러시아군 장교복을 벗고 함께 복수에 가담할 것을 약속받는다. 하지만 그녀는 곧 다시 크게 실망하고 만다. 사촌 오빠 아사노프는 알코올 중독자이자 무기력한 장교일 뿐으로 끝내 러시아군 병영으로 되돌아가고 말기 때문이다. 그렇지만 그녀는 눈물 흘리지 않는다. 그녀는 누구의 동정도 바라지 않는다. 더 이상 사촌 오빠에 대한 미련도 품지 않는다.

....

어요. 그는 나를 그의 집으로 데리고 갈 거예요. 나는 그의 아내이니까요. 그가 아니면 내가 누구와 결혼하겠어요?"(「샤마카의 무희」, 352쪽)

이상이 옴디에한의 과거 모습이다. 그것은 또한 지금까지의 그녀 삶의 모습이기도 하다. 그렇지만 이 불쌍한 여인은 아주 불행하여 동정을 살 만했다. 물론 슬퍼하기도 했다. 그렇지만 끝내 누구의 동정도 원하지 않았다. (「샤마카의 무희」, 359쪽)

이 열정은 사랑에 대해서도 마찬가지다. 전혀 수동적이지가 않다. 자신이 사랑하면 사랑을 숨기지 않고 표현하며, 사랑을 이루기 위해 능동적으로 행동한다. 대체적으로 청혼은 남자 쪽에서 먼저 하는 사정에 비하면 그녀의 태도는 가히 남성적이다. 그녀는 이미 사촌 오빠 아사노프와 결혼하겠다고 네 살 때부터 결심을 하고 때를 기다리기 때문이다.

그때(네 살)부터 그녀는 그를 장차 남편으로 여겼다. 자신의 사고방식이 그렇기에 그녀는 다른 남자에 대해서는 전혀 생각하지 말아야 했다. 그녀의 꿈은 자신의 그 결정에 굳게 묶여 있었다. […] 그녀는 자신의 묵주의 신탁(언젠가 사촌 오빠를 만나게 될 거라는)을 절대적으로 믿어 의심치 않았다. 먹고살기 위해 무용수가 되었지만 그녀는 자신의 품위를 떨어뜨리는 행동은 조금도 하지 않았다. (「샤마카의 무희」, 358쪽)

그리하여 오빠를 만난 뒤 그녀는 그렇게 자신의 의지대로 그를 그녀가 바라는 남자로 만들고, 변화시키고, 움직이기 위해 강인한 의지를 발휘한다. 자신의 뜻대로 오빠를 이끌려고 시도한다.

「칸다하르의 연인들」의 여주인공 디에밀레의 경우도 마찬가지다. 사촌 오빠 모센에게 사랑을 먼저 고백하고, 결혼해 줄 것을 요청한 것도 그녀다. 그녀는 자신의 가족과 큰아버지 가족의 불화로 모센이 자기 아버지의 복수를 위해 그녀의 오빠 엘렘Elèm을 살해하려고 자기 집 문을 따고 들어오는 것을 발견하자, 한편으로는 사랑하는 친오빠의 죽음을 막기 위해서

이기도 했지만 어쨌든 첫눈에 반한 사랑[22]을 그 사촌 오빠 모센에게 전격적으로 고백한다.

> "오빠를 죽이지 마! 그 오빠는 내가 가장 사랑해. 어떤 오빠보다도. 난 모센 오빠도 사랑해. 아니, 모센 오빠를 더 사랑해. 오빠의 몸값으로 나를 가져! 나를 가져, 모센 오빠. 오빠의 아내가 되겠어. 오빠를 따라가겠어. 오빠의 것이 되겠어. 나를 갖고 싶지?"
> 그녀는 다정하게 그에게 몸을 기댔다. 그는 정신이 몽롱해졌다. 무슨 일이 일어났는지, 자신이 무엇을 하는지도 모르고 그는 그녀의 무릎 위에 몸을 뉘였다. […] 하늘이 그의 눈 위로 열리는 듯했다. (「칸다하르의 연인들」, 494쪽)

이처럼 작가의 여주인공들은 결혼하자는 말을 먼저 꺼낸다. 여자라는 이유로 자신의 사랑을 숨기지 않는다. 사랑을 표현하는 것을 수줍어하지 않는다. "영양의 시선처럼 사랑을 호소하는 듯한 열정이 담긴 눈"으로 상대방의 결정을 기다리지 않는다. 그렇게, 수동적이지 않다. 능동적이다. 물론 열정은 강하지만 발자크가 보는 아시아 여인들처럼 질투의 화신도 아니다.[23] 그리하여 그녀들은 남성을 리드한다. 그처럼 적극적이고 활동적이며 개방적이다. 정적이 아니라 동적이다.

여주인공들의 그 큰 정열과 열정[24]은 근친 간의 사랑의 금기를 단번에

----

22) 사촌 간이지만 그녀는 그를 어린 시절 이후 보지 못했다. 고비노의 여성 인물들의 사랑은 그처럼 아주 격렬하고 전격적인 특성 또한 지니고 있다.

23) "그들은 아주 질투심이 강하다. 사랑하는 남자가 다른 여인과 바람을 피울 때면 잔인한 복수를 한다. 그러한 의미에서 사랑의 뒤편에는 곧 살인이 잠재한다. 그렇기에 자바의 여인들에게는 항상 사랑과 (복수를 위한) 살인이라는 두 극단적인 면이 공존한다."(김중현, 앞의 책, 59쪽)

24) 그 점은 「이름 높은 마법사」의 주인공 미르자카셈Mirza - Kassem의 사랑하는 아내 아미네Amynèh의 경우도 마찬가지다. 그녀는 운명kismèt에 따라 인도의 마법사

깨뜨린다. 먼저, 「칸다하르의 연인들」에서 모센과 디에밀레는 사촌 간이다. 그녀는 아프가니스탄 칸다하르의 명문가 아메지즈Ahmedzyys 가문의 장자(모센의 아버지)의 동생 오스만Osman의 딸이다. 다음으로, 「샤마카의 무희」에서 옴디에한과 아사노프도 사촌 간이다. 그렇지만 그들은 결혼까지는 하지 않는다. 앞서 기술한 것처럼, 여주인공은 네 살부터 사촌 오빠를 자신의 남편으로 생각하고 기다려 온 뒤 해후하지만, 결국 실망하고 말기 때문이다. 또 「투르코만인들의 전쟁」에서 캄세Khamsèh 지방의 작은 마을 태생인 서술자 '나Ghoulâm - Hussein' 역시 자기보다 어린 14살의 귀여운 사촌 레일라Leïla를 사랑한다.

그런데 그들에게는 인류 초창기부터 거의 모든 문명에 어떤 식으로든 변형되어 존재해 온 근친상간의 금기의 벽이 존재하지 않는다. 그곳 지방(중앙아시아)에서도 근친 간의 결합이 허용되지 않았던 것이 사실이다. 「칸다하르의 연인들」에서 모센의 가문과 3대째 숙적인 무라지즈Mourazyys 가문의 가장인 압둘라칸Abdoullah - Khan의 다음의 말은 이 금기의 엄연한 실재를 확인시켜 주기 때문이다.

모센은 오스만의 조카이지 않소. 그런데 어떻게 같은 가문의 그렇게 가까운 촌수 사이에 결혼이 있을 수 있는지 모르겠소. (「칸다하르의 연인들」, 517쪽)

이상에서 보는 바와 같이, 고비노의 여성 인물들은 아주 능동적이다. 자신들의 운명을 자주적으로 결정하면서 살아간다. 일반적으로 그곳 사람들은 그곳의 문화에 깊게 뿌리 박혀 있는 키스메트kismèt(자신에게 주어

에게로 떠나는 남편에게 버림을 받지만 끝까지 남편에 대한 사랑을 포기하지 않는다. 그리하여 결국 남편의 운명을 돌려 자기 곁에 머물게 한다.

진 운명의 길)에 순종하면서 살아간다고들 하지만, 고비노의 여성 인물들은 그렇지 않다. 자신의 운명을 스스로 개척하려는 강인한 의지가 있다. 사랑하는 남자와의 관계에서도 종속적이거나 의존적이기보다는 독립적이고 자발적이며 신비로운 매력과 강인한 의지, 그리고 정신적인 힘으로 오히려 남자를 이끈다.

그렇게 볼 때, 우리의 논의에서는 좀 벗어난 이야기이지만, 고비노는 페미니스트라고 말해도 과언은 아닐 것 같다. 물론 그 시기에는 현대적 의미의 페미니즘이 존재하지 않았기 때문에 페미니즘이니 페미니스트니 하는 어휘도 존재하지 않았던 게 사실이다. 그렇지만 문제를 제기한 정도로 그친 실비 앙드레Sylvie André의 글에서 이러한 질문, 즉 "어떻게 고비노처럼 보수주의적인 사고를 가진 사람이 페미니스트로 생각될 수 있을까?"25)라는 질문에 우리는 적어도 그의 작품에 나타나는 사고에 기초해서 보면 그가 분명 페미니스트일 수 있다고 답할 것이다. 위의 분석에서 보았듯, 그의 여주인공들은 남성 중심주의 가부장제 사회 속에서 남성에 종속되지 않고 성차별적인 사회 제도에도 아랑곳하지 않으며 자신의 운명을 스스로 결정한다는 점, 그렇지만 반反남성주의적인 사고와 행동을 바탕으로 하지 않는다는 점에서 그렇다는 것이다.26)

『천일야화』의 독서의 힘

『인종 불평등론』에서 아리안족과 게르만족에 대한 두둔으로 인종 차별적인 시각을 보이지만, 고비노는 아시아를 아주 좋아했다. 때로 그 모순

---

25) "Gobineau est-il féministe?", *Arthur Gobineau Colloque du centenaire*, M. Crouzet, Minard, 1990, 93쪽.

26) 어떻게 보면 벨 훅스의 페미니즘 정의에 더 가까운 페미니즘일 것이다. 그의 『행복한 페미니즘』(박정애 옮김, 백년글사랑, 2002) 참조.

적 시각을 어떻게 받아들여야 할지 난감한 마음이 들기도 하지만, 어쨌든 그 책(『인종 불평등론』)이 전부 다 출판되기도 전에(1853~1855년까지 2년에 걸쳐 출판되었다) 출발한(1855년 2월) 페르시아 여행에서 그는 타 문화에 대한 존중과 반제국주의적인 태도를 강하게 보인다. 자신이 그토록 꿈꾸던 아시아의 노쇠하고 폐허가 된 모습들[27]을 목격하면서도, 그는 인종과 문명에 대한 지금까지의 자신의 부정적인 세계관을 반성하기 위해서였든 아니면 아시아에 대한 어린 시절부터의 꿈과 동경과 찬미가 물거품이 되는 것을 보지 않기 위해서였든[28] 각 문화의 차이를 인정하려고 노력한다. 이처럼 그는 문화 간의 차이를 그저 차이로 바라봄으로써 그 차이를 인정하는 데 그쳐야지 차이를 차별로 변질시키는 일은 위험하다는 견해를 분명히 밝힌다.

보고 판단하는 그 같은 모든 방식(우열을 판단하려는 방식)을 피하기 위해 나는 옳은 것이든 그른 것이든 내가 연구하는 국민들에 대한 내 모든 우월 의식을 완전히 버리려고 노력했다. 나는 그들의 존재 방식과 느끼는 방식에 대해 판단할 때 가능한 한 (우리의 관점이 아닌) 그들의 관점에서 바라보고자 했다. 무엇보다 나는 오늘날 (서양에서) 가장 인정받는 탁월하지만 실속 없는 (아시아에 대한) 견해들을 최대한 거부했다. (『아시아에서의 3년』, 226쪽)

그리하여 그는 『아시아에서의 3년』에서 보듯 자신이 관찰한 것들을 아

---

27) 『아시아에서의 3년』에서 저자는 자신이 관찰하는 중앙아시아를 묘사하면서 ruiné(몰락한), délabré(황폐화된), sénile(노쇠한), déchu(쇠한) 등의 어휘를 많이 사용한다.

28) 우리는 이쪽(아시아에 대한 어린 시절부터의 꿈과 동경과 찬미가 물거품이 되는 것을 보지 않기 위한 쪽)에 더 무게를 둔다.

주 세세하게 객관적인 시선으로 묘사한다. 오랜 세월을 페르시아에 살지만, 앞서 확인한 것처럼 그가 찬미하던 『천일야화』의 나라와 문화에 대한 사랑은 변하지 않는다. 어쩌면 그는 그야말로 "페르시아인보다 더 페르시아인"[29]이 되었던 것이다.

그런데 직접 보고 듣고 경험함으로써 현실은 엄연히 현실로 다가왔을 것이다. 그럼에도 우리가 앞서 기술했듯이 소설(『아시아 이야기』)에서는 이론서(『인종 불평등론』)에서 밝힌 생각과 다르게 묘사된 이유는 무엇일까? 다시 말해 아시아 문명은 남성(적인 것)의 지배가 '지나치다'는 견해와 달리 여성(적인 것) 역시 남성(적인 것) 못지않은 모습으로, 어떻게 보면 두 성 간의 혼융이 잘 이루어진 서양(백인종) 못지않은 모습으로 작품 속에 묘사되고 있는 이유는 무엇일까?

그것은, 서론에서 이미 언급한 것처럼 작가가 어린 시절부터 찬미해 오던 『천일야화』의 독서의 힘 때문일 것이다. 작가는 페르시아에서 돌아온 뒤 13년이 지나 이 중편 모음집을 집필하는데,[30] 이 세월의 간극에서 생겨난 '고향 같은' 그곳을 향한 아련한 노스탤지어, 바로 그 노스탤지어 속으로 『천일야화』의 신화적이고 환상적인 아시아 이미지들이 끼어드는 것이다. 실제로 장 부아셀Jean Boissel에 따르면 그는 "『천일야화』를 통해 몽환적이고 문학적인 동양을 자신 안에 창조했는데 마르의 경험은 그의 정신 속에서 그 책의 비할 데 없는 가치를 저하시키지 않았다."[31]

그러므로 작가의 아시아 여인에 대해서도 그와 마찬가지로 이야기할

---

29) Jean Boissel, *Gobineau biographie mythes et réalité*, Berg International, 1993, 143쪽.

30) 그는 이 작품을 페르시아에서는 아주 먼 스웨덴에서 외교관으로 근무하면서 집필한다.

31) 고비노, 앞의 책, 1171쪽.

수 있을 것이다. 즉 "박식하고 총명하며 교양 있고 쾌활한 […] 역사, 예술, 철학 등 모든 방면에 학식이 풍부하고 기예에 통달한 […] 특히 옛 나라들과 과거의 통치자에 관한 많은 역사서를 수집하여 재미있는 이야기들을 많이 알고 있는"32) 그 셰에라자드, 여자를 믿지 못해 하룻밤 함께 자고 난 처녀를 죽여 버리는 일을 3년 동안이나 되풀이해 온 샤리야르 왕과 대신인 아버지를 비롯하여 자기 나라의 모든 여자들을 그 파멸의 구렁텅이에서 구할 방책을 생각해 내어 샤리야르 왕과 결혼하려는 셰에라자드, 다음 날 아침이면 딸을 잃을 것이 뻔하다는 사실을 알고 두려워하는 아버지(부권)의 온갖 설득과 협박을 뿌리치고 자신의 결정(자신의 운명을 자신이 결정)을 강한 의지로 행동(종속적이지 않은 독립성)에 옮기는 셰에라자드, 그리하여 육체적인 아름다움보다는 오히려 정신적인 능력, 곧 총명과 기지로 당당하게 왕(남자, 권력)을 설득하여 공존(반남성주의가 아닌, 남성을 동맹군으로 확보하는 페미니즘)에 성공하는 셰에라자드. 『천일야화』의 찬미자인 고비노의 마음속에 깊이 아로새겨진 (중앙)아시아, 특히 페르시아 여인의 이미지는 바로 그와 같은 것일 수 있다.

에드워드 사이드는 "인문 과학의 어떤 지식 생산이든지 간에 그 저자가 인간적 주체로서 주위의 환경에 지배되는 것을 무시하거나 부정할 수 없다는 것이 사실이라고 한다면, 동양을 연구 대상으로 삼는 유럽이나 미국인이 '그들' 현실의 중요한 환경 조건을 부정할 수 없다는 점도 또한 사실일 것임에 틀림없기 때문이다. 곧 유럽인이나 미국인은 먼저 유럽이나 미국인으로서 동양과 직면하며, 그 뒤에 하나의 개인으로서 동양과 만나게 된다"33)고 말하면서 문학 텍스트의 '세속성'과 '상황성'에의 연루를 강조

---

32) 김하경 편역, 『아라비안나이트』 1, 시대의창, 2006, 34쪽.
33) 에드워드 사이드, 『오리엔탈리즘』, 박홍규 옮김, 교보문고, 2001, 34쪽.

한다. 물론 문학 텍스트 층위에 내재하는 세속성과 상황성(사이드는 이를 역사성, 또는 집단성으로 표현한다. 위의 인용에서 알 수 있듯이 사이드에게는 개별성보다 상황성이 우선한다)이 일반적으로 인정되는 것은 주지의 사실이다. 그렇지만 문학 텍스트의 층위에는 상황성만 존재하는 것이 아니다. 개별성 역시 중요한 위치를 차지한다.34)

그리하여 미셸 르브리Michèle Le Bris가 말하였듯 "인간은 항상 자아를 벗어나 공간과 시간을 초월한 다른 땅으로 가기를 열망한다."35) 개인의 상상과 공상은 그처럼 비현실적이라 할지라도 자신의 고통을 초월할 수 있는 환상적인 수단을 발견할 수 있는 곳, 현실로부터의 도피 욕망을 채워 줄 수 있는 곳, '잃어버린 황금시대'를 찾을 수 있는 곳을 추구한다. 고비노가 욕망하는 그 '먼 다른 곳'은 어떻게 보면 현실 속의 페르시아가 아니라 어린 시절 푹 빠져 읽었던 『천일야화』속의 그 신비의 땅일 수 있다. 그곳은 작가의 꿈(또는 욕망)에 의해 일반적인 현실과 불변수적인 현실이 완전히 변형되어 재창조된 신화적인 땅, 즉 신화적인 아시아인 것이다. 그렇게, 인간에게는 꿈이 더 소중할 수 있다. 그리하여 엄연한 현실(고비노에게서는 『인종 불평등론』에서 묘사된 세계)에 마주쳐서도 어린 시절부터 품어 온 환상과 꿈(역시 고비노에게서는 셰에라자드가 살고 있는 『천일야화』속의 몽환적이고 신비로운 세계)을 버리고 싶지 않을 수 있다.

그러므로 고비노의 중편 모음집(『아시아 이야기』)에서 묘사된 아시아 여인의 모습과 인종과 문명에 관한 저서(『인종 불평등론』)에서 밝힌 아시아

---

34) 실제로 사이드는 상황성의 중요성을 지나치게 의식하고 강조한 나머지 동양에 관한 서양의 거의 모든 인문학 텍스트(문학 텍스트를 포함한)를 '위험한 대상'으로 바라본다.

35) J. J. 클라크, 『동양은 어떻게 서양을 계몽했는가』, 장세룡 옮김, 우물이 있는 집, 2004, 35쪽에서 재인용.

여인에 대한 견해가 다른 것 역시 바로 그와 같은 인간의 꿈과 욕망의 메커니즘에서 그 원인을 찾을 수 있지 않을까?

6장 공쿠르 형제와 우키요에[*]

우키요에와 예술적 영감

나폴레옹의 이집트 원정(1798년)으로부터 시작된 프랑스에서의 동양 연구는 그 후 적지 않게 가속도가 붙는다. 1829년에 출간된 『동방 시집』의 서문에서 위고는 가히 열풍에 가까운 당시의 동양 심취를 이렇게 회고한다.

사람들은 오늘날 그 유례를 찾아보지 못할 만큼 동양에 몰두해 있다. 동양 연구는 이전의 그 어느 시대에도 이렇게 깊게 행해진 적이 없다. [⋯] 지금까지 그와 같은 대단한 지성들이 동시에 이처럼 아시아의 그 거대한 심연을 깊이 있게 탐구해 본 적이 없기 때문이다.[1]

----

* 이 글은 2004년도 한국학술진흥재단의 지원을 받아 연구된 것이다.(KRF-2004-075-A00035)

1) Hugo, *Hugo—Oeuvres poétiques complètes*, EFR, 1989, 98쪽.

물론, 이 '동양 몰두'는 단순히 동양 연구가들에게만 그치지 않는다. 그것은 자연스럽게 작가와 예술가들에게로 확산된다. 그와 같은 시대적 · 사회적인 분위기에 문학과 예술이 이방인일 수만은 없었기 때문이다. 실제로, 미지의 세계를 동경하고 탐닉하고자 했던 많은 작가와 예술가들에게 동양은 마치 유행병처럼[2] 퍼져 그들의 작품 및 문학 이론, 그리고 미학의 고양[3]에 중요하게 이용된다. 당시에 낭만주의 예술을 확립했으며 회화에서의 오리엔탈리즘을 주도했던 들라크루아E. Delacroix(1798~1863)의 작업실을 자주 드나들었던 위고는 자신을 포함한 동시대의 수많은 작가와 예술가들의 상상력에 끼친 광범위하고 막대한 동양 영향에 대해 『동방 시집』에서 이렇게 고백한다.

동양은 이미지로서든 아니면 사고로서든 지성 및 상상력 둘 모두에 대해 보편적이고 주된 관심거리가 되었다. 그리하여 이 책(『동방 시집』)의 저자인 나 역시 나 자신도 모르게 아마 이 관심거리(동양)에 끌렸던 것 같다. 동양 색채는 스스로 나의 모든 사고와 몽상 속으로 스며 들어와 그 흔적을 남겼다.[4]

1841년에는 동양 연구가인 에드가 키네Edgar Quinet(1803~1875)가

---

2) "이 시기에, 유럽에서는 학식이 풍부한 전문가들의 손으로 동양의 사물에 관한 여러 가지 학문적 발견이 행해졌고, 그것과 별도로 실제상 동양 유행병이라고 할 수 있는 것이 당시의 저명한 시인, 수필가, 철학자들에게 영향을 미쳤다."(에드워드 사이드, 『오리엔탈리즘』, 박홍규 옮김, 교보문고, 2001, 102쪽)
3) 그 한 예로, 초기 낭만주의 기관지인 『아테네움』(1798)을 창간했으며 독일 낭만주의 전파에 크게 기여한 프리드리히 폰 슐레겔은 "동양은 (그 자체로) 최상의 낭만주의"라고 말함으로써 최상의 낭만주의를 탐구하려면 동양에 천착할 것을 역설했다. 그처럼 그에게 동양은 "낭만주의의 가장 순수한 형태(에드워드 사이드, 위의 책, 251쪽)"였던 것이다.
4) 위고, 앞의 책, 98쪽.

'동양 르네상스'라는 말을 사용함으로써 당시의 동양 열풍을 증언한다. 그는 자신의 저서 『종교의 정수』(1841)에서 19세기의 그와 같은 동양 연구 열풍 현상을 16세기의 그리스 고전 연구 열풍 현상(곧 르네상스)에 비유하여 '동양 르네상스'라는 말을 사용하기에 이른다.5)

그러한 분위기에 편승하여 일본 취향 또한 아주 빠르게 확산된다. 우키요에를 비롯한 일본 예술품과 골동품, 그리고 여러 장식품이 보통 생각하는 것보다 훨씬 빠르게 파리와 유럽의 대도시에 확산되면서 큰 인기를 끈다. 파리에서는 일본과 중국의 골동품 및 예술품을 파는 가게들이 속속 문을 열어 이 일본 취향의 확산에 크게 기여한다. 그 외에도 1826년에 처음 문을 연—극동 아시아의 물건들을 함께 팔았던—유명한 찻집 '중국 문La Porte chinoise'을 비롯하여 '천자의 제국Le Céleste Empire' 등 상당수의 찻집들도 이 일본 취향의 확산에 적지 않게 기여한다.

강압에 의한 것이기는 하지만 19세기 중반 유럽 국가들에 대한 일본의 개항은 일본 미술품과 골동품, 그리고 다양한 일본 액세서리들의 이입에 더욱 활기를 불어넣어 유럽에서의 일본 취향 확산에 박차를 가한다. 이러한 일본 취향은 특히 일본 채색 목판화인 우키요에의 매력에 힘입어 일본 유행으로 이어진다. 그리하여 "특히 19세기 중반 이후 […] 여기저기 일본식 찻집이 인기를 끌고 일본식 머리형, 병풍을 사용한 무대 세팅이 어디서나 볼 수 있는 서구의 풍경이"6)이 된다. 19세기 후반에 우키요에에 매료

---

5) 위고 또한 『동방 시집』 서문에서 이미 그와 같은 현상을 "현금의 지식인들에게 동양 문학은 16세기 지식인들에게 그리스 문학과 같을 것이다"라고 표현한 바 있는데, 키네가 그 표현에서 영감을 얻어 '동양 르네상스'라는 말을 사용했는지는 확실치 않다. 잘 알려져 있듯이, 그 말은 후에 레몽 슈와브의 19세기 오리엔탈리즘 연구서의 이름(*La Renaissance orientale*, Payot, 1950)으로 차용되기도 한다.

6) 민용태, 『서양 문학 속의 동양을 찾아서』, 고려원, 1997, 61쪽.

된 인상주의 화가들이 이 일본 유행을 지속시켰음은 잘 알려진 사실이다. 그들에게 일본 판화 우키요에는 자신들의 화법을 정당화할 수 있는 매개물로 보였던 것이다.

당시 생트뵈브(1804~1869)와 가바르니Gavarni(1804~1866)[7]가 주최하는 그 유명한 마니Magny의 저녁 식사에 자주 초대되어 고티에, 플로베르, 졸라, 도데 등과 아주 활발한 지적 교류를 가지는 등 사교 생활도 소홀하지 않은 공쿠르 형제—에드몽 드 공쿠르Edmond de Goncourt(1822~1896)와 쥘 드 공쿠르Jules de Goncourt(1830~1870)—는 앞서 언급한 찻집에도 자주 드나든다. 고티에의 식사 초대에도 자주 응한 그들은 고티에의 집에 함께 살고 있던 딸 쥐디트 고티에의 중국인 가정교사 팅퉁링[8]과도 어울리면서 중국 문화에 대해 많은 대화를 나눈다. 그러던 중 그들은 당시 일본 예술품 수집가로 이름이 나있던 이자크 드 카몽도Isaac de Camondo와 앙리 세르뉘시Henry Cernuschi를 알게 되어 친분을 나누면서 일본 예술에 점점 더 매료되기 시작한다. 일찍부터 수집가의 취향을 가지고 있던 그들은 이제 파리의 일본 예술품 및 골동품 가게들에 더 열심히 드나든다. 그리하여 그들은 마침내 열정적인 일본 예술품 및 골동품 수집가가 되는

---

7) 공쿠르 형제가 존경한 화가로 그들에게 큰 영향을 주었다. 그들은 한때 가바르니 같은 화가가 되겠다는 야망을 품기도 했다. "에드몽보다 스무 살이 위지만 친구처럼 지낸 가바르니는 공쿠르 형제에게 선생이었다. 데생 선생, 생각하는 법을 가르쳐 주는 선생, 관찰하는 법을 가르쳐 주는 선생, 이를테면 예술에서의 통상적인 묘사에 관해 가르쳐 준 선생이었던 것이다."(A. Billy, *Les frères Goncourt*, Flammarion, 1954, 129쪽)
그처럼 그들은 젊은 시절부터 예술가들을 좋아했는데 그렇게 예술가들과 친분을 맺음으로써 예술가의 꿈을 키웠다. 그 꿈은 예술가까지 되지는 못했지만 예술에 관한 많은 작품을 쓰는 동기가 되었다.
8) 쥐디트 고티에와 그녀의 중국 취향, 그리고 중국인 가정교사 팅퉁링에 관해서는 이 책의 앞에 실린 「쥐디트 고티에와 시와 풍류의 나라 중국 - 『옥의 서』와 『황제의 용』을 중심으로」 참조.

데, 당대 프랑스 사회와 그들이 알고 지내던 작가 및 예술가들에 대한 '거대한 관찰 기록 보관소'이자 무궁무진한 정보의 샘 역할을 하기도 하는 그들의 『일기Journal』에 일본 채색 목판화인 우키요에를 처음 구입했을 때의 감동을 이렇게 적어 놓았다.

> 얼마 전 나는 '중국 문'에서 일본 그림 몇 장을 구입했다. 그것들은 직물 같기도 한, 모직의 탄력과 부드러움을 지닌 종이에 인쇄된 것들이다. 나는 예술 작품으로서 그토록 경이롭고 환상적이며 감탄할 만한, 그리고 또 시적인 것을 지금까지 본 적이 없다. (1861년 6월 8일자)[9]

1870년 동생 쥘 드 공쿠르의 예기치 않은 죽음은 형 에드몽에게 아주 큰 슬픔을 안겨 주는데, 일본 예술품을 수집하는 일은 그나마 그 슬픔에 적지 않은 위안이 되어 주었으며 "그 청동 항아리, 자기, 도기, 옥 장식품, 상아 장식품, 나무로 된 장식품, 판지로 된 예술품 등 마음을 홀려 환각에 사로잡히게 하는 그 모든 예술품의 형태와 색상들을 바라보면서 보내는 시간들"[10]은 동생의 죽음으로 삶에 큰 위기를 맞이한 그에게 삶의 의욕을 불러일으켜 주기도 한다.

그리하여 우리는 이 연구에서 그처럼 일본에 흠뻑 취해 살았던 공쿠르 형제의 소설 『마네트 살로몽Manette Salomon』(1867)의 주인공 코리올리스가 당시의 화풍과는 매우 다른 방식으로 시도한 동양 취향 그림과 일본 목판화 우키요에 사이의 영향 관계를 고찰해 보고자 한다. 회화의 오리엔탈리스트인 드캉Alexandre Gabriel Decamps(1803~1860)의 영향을 많이

---

9) Brigitte Koyama - Richard, *Japn rêvé*, Hermann, 2001, 15쪽에서 재인용.
10) 위의 책, 15쪽.

받은 코리올리스는 끊임없이 그에게 손짓하는 동양이라는 '세이렌'의 유혹을 떨치지 못하고 마침내 터키의 스미르나Smyrna(현재의 이즈미르 지방)으로 떠나 그곳에 8년을 체류하고 돌아온다. 그때 그는 드캉을 비롯한 당시 오리엔탈리스트 화가들과는 전적으로 다른 아주 독창적인 '동양'을 가지고 파리로 돌아오는데, 그의 이 '동양'은 자세히 관찰해 보면 다름 아닌 일본 목판화 우키요에의 특징을 고루 지니고 있음을 발견할 수 있다.

따라서 우리는 먼저 코리올리스의 동양 취향 그림들에서 보이는 그 우키요에의 특징들을 확인해 볼 것이다. 하지만 이 영향 관계에 대해 작가의 직접적인 언급은 찾을 수 없다. 그럼에도 우리는 코리올리스의 그 동양 취향 그림들이 우키요에에서 큰 영향을 받았다고 결론 내리고자 하는데, 그런 결론에 이르게 한 근거들을 이어 제시해 보일 것이다. 그리고 마지막으로 작가가 코리올리스로 하여금 우키요에를 참조케 한 이유가 과연 무엇인지를 고찰해 볼 것이다. 그것은 코리올리스가 우키요에에서 받은 영감이 어떤 것들인지에 대한 문제인 동시에, 작가 자신의 예술 미학에 관련된 문제이기도 할 터이다.

코리올리스의 동양 취향 그림에 드러난 우키요에의 특징

『마네트 살로몽』은 1840년에서 1860년 사이 파리의 미술계를 재현해 낸 작품으로, 주인공 코리올리스가 그의 예술 세계를 어떻게 모색해 가며 모색 도중에 만난 모델이자 그의 정부인 마네트 살로몽과의 사랑(또는 결혼)이 그를, 즉 야망에 찬 한 젊은 화가를 어떻게 파멸에 이르게 하는지를 생생하게 보여 주는 일종의 '공상 미학 소설un roman d'anticipation esthétique'11)이다.

---

11) (공상) 과학 소설le roman d'anticipation을 패러디한 용어이다.(Edmond et

코리올리스는 프랑스 대혁명 때 부르봉 섬l'île Bourbon으로 피신한 프로방스 지방의 한 망명 귀족 가문의 막내아들로, 그 섬에서 태어나 어린 시절을 보낸 크레올créole이다. 그는 후견인인 큰아버지의 죽음으로 많은 재산을 물려받아 일찍부터 프랑스로 건너와 역사화를 그렸던 화가 랑지부Langibout의 화실에서 그림을 공부한다. 돈이 많은 그는 귀족적인 생활을 하면서 같은 화실에서 그림 공부를 하는 또래 화가 지망생 세 명 아나톨, 샤사뇰, 가르노텔과 가깝게 지낸다. 채색에 능한coloriste 코리올리스는 파리 생활에 갑갑함을 느끼던 차에 그칠 줄 모르는 동양에 대한 향수도 달래고 작품에 대한 영감도 얻을 겸 터키의 스미르나 지방으로 여행을 떠나는데, 그가 떠날 당시의 파리 미술계의 지형도는 이렇다.

　간단히 말하면, 당시의 파리 미술계는 신고전주의를 대표하는 앵그르Jean-Auguste-Dominique Ingres(1780~1867)와 낭만주의의 거두인 들라크루아의 영향력하에 있었다. 고대 로마에 대한 동경으로 말미암아 궁중을 중심으로 역사·종교·신화에서 찾은 소재를 주로 묘사하는 고전주의가 발흥하기를 원하던 나폴레옹은 이미 고전적인 교양이 몸에 잘 배어 있던 다비드Jacques-Louis David(1748~1825)를 궁정 수석 화가로 임명한다. 바로 그 다비드의 제자이자 라파엘로Raffaello(1483~1520)로부터 큰 영향을 받은 신고전주의의 완성자인—"정묘하고 엄격한 윤곽선"12)으로 데생의 우위를 옹호한—앵그르가 스승의 뒤를 이어 파리 미술계에 군림하면서 영광을 누린다. 앵그르의 그 "차고13) 이지적인, 데생이 조금의

Jules de Goncourt, *Manette Salomon*, Gallimard/folio classique, 1996의 Michel Crouzet의 서문 25쪽 참조)
　12) 오광수, 『앵그르』, 금성출판사, 1980, 84쪽.
　13) 앵그르는 "더위 때문에 죽는 사람은 없어도 추위 때문에 죽는 사람은 있다"고 말하면서 낭만주의 화가인 제리코와 들라크루아의 화풍을 대변하는 그 타오르는 열정과

빈틈도 없이 대상과 화면 사이를 달리고 있는" 화풍과는 반대로 현실 속의 생생하고 극적인 주제를 취하여 동적이고 강한 터치로 묘사함으로써 충만한 인간적 감동을 표현하는 화풍이 고개를 들기 시작하는데, 제리코 Théodore Gericault(1791~1824)를 선구자로 일찍부터 위고의 '세나클'을 드나들며 낭만주의 문학에 열광한 들라크루아가 뒤를 이어 그 기수가 된 낭만주의 회화가 바로 그것이다. 1834년 살롱전에 출품한 〈성 생포리앵의 순교〉가 비평가들로부터 혹평을 받자 이탈리아로 떠나 1841년 파리로 다시 돌아온 라파엘로의 지지자 앵그르와 루벤스Rubens(1577~1640)를 표방하며 낭만주의의 거두로 대두한 들라크루아 사이, 이를테면 신고전주의와 낭만파 사이의 대립이 격화된 당시의 파리 미술계 상황을 저자는 이렇게 묘사한다.

> 하지만 표현적인 미라고 불릴 수 있을 만한 그 미의 발견에 끌리는, 들라크루아에게 애착을 갖고 그에게 열중하는 그 혁명적인 무리는 소수 집단에 불과했다. 성전의 종교를 신봉하며 로마행 길을 성스러운 길로 생각하는 대다수의 젊은이들은 몽트뢰유 거리에서 앵그르 씨의 귀환을 라파엘로 미의 구원자의 귀환으로 생각하며 축하했었다. 그처럼 장래가 유망한 자질 있는 모든 젊은 화가들은 당시 그 이름이 예술 전쟁의 두 슬로건이 되었던 바로 그 두 사람, 즉 앵그르와 들라크루아에게로 몰려들었다.14)

당시 파리 미술계의 이와 같은 상황과 함께, 이전에 드캉과 마릴라 Prosper Marilhat(1811~1847) 그리고 들라크루아 등이 주도해 온 회화에서의 오리엔탈리즘은 어느 정도 냉각기를 맞고 있었다.15) 1828년 약 1년

열기에 대해 경계했다.(위의 책, 73쪽)
14) 공쿠르 형제, 앞의 책, 95쪽.

동안 터키 콘스탄티노플과 스미르나를 여행하고 돌아온 드캉은 그곳의 풍물을 소재로 〈터키의 집〉(1831), 〈터키 순찰대〉(1831), 〈샘물에 모여드는 터키 어린이들〉(1833), 〈터키 학교의 방과放課〉(1842) 등 이국적인 색채가 농후한 그림을 그렸으며, 1832년 모르네 백작을 따라 알제리와 모로코를 여행하면서 그곳 풍경의 밝고 선명한 색채와 이글거리는 태양에 매료된 들라크루아는 그 풍경들을 스케치해 온 것을 바탕으로 대작 〈알제의 여인들〉(1834)을 완성한다.

오리엔탈리스트 화가들 중 특히 드캉과 들라크루아의 영향을 강하게 받은 코리올리스는 번거롭고 숨 막히는 파리를 떠나 고독 속에서 자신의 깊은 내면으로 침잠함으로써 새로운 영감을 얻기를 기대하며 터키로 향한다. 친구 아나톨에게 여행 계획을 말하는 그의 어조에는 드캉에 대한 일종의 강한 도전 의식이 함께 감지된다.

> 동양을 둘러보러 갈 거야. […] 난 환경을 좀 바꿔 볼 필요가 있어. […] 파리는 나를 삼켜버리고 말 것 같아… 내겐 지금 나를 변화시킬 뭔가가 필요해… 움직임 말이야… 나는 나 자신뿐만 아니라 내 그림과 내 작업실, 그리고 우리에게 항상 반복해서 가르치는 것들에 진저리가 나… 나는 드캉과 마릴라가 모든 것을 이미 다 보아 버려 더 이상 볼 것이 남아 있지 않은지 잘 살펴볼 거야. 아마도 아직 볼 것이 남아 있을 것 같아… 나는 혼자 지낼 거야… 나 자신을 깨닫고 발견하는 데 유리하게 말이야… 샴페인이 넘쳐 나는 (파리의) 저녁 파티나 만찬들은 (그곳에서는) 더 이상 없을 거야… 전혀! 그러니 난 정말 열심히 그림을 그릴 수 있겠지. […] 나는 그곳에서 한동안 머물 거야… 돌아올 때는 자랑 삼아 보여 줄 뭔가를 꼭 가지고 오고 싶어. 파리에서 대단한 인물이

---

15) "드캉과 마릴라에 의해 태어난 오리엔탈리즘은 […] 그 기력이 다한 것처럼 보였다."(위의 책, 94쪽)

되게 말이야⋯ 두고 보라고!16)

그런데 부르봉 섬에서 태어나 그곳에서 어린 시절의 일부를 보낸 코리올리스는 태생적으로 관능적인 쾌락이 느껴지는 기후와 풍요롭고 무성한 자연에 대한 강한 향수와 함께 이국적인 것에 대한 '명령적인' 열정에 사로잡혀 왔다. 그는 "마치 어떤 그리움처럼 다른 하늘, 다른 대지, 다른 수목들을 갈망했고 그의 입은 이국의 과일들을 동경했으며 그의 눈은 아시아의 책들des feuilles d'Asie을 보기를 즐겼다."17) 동양은 그처럼 그를 끊임없이 유혹했다.

> 동양은 그에게 끊임없이 손짓하며 유혹했다. 그는 바다 저편에서 온 것들, 그리하여 그곳의 색과 향기와 숨결을 안고 온 것들에서 동양을 호흡하기를 좋아했다. 그의 꿈, 그의 행복, 그의 재능의 계시와 환기, 그의 취향들의 이입, 그리고 그림의 영감의 원천 등 이 모든 것을 그는 그곳(동양)에서 발견했던 것이다. (지난날 한 번) 죽음이 임박했을 때도 그는 그의 삶에 걸었던 바로 그 마법(동양의 마법)으로 단말마의 고통을 진정시키고자 했었다. 그처럼 그의 생각 속에는 그의 최고의 열망인 바로 그 동양만이 자리 잡고 있었다!18)

그는 마침내 『일리아스』에서 호메로스가 노래한 터키의 그 유서 깊은 선사 시대 도시 유적인 트로이 근처 아드라미티Adramiti에서 그가 그렇게도 동경해 온 동양을 온몸으로 호흡한다. 그곳은 "오로지 밝고 청명한 색

---

16) 위의 책, 116쪽.
17) 위의 책, 313쪽 참조.
18) 위의 책, 313쪽.

상들만이 존재할 뿐"[19]이다. 그곳에서는 그가 살던 파리에서와는 달리 매일 진정 태양다운 태양을 매일 볼 수 있으며, 그 태양 빛은 한없이 눈부시다. 그곳은 그가 드캉의 그림 〈터키 순찰대〉를 바라보면서 갈망했던 바로 그 동양, 그 "색의 본고장"이다. 그는 자신이 바로 그곳에 와 있음에, 자신의 오랜 꿈이 비로소 실현되었음에 감격하며 친구 아나톨에게 이렇게 편지를 쓴다.

> 너도 알듯이 이 모든 것은 오랜 내 꿈이었어. (그 오랜 꿈에 대한) 갈망은 드캉의 〈터키 순찰대〉를 바라볼 때마다 나를 괴롭혔어. 그 고약한 〈순찰대〉 말이야! 그 그림은 내 마음을 울렸었어⋯ 그런데 나는 지금 결국 바로 그곳에 와 있어, 바로 그 색의 본고장에 말이야⋯ 단지 한 가지 골칫거리가 있어. […] 그런데 그것은 너무도 아름답고 눈부시며 너무도 선명하고 밝은 데다, 우리가 물감 상자에서 볼 수 있는 색상들과는 수효상 도무지 비교할 수가 없어서 종종 […] 나를 의기소침에 빠지게도 해.[20]

그의 "정신과 미학의 원천이자 정녕 가장 회화적인 고장"[21]인 터키에서 8년간을 체류한[22] 끝에 코리올리스는 그곳의 밝고 순수하며 순결하기까지 한 빛과 그 빛이 만들어 내는 자연의 온갖 색을 기억 속에 가득 담고 1850년 말 파리로 돌아온다. 파리 보지라르 거리rue de Vaugirard에 마련된 그의 화실을 찾은 친구들은 그가 당시로서는 드캉의 동양과 크게 다른 독창적인 '동양'을 가지고 돌아온 것에 주목한다.

---

19) 위의 책, 123쪽.
20) 위의 책, 124쪽.
21) 위의 책, 서문 56쪽.
22) "그는 동양에서 8년을 보냈는데 […]." 위의 책, 248쪽.

코리올리스는 당시로서는 전적으로 참신한 독창성을 가지고 소아시아에서 돌아왔다. [⋯] 그는 드캉이 파리 사람들에게 보여 주었던 것과는 완전히 다른 동양, 즉 부드러운 색조의 매우 빛나며 블론드색 음영의 밝은 빛의 동양을 가지고 돌아왔다.[23]

그렇다면 "전적으로 참신한 독창성"은 어떤 것이며 "드캉이 파리 사람들에게 보여 주었던 것과는 완전히 다른 동양"은 또 어떤 것인가?

그 실체는 그가 소아시아에 가기 전에는 크게 영향을 받았지만 8년 동안 그곳에 체류하고 돌아온 지금은 '대경쟁자'가 된 드캉[24]에 대한 그의 비판에서 어느 정도 드러난다. 그곳 동양의 빛과 그 빛이 만들어 내는 자연의 온갖 색을 제대로 '본' 그가 보기에 드캉은 바로 그 밝고 선명한 태양 빛과 색상을 '진실하게' 표현하지 못했다.[25] 그는 '자기 자신의 눈이 아닌 교육을 통한 기존 지식에 의해 고착된 편견에 찬 시선으로' 동양을 보았으며, 그곳의 "부드럽게 빛나는 유백색 안개 빛을, 반짝이는 채색 창의 색상들을 지닌 그 태양 빛"[26]을 보지 못했다. 이를테면 드캉은 소아시

-----

23) 위의 책, 233쪽.

24) 이 비판 이전, 대부분의 화가들에게 거침없는 비판을 가한 공쿠르 형제에게 드캉과 밀레, 그리고 테오도르 루소는 예외였다. 그가 좋아하던 드캉의 그림에 대해 공쿠르 형제는 「1855년의 만국 박람회에 출품된 그림들」에서 이렇게 그 생동감을 찬미한다. "그는 가서, 찾는다. 그렇게 그는 자연의 영혼을 간파하여 화폭에 옮기려고 애쓴다. [⋯] 드캉의 작품 속에서 자연은 바로 그 요정의 이야기이다. 그 이야기 속에서 자연은 어느 새 강경증强硬症에서 깨어난다. 신이 부여한 불운에서 해방된다. 그리하여 나무가 느낌을 주며 바위가 말을 하며 물이 노래를 한다."(Stéphanie Champeau, *La notion d'artiste chez les Goncourt*, Honoré Champion, 2000, 82쪽에서 재인용)

25) 공쿠르 형제는 이처럼 예술가가 상상에 기대는 것보다 현실에 대한 올바른 관찰과 그 관찰에서 얻은 기억을 바탕으로 작품에 임할 것을 주장한다. 따라서 그의 '사실주의'는 상상력보다 기억에 더 충실할 것을 강조한다고 말할 수 있다.(스테파니 샹포, 위의 책, 125쪽 참조)

26) 공쿠르 형제, 앞의 책, 236쪽.

아의 빛을 제대로 '보지' 못했으며 모든 물체를 밝은색과 반半어두운색, 그리고 어두운색으로 표현하여 화면 전체를 입체적으로 구성하는, 렘브란트풍의 어두운 갈색 위주의 명암 대조법에 바탕을 둔 '동양'에서 벗어나지 못했다. 코리올리스는 자기 앞에서 그의 '동양'에 대해서는 비판하면서 드캉의 그 '동양'에 대해서는 예찬하는 친구 샤사뇰에게 이렇게 목소리를 높인다.

> 진실성이 없어. 그는 자연의 감동을 표현하지 못했어… 그는 자기 자신으로 남으면서 하나의 반사체가 되는 것에 대해 전혀 알지 못했어… 게다가 드캉 그 사람은 말이야, 아주 밝은 태양 빛 속의 사물은 거의 작업을 하지 않았어… 그의 작품들 속에는 산광散光이 전혀 없어… 그는 모르고 있는 거야. 그 넘쳐 나는 빛을 말이야. 모든 것을 집어삼키며 눈을 못 뜨게 할 정도인 그 가득한 태양 빛을 말이야… 그가 그리는 것이라고는 언제나 길과 막다른 골목들과 어두운 통로로 스며드는 격자무늬의 빛들밖에 없어… 드캉 그 사람? 색상에 전혀 세련미가 없어… 회색들? 그의 회색들을 한번 자세히 들여다보라고! … 그의 붉은색? 천편일률적으로 붉은 갈색일 뿐이야…[27]

1년 뒤 그는 그가 비판한 드캉의 그 "암갈색le bitume" 동양과는 완전히 다른 밝고 선명하며 색상이 보다 덜 강한 동양 취향의 그림을 완성하여 관전인 살롱전에 출품하지만, 대중과 비평가들로부터 냉대를 받는다. 예술에 대한 대중의 그동안의 습관, 사회 통념, 편견이 그 원인이었다. 드캉을 비롯한 오리엔탈리스트 화가들이 지금까지 보여 준 동양 묘사에 익숙해 있던 대중과 비평가들의 보수적인 사고에 기인한 결과였다. 어떻든 그동안 드캉이 파리 사람들에게 보여 준 동양과는 완전히 다른, 코리올리

---

27) 위의 책, 235쪽.

스가 가지고 돌아온 그 참신하며 독창적인 동양은 정확히 이렇다.

그동안 어떤 형태와 색조와 지방에 대해 각자가 꾸어 온 꿈이 (갑자기) 방해를 받으면 기분이 좋을 리 없다. 대중은 드캉의 원시적이고 무거운, 터치가 강하고 거칠며 야수적인, 햇볕에 탄 동양을 받아들여 공유해 왔다. 따라서 코리올리스의 세련된, 색상 간의 미묘한 차이를 내는, 가볍고 경쾌하며 기화氣化적이며 섬세하고 화사한 동양은 대중을 어리둥절하게 만들었던 것이다. 그와 같은 뜻밖의 해석(화법, 화풍)은 모든 이의 (습관적인) 보는 방식을 뒤흔들어 놓았다. 그리하여 비평가들은 당황하지 않을 수 없었으며, 동양 색에 관한 그들의 장황한 모든 설명은 난처한 상황에 처하지 않을 수 없었다.[28]

그런데 우리는 코리올리스의 바로 이 "세련된, 색상 간의 미묘한 차이를 내는, 가볍고 경쾌하며 기화적이며 섬세하고 화사한 동양"이 일본 채색 목판화, 즉 우키요에 화법의 특징과 아주 유사함에 주목하고자 한다. "세련됨fin", "색상 간의 미묘한 차이nuancé", "가볍고 경쾌함vaporeux", "기화적임volatilisé", "섬세함subtile" 등은 모두 우키요에 화법의 특징으로 지적되는 것들이기도 하기 때문이다.

우키요에는 에도 시대江戶時代(1603~1867)의 전통화로, 에드몽 드 공쿠르는 그것을 이렇게 정의하고 있다.

우키요에Ouki-yo-yé. (현재의) 삶을 중시하는 유파로 우키ouki는 표면에 떠서 부유하는 것을 뜻하며 요-yo는 세상, 삶의 현실(현재), 당대(동시대)를 의미함. 그리고 에-yé는 회화를 의미함.[29]

------

28) 위의 책, 246쪽.

그러므로 우키요에는 부세회화浮世繪畵라는 뜻으로 현재의 풍속과 유행하는 화제, 그리고 당연히 향락주의적인 인생관을 바탕으로 하는 호색 및 쾌락에 관한 다양한 소재를 다룬다. 따라서 우키요에의 가장 기본적인 자세는 "피안의 이상보다는 차안의 현실에 맞추고 또 과거나 미래보다는 지금 당장의 당세풍을 추구하는 '우키요(浮世)'를 그리는 것"30)이다.

그러면 코리올리스가 그린 그 동양 취향 그림의 화법이 우키요에의 그것과 얼마나 유사한지를 위의 인용에서 언급된 그의 화법의 특징들과 대조하면서 살펴보자. 두 화법의 특징이 거의 일치함을 확인할 수 있을 것이다.

먼저, '세련미'의 문제를 보자. 우키요에를 관찰해 보면 형태 및 색상, 그리고 구도가 매우 현대적임을 확인할 수 있다. 따라서 아주 세련되어 보인다. 형태적으로는 대담한 생략, 즉 단순화로 군더더기가 없다. 그러면서도 대상의 특징을 아주 잘 포착해 낸다. 색상 면에서는 조색 감각이 뛰어나며 채색이 아주 우아하다. 담백하고 산뜻하다. 화면 구성 또한 매우 현대적이어서 언제 보아도 오래되고 낡은 그림이라는 느낌이 들지 않는다.

다음으로, '색 간의 미묘한 차이 제공'의 문제를 살펴보자. 우키요에는 배색 처리가 탁월하다. 보색 대비보다는 간색으로 색을 배열함으로써 부드러움과 신선함을 더하는데, 결과적으로 세련미를 배가한다. 이를테면 대체로 원색 사용을 줄이고 간색들로 배색 처리를 하고 있다.

이어 '가볍고 경쾌함'의 문제를 보면, 우키요에는 명도 높은 채색으로 밝고 선명한 것이 특징이다. 맑고 투명하며, 화사하고 화려하다. 마치 끼워진 '갈색 필터'를 걷어 낸 것 같은 느낌을 준다.31) 사실 이 문제는 동양

29) Edmond de Goncourt, *Outamaro*, Flammarion, 1891, 55쪽.

30) 고바야시 다다시, 『우키요에의 美』, 이세경 옮김, 이다미디어, 2004, 15쪽.

31) 이 특징은 인상주의 그림의 특징이기도 하다. 인상주의 이전의 사실주의, 자연주의 그림들은 마치 '갈색 필터'를 끼워 놓은 것 같기 때문이다.

화 재료의 특성에서 유래하는 면도 있음을 간과할 수 없다. 서양화 물감은 불투명 물감이며 캔버스는 아사나 면인 반면, 동양화 물감은 투명 물감이며 재료는 비단이나 종이여서 서양화처럼 지나치게 덧칠을 할 수 없기 때문이다.

또 '기화적임'의 문제는 유동성과 관계가 있다. 그 소재가 근심스러운 현실이 아니라 "잠시 동안만 머물다 갈 현세이기에 조금 들뜬 기분으로 마음 편히 살다 갈"32) 현실에서 사람들이 긍정적인 자세로 '가볍게' 살아가는 모습이 주를 이루기 때문이다. 따라서 우키요에는 인물들의 매우 유동적인 모습이 주를 이루고 있다. 예를 들어 치맛자락의 유려하고 탄력 있는 선과 힘찬 곡선은 화면의 다이내믹한 약동감을 전달하는데, 그런 역동적인 표현을 위해서는 당연히 유동적인 구도가 필요할 수밖에 없다. 실제로 우키요에는 유동적인 구도를 가진 작품이 매우 많음을 확인할 수 있다.

마지막으로, '섬세함(정밀함)'의 문제를 짚어 보자. 우키요에는 인물의 의상이 아주 장식적이며 화려한데 주름 한 줄 한 줄, 문양 하나하나, 그리고 꽃잎과 나뭇잎 하나하나에 이르기까지 매우 섬세하게 묘사되어 있다. 인물들, 특히 여인들을 보면 머리카락 한 올 한 올에 이르기까지 아주 정밀하게 묘사되어 있으며 우아하고 조화로운 복장의 배합에 대단히 신경을 쓰고 있다.

코리올리스에 대한 우키요에의 영향을 증명하는 두 가지 근거

그런데 코리올리스가 그린 동양 취향 그림의 화법이 우키요에의 화법과 매우 유사하다는, 따라서 그의 그림의 화법이 우키요에의 영향을 받았다는 우리의 주장은 솔직히 비판의 소지를 지니고 있는 것도 사실이다.

---

32) 고바야시 다다시, 앞의 책, 14쪽.

왜냐하면 위에서 확인한 그 확실한 유사성에도 불구하고 공쿠르 형제의 텍스트, 즉 『마네트 살로몽』에는 코리올리스의 화법이 우키요에 화법에서 영향을 받았다는 암시나 언급이 전혀 보이지 않으며,33) 우리의 조사에 의한 바로는 지금까지 어떠한 연구자에 의해서도 이 영향 관계가 언급된 적이 없기 때문이다. 하지만 우리는 저자의 전기적인 사실과 텍스트의 면밀한 검토 및 숙고 끝에 다음의 두 가지 근거에서 코리올리스의 그 동양이 우키요에 화법에서 영향을 받은 것이라는 결론에 이르게 되었다.34) 그 두 근거를 제시하면 다음과 같다.

먼저 저자, 즉 공쿠르 형제와 우키요에의 관계를 살펴보자. 서문에서 보았듯이 공쿠르 형제는 1850년대부터 이미 일본 그림과 골동품에 많은 관심을 가졌다. 파리의 찻집과 골동품 가게를 자주 드나들던 그들이 마침내 일본 판화를 처음 구입하게 된 것은 1861년(6월 8일자 일기)의 일이다.

얼마 전 나는 '중국 문'에서 일본 그림 몇 장을 구입했다. […] 그것들은 깃털 색처럼 세련된 색을 띠고 있으며, 법랑처럼 선명하고 다채롭다. […] (코를 황홀하게 만드

---

33) 이 작품이 나오고 13년이 지나 출판된 『어느 예술가의 집 *La maison d'un artiste*』 (Edmond de Goncourt, L'Echelle de Jacob, 2003, 1880, 194쪽)에서 저자는 『마네트 살로몽』에서 코리올리스가 우키요에를 관찰한 이유를 이렇게 간단히 설명하고 있다. "햇빛으로 밝게 빛나는 이미지 책(우키요에 화첩)들 속에서 우리는 화가 코리올리스가 (지독하고 고약한 하늘의 그 우중충한 우리의 겨울날들에) 해 뜨는 제국이라고 불리는 그 제국의 쾌청한 햇빛을 좀 찾아 맛보게 했었다. 아니 더 정확히 말하면 우리 자신이 그 햇빛을 추구했었던 것이다." 물론 이 설명은 옳을 수 있다. 하지만 코리올리스에게 우키요에를 관찰하게 한 것이 단지 파리의 우중충한 날씨를 잊게 하기 위해서만은 아니라는 것을 뒤에서 논증해 보일 것이다.
34) 움베르토 에코가 『해석의 한계』(LGF, Livre de poche, 1994)에서 말하고 있듯이, '작가의 의도'보다 '작품의 의도'가 우위에 있을 수 있다. 우리 또한 에코의 그 주장에 어느 정도 동의하며, 그 동의를 바탕으로 우리의 결론에 대한 근거를 제시하였다.

는) 동양 향수처럼 눈을 황홀하게 만드는 어떤 마력. 꽃처럼 자연스럽고 다양하며 경이로운 예술. 마법의 거울처럼 매혹하는 예술.35)

이후로 그들은 일본 예술품과 골동품 수집에 더 큰 열정을 쏟게 되며, 동생이 죽은 뒤 세상에 홀로 남은 형 에드몽이 평생토록 지속된 수집 열정으로 일본 예술에 대해 많은 작품36)을 씀과 동시에 프랑스에 일본 열풍이 부는 데 선구자적인 역할을 한 사실은 앞서 기술한 바와 같다.

그런데 『마네트 살로몽』을 쓰기 시작한 것은 1864년 12월부터다. 1866년 8월에 집필을 마친 그들은 이 작품을 1867년 1월 18일부터 『르탕Le Temps』지에 연재하며, 같은 해 11월에 단행본으로 출간한다. 이 사실에 비추어 저자는 『마네트 살로몽』을 집필할 당시 이미 우키요에 작품을 상당수 수집·소장하고 있었으며 관찰과 조사를 통해 그에 대한 깊은 지식도 함께 습득하고 있었음을 짐작할 수 있다. 그 점은 주인공 코리올리스가 동양 취향의 그림을 그리는 도중 우키요에 화첩을 꺼내어 관찰하는 장면37)의 자세하고 긴 묘사에 의해서도 명백하게 증명된다. 그처럼 우키요에와 관련된 작가의 전기적인 사실은 코리올리스의 동양 취향 그림의 화법이 우키요에의 그것으로부터 영감을 받은 것이라는 우리의 주장

35) Brigitte Koyama - Richard, *Japon rêvé*, Hermann, 2001, 15쪽에서 재인용.
36) 에드몽 드 공쿠르가 쓴 일본에 관한 작품들, 즉 그의 오퇴유 집에 수집해 놓은 예술품들 및 골동품들에 대한 감상의 글인 『어느 예술가의 집』(1880) 가운데 「Escalier」(우키요에에 관해서는 대부분 여기 묘사되어 있다) 장과 「Cabinet de l'Extrême - Orient」 장, 일본인 예술품상 하야시와의 만남(1883년)과 교류를 통한 일본 예술품 구입과 일본에 관한 풍부한 자료 수집, 그에 기초한 일본 우키요에의 두 거장 우타마로와 호쿠사이에 관한 전기 『우타마로*Outamaro*』(1891), 『호쿠사이*Hokousaï*』(1896), 그리고 『일본의 예술*L'art japonais*』(1893) 등을 말한다.
37) 제47장에서 3쪽(공쿠르 형제, 앞의 책, 261쪽~263쪽)에 걸쳐 아주 자세하고 길게 묘사하고 있다.

을 상당 부분 뒷받침해 줄 것으로 사료된다.

다음으로, 바로 위에서 언급한 주인공 코리올리스의 우키요에 관찰 장면에 관해 살펴보자. 이미 설명했듯이, 1851년 살롱전에 출품한 동양 취향 그림이 드캉의 동양에 익숙해 있던 대중과 비평가들로부터 외면을 당한 뒤 낙담과 의기소침에 빠져 있던 코리올리스는 그의 "재능과 야망과 힘"의 도움을 얻어 다시 일어난다. 이번에는 누드에 도전하는데, 이 배경 그림으로는 터키의 목욕탕을 배치한다. 6주 동안의 고생 끝에 그해 겨울이 시작될 무렵 마침내 그 그림은 완성된다. 하지만 그에게는 별로 만족스럽지가 못하다. 이전 자신의 그 동양 취향 그림에 대한 대중과 비평가들의 냉대를 의식해서인지 미술 아카데미 회원들인 다비드와 앵그르의 화법을 어느 정도 도입해 보지만 끝내 그것이 그의 마음에는 내키지 않은 것이다. 자신의 그림에 대한 아나톨의 칭찬에 그는 이렇게 대꾸함으로써 그 새로운 그림에 대한 불만의 이유를 우회적으로 표출한다.

정말이지 이건 형편없어… 파리 (미술) 아카데믹식 그림이야…38)

터키에서 돌아올 때 가지고 온 그 참신한 독창성을 인정받지 못한 그는 당시 관전인 살롱전에서 인정을 받기 위해 바로 그 살롱전 심사위원들의 구미에 맞게 그리려 시도했던 것이다. 하지만 그 관학풍académique에 만족하지 못한 그는 이윽고 그림을 고치기 시작한다. 파리의 우울한 겨울, 빛 한 줄기 허락하지 않는 우중충한 잿빛 하늘이 파리와 코리올리스의 마음을 어둡게 뒤덮는다. 그렇게 마음과 파리에 우울함이 가득한 어느 날, 그날도 역시 그는 어김없이 붓을 든다. 몇 번이나 작업을 시도해 본다. 하

---

38) 공쿠르 형제, 앞의 책, 259쪽.

지만 생각대로 잘 풀리지 않는다. 맥이 빠진 그는 더 이상 붓질을 하지 못한다. 그러자 그는 거리낌 없이 우키요에 화첩을 집어 든다.

> 식기대에서 [⋯] 한 움큼의 (우키요에) 화첩을 꺼내 왔다. 그러고는 그것들을 바닥에 던지면서 팔꿈치를 괴고 엎드려 그는 동양의 색들로 뒤덮인 [⋯] 상아로 만든 팔레트를 닮은 그 그림들을 한 장 한 장 넘겼다. 그러자 그 화첩으로부터 환상적인 요정의 나라의 풍경과 그늘 한 점 없이 오로지 빛뿐인 정경이 그에게 다가왔다. 그의 시선은 [⋯] 그 깊은 창공들 속으로 빨려 들어갔다. [⋯] 코리올리스는 계속해서 화첩을 넘겼다.[39]

작업이 만족스럽지 못하자 식기대에서 우키요에 화첩들을 꺼내 와 한 장 한 장 넘기면서 관찰하는 이 행위는 단순히 우발적인 것이라고는 말할 수 없다고 생각된다. 꺼내 보기 쉽게 부엌의 식기대 위에 그 화첩들을 보관해 둔 점과 여러 권의 화첩("한 움큼의 화첩")을 수집해 놓은 점은 그 행위가 이미 오래전부터 지속적으로 행해져 왔다고 보기에 충분하다. 이 두 사실로 미루어 코리올리스는 오래전부터 일본 그림을 자주 봐 오면서 그 기법을 참고하거나 영감을 받아 왔다고 말할 수 있을 것이다. 사실 그는 어린 시절부터 이미 아시아의 풍물이나 그림들을 접할 수 있는 아시아의 책들을 보는 것을 즐기지 않았는가!

> 그의 눈은 아시아의 책들을 보기를 즐겼다.[40]

이처럼, 이상에서 제시한 두 근거는 코리올리스의 동양 취향 그림의 화

---

39) 위의 책, 261쪽.
40) 위의 책, 313쪽.

법이 우키요에 화법에서 영향을 받은 것이라는 우리의 주장을 뒷받침해 준다.

우키요에는 코리올리스에게 어떤 영감을 주었는가?

그러면 코리올리스가 그 우키요에에서 어떤 영감을 받았는지에 대해 고찰해 보자.

소아시아에서 태양 빛의 마술을 경험하고 돌아온 코리올리스의 동양은 그가 영향을 받은 드캉이나 들라크루아, 마릴라의 "암갈색" 동양과는 전적으로 다른 동양이다. 그의 동양은, 앞서 보았듯이 아주 밝고 선명한 동양이다. 그에게 동양은 태양의 고장으로, 태양 빛의 마술에 의해 무한한 색이 만들어지며 자연은 그 빛의 변화에 따라 한없이 다양한 모습을 연출한다. 그리고 그는 바로 이 빛의 고장을 표현하기 위해, 다시 말해 빛의 효과를 살리기 위해 노력하는 뤼미니스트luministe이다. 이런 그가 그 빛의 고장에서 경험한 빛의 마술적 효과를 표현하는 데 영감을 준 그림이 바로 일본 채색 목판화인 우키요에인 것이다.

일본 화첩을 넘기면서 코리올리스가 빠져든 이미지들은 일본의 그 "쪽빛 창공", "그늘 한 점 없이 오로지 빛일 뿐인 시골 정경", "하늘처럼 투명하고 선명한 바다", "새봄에 피어나는 새싹들의 연둣빛 색상", "찻집[41]의 화려한 정원과 그 내부의 빛나는 장식들", "미녀들의 아름답고 찬란한 의상들"로, 밝고 경쾌하며 화사한 그 이미지들은 빛 한 줄기 보지 못하는 파리의 우중충한 날씨와 그로 인한 우울함과 선명한 대조를 이루며, 다른 한편으로는 드캉 등 당시의 파리 오리엔탈리스트 화가들의 무겁고 칙칙

41) 에도 시대의 허가받은 유곽 요시와라를 가리킨다. 우키요에 작가들은 이 유흥가의 풍속을 많이 그렸는데, 특히 우타마로는 이 방면의 그림을 많이 남겼다.

한 갈색조의 화풍과도 대조를 이루고 있다. 그렇게 볼 때 코리올리스에게 "빛 속에 있는 것은 창조에 참여하는 것이며, 사물이 태어날 때 존재의 시발에 있는 것"[42]으로, 빛은 만물의 기원이자 원리이다. 그러므로 빛이 없는 파리는 죽음과 다름없으며, 따라서 빛이 들지 않는 그의 화실은 그의 그림의 무가치를 상기시킨다. 그런데 그 '진정한 빛'이 있는 곳, 코리올리스에게 그곳은 다름 아닌 동양이다. 그러므로 동양은 그의 "정신과 미학의 원천"이기도 하다.

그리하여 뤼미니스트인 코리올리스는 터키에서 '본' 빛과 그 충만한 빛의 표현에 영감을 주는 "햇빛으로 밝게 빛나는 이미지 책들",[43] 곧 우키요에 화첩을 자주 들여다본다. 그렇게 그는 한편으로는 이 일본 예술의 비밀을 지속적으로 관찰하면서 또 다른 한편으로는 태양 빛이 밝게 비치는, 따라서 만물을 되살리는 밝은 장소로 아틀리에를 옮겨 자신의 애인이 되는 마네트 살로몽을 모델로 하여 그 〈터키 목욕탕〉[44]의 수정을 마침내 완료한다. 이 그림은 1853년의 전시회에 출품되는데, 대중은 이 그림에서 "그 여인의 육체의 밝음과 […] 햇빛 속에서의 작업 덕택에 얻게 된 어떤 선명한 광휘"[45]에 강한 인상을 받으며, 그림은 아주 큰 성공을 거둔다.

그처럼 코리올리스는 뤼미니스트로서 빛의 효과를 살리기 위해 노력하는데, 빛이 중요시되는 대상은 당연히 화면에 밝고 선명하게 묘사될 수밖에 없다. 바로 이 상황에서 코리올리스는 "햇빛으로 밝게 빛나는 이미지 책들", 즉 우키요에 화첩의 기법과 화풍에서 영감을 얻게 되는 것이다. 그

---

42) 공쿠르 형제, 앞의 책, 서문 57쪽.

43) Edmond de Goncourt, *La maison d'un artiste I*, L'Echelle de Jacob, 2003, 194쪽.

44) 당시 앵그르를 비롯한 신고전주의 화가들도 동양 취향을 보여 주는 그림을 그렸는데, 코리올리스의 이 주제의 그림은 앵그르의 〈터키 목욕탕〉을 환기시킨다.

45) 공쿠르 형제, 앞의 책, 306쪽.

런데 이야기를 좀 더 확대해 보면, 우키요에의 화법에서 영감을 받은 코리올리스의 동양의 그 밝고 화사함은 당시의 파리 미술계 전체를 우회적으로 비판하고 있다고도 할 수 있다. 모든 물체를 3단계 명암(밝은색, 반어두운색, 어두운색)으로 표현하여 화면 전체를 입체적으로 구성하는 렘브란트풍의 갈색 위주의 어두운 명암 대조법에서 벗어나지 못하는 앵그르를 비롯한 신고전주의 화가들과 그가 초기에 많은 영향을 받았던 드캉의 "암갈색"의 회화에 이르기까지 당시 파리 미술계의 화풍은 코리올리스의 화풍과는 전적으로 대조를 이루기 때문이다.

그렇다면 『마네트 살로몽』을 '공상 미학 소설'이라고 지적한 미셸 크루제의 흥미로운 암시를 바탕으로 빛에 관한 작가의 이 미학이 미래의 인상주의를 예견한다고 말할 수 있을까? 이 문제는 우리의 연구 범위를 벗어난다. 다만 그 문제가 이미 논의되기도 했다는 점만을 밝혀 두고자 한다.[46]

기억의 충실한 재현에 바탕을 둔 사실주의

일찍부터 일본을 발견하고 일본과 일본 예술에 매료된 공쿠르 형제. 특히 형 에드몽 드 공쿠르는 19세기 프랑스에서 일본 취향의 확산에 선구자적인 역할을 한다. 1868년에 구입한 그의 오퇴유Auteuil 집에는 일본 예술품, 족자le kakémonos, 기모노, 일본 도자기 등이 한 방(『어느 예술가의 집』에 등장하는 'Cabinet de l'Extrême - Orient')과 계단, 그리고 벽을 장식하고 있었다. 하지만 그는 당대에 그 채색 목판화를 좋아했던 모네나 고흐 같은 화가들과 마찬가지로, 귀중한 우키요에 작품은 절대로 벽이나 테이블에 전시해 두지 않았으며, 책꽂이에 꽂아 놓지도 않았고, 2층 층계참

---

46) 그에 대한 주요 저서로 E. Caramaschi, *Réalisme et impressionnisme dans l'oeuvre des frères Goncourt*, Nizet, 1971을 들 수 있다.

에 놓인 "금고 모양의 조그만 가구"[47) 속에 은밀히 보관하고는 필요할 때
만 꺼내어 감상하면서 그가 발견하고자 한 일본을 꿈꾸곤 했다고 한다.

1880년대 초부터 일본 예술품상인 하야시Hayashi[48)와의 교분(그의 『일
기』에는 1883년에 이 이름이 처음 등장한다)이 시작되는데, 그는 이내 하야시
의 단골 고객이 되어 많은 일본 예술품을 구입했으며 나아가 일본에 관한
자료를 자주 요구하기도 했는데, 급기야는 그 "재능과 민감함과 유머, 그
리고 섬세한 감수성을 찬미한"[49) 우키요에의 두 거장 우타마로와 호쿠사
이의 전기를 집필하기에 이른다. 이 두 저서의 출간은 유럽 사람을 통해
우키요에의 두 거장을 유럽 대륙에 알린 최초의 사건으로 기록된다.

『마네트 살로몽』은 공쿠르 형제가 우키요에를 처음 구입(1861년 6월)한
지 3년 6개월여 지나 집필되기 시작하지만, 이 작품에 묘사된 우키요에의
이미지들을 보면 이미 상당 양의 수집이 이루어졌으며 그에 대한 열정과
지식 또한 상당한 수준임을 짐작할 수 있다. 그리하여 그들은 프랑스 문학
에서 최초로 우키요에를 문학 작품 속에 언급한[50) 작가들로도 기록된다.

그런데 이 언급은 물론 우리가 지금까지 논증했듯이 단순한 언급에 그
치지 않는다. 언급된 그 우키요에는 빛의 효과를 살리는 일에 심혈을 기
울이는 코리올리스에게 그 빛의 효과의 표현에 영감을 주는 참조체로 이

---

47) Edmond de Goncourt, *La maison d'un artiste I*, L'Echelle de Jacob, 2003,
194쪽.

48) 일본 예술품 상인으로 일본과 프랑스를 오가며 양국의 문화 교류에 선구자적인
역할을 했다. 에드몽 드 공쿠르에게 일본에 관한 많은 정보와 자료를 제공해 주었다. 그
자세한 내용은 Brigitte Koyama - Richard의 앞의 책 참조.

49) Wanda Bannour, *Edmond et Jules de Goncourt, ou le génie androgyne*,
Persona, 1985, 240쪽.

50) 1868년 살롱전에 출품하여 입선한 마네의 〈에밀 졸라의 초상〉을 보면 벽에 우키
요에 한 작품이 걸려 있는 것을 확인할 수 있다. 그만큼 많은 화가나 작가에게 이미 우
키요에는 대중적인 것이 되어 있었음을 짐작할 수 있다.

용되고 있으며, 코리올리스를 통해 주장되는 미학은 드캉을 비롯한 당시 오리엔탈리스트 화가들뿐만 아니라 파리 미술계 전체를 우회적으로 비판하고 있다. 이를테면 공쿠르 형제는 당시의 파리 미술계를 지배하던 앵그르를 주축으로 하는 신고전주의 미학과 들라크루아를 주축으로 하는 낭만주의 미학을 동시에 비판하고 있는 것이다.

그러면서 그들은 아울러 자신들의 미학을 주장하는데, 그 점에 대해 더 논하자면 다음과 같다. 즉, 드캉과 들라크루아의 영향을 많이 받은 코리올리스는 그들을 능가하기 위한 한 방편으로 터키행을 택한다. 그는 그곳의 맑고 순수한 빛과 그 빛에 에워싸인 자연을 오로지 "(자기 자신으로 남으면서) 하나의 반사체un refléteur en restant personnel"[51]로서 관찰한다. 그런데 그에 의하면 드캉은 그곳의 빛과 자연을 제대로 보지 못했다. 이를테면 "하나의 반사체"로서 그 빛을 보지 않았다. 기존의 지식에 의해, 이를테면 타인에 의해 형성된 환상에 기초하여 그 빛을 보았던 것이다. 이 점은 상상이라는 '눈'으로 세상을 보았던 당시의 낭만주의 화가들 및 작가들에도 똑같이 해당된다. 그러나 공쿠르 형제는 예술가를 하나의 '기억 장치'로 간주한다.[52] 그들은 그 '기억 장치'는 현실과 실제적인 감각에 훨씬 더 충실하다고 말하며, 따라서 그들에게는 당연히 상상보다는 기억이 더 중요하다. 이처럼 그들은 기억에 충실할 것을 주장한다. 그러므로 공쿠르 형제의 '사실주의'는 바로 이 기억의 충실한 재현에 바탕을 두고 있다고 할 수 있다.

---

51) 공쿠르 형제, 앞의 책, 235쪽.

52) Stéphnie Champeau, *La notion d'artiste chez les Goncourt*, Honoré Champion, 2000, 124쪽 참조.

제2부

제국의 시대와 동아시아 삼국

7장 피에르 로티의 '잃어버린 환상'
– 일본을 중심으로[*]

'봄'과 '보지 않음'의 차이

피에르 로티Pierre Loti(본명 쥘리앵 비오Julien Viaud, 1850~1923)는 『일본의 가을 정취Japoneries d'automne』(1889)의 첫 번째 글 「교토, 신성한 도시」를 에드몽 드 공쿠르에게 헌사했다. 이 『일본의 가을 정취』는 프랑스가 청나라와 전쟁을 하던 중(청불 전쟁, 1884~1885) 저자가 타고 있던 '라 트리옹팡트La Triomphante' 호를 수리하기 위해 약 5주 동안(1885년 7월 8일~8월 12일) 나가사키 항에 체류하면서 주변의 여러 도시를 둘러보고 쓴 여행기이다.[1]

------

* 이 글은 2004년도 한국학술진흥재단의 지원을 받아 연구된 것이다.(KRF-2004-075-A00035)

1) 그 당시에 기록한 일기를 바탕으로 구성한 작품이 곧 일기체 형식의 『국화부인 Madame Chrysanthème』(1887)이다.

그런데 공쿠르에게 바치는 이 헌사는 주목할 만한 두 가지 의미를 지닌다.

먼저, 이 헌사는 당시 프랑스에서 유행하던 일본 취향의 확산에 불을 붙인 선구자 중의 한 사람, 즉 에드몽 드 공쿠르에 대한 우정과 경의의 표시이다. 로티는 『로티의 결혼*Le mariage de Loti*』(1880)의 성공을 계기로 관계를 맺게 된 그의 '정신적이며 지적인 어머니' 쥘리에트 아당Juliette Adam을 통해 에드몽 드 공쿠르를 알게 된다. 공쿠르는 프랑스에 일본 열풍을 불러일으킨 장본인 중 한 사람으로 1867년에 출판된 그의 『마네트 살로몽』(1867)에서 프랑스 문학사상 최초로 일본 채색 목판화인 우키요에에 대해 언급했고,[2] 1875년에는 『일본 사진첩*Albums Japonais*』을, 그리고 1880년에는 『어느 예술가의 집』을 출판하여 일본에 대한 지대한 열정을 확인시켜 주었다. 그러므로 이 헌사는 19세기 후반 프랑스 및 유럽의 일본 취향 확산에 크게 기여한 선구자 중의 한 사람에 대한 경의의 뜻을 품고 있다.

그런데 우리는 이 헌사에 내포된 또 다른 의미를 추측해 보고자 한다. 이 선구자에 대한 무언의 '대립'의 표현이 바로 그것이다. '그(로티)의 일본'은 '이 선구자의 일본'과는 너무도 다르다는 점이 이 추측의 근거이다. 로티는 마치 '내가 본 일본은 당신이 본 일본과는 너무도 다르다. 내가 본 일본은 이런 모습이다'고 말하면서 증거로 이 책을 제시하는 것 같다.[3]

실제로, 에드몽 드 공쿠르의 '일본'은 매우 비현실적이다. 따라서 환상적이다. 반면, 로티의 '일본'은 매우 현실적이다. 환상에서 깨어나 바라본

---

2) 우리는 앞의 글에서 이 작품의 주인공 코리올리스에게 미친 우키요에의 영향을 고찰한 바 있다.

3) 실제로 공쿠르는 『일기』에서 로티의 작품들에 대해 가차 없이 비판을 가한다. 그것은 로티가 '그의 일본', '그의 아시아', '그의 동양'을, 즉 그 나라 및 지역에 대한 환상을 너무도 가혹하게 부숴 버렸기 때문이었을 것이다.

현실 속의 일본이다. 물론 이 차이는 육안으로 직접 봄과 마음의 눈으로 봄의 차이에서 온 결과일 것이다. 에드몽 드 공쿠르는 일본을 가 '보지 못했다.' 그렇기에 그에게 그곳은 여전히 꿈의 공간일 뿐이다. 반면 로티는 일본을 '보았다.' 그렇기에 그에게 그곳은 냉정한 현실의 공간이다. 인류학자 루이 뒤몽Louis Dumont의 "인도를 발견했다는 것 그 자체가 인도로 이끌었던 희망을 부숴 버렸다"[4]는 말에서 '인도'를 '일본'으로만 바꾸면 이 말은 로티에게도 그대로 적용될 수 있을 것이다. 즉 '일본을 발견했다는 것 그 자체가 일본으로 이끌었던 희망을 부숴 버렸던 것이다.' 그런데 실제로 로티가 겪는 감정은 그 '희망의 부서짐' 이상이다. 그의 '희망의 부서짐', 즉 '환상의 깨짐'은 극심한 환멸로 이어진다. 그리고 그것은 다시 반감, 경멸, 멸시, 혐오감으로 발전한다. 그런데 그쯤 되면 그 감정은 인종 차별주의자의 시각과 별 다름이 없다. 지나치다고 느낀 나머지 그는 자신의 그 부정적인 감정과 생각에 균형의 회복을 시도한다. 그리하여 그는 실제로 일본인들에게 동화하여l'identification 자신이 많이 일본화된japoniser 것을 느끼기도 한다. 하지만 그것은 이성의 명령에 의한 일시적인 효과일 뿐이다. 물론 혐오감은 좀 완화되지만 서양인으로서 마음속 깊이 품고 있는 일본인, 나아가 황인종에 대한 우월감은 큰 변화가 없다.

따라서 우리의 연구는 피에르 로티의 일본에 관한 3부작, 즉 『국화부인』(1887), 『일본의 가을 정취』(1889), 『이李 여사의 제3의 청춘La troisième jeunesse de Madame Prune』(1905)을 바탕으로 작가의 일본(인)에 대한 시각의 변화를 고찰하는 것을 목적으로 한다. 그런데 그 시각은, 앞서 간단히 기술한 것처럼 처음에는 환상적인 것이었다가 곧 환멸로 이어지며, 다시 혐오로 발전한다. 그러다가 지나침을 반성하며 타자에 대한 동화를 시

---

4) 이옥순, 『우리 안의 오리엔탈리즘』, 푸른역사, 2002, 41쪽에서 재인용.

도한 결과 그 혐오감은 좀 완화된다. 그것은 대체로 어떤 대상을 육안으로 보기 전과 경험한 뒤에 오는 감정의 변화와 일치한다. 그런데 로티에게 문제가 되는 것은 환상이 깨진 뒤 환멸에 그치지 않고 혐오감으로까지 발전하고 있다는 점이다. 이 혐오감의 완화는 첫 번째 나가사키 체류 후 15년이 지난 1900년에서 1901년 사이 다시 일본을 여행하고 나서 쓴 『이 여사의 제3의 청춘』에서 두드러진다는 사실로 미루어 볼 때, 그것은 같은 나라를 두 번째 접하여 익숙해짐의 결과일 뿐 혐오감의 본질은 변하지 않고 있다. 그러므로 일본에 대한 그의 시각은 비록 프랑스가 일본을 지배하지는 않았지만 결국 당시, 즉 제국주의 시대에 풍미하던 동양에 대한 서양의 일반적인 시각과 크게 다름이 없다. 우리는 당연히 이 글에서 그러한 작가의 시각의 변화를 그 변화를 야기한 메커니즘과 함께 보여 줄 것이며, 무엇보다 일본(인)에 대한 작가의 혐오감, 즉 인종 차별주의적 raciste인 시각5)의 발생 동기에 대해서도 제한적이나마 탐구해 볼 것이다.

일본에 대한 환상

1885년 7월, "초목도 숲도 시냇물도 찾아볼 수 없는, 그곳까지 중국과 (중국의 그) 죽음의 냄새가 불어오는 듯한 을씨년스럽고 더운 평후열도"6)

---

5) 이 시각은 에드워드 사이드(『오리엔탈리즘』)와 츠베탕 토도로프(*Nous et les autres*)의 연구에서도 확인할 수 있다. 하지만 일본(인)에 관한 그런 시각에 대한 언급은 찾아볼 수 없다. 이를테면 19세기 제국주의 시대 식민지 피지배자에 대한 지배자들의 일반적인 시각을 언급했을 뿐, 일본에 대한 각론적인 연구를 통한 그와 같은 시각의 확인은—우리가 살펴본 바로는—부재한다. 프랑스 연구자들의 연구에서 그와 같은 시각을 확인하기는 물론 더 어렵다. 사이드(팔레스타인 출신 미국인)와 토도로프(불가리아 출신 프랑스인)는, 주지하듯이 그 시각을 보여 주기에 한층 더 자유로운 위치에 있다.

6) Pierre Loti, *Madame Chrysanthème*, Flammarion, 1990, 46쪽. 이후 이 작품에서 인용한 문구는 끝에 제목과 쪽수만 표시한다.

에서 힘들게 체류하다가 고장 난 군함을 수리하기 위해 나가사키 항에 다가가고 있는 저자[7])에게 멀리 보이는 그 "완전한 미지의" 나라는 마치 '에덴동산' 같다.

> 자연과 그늘이 놀랍구나. 저 일본은, 아, 예기치 못한 에덴동산인 것을! …
>
> (『국화부인』, 49쪽)

장갑함의 '유폐된' 좁은 공간 속에서 찌는 듯한 더위에 시달려 온 그이기에, 시원한 그늘에서 휴식을 취하고자 하는 욕망이 저자 앞으로 다가오는 아름다운 육지를 잠시 "예기치 못한 에덴동산"으로 변형시켰을 수도 있다. 하지만 그가 그런 꿈을 꾼 것은 그와 같은 일시적인 정신 착란 현상만은 아니다. 그는 이미 오래전부터 일본을 그렇게 꿈꾸어 왔다. 나가사키 항 좌우로 펼쳐지는 아름다운 계곡의 경치를 접하기 전에도 그는 이런 꿈들을 많이 꾸었다. 그는 설레는 마음으로 선상 동료 이브에게 그중 한 꿈을 이렇게 전한다.

> 난 도착하자마자 결혼할 거야… 정말이야… 검은 머리에 고양이 눈의 아담하고 귀여

---

7) 분류가 좀 애매한 작품이지만 어쨌든 소설(픽션)로 분류될 수밖에 없기에 '나' 혹은 '서술자'로 표기해야 하나, 이 글에서 직접 '저자' 혹은 '로티', '그' 등으로 표기한 것은 서술자인 '나'는 곧 작가 자신이기 때문이다. 그 판단은 작가가 리슐리와 공작 부인에게 바친 헌사의 다음 문구를 근거로 한 것이다. "겉으로는 국화부인이 주역을 맡지만 세 주인공이 다름 아닌 **저**와 **일본**, 그리고 그 나라가 제게 준 **인상**인 것은 아주 분명한 사실입니다."(『국화부인』, 43쪽)
『이 여사의 제3의 청춘』과 『일본의 가을 정취』에 대해서도 그와 같이 말할 수 있다. 전자는 『국화부인』과 동일한 형식의 작품이며, 후자는 여행기이기 때문이다.(이 글에서 이러한 판단은 물론 오해를 살 수도 있지만, 어쨌든 '서술자'의 생각은 작가의 생각과 같다고 말할 수 있기에 그와 같이 표기했다.)

운 노란 피부의 여자하고 말이야. 예쁜 여자를 얻을 거야. 그 여자는 인형보다 크지 않

겠지. [⋯] 신혼집으로는 아주 시원한 그늘이 드리우는, 녹색 정원이 달린 창호지窓

戶紙 문門 집8)을 얻어야지. 그 정원에는 오색 꽃이 만발하겠지. 우리는 그 꽃 속에서

살 거야. 신혼 방은 꽃다발로 가득 채우고. 네가 단 한 번도 보지 못한 꽃들로 말이야.

(『국화부인』, 45쪽)

그러면 위 예문에서 그가 꿈꾸는 "검은 머리에 고양이 눈의 인형 같은

아담하고 귀여운 여자", "녹색 정원의 창호지 문 집" 등의 매혹적인 이미

지들은 어디에서 접한 것인가?

그것들은 병풍이나 하늘색 또는 분홍색 대형 도자기들에 그려진 그림

들에서 보았으며(『국화부인』, 57쪽), 칠기와 자기 제품들, 닥종이에 그려진

동양화나 채색 목판화(우키요에)(『국화부인』, 63쪽), 쥘부채, 의복, 찻잔 등

과 골동품들에서 접했다. 당시 프랑스에 유행하며 드가, 마네, 모네 등 인

상주의 화가들을 비롯한 많은 예술가, 작가들에게 큰 영향을 끼친 일본

취향은 로티도 비켜 가지 않는다. 로티 역시 그 일본 열풍이 몰고 온 풍요

로운 이미지들을 통해 일본을 접하면서 신기루처럼 꿈꾸었던 것이다. "아

주 오래전부터."

나는 칠기와 자기 제품들을 통해 이미 알고 있던 그 작은 인공의 세계(게이샤의 집) 안

으로 완전히 들어왔구나 하는 느낌이 든다. [⋯] 노래하는 저 여인들, 닥종이 위에 신

기한 색들로 그려진 것을 본 적이 있는 바로 그 여인들, 엄청나게 큰 꽃들 가운데 [⋯]

---

8) maison de papier를 그렇게 옮겼다. 이어령은 영국의 작가 윌리엄 부르마가 그렇
게 표현했음을 인용하면서 '종이 집'으로 번역하고 있다. 하지만 여러 정황으로 보아 창
호지를 바른 미닫이문이 많은 일본의 집을 그렇게 표현했다고 말할 수 있다.(『축소 지
향의 일본인』, 문학사상사, 1982, 180쪽 참조)

눈을 반쯤 감은 것 같았던 그 여인들의 모습과 똑같다. (내가 지금 바라보고 있는) 이 일본은 여기 오기 아주 오래전부터 이미 대략 알고 있었다. (『국화부인』, 63쪽)

　'현실의 일본'을 보지 못하고 일본 골동품이나 그림들, 또는 일본에 관한 저서나 문학 작품들을 통해 피상적으로 접한 작가에게 일본은 여전히 비현실적이다. 그 사실은 "동양을 다루는 어떤 저작가도(호메로스에 관해서까지도 해당되는 것이나) 동양에 관하여 어떤 선례나 예비지식의 존재를 상정하며, 그것을 참조하고 그것에 의거한다"9)는 에드워드 사이드의 말을 어느 정도 정당화한다. 그런 만큼 그 일본은 현실의 일본의 모습과는 크게 다르며, 작가의 상상력에 따라 꿈과 환상의 땅이 되기도 하고, '에덴동산'으로까지 변형되기도 한다.

　그런데 그 환상은 '현실에 없는 것을 있는 것같이 느끼는 상념'으로 인간의 내적 욕망에 의해 강하게 동기 부여가 된 것이어서 그리 쉽게 포기가 되지도 않는다. 나가사키 항구의 서양화된 모습에 실망하여 "우리가 정말 어디에 있는 거지? 미국인가? 영국의 식민지 오스트레일리아인가? 아니면, 뉴질랜드인가?"(『국화부인』, 51쪽)라고 말하면서 큰 유감을 표시하는 작가는 "아마 아직 존재할 그 진짜, 옛 일본의 나가사키"에 대한 미련을 버리지 못한다.10) 그런데 그가 보고자 하는 그 '진짜 나가사키'야말로 먼 곳에서 동경만 하던 '가짜' 나가사키인 것이다. 그 나가사키는 오래전

---

9) 에드워드 사이드, 앞의 책, 51쪽.

10) '옛 일본'에 대한 향수와 꿈에 대한 미련은 15년이 지나 다시 찾았을 때까지도 남는다. "옛 일본의 꿈을 아직도 구현하는 '4월의 비Pluie - d'Avril' 양의 미래를 깊이 생각하면서 […] 나는 근대화된 나가사키로 점점 다시 돌아온다."(Pierre Loti, *La troisième jeunesse de Madame Prune*, Kailash, 1996, 74쪽) "자신의 모든 옛꿈을 부정하고 있는 것 같은 이 일본."(같은 책, 150쪽) 이후 이 작품에서 인용한 문구는 끝에 제목과 쪽수만 표시한다.

부터 그에게 소중하게 꿈을 꾸게 해 준 환상적인 나가사키로, 차가운 현실 속에서 꽁꽁 얼어붙은 마음을 따뜻하게 녹아내리게 만드는 초봄의 포근한 남풍 같은 나가사키이다.11) 그처럼, 환상은 비현실을 현실로 둔갑시키는 강한 변형의 힘을 가진다.

하지만 작가의 그 환상 속의 나가사키(일본)는 현실의 '빛' 속에서 산산이 '부서지는' 운명을 맞이하지 않을 수 없다.

일본에 대한 환멸

이윽고 작가의 시야에 들어오는 나가사키 항구. 온갖 깃발을 펄럭이며 선박들이 혼잡하게 뒤얽혀 있는 모습, 다른 항구들에서 보는 것과 전혀 다름없는 여객선들, 부두의 공장 굴뚝들에서 솟아오르는 시커먼 검은 연기들…. 작가는 다른 항구들과 조금도 다름이 없는 그 평범한 항구의 모습에 먼저 '실망'한다. 작가가 탄 군함이 부두 가까이에 정박하자마자 느닷없이 당한 상인들의 '침입'에 모두가 당황한다. 작가는 아직 환상이 깨지지 않은 상태에서 호기심에 그들의 행동거지를 유심히 관찰하기도 하지만 다른 한편으로는 눈 깜짝할 사이에 그들이 갑판 위에 벌여 놓은 "엄청난 시장"과 "돈벌이주의 일본Un Japon mercantile"에 적지 않게 충격을 받는다. 그는 무엇보다 "원숭이처럼 무릎을 꿇고 앉아" 연신 웃음을 흘리며 굽실굽실 절을 해대는 그 모든 남녀 상인들의 "추하고 더러우며 인색하고 기괴한" 모습에 크게 실망을 느낀다.

---

11) 이옥순은 그의 책(『우리 안의 오리엔탈리즘』)에서 인도의 과거에 대한 영국인들의 환상과 환멸을 사이드의 시각에서 분석하고 있다. 그는 과거 인도의 환상적인 사회·문화 이미지를 "시간 속에 냉동"하여 박제화함으로써 전근대와 야만의 딱지를 붙이려 한 영국의 제국주의적 시각을 비판하고 있다. 그의 '박제 오리엔탈리즘'과 '복제 오리엔탈리즘'이라는 개념의 고안과 인도에 대한 그 개념의 적용은 매우 신선하다.

정말, 그들 모두가 너무도 추하고 더럽고 기괴한 모양새였다! 결혼 계획으로 나는 매우 몽상적이 되어 있었는데, 크게 실망하지 않을 수 없었다. (『국화부인』, 51쪽)

마침내 그는 "입이 무거운 뚜쟁이이자 세탁소 주인인 동시에 통역자"인 캉구루 씨를 통해 소개받은 18세의 키쿠상Kikou - San, 즉 국화부인 Madame Chrysanthème(작가의 일기에서 그녀의 본명은 오카네상Okané - San 이다)과 결혼을 한다. 그녀의 부모에게 한 달에 20피아스타를 지불하는 조건으로 결혼을 한 그는 주젠지Diou - djen - dji 구역에 있는 2층집의 2층을 세 얻어 신혼 생활을 시작한다. 그 집은 그가 그동안 일본 이미지들에서 보고 꿈꾸어 오던 모습의 집으로 1층에는 주인 부부인 사토상Sato - San(Monsieur Sucre)과 우메상Oumé - San(Madame Prune)12)이 살고 있다.

그런데 해군 장교인 그가 각 기항지에서 결혼한 『아지야데』(1879)의 터키 여인 아지야데Aziyadé와 『로티의 결혼』의 타히티 여인 라라위Rarahu, 그리고 『우울의 꽃Fleurs d'ennui』(1882)의 몬테네그로 여인 파스쿠알라 Pasquala와는 달리 국화부인은 그의 마음을 끌지 못한다. 결혼 승낙을 하고 난 바로 뒤부터 자신이 "너무 빨리 결정을 한 것"이 아닌지 후회하기 시작한 그에게 "그 작은 여자"와 일시적이나마 함께 살 것을 생각하니 '걱정'이 밀려온다. 그런데 그것은 그가 너무 빨리 결정했기 때문만은 아니다. 처음부터 그녀에게서 매력을 느끼지 못했기 때문이다. 그가 현실 속에서 눈으로 본 대부분의 일본 여자는 육체적인 매력이 없다. "일본 여자는 긴 드레스(기모노)와 부자연스러운 리본 매듭이 있는 폭이 넓은 허리띠

---

12) 그로부터 15년 후(1900~1901) 다시 나가사키에서 약 7개월을 체류하는 동안 기록한 일기를 바탕으로 구성한 작품 『이 여사의 제3의 청춘』의 이 여사와 동일 인물이다.

를 벗겨 버리면 배梨 모양의 가느다란 목과 안짱다리를 한 매우 작은 황인종에 불과하기"(『국화부인』, 166쪽)[13] 때문이다. 그녀는 그처럼 그에게 욕망과 열정을 불러일으키지 못한다.[14] 결국 그가 꿈꾼 "검은 머리에 고양이 눈의 인형 같은 아담하고 귀여운 여자"는 그저 꿈속의 여자일 뿐 현실 속에서는 찾을 수 없다.[15]

그는 나가사키 항 가까이에 정박해 있는 군함(라 트리옹팡트 호)에서 혼자 지내며 아내가 며칠씩 기다리고 있는 주젠지의 신혼집을 찾지 않는다. 그는 갈수록 그녀에게서 마음이 멀어진다. 그녀가 지겨워지고, 때로는 짜증이 난다. "짐짓 태를 부리는 생각과 언동과 모습의 그 키 작은 '가짜' 여인"(『국화부인』, 166쪽)[16]이 싫다. 태깔la mièvrerie은 곧 부자연스러움이

---

13) 작가는 단 한 여인에게 마음이 끌려 본다. 니코 산을 찾아가던 중 한 찻집에서 만난 17살 먹었다는 "놀랍도록 매력적이며 신선하고 건강한, 그리하여 첫눈에 반한" 여인이 바로 그녀다. "그녀는 내가 일본에서 유일하게 만난 아주 완벽하며 이상하도록 예쁜 여인이다."(Pierre Loti, *Japoneries d'automne, Pierre Loti, voyages(1872~1913)*, Robert Laffont, 1991, 146쪽) 이후 이 작품에서 인용한 문구는 끝에 제목과 쪽수만 표시한다.

14) 반면 브뤼노 베르시에Brunot Bercier는 『국화부인』의 서문(6쪽)에서, 그가 일본 여인에게 열정을 느끼지 못하는 이유를 이렇게도 설명한다. 먼저 그는 어린 시절부터 가무잡잡하게 그을린 피부를 한 야생아野生兒에 대한 취향을 가졌기 때문이며, 다음으로 그가 15살 때 당시 27살인 형 귀스타브가 사이공에서 이질에 걸려 프랑스로 송환되는 도중 인도양에서 사망했는데, 그 충격으로 "그 형편없는 황인종 여인들은 절대로 사랑하지 않겠다"고 다짐했기 때문이라고 말하고 있다.

15) 그는 일본 처녀에 대해 그의 "착한 형제" 이브에게 이렇게 피력한다. "일본에 오기 전에 누가 내게 '네가 만날 일본 처녀는 합격점일 거야'라고 말했다면 나는 분명 그 말에 매우 기뻐했을 거야. 하지만 지금 현실 속에서 나는 전혀 그렇지 않아."(『국화부인』, 177쪽) 환상과 현실 사이의 이 필연적인 '배반'에 대한 다음 말 역시 작가의 그와 같은 생각의 이해에 시사적이다. "현실은 묘사되지 않는다. 그리고 환상적인 이미지는 그것이 묘사되는 즉시 부인된다."(Isabelle Daunais, "La fusion de la nature et de l'architecture chez Loti", *L'Art de la mesure ou l'invention de l'espace dans les récits d'Orient(XIXe siècle)*, L'Imaginaire du Texte, PUV, 1996, 147쪽)

다. 인위적으로 꾸민 언행이어서 자연스럽지 못하다. 그러므로 그것은 때로는 가장이며 위장이기도 하다. 비록 그녀가 친절하기는 하지만 그 태깔스러운 언동의 부자연스러움이 싫다. 야생아野生兒를 좋아하는 사람에게 그 인위적인 여인은 당연히 매력을 갖지 못한다. 그것은 아내에 대한 큰 환멸이다. 그런데 그는 도처에서 그 '태깔'을 본다.

나는 '작은petit'17)이라는 형용사를 너무 자주 사용한다는 것을 아주 잘 알고 있다. 그러나 어떻게 하라? 이 나라의 사물을 묘사하다 보면 한 줄에 열 번은 이 형용사를 쓰고 싶어지는 것을. 다음 세 단어—'작은', '태깔을 부리는mièvre', '짐짓 태를 부리는mignard' —속에 육체적·물질적·정신적인 일본(인)이 다 들어 있다. (『국화부인』, 182쪽)

마침내 본국으로 복귀할 날이 돌아왔다. 그는 작별의 인사를 나누기 위

---

16) 게이샤들이 얼굴에 하얗게 분을 바르고 이를 검게 칠하는 것을 작가가 싫어했던 것도 같은 맥락에서 생각할 수 있다.

17) 일본인들의 '작은 것'에 대한 취향은 로티와 쥘 베른 등 여러 프랑스 작가들이 주목한 일본(인)의 특징이다. 잘 알려져 있듯이 롤랑 바르트는 『기호의 제국』(1970)에서 이렇게 기술하고 있다. "묶음들, 물건들, 나무들, 얼굴들, 정원들, 책들 등, 이를테면 일본인들의 사물들과 스타일들이 우리에게 작게 보이는 것은—우리의 신화는 큰 것, 방대한 것, 넓은 것, 개방적인 것을 찬미한다—그들의 키가 작기 때문이 아니다. 그것은 모든 물건이, 그리고 매우 자유롭고 변화가 풍부한 몸짓조차도 모두가 '틀에 끼워져 있는 것처럼' 보이기 때문이다. 축소의 원인은 작은 키에 있는 것이 아니라 사물이 경계가 설정되고 정지되며 끝이 나게 하는 일종의 정확성에 있다."(61쪽)
이어령도 일본 문화의 그 특징에 주목하여 조르주 풀레(Les métamorphoses du temps)의 '상상력의 축소와 확대'의 이론에 기초한 『축소 지향의 일본인』(1982)을 썼음은 잘 알려진 사실이다. 그는 바르트의 이 책을 종종 인용, 또는 비판하고 있다. 그런데 로티에게 일본의 이 '작음'은 오히려 비웃음과 조롱의 대상이다. 특히 일본인들의 아주 작은 키에 대해 우스꽝스럽고 가소로운 시선으로 바라본다. 그것은 자신도 키가 작은 로티로서는 아이러니한 일이지만, 키가 큰 서양인으로서 육체적인 우월감의 표시이기도 하다.

해 아내를 찾는다. 그는 자신은 전혀 그녀에게 사랑을 느끼지 못했지만 혹시라도 그녀가 아지야데처럼 이별을 크게 슬퍼하지나 않을지, 그럴 경우 자신이 어떻게 처신할지에 대해 은근히 걱정을 한다. 하지만 슬퍼하며 눈물을 흘리기는커녕 어머니에게 돌아가기 위해 모든 짐을 다 싸 놓고 "전날 저녁에 지불한 반짝반짝 빛나는 예쁜 피아스타"가 진짜인지를 확인하기 위해 즉흥적으로 노래를 흥얼거리며 "늙은 환전상처럼 유능하고 능란하게, 그 돈을 손으로 만져 보기도 하고 돌려 보기도 하며 마루 위에 던져 보기도 하는"(『국화부인』, 224쪽) 그녀(일본인들)의 돈벌이주의에 마지막 남은 일말의 미련까지도 한순간에 사라져 버린다. 환멸의 절정이다. 선상에 선 그는 세를 얻어 살았던 집주인 이 여사가 매일 아침 가미다나神棚 (집 안에서 참배할 수 있게 축소한 일종의 일본 신사) 앞에서 기도하면서 암송하던, 그리하여 자신도 외우다시피 해 버린 신도神道의 신도송信徒頌을 패러디하여 암송한다. 가모Kamo 강물에 더러운 때를 벗기는 것처럼 마음속의 더러움을 깨끗이 지워 달라는 내용의 이 신도송은 자신의 그 시시하고 별 볼 일 없는 결혼을 마음속에서 깨끗이 지워 달라는 내용으로 패러디된다.

오, 아마테라스오미 신이여, 저의 시시한 이 결혼의 흔적을 가모 강물에 깨끗이 씻어 주소서….(『국화부인』, 232쪽)

그의 환멸은 그녀에게만 그치지 않는다. 일본인을 포함한 일본의 모든 것에 대한 환멸로 확대된다. 그는 일본에 관한 모든 것을 그의 기억에서 지우고 싶어 한다. 그리하여 그는 그가 떠나올 때 여기저기에서 일본 사람들로부터 받은 연꽃을 황해la mer Jaune의 파고 속으로 던져 버린다. 그 마지막 남은 추억의 선물의 수장水葬은 최고조에 달한 일본에 대한 환멸

을 극적으로 보여 준다.18)

싫었다. 그 연꽃들이 그 여름 나의 나가사키 체류에 대한 마지막 남은 살아 있는 기념물이었지만 조금도 애착이 가지 않았다. 나는 그 꽃들을 집었다. 마지막으로 몇 번의 눈길을 보냈다. 나는 현창을 열었다. […] 나는 그 꽃들을, 그 가엾은 연꽃들을 드넓은 바다 위로 던져 버렸다. (내게는) 일본인이나 다름없는 그 연꽃들을 이토록 우울하고 형편없이 매장하는 것에 대해 용서해 달라고 빌면서….(『국화부인』, 231쪽)

일본에 대한 혐오

나가사키 항구를 출발하는 순간, 선상에 서 있는 작가에게 남아 있는 일본(인)에 대한 감정은 이렇다.

이 출발의 순간 나는 체질적인 태깔과 대대로 전해 내려오는 조악한 물건들과 구제 불능의 그 우스꽝스러운 몸짓으로 얼룩진, 돈벌이 탐욕을 드러내는 부지런하고 근면한, 상반신을 구부리고 공손하게 절을 하는 작은 체구의 저 우글거리는 국민에 가벼운 조소만을 보낼 뿐이다.(『국화부인』, 229쪽)

일본인에 대한 조소와 빈정거림, 경멸, 그리고 멸시가 교차한다. "구제 불능의 그 우스꽝스러운 몸짓"이라는 표현에서 보듯 그에게 일본인은 희극적이고comique 우스우며drôle, 이상하고bizarre 기이하며étrange, singulier, 괴상망측하고 기괴하며saugrenu, 우스꽝스럽ridicule다. 츠베탕 토도로프가 한 저널리스트의 연구를 인용한 것을 참고하면 『국화부인』에서만 '기

---

18) 환멸이 이렇게 절정에 이르는 데는 물론 혐오감도 한몫한다. 하지만 우리는 그 두 감정을 분리하여 검토하고자 한다.

이한étrange'이 33번, '이상한bizarre'이 22번, '우스운drôle'이 18번 사용된다고 한다.19) 그러니 작가의 일본에 관한 3부작의 나머지 두 작품까지 더하면 이 어휘들 및 그와 유사한 의미의 어휘들의 출현 빈도수는 엄청나게 늘어날 것이다. 그중 몇 문장을 옮겨 적으면 이렇다.(비슷한 의미의 형용사들을 구분하기 위해 번역은 하지 않았다.)

C'est bien étrange à entendre.

Il est très drôle ce Bouddha.

Oh le drôle de petit monde que ce monde nippon.

Quel pays, que ce Japon, où tout est bizarrerie, contraste!

Tout ce Japon ordinaire semble encore plus saugrenu, plus comique, plus

petit.

··· le mystère de leur expression qui semble indiquer des pensées

intérieures d'une saugrenuité vague et froide···

이 어휘들을 사용한 그의 문장들은 타자, 즉 타 문화·타 사회를 처음 접할 때 느낄 수 있는 감정과는 사뭇 다르다. 자신의 것을 일반적이며 절대적인 기준으로 여기는 자가 바라보는, 자신의 것이 아닌 것에 대한 시선을 읽을 수 있다. 차이가 차이로 인정받지 못하고 차별로 변질되는 부정적인 시선이 엿보인다. 에드워드 사이드의 주장대로 '의심스러우며 위험'하다. '우월'과 '열등'의 어휘를 상기시키기 때문이다.
　작가의 말은 이처럼 조소적이고 비하적인 데 그치지 않는다. 반감과 혐

19) Tzvetan Todorov, *Nous et les autres*, Seuil, 1989, 413쪽 참조.

오감마저 갖게 되는데, 그 감정은 주로 동물에 비유되어 표출된다. 비유된 동물로는 원숭이(오랑우탄을 포함)와 고양이, 파충류, 쥐새끼, 곤충 등이 있는데 먼저 원숭이에 비유되는 일본인들의 예를 보면 다음과 같다.

뚜쟁이 캉구루 씨를 만나기 전에 작가는 나가사키에서 유명하다고 소문난 게이샤의 집 '화원Le Jardin - des - Fleurs'을 찾는다. 그는 자신에게 음식을 가져오는 그곳 게이샤들을 이렇게 묘사한다.

> 거의 어린애 같은 여자아이들로 […] 손은 약하고 발도 너무 작아 아주 이상한 모습이다. 요컨대 추하다고 할 수밖에. 게다가 키는 터무니없이 작다. […] 원숭이 같은 표정, 그리고 뭐라고 표현할 수 없는 모습….(『국화부인』, 61쪽)

니코 산을 찾아가는 길에 그곳 시청을 지나는데, 우연히 마주친 시청 관리들이 작가가 탄 마차를 천천히 달리게 가로막는다. 그런 다음 안전하게 보행을 계속하는 그들을 바라보는 작가로서는 터져 나오는 웃음을 참을 수 없다. 그 웃음은 본의 아니게 그들의 귀에까지 들려 버린다. 그러자 그중 한 늙은 관리가 크게 나무라려는 듯 그를 꼿꼿이 바라본다. 그는 그 늙은 관리가 그에게 마치 이렇게 말하고 있는 것처럼 느낀다. 결국 그것은 이 늙은 관리의 말이 아니라 작가의 마음속에 내재되어 있던 일본인에 대한 생각이다.

> 한 늙은 관리가 나를 크게 질책을 하려는 듯 꼿꼿이 바라보았는데, 마치 내게 이렇게 말하는 것 같은 표정이었다. "당신, 우리를 조롱하고 있는 거요? 그러지 마시오. 당신, 그러면 너그럽지 못하다는 소릴 들어요. 확실히 말하지만, 너그럽게 행동하라고 옛말은 가르치고 있소… 그렇소, 내가 추하고 우스꽝스럽다는 것, 원숭이 같다는 것, 나 역시 그걸 모르는 바가 아니오."(『일본의 가을 정취』, 145쪽)

작가는 극동 아시아인들의 한창때 얼굴에는 좀 익숙해졌지만 노인들의 얼굴은 여전히 혐오스럽다. 어떤 때는 한창때의 처녀들 얼굴도 오랑우탄 처럼 보인다. 그는 그 얼굴들을 견딜 수가 없다. 그리하여 그 오랑우탄 같 은 여자들이 보이지 않는 다른 여관으로 숙소를 옮기기까지 한다.

오늘 저녁, 저 일본 처녀들은 거의가 예쁘게 보인다. 아마도 나는 저 극동 아시아인들 의 얼굴에 이미 익숙해진 모양이다. […] 하지만 인생 초반의 저 신비로운 한창때의 아름다움은 다른 곳에서보다 빨리 시든다. 세월이 흐르면 곧 그것은 일그러져 우거지 상이 되어 늙은 원숭이처럼 되어 버린다. (『일본의 가을 정취』, 108쪽)

아이고 저럴 수가! 그들의 집에서 몰래 빠져나와 정원의 작은 길에서 까불며 장난치 는 저 두 처녀들 좀 봐. 애들처럼 명랑하지만 오랑우탄처럼 태깔을 떠네. 아! 싫다. 저 런 모습을 보는 일, 견딜 수 없을 것만 같다. (『일본의 가을 정취』, 92쪽)

고양이는 "거의 뜨이지 않는 째진" 모양의 일본 여인들의 아주 작은 눈 을 묘사할 때("la petite femme à yeux de chat") 많이 비유되지만, 게이샤 들이 얼굴에 흰 분을 바르고 둘러앉아 노래할 때의 이상한 목소리를 비유 할 때도 사용된다. 또한 멀리서 들려오는 일련의 일제 사격 소리에 놀라 한꺼번에 우르르 뛰어나와 서로에게 무슨 일인지를 묻는, "웃지 않고는 못 배기는" 나가사키 항구의 여자들의 얼굴을 비유할 때도 사용된다.

그 여자들은 저녁에 담벼락 위에서 야옹야옹 하며 우는 어린 고양이들처럼 노래한 다. (『이 여사의 제3의 청춘』, 63쪽)

계속되는 일제 사격 소리에 놀란 일본 처녀들에 대한 인상을 하나 적겠다. 희극적으로 생긴 이 귀여운 여자들은 강둑 높은 곳에 올라앉은 작은 집들에서 살고 있었는데, 그 작은 창호지 문과 미닫이문들이 사방에서 한꺼번에 열리더니 […] 퍼붓는 듯한 소나기에도 불구하고 집 밖으로 우르르 뛰쳐나와 어떤 의무 같은 인사를 서로 깊이 고개 숙여 나누면서 이렇게 물었다. "무슨 일인데요, '튤립' 양?" "도대체 무슨 일이지요, '달' 양?" 그 모습에 본의 아니게 웃음이 터져 나왔는데, 일본 처녀들의 그 얼굴, 아니 어린 고양이들의 얼굴은 나로 하여금 항상 그렇게 웃지 않을 수 없게 만들었다. (『이 여사의 제3의 청춘』, 79쪽)

작가가 가깝게 지내는 '학관La maison de la Grue'의 게이샤 '4월의 비' 양은 스웡Swong이라는 남자와 사는데, 그는 "목에 둥근 가두리 장식을 한, 털이 아주 부드러운 거창한 고양이, 위압적인 모양의 수고양이"(『이 여사의 제3의 청춘』, 71쪽) 같다.

갑작스럽게 내린 엄청난 소나기가 그치자 그 물난리에 이웃의 안부를 묻기 위해 이상한bizarre 이름들을 "우울하고 기이한singulier 소리"로 서로 불러대며 쏟아져 나오는 여자들은 마치 "쥐구멍에서 우르르 몰려나오는 생쥐들"(『국화부인』, 198쪽) 같다.

게이샤의 집 '화원'에 도착한 "거의 코도 눈도 없는" 캉구루 씨가 "두 손바닥을 펴 무릎에 얹고 말짱한 허리가 마치 갑자기 뚝 부러지는 것처럼 두 다리와 상체가 직각이 될 정도로 구부리며 공손하게 절을 하는데" 무슨 파충류가 내는 듯한 휘파람 소리가 조그맣게 흘러나왔다. 그것은 그 나라에서 "비굴할 정도로" 공손하게 인사를 할 때 들리는 인사말의 마지막 발음으로 이 사이로 침을 빨아들일 때 나는 소리와 같다. (『국화부인』, 65쪽) 일본인들의 "떡방아를 찧듯이 허리를 구부리며" 하는 절은 그에게 "매우 희극적"으로 보이는데, 그보다 더한 덥석 엎드리며 하는 절을 그는 "네 발로 기어"("tomber à quatre pattes", "Les voilà à quatre pattes")라는 표현으로 묘사하여 마찬가지로 기어 다니는 네 발 달린 짐승에 비유하고 있다.

그는 또 기모노 차림의 일본 여인들을 보면 "왜 그런지는 알 수 없지만 어떤 희귀한 큰 곤충들이 생각"난다. 그 여인들을 빤히 바라보면서 그는 "우리는 이 일본 민족과 얼마나 멀며, 얼마나 서로 다른가 하며 생각에 잠긴다."(『국화부인』, 186쪽)[20]

이상의 동물 비유들에서 보듯이, 작가의 일본인들에 대한 동물 비유는 대체로 부정적인 가치를 지닌다.[21] 고양이에 대한 비유도 초기에는 일본 여인들의 눈이 작고 귀여운 모습을 묘사하는 데 이용되는데, 어느덧 그것은 고양이처럼 "이상하게 입을 벌려 하품이나 하면서 권태를 느끼게" 하는 존재로, 고양이 눈은 "의혹을 주는 불확실하고 기괴한 속생각을 감추는 연막" 등 부정적인 비유로 변해 있음을 발견하게 된다. 이를테면 그것은 일본인들의 그 "깍듯한 인사와 예의바름la politesse" 뒤편에 숨어 있을 수 있는 음흉함에 대한 비유로, 주인을 사정없이 긁어 버리는 날카로운 고양이의 발톱을 연상시킨다.

동물의 가장 주요한 특성 중의 하나는 떼살이(群棲)의 생태일 것이다. 그것들은 함께 우글거리면서 무리 지어 서식한다. 동물에 대한 위 비유들에서도 보듯이, 작가가 일본인에 비유한 동물은 대체로 그러한 군서류이다. 작가에게 그들은 그렇게 동물처럼 우글거리며 살면서 혐오감을 준다. 앞의 인용에서도 보았듯이, 귀국을 위해 출발하는 선상에 선 작가는 환멸

---

20) 다양한 문화권의 의복으로 변장하기를 좋아한 그였지만 일본의 기모노 복장과 사무라이 복장으로는 변장하지 않았다.

21) 그와 같은 부정적인 동물의 비유는 많은 작가에게서 볼 수 있다. 1911년 헤르만 헤세는 "생명의 원천으로 되돌아가기 위해" 인도 여행을 시도하는데, 자신의 그 '정신적 고향'에 실망한 나머지 인도 국민들을 이렇게 묘사한다. "난 그들을 언제나 일종의 동물 같다고 여기지요. 우스꽝스러운 염소나 예쁜 사슴 같다고요. 절대 우리와 같은 사람으로 여기지 않습니다."(이옥순, 앞의 책, 115쪽에서 재인용.)

이 절정에 이른 상태에서 일본 국민의 그 '우글거림le grouillement'의 동물성l'animalité에 대해 조소한다.

일반적으로 동물들의 또 다른 주요한 특성 중의 하나는 추함la laideur 일 것이다. 동물에 대한 비유의 위 예문들은 그에 대해 제시할 수 있는 증거로 충분할 것이다.

토도로프는 인종 차별주의에 대한 학설들을 기술하면서 "(인간) 가치에 대해 단 하나의 위계l'hiérarchie unique des valeurs"를 세우려는 주장에 대해 설명한다. 그는 이 주장이 인종 간의 다양한 차원의 차이를 차이로 이해하지 않고 그 차이를 차별로 고착화하려는 의도를 띠고 있다고 비판한다. 그 주장은 인종들 간의 우열을 나누는 기준으로 육체적인 기준과 정신적 · 지적인 기준을 설정하는데, 그에 따르면 "특히 신체적인 특질의 측면에서 용이하게 사용되는 (우열의) 판단 기준은 미학적인 차원과 관련된다. 이를테면 우리 인종은 아름답다, 그런데 저들 인종들은 그들 사이에 정도의 차이만 있을 뿐 우리 인종보다 추하다 등등. 그리고 정신적인 특질의 측면에서의 (우열의) 판단 기준은 지적인 차원(우리는 영리한데 intelligents, 저들은 어리석다bêtes 등) 및 도의적인 차원(우리는 고상하고 기품이 있는데nobles, 저들은 야만적이다bestiaux 등)과 관련된다."22)

그런데 이 기준들(신체 · 정신 · 도의적 기준)에 적용해 보면 로티는 거의 인종 차별주의자나 다름없다고 말할 수 있다. 그의 생각은 이 주장이 제기하는 기준들을 대체로 만족시키고 있기 때문이다. 먼저 육체적으로 보면, 그에게 원숭이를 비롯한 여러 다른 동물들처럼 '괴상망측하게' 생긴 일본인들은 그들, 즉 서양인들보다 훨씬 추하다. 다음으로 정신적인 측면에서 보면, 그에게 일본인들은 야만적이다. 동물들처럼 우글거리며 '떼를

----

22) 츠베탕 토도로프, 앞의 책, 137쪽.

지어' 살기 때문이다. 그런데 그 '우글거림'은 곧 동물들의 생존 방식으로, 그것은 곧 인간의 야만성을 나타낸다. 그 "작은 키의 경박한 민족"이 어떻게 그렇게 많은 사원을, 그것도 "끔찍하고 추한, 공포를 자아내는 괴물 형상"이 넘쳐 나는 사원을 지을 수 있었는지 상상이 되지 않을 만큼 일본인들은 그에게 그들, 즉 서양인들보다 지적으로도 뛰어나지가 못하다.23)

황인종 일본인들에 대한 인종적 반감과 혐오는 더 직접적이다. 그는 그가 알지 못하는 어떤 "쌀 요리와 사향의 그 황인종 냄새ces odeurs de race jaune"에 "구역질"이 난다.(『일본의 가을 정취』, 99쪽) 종교의 도시 교토를 구경하기 위해 가는 도중 가모 강변에서 본 시골 장터의 그 '우글거리는' 빈민들과 길가에 쌓여 있는 잡다한 물건들에서까지 "황인종 냄새와 곰팡이 냄새와 주검의 냄새"가 배어나와 그는 부랴부랴 그 장터를 빠져나온다.(『일본의 가을 정취』, 93쪽)

작가는 일본인들에 대한 묘사에서 특별히 그럴 필요까지 없다고 판단되는 곳에서까지 '노란색jaune' 피부 빛깔을 자주 거론하는데,24) 그와 같은 예민 반응은 역으로 그의 황인종에 대한 불편함 심기, 나아가 인종적 반감 및 혐오감의 무의식적인 표출이라고 할 수 있을 것이다.

일본에 대한 혐오감의 완화와 그 한계

로티는 기항지마다 원주민들과 풍경에 관심을 갖고 언어와 풍속을 공

---

23) 서양인에 비해 일본인, 나아가 황인종의 (상대적인) 정신적 열등에 관한 언급은 특히 『일본의 가을 정취』에서 많이 찾아볼 수 있다. 그리고 형용사 '어리석은bête'과 '야만적인bestial'은 모두 '짐승bête'에서 파생된 어휘임을 볼 때 로티의 동물 비유는 그 자체로 이미 인종 차별주의적이라고 할 수 있다.

24) 특히, 『일본의 가을 정취』에서 '황인종(race jaune 또는 jaune)'의 사용이 두드러진다.

부하며 그곳의 의상으로 갈아입고 생활하는가 하면, 앞서 언급했듯이 그곳 여인들과 결혼을 하여 그곳, 즉 '타자'를 이해하려는 노력을 상대적으로 누구보다 많이 기울인다. 그것은 타자(문화, 풍속, 사회 등을 통튼 개념) 속으로 '침투해' 들어감으로써 그 타자에게 동화해 보려는 매우 긍정적인 노력이다.

일본에 관한 3부작에서도 그와 같은 노력을 찾아볼 수 없는 것은 아니다. 실제로 그는 일본어를 배웠으며 나가사키에 체류 중 그곳 여인 오카네상(그의 소설 속 국화부인)과 결혼도 했다. 그녀와 살면서 그는 일본 사회와 문화를 더 직접적이고 넓게 접하며 일본을 이해하기 위해 시도한다.

하지만 앞서 보았듯이 그에게 일본은 환상에서 당혹, 실망, 환멸로, 이어 반감과 경멸, 혐오의 대상으로 점점 변해 간다. 그러자 자신의 그 반감과 혐오의 감정이 지나쳤다고 판단한 그는 스스로 "공정하지 못했음"을 반성하면서 그 지나친 감정에 균형과 절제를 부여하기 위한 노력을 시도한다.

나는 결국 이 나라에 대해 공정하지 못했다. 지금 내 눈은 열려 일본이 잘 보이는 것 같다. 그뿐 아니라 내 모든 감각이 이상하게도 갑작스러운 변화를 겪는 것 같다. (『국화부인』, 202쪽)

그래서 그는 "너무도 우리(서양인)와는 먼 그 민족"을 있는 그대로 이해하기 위해 시도한다. 그렇게 동화의 노력을 기울인 결과 그는 이제 그동안의 그의 "서양적 편견들을 잊기까지"(『국화부인』, 203쪽) 한다. 그리하여 그는 "그 일본 한구석의 그의 집에서 거의 (프랑스의) 자신의 집에 있는 것처럼"(『국화부인』, 204쪽) 편안함을 느끼는데 그것은 그때까지 그가 전혀 느껴 보지 못한 감정이다. 그처럼, 그는 "이제 많이 일본화japonisé되었

다."(『국화부인』, 215쪽)

(그럼에도 큰 환멸을 느낀 채 프랑스로 돌아간 사실은 이 글 앞부분에서 보여 준 바와 같다.)

15년 뒤 군함 르 르두타블 호를 타고 일본을 다시 찾은 작가는 일본에 대한 혐오감이 한결 완화되어 있음을 볼 수 있다. 그때의 체류 이야기를 다룬 『이 여사의 제3의 청춘』은 그 당시 경험한 몇몇 일본 여인과의 가벼운 연애담과 그가 돌아보면서 목격한 일본의 풍경과 풍습을 일기체로 묘사하고 있는데, 이전의 두 작품(『국화부인』, 『일본의 가을 정취』)에서보다는 일본에 대해 훨씬 우호적이며 완화된 감정을 보인다. 때로는 일본에 대해 친구처럼 따뜻한 시선을 보내며 우정과 친근감을 표시하기도 한다. 그것은 많은 부분 (두 번의 여행이 주는) 익숙함에서 오는 측면도 없지 않지만, 15년이라는 시간상의 간격이 야기하는 망각과 '감정상의 소화la digestion'의 결과이기도 할 것이다. 한 가지 덧붙이자면, 그사이 이미 아카데미 프랑세즈 회원25)이 된 신분의 변화에 따른 조심성의 결과도 작용한 것이 아닌가 생각된다.

그에게 이제 일본은 "유쾌한 섬"(『이 여사의 제3의 청춘』, 178쪽)이며 그 "작은 사람들, 작은 집들, 작은 골동품들, 실내 장식품들, 작은 정원들"을 보며 지낼 한 달이 너무도 재미있고 즐거운 삶이 될 것 같아 기다려지는 곳이다.(『이 여사의 제3의 청춘』, 207쪽) 그 유명했던 게이샤 르농퀼 부인도 15년 전에 보았던 모습과는 전혀 다르다. 그녀는 매우 "고상하고 기품 있게s'ennoblir" 변했다. 눈은 더 이상 옛날의 그 '째진' 모습이 아니다. 산업화되고 있는 일본처럼 에너지가 넘친다. 일본(인)에 대한 평가는 그처럼

---

25) 그는 1891년 그의 나이 41살 때 에밀 졸라를 제치고 최연소 아카데미 회원으로 선출된다. 하지만 그의 인종 차별주의적인 시선은 그의 선출에 그렇게 영향을 미치지 않았던 것 같다.

과거와는 많이 달라졌다. 그것은 분명 작가 자신의 시각의 변화이며 감정의 변화이다. 당시 산업화(메이지 유신 시대)의 결과로 도시화는 크게 진전되었겠지만 15년의 세월이 한 여인의 그 '째진' 눈을 더 아름답게 변화시키지는 않았을 것이기 때문이다.

> (르농퀼 부인의) 얼굴에도 변화가 있었다. 고상하고 기품이 있었으며 눈은 더 이상 어린애 같지 않았고 눈도 째진 모습이 아니었다. 그 눈에는 황인종의 그 깊이를 알 수 없는 몽상이 표출되고 있었는데, 아울러 그 잘 웃는 국민에 대한 옛날의 평가를 뒤집는 어떤 강렬한 에너지도 감지할 수 있었다. (『이 여사의 제3의 청춘』, 123쪽)

그의 찬사는 더 이어진다. 프랑스로 돌아가기 전날 저녁, 15년 전의 귀국 때와는 정반대의 감정을 느낀다. 그에게 일본 여인은 어느 나라 여인들보다 예쁘며 일본은 어느 나라보다도 아름답다. 정리 정돈은 지상에서 가장 훌륭하다. 그는 그런 일본을 "그리워할 것이다."

> 정말 이 나라처럼 예쁜 나라는 없으며, 여자들뿐 아니라 모든 것이 이 나라만큼 우아하고 기대 이상으로 잘 정리되어 두 눈을 즐겁게 해 주는 나라는 없을 것이다. 이 나라를 나는 그리워하게 될 것이다. (『이 여사의 제3의 청춘』, 277쪽)

그렇지만 같은 시기, 따라서 같은 작품 이곳저곳에서 발견되는 표현들은 그의 그 감정의 진정성에 의심을 품게 만든다. 일본(인)에 대한 반감과 혐오감이 여전히 남아 있음을 확인할 수 있기 때문이다. 그는 15년 전에 자신이 그토록 혐오하고 경멸했던 일본이 지금에 와서는 오히려 그들 백인을 증오하고 있다고 의심한다. 일본에 대한 의혹의 눈초리와 적대감도 숨기지 않는다. 정치적 논리가 크게 부각되고 있는 것도 물론 사실이다.

의혹의 여지가 가득한 이 오만하고 작은 체구의 국민은 친절한 겉모습 속에 백인에 대한 앙심 깊은 증오를 감추고 있다. (『이 여사의 제3의 청춘』, 93쪽)

그는 당시 일본의 군사적 팽창에 대한 두려움을 감추지 못한다. 서양인이 가지고 있던 황화론黃禍論의 실체를 확인할 수 있다. 물론 서양인으로서의 우월감과 인종적 편견, 반감, 그리고 혐오감은 15년 전에 비하면(따라서 『국화부인』과 『일본의 가을 정취』에 비하면) 상대적으로 지금(『이 여사의 제3의 청춘』에서는) 많이 완화된 모습을 볼 수 있지만, 그렇다고 전적으로 그 감정들이 사라진 것은 아니다. 그 감정의 뿌리는 실제로 매우 깊기 때문이다. 이제 그의 마음속에는 그 혐오감과 함께 의혹과 공포, 그리고 적대감이 어지럽게 혼재하고 있다.

신체적으로 말하자면, 지구상에서 가장 추한 국민. 호전적이고 교만하기 짝이 없는 국민. 타인의 행복에 시기심이 많은 국민. (서양인들의) 언어도단의 부주의로 그들에게 제작상의 비밀을 넘겨주고 만 그 무기와 폭발물들을 잔혹하게, 그리고 원숭이처럼 교활하게 사용하는 국민. 같은 황인종 집단 사이에서 우리 백인종에 대한 증오의 효모가 되고 장래의 살육과 침략의 선동자가 될 아주 작은 체구의 이 국민. (『이 여사의 제3의 청춘』, 240쪽)

'배반된 꿈'의 충격

상상 속의 세계는 언제나 다분히 비현실적이다. 한 세계에 대한 담론을 접한 사람은 때로 그 담론의 세계와는 전혀 다른 어떤 세계를 만들어 내기도 한다.

기존의 담론에 각자의 상상력이 곁들여져 창조된 그 또 다른 세계는 다분히 환상적이어서, 많은 경우 그 세계의 진짜 현실을 접할 때면 대체로 실망을 느낄 수밖에 없다. 이 실망에 정도의 차이는 있겠지만 그와 같은 실망의 메커니즘은 인간에게 불가피한 것일 터이다. 그렇기에 더 중요한 것은 그 실망 속에서도 감정과 인식의 적절한 조정을 통해 과거의 그 환상적인 세계와 현재 직접 접하는 현실의 세계를 화해시키는 일이다.

이 글의 본론에서 보았듯이, 작가 역시 일본이라는 대상에 대해 그와 같은 불가피한 과정을 겪는다. 그런데 우리가 그동안 연구해 온 19세기의 여러 작가들, 이를테면 발자크, 위고, 테오필 고티에, 에드몽 드 공쿠르는 그 과정을 겪지 않는다. 그들은 (극동) 아시아를 꿈꾸면서 '그들의 아시아' 속에서 '행복해'할 뿐이다. 그들에게 아시아는 "자신들의 사적인 신화나 강박 관념 또는 욕구에 공감하는 장소"이자 "이국적이고 매력적인 장소"다. 그리하여 그들은 때로 그 아시아를 그들의 "개인적이며 심미적인 목적을 위하여 이용"하기도 한다.26) 위고 같은 경우는 당시 프랑스 사회에 유행하던 동양 붐과 열정을 이용하여 자신의 문학적 주장(낭만주의 문학)을 확고히 하고 확산하는 데 활용한다. 그들에게 아시아는 있는 그대로의 아시아가 아니라 그들의 욕망에 의해 변형되어 재창조된 '그들의' 아시아이며, 라마르틴이 "동양은 나의 공상의 조국"이라고 말했다면 그들에게는 '아시아는 우리들의 공상의 조국'인 것이다. 그들의 아시아는 네르발이 언젠가 고티에에게 말했다는 다음의 말에 너무도 잘 표현되어 있다. "동양(아시아)을 본 적이 없는 사람에게는 상상 속의 연꽃이 여전히 연꽃이나, 나에게는 그것이 양파의 한 종류에 불과하다."27)

이처럼 어떤 한 대상을 '봄'과 '보지 않음'에 기인한 차이는 실로 너무

---

26) 에드워드 사이드, 앞의 책, 322쪽.
27) 에드워드 사이드, 앞의 책, 191쪽에서 재인용.

크다. 작가는 바로 위에서 우리가 거론한 19세기의 그 작가들과는 달리 아시아, 즉 일본을 '보았다.' 따라서 일본은 더 이상 '연꽃'이 아니다. 중요한 것은 원래 '양파'였던 것을 자신들이 '연꽃'으로 변형하였으니 이제 그 양파를 본래의 양파로 바라봄으로써 환상과 현실 사이의 괴리에서 촉발된 감정을 적절히 조정하는 일이다.

그런데 작가(로티)에게는 이 조정 작용이 원활하게 이루어지지 않는다. 접촉한 현실이 야기한 "배반된 꿈"은 그에게 너무 충격이 크다. 그리하여 충격에 기인한 실망과 환멸은 혐오로 이어진다. 그런데 그 혐오는 어쩌면 이미 그의 내면에 잠재되어 있었던 것인지도 모른다. 환상의 힘이 약해지자 잠재되어 있던 그 혐오가 '반란을' 일으키기 시작한 것일 수도 있다. 이런 추측은 다음 두 가지의 측면에 근거한다.

먼저, 개인적인 외상 측면이다. 앞서 언급했듯이 당시 27살이던 작가의 형 귀스타브는 사이공에서 이질이 걸려 치료를 위해 본국으로 송환되는 도중 사망한다. 15살이던 작가에게 그 상처는 매우 커 그때부터 그의 마음속 깊은 곳에는 다음과 같은 다짐이 자리 잡는다. "나는 그 나라를 절대로 좋아하지 않을 거야. 그 형편없는 황인종 여인들도 절대로 사랑하지 않을 거야."28) 다음은 시대적 · 사회적인 측면이다. 제국주의의 전성기였던 당시 유럽 열강들은 아프리카 및 아시아에 많은 식민 영토를 소유한다. 이 과정에서 그들은 당연히 서양 우월주의에 도취되며, 나아가 그들의 식민주의를 영속화하고 식민 영토의 국민들을 우매화하면서 동시에 열등한 민족으로 '구성'하고 '박제'하기 위해 엄청난 날조를 기도한다. 많은 지식인들이 이에 동원되는데, 오리엔탈리스트라고 불리는 실베스트르 드 사시, 에르네스트 르낭Ernest Renan(1823~1892), 고비노, 훔볼트Wilhelm

---

28) 브뤼노 베르시에, 『국화부인』 서문(6쪽).

von Humboldt (1767~1835) 등은 그 기도의 확산에 크게 기여한다. 그 기도의 목적은 많은 부분 그들이 지배하는 국가들의 언어와 문화, 민족, 인종 등을 연구하여 그 열등성을 '드러내는' 것이었다. 특히 르낭은 그와 같은 연구[29]를 통해 인간과 인종들은 서로 동등하지 않다는 생각을 일관되게 주장한다. 그는 흑인종과 황인종에 대한 백인종의 우월을 강조한다. 그에게는 이미 대상 역할로 전락한 그 '타자들'은 더 이상 그들과 대등한 인간일 수가 없었다.[30] 그와 같은 백인 우월주의와 인종 차별주의는 제국주의 시대의 유럽에 널리 퍼지게 된다. 로티 역시 그의 '정신적이며 지적인 어머니'였던 쥘리에트 아당의 소개로 르낭과도 관계를 맺고 있었다.

작가는 내면에 준동하는 자신의 그 지나친 혐오감에 놀란다. 그리하여 그 뿌리 깊은 감정에 균형을 잡기 위해 노력한다. 그렇게 그는 일본(인)에 대한 이해와 동화를 시도한다. 있는 그대로의 일본의 모습을 이해하려 노력한다. 그리하여 조소와 경멸, 인종적 반감, 그리고 혐오가 많이 완화된다. 그처럼 완화된 감정은 15년 뒤 일본을 두 번째 다녀와 쓴 『이 여사의 제3의 청춘』에 더욱 두드러진다.

그럼에도 불구하고 일본(일본인, 황인종)에 대한 그의 뿌리 깊은 혐오는 여전히 실재하는데, 그것은 그의 개인적인 상흔(형의 죽음)과 당시 널리 확

---

29) "중국어는 비어원적이며 불완전한 구조를 가진다." "우리는 중국의 문명이 불완전하고 미비하다고 생각한다." "황인종은 (백인과 흑인의) 중간의 인종으로, 문명화될 수는 있지만 어느 정도까지만 가능하다." "중국은 어떻게 보면 완전해질 수 없는 어떤 유럽이다."(토도로프, 앞의 책, 155쪽)

로티의 작품에서도 르낭의 그 황인종의 '불완전성'을 상기시키는 말들이 발견된다. "태깔을 부리는 아주 작은 눈과 밑그림une ébauche처럼 희미한 윤곽의 거의 같은 모습의 어린애 같은 노란 피부의 얼굴들."(『일본의 가을 정취』, 99쪽), "희미한 윤곽의 (극동 아시아인들의) 작은 얼굴들은 아직 완성되지 않은inachevé 것 같은 모습이다."(108쪽)

30) 츠베탕 토도로프, 앞의 책, 476쪽.

산되어 있던 시대정신(제국주의 시대의 오리엔탈리스트들의 담론들을 통한 서양 우월주의와 인종 차별주의)의 결과라는 것이 우리의 생각이다. 그의 마음 속에는 이제 일본의 팽창주의에 대한 의혹과 두려움과 정치적인 적대감이 그 혐오의 감정과 혼재한다.

일본에 대한 그의 이해와 동화는 그처럼 한계를 노출한다. 그것은 어쩌면 '타자'에 대한 이해와 동화에 관한 한 우리 모두가 피할 수 없는 한계인지도 모른다.

로티는 중국과 인도에 대해서도 여러 작품을 남겼다. 한국에 대한 언급도—아주 적은 분량이지만—물론 찾아볼 수 있다.31) 따라서 (극동) 아시아에 대한 로티의 보다 포괄적인 시각을 이해하려면 중국에 관한 그의 작품들의 연구 또한 필요할 것이다.

---

31) 『이 여사의 제3의 청춘』, XL~XLI.

8장 피에르 로티와 중국 문명의 신비

'영원한 여행가' 로티

피에르 로티는 프랑스 해군 장교로서 프랑스가 청나라와 전쟁(청불 전쟁, 1884~1885)을 하고 있을 때, 타고 있던 라 트리옹팡트 호를 수선하기 위해 약 5주 동안(1885년 7월 8일~8월 12일) 나가사키 항에 기항한다. 그는 당시 그곳 명소들을 여행하고 쓴 글을 여러 잡지에 기고(1886~1887)하는데, 이 글들의 모음집이 바로 『일본의 가을 정취』이다. 그리고 그 당시 오카네상이라는 젊은 일본 여인과의 '결혼 생활'을 기록한 일기를 바탕으로 구성한 작품이 일기체 형식의 『국화부인』이다.

그로부터 15년이 지난 1900년 로티는 다시 르 르두타블 호를 타고 중국으로 떠난다. 그해 6월 외세 배척 운동인 의화단義和團 사건이 발발하자 위험에 처한 재외 국민을 보호하고 조정을 장악하고 있던 서태후西太后(자희태후)를 "도와 의화단을 진압하기" 위함이 그 목적이었다. 그는 그해 8월 2일 포티에Pottier 장군의 부관 자격으로 장갑함 르 르두타블 호를 타고 셰르부르를 떠나 중국 연안 다구大沽 포대에 정박한다. 그는 연합군과 연락을 취하기 위해 포티에 장군의 명령으로 10월 18일 마침내 베이징에 입성하여, 금지된 시가지Cité interdite(자금성을 일컫는다. 이외에 베이징의 성들을 고유한 이름으로 표기해야 하나 저자의 의도에 충실하기 위해 프랑스어와 그에 따른 우리말 번역으로 대체한다) 내의 북쪽 궁Palais du Nord에 10월 29일까지 머문다. 군함으로 다시 돌아온 그는 중국의 매서운 겨울을 맞아 바다가 얼어붙어 일본 나가사키 항으로 기항한다. 봄이 와 얼음이 녹자 함대는 다시 중국 근해에 정박하게 되는데, 로티는 재차 베이징에 들어가 1901년 4월 18일부터 5월 5일까지 체류한다. 그러나 프랑스 함대가 중국에 도착했을 때에는 이미 의화단 사건이 진압된 상태여서, 로티는 전쟁에는 직접 참여하지 않았다.

당시 일본 나가사키 항에 체류하면서 경험한 그곳 여인들과의 연애 이야기와 일본의 풍경, 풍습을 일기체로 묘사한 작품이 『이 여사의 제3의 청춘』이다. 이로써 소위 로티의 일본 3부작이 완성된다. 바로 이 작품에 한국 방문기가 삽입되어 있다. 당시 로티는 9일 동안(1901년 6월 17일~26일) 서울을 방문한다.1). 또한 베이징에 약 28일간 머물면서 의화단 사건으로 파괴된 베이징의 4개 시가지 안의 황실, 궁전, 사원, 선조 궁Palais des Ancêtres, 그리고 베이징에서 상당히 떨어진 거리에 위치한 황제들의 묘지를 방문한 뒤 『르 피가로』지에 그 방문기를 게재(1901년 5월 9일~12월 30일)한다. 그는 그것을 1902년 2월에 단행본으로 다시 출판하는데 그 작품이 바로 『베이징의 마지막 날들Les Derniers jours de Pékin』이다. 이 작

---

1) 이 방문 때 보인 로티의 한국에 대한 시선에 관해서는 이 책의 11장 「20세기 초 프랑스 작가들과 한국」을 참조할 것.

품은 로티의 작품 가운데 이국에 대한 '꿈과 몽환'을 독자에게 가장 많이 불러일으키는 작품이기도 하다.

이 글에서는 어린 시절부터 새처럼 자유를 추구했던 '영원한 여행가'로 도무지 "붙잡아 둘 수 없는"[2] 피에르 로티의 『베이징의 마지막 날들』을 바탕으로 베이징의 경이롭고 낯선 것들에 자극받고 만족을 찾는 그의 이국 취향을 살펴보면서, 아울러 그의 이국 취향에 대한 독특한 견해와 논리를 알아보고자 한다. 그것은 곧 제국주의 시대이던 당시 활발히 논의되던 인종과 문화, 그리고 그것들 사이의 접촉과 혼합에 관한 그의 견해이기도 할 것이기 때문이다.

성스럽고 경이로운 것들로 가득 찬 비밀스러운 '처녀지'

로티는 베이징에 체류하는 동안 "베이징에서 남서쪽으로 약 2백 킬로미터 지점에 위치한 한 신성한 숲속의 現現 왕조 황제들의 묘지"[3]를 구경하러 간다. 이 묘지는 "이 전쟁 이전에는 아무도 본 적이 없는데, 이후로도 분명코 어느 누구도 보지 못할 것"(1133쪽)이다. 점령군 장교로 임시로 머물던 황실 시가지Ville impériale 북서쪽에 위치한 북쪽 궁을 떠나 황제들의 묘지로 향하던 그가 느끼는 시가지에 대한 인상은 이렇다.

> 오랜 세월 동안 모두에게 닫혀 있던 가련한 황금빛 시가지, 옛날의 의례와 신비로운 것들의 불가침의 집합소, 화려함과 압제와 정적의 장소. (1131쪽)

----

2) Marie-Paule de Saint-Léger, *Pierre Loti L'insaisissable*. L'Harmattan, 1996, 331쪽.
3) Pierre Loti, *Voyages(1872~1913)*, Robert Laffont, 1991, 1133쪽. 이후로는 쪽수만 기재한다.

봄이 와 유난히도 거리에서 자주 마주치는 유럽의 '야만인' 기병들을 뒤로하며 황제들의 묘지로 향하던 중 로티는 "완전히 낙후되고 고립된 오래된 중국의 어느 지방 도시"(1143쪽)의 한 관리의 집에 머문다. 함께 차를 마신 뒤 그 관리가 잠자리에 들기 위해 자리를 뜨자, 로티는 숙소에 홀로 남게 된다.

> 고립된 도시 가운데에 위치한 그 집에 홀로 남자, 나는 거대한 공간과 시간, 그리고 시대에 의해 나의 세계로부터 분리되어 무한히 아득한 곳에 있는 것만 같았다. 나는 우리의 (문명권) 인간들에 비해 적어도 천 년은 뒤진 인간들 사이에서 잠에 들 것 같아 보인다. (1145쪽)

그는 자신이 현재 체류하는 중국, 그때까지 알지 못했던 중국 문명과 자신이 속한 세계의 문명 사이에 공간적으로뿐만 아니라 시간적으로도 무한한 '거리감'을 느낀다. 그 거리감은 하나의 심연 같은 것으로, 오랜 교류의 단절에서 생겨난다. 그 오랜 단절은 다시 두 세계 사이에 근원적인 차이(혹은 다름)를 낳아, 서로 간의 이해를 불가능하게 만들고, 다시 교류나 소통의 어려움을 가중시킨다. 그는 중국에 체류하면서 이처럼 두 문명 간에 도저히 상상할 수 없고, 도무지 이해가 안 되는 무한한 다름이 존재함을 깊이 느낀다.

> 그런데 이 생기, 이 부산함, 중국의 이 모든 호화로움은 우리에게는 얼마나 상상할 수도 없고 이해하기도 어려운 것들인가. […] 이 세계와 우리의 세계 사이에는 얼마나 큰 상이성이 자리 잡고 있는가! (1063쪽)

하지만 무한한 상이성에 기인한 "그러한 교류나 소통의 어려움 앞에서 로티는 조금의 아쉬움도 느끼지 않는다. 왜냐하면 바로 그 이해가 안 되는 것incompréhension에서 매력charme이 유래하기 때문이다. 그런데 이국 취향은 마음을 사로잡는 것séduction과 알지 못하는 것ignorance의 혼합, 다시 말해 이상함(또는 낯섦étrangeté) 때문에 새롭게 일어나는 느낌(감정) 이외의 아무것도 아니다."[4] 따라서 군함을 타고 타他 세계를 돌아다니면서 이국 취향에 탐닉한 '영원한 여행자'인 로티로서는 그가 접하는 '타 세계'가 그것만의 독특함을 드러내 보일 때 더욱 만족스럽다. 독특함은 '타 대상과 특히 구별될 정도로 다름'을 뜻하기에, 이국의 풍물이나 풍속들이 그동안 익히 보아 와 익숙해져 버린 것과 다르면 다를수록 이국 취향은 더 자극되며, 더 만족될 것이다.

그러므로 로티가 선호하는 여행지는 '손대지 않은 세계mondes vierges'나 '처녀지terres vierges'이다. 그런 곳들이야말로 그의 세계와는 '다름'이 무한히 존재하며, 그 다름은 그의 이국 취향을 더욱 자극하고 만족시켜 줄 것이기 때문이다.

그리하여 그는, 프랑스 분견대장으로 유럽인으로서는 최초로 베이징 중심부의 황실 시가지를 보았던 프레이Frey 장군처럼 "그 신비로운 곳"(1040쪽) 속으로 깊숙이 파고 들어가 보기로 결심한다. 그가 베이징으로 향하던 길에 저녁 식사를 함께 했던 그 "프레이 장군 이전에는 어느 유럽인도 뚫고 들어가지[5] 못했"(1040쪽)으니, 곧 발견하게 될 "몽환의 도시"

---

4) Tzvetan Todorov, *Nous et les autres*, Editions du Seuil, 1989, 416쪽.

5) pénétrer를 이렇게 번역했다. 의화단 난을 진압하기 위해 남의 나라에 주둔하고 있는 외국군 장교라는 점을 고려하면 '침범하다', '침입하다'의 뜻으로도 해석이 가능할 것이다. 그러나 작품 전체의 맥락으로 볼 때 작가는 오랜 세월 접근이 엄격히 금지되어 있던 비밀스러운 '처녀지' 베이징을, 그리고 또 바로 그 베이징 내의 여러 궁중, 사원, 묘지 등을 큰 호기심을 갖고 조심스럽게 '침투'해 들어가는 행위를 강조하고 있는 것으로 판단된다. 따라서 우리는 이 어휘를 '뚫고 들어가다'나 '침투'로 번역하기로 한다.

(1064쪽)는 그에게 아직 처녀지나 다름이 없었다.

베이징은 네 개의 구역 즉, 가장 중심부의 '금지된 시가지(또는 자색 시가지Ville violette)'와 그 구역을 둘러싸고 있는 '황실 시가지(또는 황금빛 시가지Ville jaune)', 다시 이 구역을 둘러싸고 있는 '타르타르인 시가지 Ville tartare', 그리고 타르타르인 시가지 남쪽으로 이어지는 '중국인 시가지Ville chinoise'로 구성되어 있었다. 다시 황제의 거처가 있는 금지된 시가지 내에는 운신雲神 사원Temple du dieu des Nuages, 황제의 장수를 염원하는 사원Temple de la Longévité impériale, 신성산神聖山 축성 사원 Temple de la Bénédiction des montagnes sacrées을 비롯하여 외국인들의 접근이 금지된 궁중들이 즐비하게 들어서 있다. "그런데 아시아에 대해 꿈을 꾸게 만드는 그것들의 이름은 우리(유럽인)로서는 상상할 수가 없고 도무지 이해가 되지 않아 훨씬 더 아득히 느껴지게만 한다."(1069쪽) 타르타르인 시가지 내의 베이징에서 가장 오래된 성소인 라마 사원Temple des Lamas만 해도 경이롭고 신기로운 고대 중국 금은세공품과 헤아릴 수 없는 장서로 가득한데, 황제의 거처가 있는 금지된 시가지 내의 이 사원들에 숨겨져 있을 경이로운 것들은 가히 상상이 되지 않으리라. "그 귀중한 사원(라마 사원)은 몇 세기가 되었지만 본 사람이 거의 없다. 올해 유럽인들의 침입 이전에는 그곳에 대한 접근이 서양의 '야만인'들에게는 엄격히 금지되어 있었다."(1091쪽)

서양인들의 접근이 엄격히 금지된, 따라서 서양인들에게는 '처녀지'나 다름없는 라마 사원의 '침투'에 이어 그는 마침내 중국의 최중심부를 '뚫고 들어간다.'

거대한 성벽들에 둘러싸인 거대한 베이징의 중심에 이르기까지 아주 무시무시하게 벽을 쌓아 막은 황실 시가지(또는 황금빛 시가지), 그리고 금지된 시가지는 한 도시보다 훨씬 더 큰 정원, 둘레가 족히 8~12킬로미터는 될 수 있는 […] 몇 백 년 된 숲이다. 내가 오늘 저녁 내 집처럼 뚫고 들어가는 이 거대한 숲은 역사상 이전의 어떤 시대에도 외국인들에 의해 침범당하지 않았다. 대사들조차도 전혀 이 숲의 문턱을 넘지 못했다. 최근까지 이 숲은 유럽인들에게는 접근이 불가능했으며, 전혀 알려지지 않은 상태로 남아 있었다.(1098쪽)

어떠한 "서양의 야만인barbare d'Occident"(1072쪽)에게도, 심지어는 외교관들에게조차 접근이 금지된 "중국의 중심, 중국의 심장이자 신비이며 천자天子의 은신처인 이 음울한 자색 시가지"(1076쪽)는 "둘레가 40킬로미터 이상 되는 거대한 성벽, 초인적인 성채들"(1079쪽)에 의해 "그 모든 것이 분리되어 있고, 감추어져"(1079쪽) 있다. "수많은 성벽에 둘러싸여 있는 그곳은 완벽한 불가침의 장소"(1073쪽)여서 "어떠한 유럽인도 결코 그 성벽들을 넘어가지 못했"(1073쪽)기에 지금까지 어떠한 외국인에 의해서도 '침범당한 적violé'이 없었다. 그곳은 여전히 아무도 '손대지 않은vierge' 곳으로 남아 있다.

끝이 보이지 않는 두 겹의 성채들과 […] 띠 모양의 외호外濠들, 수련과 죽어 가는 갈대들로 가득한 30미터 폭의 외호들에 둘러싸여 있는 곳. 이곳이 바로 -우리가 지금 와 있는- 뚫고 들어갈 수 없는 황실 시가지 한가운데에 유폐된 듯 자리 잡고 있는 자색 시가지로, 뚫고 들어가는 일이 황실 시가지보다 훨씬 불가능하다. 바로 이곳이 '보이지 않는 존재', 즉 천자의 거주지인 것이다.(1069쪽)

첩첩이 "신비로운 성벽에 둘러싸여 있어서"(1061쪽) 그동안 어느 누구도 '뚫고 들어갈 수 없는' 천자의 그 비밀스러운 거주지를, 서양의 '야만인'인 로티는 마치 성배를 찾는 심정으로 불가시의 어떤 저항을 뚫고 들어가듯 조심스럽게 들어간다. 마침내 그의 시야에 들어오는 세계는 그야말로 "아주 기이한 요정의 나라"(1061쪽)로 몽환의 세계, 환상의 세계이다. 지금까지 거의 손이 닿지 않은 그 세계는 외국인으로서는 본 사람이 없었기에 그 '이상한 나라'의 경이로움과 기묘함은 도무지 상상이 되지가 않는다.

> 그런데 사람들은 그곳을 들여다보지 못했기에 그 안에 소장해 놓은 중국 여제女帝의 골동품들 속에 어떤 이상함(낯섦)과 기묘함과 경이로움이 있을 수 있는지를 상상하지 못한다! (1074쪽)

로티는 이번에는 선황先皇들의 팡테옹이라 할 수 있는 선조 궁을 찾아간다. 이곳은 성스러운 곳 중에 성스러운 곳으로 어느 누구도 접근조차 금지되었던 곳이다. 두 개의 성벽을 뚫고 들어가자 나타난 사원 저 안쪽으로는 다시 "웅장한 9개의 문"(1087쪽)이 가로막고 있다. 로티를 안내하던 중사가 "그토록 오랫동안 금지된 출입구 가운데 하나의 붉은 봉랍을 나(로티)를 위해 뜯은 뒤 작은 띠를 다시 찢는다. 나는 아주 성스러운 곳 중의 한 곳으로 들어간다."(1087쪽) 9명의 황제의 무덤이 있는 궁을 로티는 마치 서양의 '야만인'으로서 '성소를 더럽히는 행위'를 하는 것처럼 느끼며 차례차례 '뚫고 들어간다.' 장례가 끝난 이후 200년 동안 아무도 손을 대지 않았을 이 성소 속의 여러 궤匱는 "복잡한 열쇠들로 굳게 채워져 있었"(1088쪽)는데, 그 안에는 값으로 환산할 수 없는 보물과 성유물 들이 보관되어 있었다. 아무도 손대지 않은 성소 중의 성소에 오직 자신의 일행만이 있다는 사실에 로티는 크게 감동한다.

> 뚫고 들어갈 수 없는 시가지 한가운데에, 그중에서도 특히 뚫고 들어갈 수 없는 이곳

에, 오로지 우리뿐이다! (1088쪽)

로티는 황실 시가지 내 자신의 숙소 우측으로 약 2킬로미터 떨어진 곳에 위치한 북쪽 호수Lac du Nord를 자주 찾는다. 호수 입구에는 원형 궁전Palais de la Rotonde이 있는데, 로티는 그 궁정에서 내려다보이는 아주 오래된 거대한 인공 정원의 풍경에 매료된다. 이 정원은 "무엇보다 그것이 생긴 이래 철저히 (접근이) 금지되어 근래에 이르기까지 유럽인들이 전혀 볼 수 없었다."(1112쪽) 그에게 이 정원은 "전체가 너무도 중국적이어서 그 안에 있을 때에는 매우 정치精緻하고 배타적인 중국 안에, 이를테면 황인종 나라의 심장 그 자체 속에 있는 것과 같다."(1112쪽)

로티에게 베이징은 "오려내고 재단된 도시ville de découpures, 금빛 찬란한 도시, 모든 것에 갈퀴 손톱과 뿔이 있는 도시"(1064쪽)이다. "집요하게 사용한"(1157쪽) 넘을 수 없는 수많은 성벽과 성채, 성문, 외호, 높은 담, 울타리, 육중한 대문, 문들이 자물쇠로 굳게 채워져 막혀 있고, 차단되어 있고, 금지되어 있으며, 서로 분리되어 있고, 재단되어 있다.

로티는 이처럼 베이징을 입성이 '금지'된 도시로 인식하고 있다. 물론 이미 19세기에만도 중국 땅에는 두 번에 걸친 아편전쟁 이후로 외국 군대가 종종 주둔했다. 그리고 그 주둔은 지금의 주둔처럼 베이징, 나아가 황실이 있는 베이징 중심지의 황실 시가지나 금지된 시가지가 아닐 수 있다. 외세 배척을 위한 여러 조치와 의화단 난으로 인해 로티가 중국에 대해 그와 같은 인식을 가졌을 수도 있을 것이다. 그러나 우리로서는 그것이 심리적이고 기교적인 차원에 더 기인한다고 판단한다. 장구한 역사·문화적 전통으로 인해 비밀스럽고 경이로운 것이 많은 곳일 것이라는 환상, 그리고 그 비밀스러운 곳을 '뚫고 들어갈' 때 느끼는 '침입(투)자'로서의 저항감이 전자(심리적 차원)에 대한 설명이 될 수 있을 것이다. 후자(기교적인 차원)에 대한 설명으로는, 독자에 대한 배려를 들 수 있다. '손대지 않은' 비밀스러운 곳을 '뚫고 들어갈' 때 그 행위의 묘사가 독자에게 불러일으키는 이국 취향은 훨씬 더 클 것이기 때문이다. 실제로, 로티는 자신이 수집한 이국의 낯선 인상들을 독자에게 효과적으로 전달하기 위해 많은 고민을 했다. 따라서 어떻게 보면 그곳은 여전히 면역학적 패러다임—한병철6)에 의하면 이것은 안과 밖, 나와 남 사이에 뚜렷한 경계선이 그어진 시대의 도식으로 정의된다. 이 패러다임은 이질성과 타자성을 근간으로 삼는다—에 머물러 있다. 낯섦을 통한 이국 취향을 추구하는 로티에게는 오히려 그와 같은 패러다임이 더 바람직하다. 문화적 혼성화 경향은 이질성과 타자성을 소멸시키기 때문이다.

> 면역학적 패러다임은 세계화 과정과 양립하기 어렵다. 면역 반응을 촉발하는 이질성은 탈경계 과정에 걸림돌이 되기 때문이다. 면역학적으로 조직화된 세계는 특수한 공간 구조를 지닌다. 그것은 경계선, 통로, 문턱, 울타리, 참호, 장벽으로 이루어져 있다. 이들은 보편적 교환과 교류 과정을 가로막는다. 오늘날 삶의 모든 영역은 일반적인 난교 상태로 특징지어지며, 이는 면역학적 관점에서 위력을 발휘하는 이질성이 더 이상 존재하지 않는다는 사실과 긴밀하게 연관되어 있다. 문화론적 담론뿐만 아니라 오늘의 생활감정 자체까지도 지배하고 있는 혼성화 경향 역시 면역화와는 정반대되는 것이다.7)

그런데 막혀 있고 차단되어 있고 금지되어 있는 베이징의 그 안쪽 깊숙한 곳에는 금빛 찬란한 것들이 가득하다. "우리(문명)보다 30세기 이상이나 나이가 많은 연장자"(1143쪽)인 유서 깊은 중국, 그 중심부인 베이징의

---

6) 한병철, 『피로사회』, 김태환 옮김, 문학과지성사, 2012, 12쪽.
7) 위의 책, 15쪽.

그것들은 장구한 세월 속에서 "끊임없이 먼지가 쌓여"(1087쪽) 가지만 누구에게도 접근이 허락되지 않았다. 그리하여 베이징은 언제나 "유럽인들이 결코 들어오지 못한 아주 성스러운 곳이다."(1120쪽) 로티는, 그에 따르면 사실상 거의 손이 닿지 않은 이 금빛 찬란한 것들, 경이로운 것들, 이상한(낯선) 것들, 비밀스러운 것들로 가득 찬 신성한 곳을 마치 '신성 모독자' 같은 심정으로 뚫고 들어간다. 베이징이라는 손대지 않은 세계 안의 성스럽고 경이로운 것들을 접하면 접할수록 유럽의 한 침입자이자인 그의 이국 취향은 더욱더 자극되고 만족된다. 그런데 그가 여러 번 강조하듯이 "이 모든 것들이 여전히 벽에 둘러싸여 유폐되어 있고 접근이 금지되어 한 달 전까지만 해도 여행자들은 전혀 상상도 하지 못했을 그 경이로운 베이징을 바로 이 전쟁이 우리에게 열어주었다."(1088쪽)

짓밟힌 '처녀성', 줄어드는 이국 취향 계수

마침내 로티는 중국을 떠나야 할 때가 되었다. 그런데 베이징 주둔 프랑스 장군이 연합군 참모본부들을 위해 준비하는 대연회에 그도 함께 초대하자 로티는 연안에 정박한 함대에서 기다리고 있는 포티에 제독에게 연락을 취해 3일간의 베이징 체류 허가를 다시 얻어내는 데 성공한다.

'침범당하고 모독을 당한profané' 황실 시가지의 한복판에서 개최된 "'야만인'들의 그 향연"(1168쪽)에는 연합군의 군인들이 북적거린다. "서양의 군복들 사이에는 중국 고위 관리들의 관복과 진홍색 단추가 달린 뾰족한 모자들이 늘어난다."(1168쪽) 그중에는 시안西安으로 피신한 서태후를 대신하여 참석한 황제 가문의 사람들과 왕자들도 보인다. "그 이상하고, 파괴적이며, 모독적인profanateur인 저녁 식사"(1169쪽)에서 프랑스 장군의 인사말과 여제를 대신한 왕자의 '감사의 말'은 분위기를 더욱 어색하게 만들어 모두들 침묵 속에서 샴페인 잔만 비우게 만든다.

여제를 대신하여 행차하신 당신의 참석은 … 우리가 이곳에 온 것이 중국과 전쟁을 하기 위한 것이 아닌, 가증스러운 한 당파와 전쟁을 하기 위한 것임을 충분히 증명해주고도 남습니다. (1169쪽)

중국 여제 폐하의 이름으로, 저는 이제껏 겪어 온 것 중 가장 심각한 위기에 처해 있는 본국 정부에 협력하고자 와 주신 것에 대해 유럽의 장군님들께 감사드립니다. (1169쪽)

"우리 시대의 가장 기이한 모순 가운데 하나"(1168쪽)인 "이 이상야릇한 바벨의 저녁 식사"(1172쪽)가 '성황리에' 끝이 났지만, 로티는 그렇게 즐겁지가 않다. 그가 느낀 감정은 오히려 우울함이었다.

그렇지만 오늘 저녁은 오히려 우울하다… 어둠이 옴과 동시에 축하연의 종료가 가져다준 우울이 점점 우리를 감싼다… 이 시간에 우리 둘은 또 다른 감정을 느낀다. […]
이 저녁 파티는 돌이킬 수 없이 베이징의 종말을 확고히 한 것 같다. 한 세계의 종말이라 해도 과언이 아닐 것이다. […] 베이징은 끝났다, 베이징의 위신은 땅에 굴러 떨어졌고, 베이징의 신비는 파헤쳐져 드러나 버렸다.
그렇지만 이 황실 시가지는 지구상에 마지막 남은 미지와 경이로움의 본거지 가운데 하나이며, 가장 오래된 인류의 마지막 남은 대로 人路(대문명을 가리킨다) 가운데 하나로 우리로서는 이해가 안 되는, 거의 전설적이자 가공의 본거지였다. (1173쪽)

그가 느낀 우울함은 마치 공연이 끝난 뒤처럼 대향연이 끝난 후 느껴지는 허전함에 기인한 것일 수도 있겠지만, 실제로는 "베이징은 끝났다, 베이징의 위신은 땅에 굴러떨어졌고, 베이징의 신비는 파헤쳐져 드러나 버렸다"는 생각에 기인한 것이라는 판단이 더 정확할 것이다. 첫 두 가지 사실(베이징의 종말, 위신의 추락)은 다분히 정치적이다. 앞서 본 것처럼 자신을 '야만인'으로 표현하면서 "우리(문명)보다 30세기 이상이나 나이가 많은 연장자"로 각별한 예의와 함께 존경을 표했던 중국이, '신성할 정도로' 유서 깊은 대국 중국이 제국주의 열강들에 의해 무너져 내리는 것을 보면서 그러한 우울함을 느꼈을 것이다. 중국의 종말에 대한 예감과 아쉬움을 암시하는 그의 작품 제목(『베이징의 마지막 날들』)은 우리의 이런 생각을 뒷받침해 준다.

그런데 그로 하여금 우울함을 느끼게 한 더 큰 이유는 오히려 다른 데 있는 것 같다. 바로 '베이징의 신비가 파헤쳐져 드러나 버렸다'는 것이 그 이유인 것 같다. 그 사실은 뒤이어 오는, "지구 상에 마지막 남은 미지와 경이로움의 본거지 가운데 하나이며, 가장 오래된 인류의 마지막 남은 대로 가운데 하나로 우리(서양인들)로서는 이해가 안 되는, 거의 전설적이자 가공의 본거지"라는 구문에서 확인할 수 있다. '집요하게 사용한' 성벽들에 둘러싸인 베이징은 '야만적인' 서양인들에게는 오랫동안 그 안으로 뚫고 들어가는 것이 금지되었던 곳이다. 그런데 이제껏 누구도 '손대지 않은' 바로 그 처녀지 같은 곳이 이번에 처음으로 로티 자신을 비롯한 서양인들에게 '짓밟혀 버린' 것이다. 전쟁은 그동안 아무도 손대지 못한 '전설적인 가공의 나라'를 그가 뚫고 들어가게 해 주었지만, 이제 "서양의 야만적인 태도"(1072쪽)는 거의 강제적으로 그 성스러운 곳을 짓밟아 속화시켰으니 그 속화는 더욱 가속화될 것이었다. 달리 말하면, 이제 물밀듯이 몰려올 서양의 문화와 뒤섞여 베이징은, 다시 말해 중국 문화는 그것만의 독특함과 토착성을 점점 상실하게 될 것이었다.

타 문화에 대한 이 같은 로티의 생각은 헤르더J.G. von Herder(1744~1803)의 다음과 같은 생각과 많이 닮았던 것 같다.

헤르더는 토착민들이 최대한 토착민 그대로 남아 주기를 바라고… 진기한 것을 좋아하고, 거대 도시의 끔찍한 획일성에 침식되지 않은 오래된 지방색들을 가장 정교한 형태로 보존하고 싶어 하는 사람들의 원조이다. 헤르더는 이 모든 여행자와 애호가들, 전 세계를 떠돌며 온갖 종류의 잊혀진 삶의 형태들을 찾아다니고, 모든 고유한 것들, 모든 색다르고, 토착적이고, 인위적인 손길이 가해지지 않은 것들을 기뻐하는 이들의 아버지이자 전신이다.8)

헤르더의 생각은 18세기 합리주의자들의 "모든 장소의 모든 인간에게 맞는 단 하나의 유일한 이상이 있을 수 있다는 개념"9)의 불가해성을 주장하려 했던 것으로, 낭만주의 태동에 큰 영향을 미쳤다. 어쨌든 그의 생각의 요점은, 각각의 문화는 가능한 한 있는 그대로의 모습으로 남아 있어야 한다는 것이다. 한 문화는 다른 문화를 배척해서도, 짓밟거나 삼켜 버려서도 안 된다는 것이다. "이들 문화는 제국주의자 기사들의 발에 짓밟히는 일 없이 풍요롭고 충만하게 자신들을 표현할 정당한 권리를 기지고 있기 때문이다."10)

그런데 로티는 헤르더와는 조금 다른 차원에서 한 문화는 가능한 한 있는 그대로의 모습으로 남아 있어야 한다고 주장한다. 로티는, 어떤 식으로든 한 문화가 다른 문화와 서로 뒤섞이는 것을 싫어했다. 그렇게 될 경우 한 문화는 '처녀성'을 잃게 되고, 처녀성을 잃을 경우 '이상함(낯섦)'에서 오는 이국 취향에 대한 자극이 그만큼 줄어들 수밖에 없을 것이기 때문이다. 그렇기에, 토도로프의 지적처럼 로티는 각 문화는 가능한 한 다른 문화와 접촉을 피해 고립되어 있기를 바란다. 이를테면 로티 역시 문

8) 이사야 벌린, 『낭만주의의 뿌리』, 강유원, 나현영 옮김, 이제이북스, 2005, 106쪽.
9) 위의 책, 106쪽.
10) 위의 책, 105쪽.

화적, 인종적 혼합을 악덕으로 간주하는 문화상대주의적 태도를 취하고 있는 것이다.

> 로티는 르 봉Le Bon을 비롯한 다른 많은 학자들처럼 문화들 사이의 혼합에 매우 적
> 대적이다. 왜냐하면 그럴 경우 그 문화들의 이국 취향 계수coefficient가 줄어들기
> 때문이다.[11]

실제로 로티는 『라라위Rarahu』(1880, 후에 『로티의 결혼』으로 제목을 바꿈)에서 마오리족과 그들의 문화는 서구 문명과 접촉하게 될 때 사라질 수밖에 없다고 말하며, 『국화부인』에서는 일본은 서양의 새로운 것들을 접하고 모방함으로써 머지않아 일본 문화의 고유한 색깔을 잃게 될 것이라고 예견한다.

> 서양의 새로운 것들과의 접촉으로 머지않아 기괴함과 민망스러운 우스꽝스러움이 사
> 라져 버리게 될 나라.

"베이징은 끝났다."
서구 열강이 식민지를 개척하고 쟁탈전을 벌이던 제국주의 시대에 강대국 프랑스의 해군장교였던 로티는 군함을 타고 타 문화의 온갖 생소함을 접하면서, 그 생소함에서 오는 '이상함(낯섦)'을 즐긴다. 그런데 바로 그 이상함 또는 낯섦이 야기하는 느낌을 추구하는 취미가 곧 이국 취향이기에, 그것은 그 이상함(낯섦)이 클수록 더 자극되고 만족된다. 따라서 이국 취향을 더욱 자극시키고 만족시키기 위해서 인종과 문화는 가능한

---

11) 토도로프, 앞의 책, 416쪽.

한 고립되어 있을 필요가 있다. 교류는 문화들 간의 상이함을 사라지게 하고 본래의 모습을 잃게 만들어 '이국 취향 계수'를 감소시킬 것이기 때문이다.

앞서 본 것처럼, 로티가 오랜 세월 서양의 '야만인'들에게 접근과 '침투'가 '금지'되어 왔던 손대지 않은 '이상한(낯선) 도시' 베이징의 경이로움과 중국 문명의 신비를 처음 접하며 이국 취향을 만끽했음에도 불구하고 대향연이 끝난 뒤 우울함을 느꼈던 것은 바로 이런 이유에서였던 것이다. 즉 서양에 문을 열지 않을 수 없다고 판단되는 상황에서, 다시 말해 저항할 수 없는 "역사의 제국주의적 목적론적 과정"12)의 진행 속에서 '지구상에 마지막 남은 미지와 경이로움의 본거지 중 하나'인 베이징(또는 중국)의, 또한 '가장 오래된 인류의 마지막 대로大路 가운데 하나로 서양인들로서는 이해가 안 되고, 가히 전설적이자 가공의 본거지'인 베이징(또는 중국)의 색다르고 토착적이며 고유한 모든 것을 퇴색시켜 버리고 말 것이라는 이유에서였던 것이다.

열강의 식민지 쟁탈전 현실을 생생하게 목도하고 또 어떤 식으로든 그것에 연루되지 않을 수 없었지만, 앞서 본 이국 취향에 대한 그의 견해와 논리, 그리고 문화 접촉에 대한 생각에 비추어 볼 때, "제국의 황제와 식민 관료부터 식민지 쟁탈 전쟁을 벌이는 군대와 기독교 복음을 전파하는 선교사, 비유럽 지역을 탐사하는 탐험가와 인류학자들까지 모두 공유하는 일종의 시대정신"13)이었던 '문명화의 사명mission civilisatrice'이라는 제국주의 시대 서양인들의 지배적인 가치에 그는 공감하지 않았다고 말할 수 있을 것 같다. "문명화는 곧 서양을 닮아 가는 것이기에, 각

12) 강옥선 외, 『제국주의와 저항의 담론』, L. I. E., 2007, 53쪽.
13) 조현범, 『문명과 야만 - 타자의 시선으로 본 19세기 조선』, 책세상, 2002, 40쪽.

인종과 문화 간의 상이함을 감소시켜 이상함(낯섦)이 불러일으키는 이국 취향을 만족시키지 못하는 결과를 초래할 것"이기 때문이다. 결국, 타자(또는 타 문화)가 자아와의 이질성을 오롯이 간직할 때, 이를테면 타자가 자아에게 "면역학적 타자"[14]로 변함없이 남아 있을 때 로티의 이국 취향은 최상으로 만족될 것이다.

마지막으로 한 가지 덧붙이자면, 로티는 인종 차별주의자였지만 일본인이나 한국인에 대해 그랬던 것처럼 중국인을 동물에 비유하지 않았다.[15] 오히려 중국인들에 대해 우호적이고 공손한 태도까지 보인다. 그것은 동양 문명의 두 거봉 가운데 하나인 중국 문명의 우수성과 장구한 역사에 대한 존중에 기인한 것이 아닌가 한다.

그러나 문화적·인종적으로 뒤섞이는 것을 반대하면서 문화상대주의적인 태도를 견지하고, 제국주의적 구조의 합리화일 뿐인 '문명화의 사명'에 공감하지 않은 인물이었던 로티가 인종 차별주의자였다는 점은 스스로 모순이 아닐 수 없다. 문화상대주의는 인종 차별주의와는 당연히 모순적인 입장이기 때문이다.

---

14) 한병철, 앞의 책, 16쪽.
15) 이 책의 7장 「피에르 로티의 '잃어버린 환상'」 참조.

9장 클로델의 중국 친화력[*]

중국을 사랑한 클로델

"나는 중국을 얼마나 사랑했는지!"[1] 외교관으로 14년간 중국에 체류[2]한 클로델Paul Claudel(1868~1955)이 훗날 그 나라를 회고하면서 피력한 감회이다. 클로델 자신의 말에 의하면, 그에게 극동 아시아에 대해 꿈꾸게 한 것은 조각가인 누나 카미유 클로델Camille Claudel이었다.

19세기 후반 유럽, 특히 프랑스에서는 당시 동양 열풍의 분위기에 편승하여 일본 취향이 크게 확산된다. 우키요에를 비롯한 일본 예술품 취향

---

* 이 글은 2007년도 한국학술진흥재단의 지원을 받아 연구된 것이다.(KRF- A00786)

1) Paul Claudel, *Oeuvres en prose*, Bibliothèque de la pléiade, Gallimard, 2006, 1022쪽.

2) 클로델은 1895년 7월 외교관으로 중국 상하이에 도착하여 1909년 8월 프라하로 발령이 날 때까지 14년여 동안 중국에 체류했다.

이 빠르게 유럽의 대도시에 확산되면서 인기를 끈다. 파리에는 일본의 골동품과 예술품을 파는 상점이 여럿 문을 열어 그 일본 취향의 확산에 크게 기여한다. 1826년에 문을 연 '중국 문'과 '천자의 제국' 등 상당수의 이름 있는 찻집들도 극동 아시아의 물건들을 취급하면서 일본 취향의 확산에 상당한 역할을 한다. 무엇보다 일본의 채색 목판화인 우키요에는 유럽인들을 매료한다. 인상주의 화가들이 우키요에의 매력에 빠져 일본 취향을 지속시켰음은 주지의 사실이다. 그들에게 일본 판화 우키요에는 자신들의 화법을 옹호할 수 있는 아주 훌륭한 매개체로 보였다.[3]

카미유 클로델 또한 그러한 시대적 분위기 속에서 일본에 심취한다. 클로델보다 네 살 위인 그녀는 동생에게 큰 영향력을 가지고 있었는데, 그녀의 일본에 대한 경탄은 동생 클로델이 외교관이라는 직업을 택하는 데 결정적인 역할을 한다.

그리하여 클로델은 마침내 27살 때(1895년) 극동 아시아로 발령을 받는데, 바람과는 달리 첫 발령지는 중국이었다.[4] 중국으로 떠날 당시 그는 자신의 근무지에 대해 잘 알지 못했으며 자료 수집도 별로 하지 못한 상태였다. 누나의 영향으로 품게 된 일본에 대한 꿈이 비록 중국으로 대체되었지만, 같은 극동에 위치한 그 나라에 대해 호기심이 없는 것은 아니었다.

그렇게 중국에서 첫 근무를 하게 되는 그는 "펄 벽Pearl Buck이 그토록 잘 묘사한 황토빛 대지"[5]의 중국에 뜻밖의 친화력을 느낀다. 그 나라는

---

3) 이 책 6장 「공쿠르 형제와 우키요에」 참조.

4) 그는 중국에 근무하면서 1898년 5~6월 마침내 일본을 여행하며, 훗날 1921년 11월부터 1927년 2월까지 약 5년 동안(1925년 1월~1926년 2월까지는 프랑스에서 휴가를 보낸다) 일본에서 근무한다. 그토록 꿈꾸어 오던 일본에 체류하면서 1927년에 일본에 관한 작품 『해 뜨는 나라의 검은 새』를 출판하는데, 그 작품을 비롯한 여러 일본에 관한 산문에 대한 고찰은 다음 작업으로 남겨 둔다.

5) Paul Claudel, 앞의 책, 1022쪽.

그에게 "물 만난 물고기와 같은 감정을 갖게 했으며, […] 조금의 거부감도 없이 경탄과 환희와 전적인 동의approbation intégrale 속에서 그 나라에 푹 빠져들게 하여 […] 단번에 마음을 매료해 버렸던"6) 것이다. 그리하여 그에게 중국은 "마치 서로를 위해 태어난 것 같아 단박에 아내로 삼는 여인"7) 같은 나라가 되었으며, 그렇게 마음에 꼭 드는 그 나라는 부부가 날이 갈수록 일심동체가 되듯 그의 영육에 '스며들었던absorber' 것이다.

그렇다면 중국의 어떤 점이 그렇게 작가의 마음을 빼앗아 '단박에 결혼까지 하게' 만들었는가? 어떻게 그렇게 '물고기가 물을 만난 듯' 작가에게 전혀 낯섦과 이질감을 느끼지 않게 할 수 있었는가? 유럽 문명권에 살던 사람이 아시아 문명권으로 단박에 이동했는데도 전혀 이질감을 느끼지 않았다는 사실은 큰 호기심을 갖게 한다. 게다가 그는 제국주의 전성기에 국제적으로 가장 강력한 힘을 가지고 있던 나라의 외교관이자 작가였으며 지식인이었다. 당시 제국주의 국가의 지식인과 작가들은 그들 나라의 제국주의 이데올로기의 헤게모니 구축에 이용되었다는 에드워드 사이드의 주장을 상기하면 중국에 대한 작가의 그와 같은 전폭적인 사랑은 더욱 더 호기심을 끈다. 그 '사랑'의 진정성에 대한 의심 짙은 시선과 함께.

그리하여 우리는 이 글에서는 특별히 중국 문명(혹은 문화)의 어떤 점들이 작가에게 마치 '물 만난 물고기처럼' 친화력을 느끼게 했는지, 첫눈에 반하여 '푹 빠지게' 했는지, 나아가 그 점들이 작가를 그렇게 만든 이유는 무엇인지를 살펴보고자 한다.

실제로 작가는 「중국 이야기Choses de Chine」에서 중국을 "지독한 불결과 거지와 문둥병 환자와 온갖 너저분하고 지저분한 것들이 널려 있는,

---

6) 위의 책, 1022쪽.
7) 위의 책, 1022쪽.

그렇지만 다부진 삶과 활동과, 우글거리며 무질서한 […], 그러면서도 시끌벅적한 소음이 끊이지 않는"[8] 나라로 묘사하면서 자신에게 '특별히' 매력적이며 감미로웠던 것들에 대해 이렇게 밝히고 있다.

> 내게 특별히 기분 좋고 매력적으로 보였던 것은 그 자발성과 무람없는 열광, 비등沸騰하는 삶, 독창적이고 영리한 활동, 온갖 자잘한 매혹적인 솜씨, 모두가 함께 사는 가족 및 공동체의 삶, 그리고 또 이 점도 말할 필요가 있겠다, 어디를 가나 느껴지는 그 초자연적인 분위기, 사원들, 무덤들, 가느다란 막대기 향 하나와 종이 한 장으로 예배를 올리는 나무 밑의 보잘것없는 그 작은 성소들이었다. […] 고백하건대, 왜 그렇게 부르기를 권유하는지는 모르지만 어쨌든 '우리의 갈라진 형제들nos frères séparés'이라 부르도록 권유받는 그 사람들(기독교인들)과 함께 있는 것보다는 이곳 이교도들 사이에서 훨씬 더 편안했다.[9]

위 고백에 따르면, 그로 하여금 중국에 푹 빠지지 않을 수 없게 만든 매력은 대략 '우글거리며 어울려 살지만 아주 자발적이며 역동적인 집단적 삶, 초자연적인 분위기를 느끼게 하는 사원과 성소, 그리고 무덤들'이다.

실제로 클로델의 중국에 관한 작품들을 독서하다 보면 위 세 가지 요소에 대해 언급한 빈도가 다분히 높으며, 이 요소들에 대한 묘사 내용 또한 아주 사실적이고 인상적이다. 그리하여 이 글에서는 작가가 14년여 동안 중국에 체류하면서 얻은 경험에 기초하여 전적으로 중국에 관해 쓴 작품들, 즉 산문시 모음집 『동방의 인식Connaissance de l'Est』(1900년 1판, 1907년 2부를 덧붙여 2판 출판)과, 산문「용의 영향 속에서Sous le signe du

---

8) 위의 책, 1022쪽.
9) 위의 책, 1023쪽.

dragon」(1909~1911년에 집필, 1947년 출판), 「중국의 미신Les superstitions chinoises」(1910), 「중국 이야기」(1936), 「베이징 추억Souvenirs de Pékin」(1937), 「중국인 예찬Eloges du Chinois」(1948)을 바탕으로10) 위의 인용에서 언급한 세 가지 요소의 자세한 내용과 그 요소들이 왜 그렇게도 작가에게 매력적이었는지를 살펴볼 것이다. 작가의 중국 '사랑'의 진정성 여부는 고찰 과정에서 자연스럽게 확인될 것이다.

'우글거리는' 삶 속의 형제애가 남다른 땅

중국에서는 "모든 것이 우글거린다."11) 득실거리며, 들끓는다. 그런 만큼 아주 분주하게 느껴진다. 물건들은 그것들대로 아무렇게나 널려 있거나 포개져 놓여 있다. 한 면을 뜯어낸 상자들을 다닥다닥 붙여 늘어놓은 것 같은 보잘것없는 토담집들 사이로 난 길들은 너무 좁아 마치 갈라진 틈새 같다. 이 집들 내부를 들여다보면 물건들이 뒤죽박죽 널려 있다. 거주자들은 무질서하게 널린 그 물건들 틈새에서 새우잠을 잔다. 실제로 『동방의 인식』을 비롯한 작가의 중국에 관한 작품들 속의 중국의 풍경 묘사들을 읽다 보면 자주 "무질서에 관한 어휘의 들판을 [⋯] 성큼성큼 걷고"12) 있는 듯한 느낌을 받는다.

---

10) 중국 체류 기간이 그의 문학 세계의 형성 및 독창적인 시학의 성립기였기에, 작가에게 중국의 영향은 더욱 컸다. 그런 만큼 그의 작품들에서는 중국의 사상과 풍속, 삶의 방식 등 중국에 관한 전반적인 면을 자주 접할 수 있다. 『제7일의 휴식Repos du septième jour』(1901), 『대낮의 분할Partage de midi』(1906), 『5대 찬가Cinq grandes odes』(1910), 『시론Art poétique』(1907) 속의 「시간의 인식Connaissance du temps」에서도 중국에 관한 흔적을 많이 접할 수 있다. 하지만 이 글에서는 전적으로 중국에 관한 작품들만을 대상으로 했다. 그렇지만 필요할 경우 제한적으로 위 작품들 속의 요소들도 참고했다.

11) Paul Claudel, *Oeuvre poétique*, Bibliothèque de la pléiade, Gallimard, 2006, 118쪽. 이후 이 책에서 인용한 시는 시 제목과 쪽수만 적는다.

12) Claude - Pierre Perez, *Le défini et l'inépuisable*, *Essai sur* Connaissance de

중국의 시내 길은 일렬로 줄지어 걷는 데 길이 든 사람들을 위해 만들어졌다. 시작도 끝도 없는 행렬 속에서도 그들은 각자 자신의 공간을 누릴 줄 안다. 물건들과 무질서하게 뒤섞여 주민들이 잠을 자는, 한쪽 면에 구멍을 뚫은 상자 같은 집들 사이의 그 틈 (좁은 길)들을 그들은 유용하게 사용했다. (『도시』, 39쪽)

그렇지만 작가는 1896년 11월 말라르메에게 보낸 편지에서 중국 도시의 그와 같은 풍경을 자신은 아주 좋아한다고 고백한다.

사람과 물건이 혼란스럽게 넘쳐 나는 집들, 즉 다닥다닥 붙어 있는 그 구멍 뚫린 상자 같은 집들 사이로 갈라진 틈처럼 길이 나 있는 중국의 도시들을 나는 아주 좋아합니다.13)

『동방의 인식』의 산문시들의 서술자14)는 그가 체류하는 도시의 밤 풍경을 구경하기 위해 거리를 산책한다. 다닥다닥 붙은 '상자들'처럼 늘어서 있는 "수많은 음식점에서는 […] 마치 톡톡 튀는 튀김 소리 같은 소리들이"(「도시의 밤」, 31쪽) 어지럽게 흘러나온다. "쌓아 놓은 빈 관 더미 사이로부터 담뱃대 불빛 하나"(위의 시, 31쪽)가 새어나온다. "뒤죽박죽 널려 있는 뭔지 모를 물건들을 초롱불 하나가 희미하게 비추고 있다."(위의 시, 31쪽) 느린 걸음으로 천천히 걷는 서술자에게 마침내 운하의 깊은 호壕 하나가 나타난다. 시야에 들어오는 것은 "음식 냄비들을 달구는 불빛에 조

l'Est *de Paul Claudel*, Annales Littéraires de l'Univ. de Besançon, 1995, 154쪽.
  13) Paul Claudel, *Oeuvre poétique*, Gallimard, 2006, 1035쪽 주에서 재인용.
  14) 이 글에서 많이 언급되는 『동방의 인식』 속의 산문시들의 서술자를 말한다. 이 산문시집 속의 서술자는 물론 저자이겠지만 문학 작품이기에 엄밀한 의미에서 꼭 그렇게만 말할 수는 없어서 각 시들에 관해 언급할 때는 '서술자'로 지칭한다.

명되는 작은 거룻배들"이다. 그곳에는 "망령 같은 군중들이" 우글거리고 있다. 그들은 "마치 지옥의 혼령들 같다." 혼잡한 도시를 밝히는 수많은 초롱불들, 서술자는 마침내 이 초롱불들의 혼돈 속으로 빠져들고 만다.

> 저 안쪽으로 냄비들에서 흘러나오는 불빛에 거룻배들이 훤히 보인다. 망령 같은 군중
> 이 지옥의 혼령처럼 우글거린다. [⋯] 초롱불들의 도시여, 우리는 또 이렇게 수많은
> 너의 얼굴의 혼돈 속에 묻혀 버렸구나. (위의 시, 31쪽)

사물들의 '우글거림'은 '제강諸江의 축제' 장에서도 마찬가지다. 거룻 배들과 북소리와 용머리의 마상이들⋯ 그 모든 것이 불빛 속에 어지러이 뒤섞인다.

> 모든 것이 우글거린다. 양안兩岸에서는 거룻배 등 온갖 것이 흔들린다. [⋯] 불빛과
> 북소리 천지다. 여기저기, 사방에서 용머리의 마상이가 줄지어 쏟아져 나온다. 수많
> 은 노잡이들의 맨팔들⋯.(「제강의 축제일」, 118쪽)

말라르메에게 보낸 편지에서 보듯, 작가는 사물들이 혼란스럽고 무질 서하게 '존재'하는 것을 아주 좋아한다. 그는 사물들이 그런 식으로 공존 하는 것에 대한 취향을 가지고 있다.15) 모든 사물은 어떤 조화를 이루며 존재한다는 것을 발견하고 희열을 느낀 것처럼16) 그는 사물이 우글거리

---

15) "J'ai le goût des choses qui existent ensemble."(폴 클로델, 앞의 책, 738쪽.)

16) "Jadis, j'ai découvert avec délice que toutes les choses existent dans un certain accord."(「산책자」, 84쪽) 아울러 그의 『새틴 구두 Soulier de Satin』에서 "질서 는 이성의 기쁨이다. 그러나 무질서는 상상력의 희열이다"라는 말도 그가 중국의 무질 서한 풍경에서 왜 그렇게 희열을 느꼈는지에 대한 또 다른 암시를 준다.

는 동물처럼 뒤죽박죽 혼란스럽게 존재하는 상태에서 어떤 조화를 본다. 겉으로 보기에는 "지독한 불결과 거지와 문둥병 환자와 온갖 너저분하고 지저분한 것들이 널려 있는, 그렇지만 다부진 삶과 활동과, […] 무질서한, 그러면서도 시끌벅적한 소음이 끊이지 않는" 정돈되어 있지 않은 상태의 중국이지만 사물들이 자연스럽게 함께 널려 있는 모습에서 어떤 조화를 발견하는 심미안과 취향을 가졌기에, 작가는 어디를 가나 접하게 되는 사물들의 '우글거림' 속에서도 오히려 편안함을 느낀다.

작가는 1895년 12월 말라르메에게 보낸 편지에서도 이렇게 고백한다.

중국은 아주 오래된 나라로, 어지러울 정도로 복잡한 나라입니다. […] 빽빽하게 마구 얽혀 사는 무질서하지만 독창적인 중국은 소질과 전통이라는 자원이 우글거립니다.[17]

중국은 인간과 사물이 빽빽하고 혼란스럽게 마구 뒤얽혀 존재하는 나라이다. 그렇기에 현기증이 날 정도로 어지럽다. "개미집처럼 구멍이 뚫린"(「도시의 밤」, 32쪽) 아주 '독특한 집'에서 "아주 많은 식구"가 "조밀하게 살아가는 삶"(위의 시, 33쪽)은 무리 지어 살아가는 동물이나 곤충들의 삶과 흡사하다. 그들은 또 모든 것을 자신들의 손으로 해결한다. "나(서술자)는 도착 이후 동물이나 기계 등 보조물이 전혀 없는 모습 하나만으로도 이 나라 국민이 놀라울 뿐이다."[18] 따라서 "도시는 사람밖에 보이지 않는다."(「도시의 밤」, 32쪽)

그런데 이 우글거림 속에서는 에너지가 비등한다. 활력이 넘쳐 난다. 활동성이 아주 강하다. 그리고 그 활동성은 매우 자발적이다. 그리하여

---

17) Paul Claudel, *Oeuvre poétique*, Gallimard, 2006, 1027쪽.
18) 위의 책, 1033쪽.

그러한 중국은 작가에게, 자신이 아는 나라 중에서 가장 자유로운 나라다.

중국은 자발성이 강한 나라였다. […] 중국은 정말 내가 이제껏 본 나라 중에서 가장
자유로운 나라였다.[19]

중국인들의 이 우글거리며 어울려 사는 삶은 작가에게 동물들의 떼살이를 생각하게 한다. 그렇지만 중국인들의 그 떼살이는 한 무리의 집단 서식 같은 것이 아니다. 다양한 무리가 친밀한 관계를 맺으며 평화 공존하는 공생symbiose의 서식을 닮았다.[20]

중국은, 박물학자들의 말처럼 여러 다른 무리가 습관적으로 이루며 사는 공생의 상
태, 즉 서로 다름에도 불구하고 친숙하고 상호적인 협조 속에서 사는 법을 배운 동물
집단 중의 하나 같다는 인상을 받았다.[21]

그러므로 작가에게 중국인들의 그 '우글거림'은 "취향과 본능에 뿌리박고 있는 일종의 천부적이고 생체적인 지혜"[22]로 자발성과 자유, 그리고 비등하는 활동성을 갖고 살아가는 평화 공존적인 "형제애의 우글거림un

---

19) 폴 클로델, 앞의 책, 1023쪽.

20) 우리는 이 책의 앞에 실린 피에르 로티에 관한 연구에서 작가가 일본인들을 군서류에 비유함으로써 인종 차별적인 시선을 보이고 있음을 지적한 바 있다. 동물들의 주요한 특성 중의 하나는 떼살이의 생태인데, 그것들은 많은 경우 무리 지어 우글거리며 산다. 로티는 일본인들을 동물에 많이 비유하는데, 대체로 군서류에 비유한다. 작가에게 일본인들은 그렇게 동물이나 곤충처럼 우글거리며 사는 국민들로, 그는 그런 삶에 대해 혐오감을 느낀다. 그는 자국으로 돌아가는 선상에서조차 일본인들의 그 '우글거림'의 동물성을 조소한다.

21) Paul Claudel, *Oeuvres en prose*, Gallimard, 2006, 1023쪽

22) 위의 책, 1023쪽.

grouillement fraternel"[23]이다. 따라서 작가는 중국에서보다 "자유와 박애(형제애)라는 이 유명한 문구가 더 잘 실천되는 곳을 보지 못했으며", "평등은 상호성과 조화에 의해 더 잘 보완된 평등"[24]이었다. 그리하여 작가는 거의 한 세기 전 자기 나라에서 행복한 이상향 건설을 위해 내건 혁명 정신이 바로 이 중국인들의 '우글거림'의 공동체의 삶에서 가장 잘 실현되고 있음을 보았던 것이다.[25]

클로델은 서양의 문명화에 어떤 혐오감을 가졌다. 말라르메에게 보낸 편지(1895년 12월 24일자)에서 그는 그러한 감정과, 오히려 중국에서의 더 자연스럽고 편안한 감정에 대해 이렇게 고백한다.

> 이곳(중국)에서의 삶은 자기 자신을 대단하게 생각하여 최고를 추구하는, 그리고 자신의 꿈을 가르치는 정신의 현대적 질병에 감염되지 않았습니다. [⋯] 나는 현대 문명에 혐오감을 느낍니다. 나는 항상 현대 문명에 이방인처럼 느껴졌습니다. 이곳에서는 반대로 모든 것이 자연스럽고 정상적으로 보입니다.[26]

그는 산문시 「운하에서의 휴식」에서 다음과 같은 아주 유익한 암시를 제공한다. 중국인들의 사고에 관한 것으로, 문명화된 서양인들의 사고와

---

23) 위의 책, 1023쪽. 모리스 블랑쇼에 의하면 작가는 세계를 편력하고자 하는 강렬한 욕망을 외교관이라는 직업을 통해 채워 나가는데, 그 욕망 충족의 다른 한편으로는 자신의 가족 및 친지들과의 단절로 인해 자신이 버림받았다는 느낌, 더 나아가 추방되었다는 느낌에 괴로워했다.(Maurice Blanchot, "Claudel et l'infini", Le livre à venir, Gallimard, 1990, 94쪽 참조) 외지에서 그처럼 외롭고 고독한 삶을 살아야 하는 작가에게 중국인들의 '우애로운' 공동체적인 삶은 더욱더 인상적으로 다가왔을 것이다.
24) 위의 책, 1024쪽.
25) 이어령은 자크 아탈리가 『프라테르니테』에서 세계 구도 분석에 새로운 시각으로 이용하고 있는 '삼색기 패러다임'을 아주 흥미로운 것으로 지적하고 있다. 『젊음의 탄생』, 생각의 나무, 2008, 264~270쪽 참조.
26) Paul Claudel, Oeuvre poétique, Gallimard, 2006, 1027쪽.

는 정반대적인 모습을 묘사하고 있다.

> 중국은 유럽처럼 칸compartiments으로 분리되지 않았다. […] 사람들은 땅을 정복의 대상으로, 결정적이고 체계적인 개발 대상으로 여기지 않았다. (「운하에서의 휴식」, 78쪽)

이 구절은 소위 서양의 문명화에 기여한 이분법적인 사고, 그 사고의 결과인 과학만능주의적 실증주의 사고를 역으로 비판하고 있다. '나'와 타인, '나'와 세계, '나'와 자연과의 분리. 유럽의 근대 사회에서는 그처럼 '외부'의 모든 것으로부터 분리된 자아관이 막강한 영향력을 발휘했다. 그리하여 유럽의 근대 사회에서는 "유럽의 지성적 전통과 언어 전통에 깊게 뿌리내리고 있어서 인간의 자기의식에 직접 주어진 것처럼 보이는 구분, 즉 인간의 '내면'과 '외부 세계' 사이를 가르는 날카로운 경계선을 그 타당성의 비판적·체계적 검증 없이 철학적 인식론과 과학 이론, 그리고 사회학 이론의 자명한 가정으로 내세"[27]웠다. 어쨌든 그 결과로 과학의 발달과 문명화는 동양보다 빨리 이루었을지 모른다. 그렇지만 서양인들처럼 "자신의 '내면' 속의 '자아'는 '외부'의 모든 인간들과 사물들로부터 단절되어 혼자 존재한다는 이념을 당연한 것으로 받아들이는 사람들은 개인들이 어려서부터 다른 사람들과 상호 의존 관계에서 살아간다는 사실에 의미를 부여하기가 어렵다."[28] 인간 상호 간의 교류가 잘 이루어지지 않을 때에는, 설령 이루어질지라도 개인의 진정한 본질은 폐쇄한 채 피상적으로만 이루어질 경우 개인은 고독과 소외밖에 느낄 것이 없다.

---

27) 노르베르트 엘리아스, 『문명화 과정 I』, 박미애 옮김, 한길사, 1996, 91쪽.
28) 위의 책, 87쪽.

그렇지만 작가에 따르면 중국은 이와 반대이다. '나'와 '외부 세계' 사이에 경계선을 두지 않는다. 자연을 정복의 대상으로 생각하지 않는다. '나'와 '외부 세계', 즉 '나'와 타인, '나'와 사물, '나'와 자연 사이에 경계가 존재하지 않는다. 중국인들은 서양인들처럼 폐쇄적인 인간관을 가지고 있지 않다. 그리하여 그들의 우글거리며 어울려 사는 공동체적 삶은 서양인들의 삶과는 본질적으로 다르다.

서양인들의 관점에서의 정신적·물질적 문명화는 이루어지지 않았지만, 그리하여 소위 문명화된 사회 구성원들의 덕목으로 일컬어지는 질서와 정돈, 위생적인 태도, 그리고 문명의 이기들을 중국인들의 그 우글거리는 삶 속에서 발견하지는 못했지만, 작가가 그들 사이에서 오히려 "물고기가 물을 만난 듯" 편안함과 친숙함과 자연스러움을 느낀 것은 바로 그러한 이유에서였던 것이다.

성서의 '태초'를 꿈꾸게 하는 땅

작가에게 중국은 사원이 많은 나라다. 그가 '특별히' 좋아한 중국 풍경 중 하나도 멀리서 탑이 보이는 평화로운 사원들의 모습이었다. 그가 좋아한 "가느다란 막대기 향 하나와 종이 한 장으로 예배를 올리는 나무 밑의 보잘것없는 작은 성소들"[29]은 이 사원들과 함께 초자연적이고 신성한 분위기를 자아낸다. 작가는 시 「사원의 탑」에서 중국의 한 사원을 이렇게 묘사한다.

이곳의 사원은 균일하고 폐쇄적인 유럽의 사원과는 달리 제한된 신앙과 교리로 비의秘儀에 경계를 둘러 가두지 않는다. 사원의 기능은 신을 외부로부터 보호하는 것이 아니

---

29) 폴 클로델, 앞의 책, 1023쪽.

다. 그것은 어떻게 보면 하늘에 매달린 한 장소를 가설하는 것인데, 그 건물은 그것이 봉헌된 신 이외의 모든 신에게도 함께 봉헌된다. [⋯] 평화의 왕이신 부처는 그곳에서 모든 신과 함께 거처한다. 중국의 건축은 이를테면 담을 제거한다. (「사원의 탑」, 27쪽)

중국의 사원은 그처럼 '넉넉하다.' 유럽의 사원처럼 폐쇄적이지 않고, 하나의 신에 봉헌되지도 않으며, 교리 또한 제한적이지 않다. 그렇게 부처는 담이 없는 넉넉한 공간에서 여러 신들과 함께 거처한다.

어느 날 서술자는 산꼭대기에 올라 도시를 응시한다. 시야에 들어오는 수많은 사원과 그 사원들 위로 감도는 장중한 기운은 "아내도 자식도 없는 사람"이 느끼는 지독한 고독과 불안을 달래 준다. 서술자는 사원이 많은 그 도시를 이렇게 정의한다.

이 도시는 사원의 도시이다. (「도시의 응시」, 68쪽)

이 '사원의 도시'에는 세속적이고 불경한 것은 전혀 눈에 띄지 않는다. 장엄하고 신성하며 평화로운 분위기에서 그는 종교적인 영원성을 느낀다.

이 영원한 도시의 고요한 모습은 어떠한 세속적인 것도 드러내 보이지 않는다. (「도시의 응시」, 68쪽)

중국의 사원은 그처럼 신성성과 불멸성을 여전히 간직하고 있다. 물론 외부와 여타의 다른 신들에게는 개방적이지만, 성소로 다가가는 데는—물론 다분히 상징적이지만—"위험이 산재한 힘든 길"30)이 가로놓여 있다.

---

30) Mircea Eliade, *Le mythe de l'eternel retour*, Gallimard, 1969, 31쪽.

이를테면 신들의 세계와 교접하기 위해 세속적인 공간에서 거룩한 공간으로의 이행을 상징하는 다양한 장치인 '문지방'과 제식이 요구된다.

> 두 개의 공간(성소의 안과 밖)을 갈라놓는 문지방은 또한 두 개의 존재 양식, 즉 세속적인 것과 종교적인 것 사이의 거리를 가리키기도 한다. 그 문지방은 한계점이요 경계선이며, 두 개의 세계를 갈라놓고 대립하는 구분선이다. 동시에 그것은 이들 세계가 교섭을 갖고, 세속적인 것에서 거룩한 것에로의 전이가 가능성을 얻게 되는 역설적인 장소이기도 하다.31)

그처럼 작가가 보기에 중국인들은 '문지방'의 경계를 분명히 함으로써 여전히 사원의 신성성을 보존하고 있다. 그리하여 그들은 고대 사회의 사람들처럼 "가능한 한 거룩한 것 안에서, 혹은 거룩한 대상들에 가까이 다가가서 살고자 하는 경향"32)을 잃지 않았다. 작가는 오랜 중국 체류 동안 거룩함이 퇴색하지 않은, 이를테면 탈신성화되지 않은 사원과 중국인들을 많이 체험한다.

> 중국과 일본에 살았을 때, 나는 신도들에게 그들이 숭배하는 상像이나 위패에 곧바로 다가가는 것을 허락하지 않고 온갖 종류의 방법으로 마음에 […] 준비 자세를 갖도록 하기 위해 다리나 문, 화랑, 계단, 칸막이로 막힌 출입구, 보조적인 층계참에서의 정지 등 우회적 접근을 위한 사원들의 설계에 자주 감탄했다. […] 사원은 광장이나 넓은 안뜰로 둘러싸여 세속적인 분위기로부터 격리시켰다. 그곳에 접근하기 위해서는 특별한, 이를테면 영성화된 이행 단계들을 거쳐야 한다. 외부와 내부 사이에는 옛날 예

---

31) 미르체아 엘리아데, 『성과 속: 종교의 본질』, 이동하 옮김, 학민사, 1983, 20쪽.
32) 위의 책, 12쪽.

루살렘에서처럼 몇몇 이행 과정이 준비되어 있다. 그렇지만 우리의 현대 교회들은 그렇지 않다.[33)]

'현대의 유럽 교회들에는 옛날 예루살렘 교회나 중국의 사원들처럼 세속에서 성스러움으로 이행하는 상징적 과정이 부재한다.' 그처럼 근대 유럽의 교회와 사회에는 탈신성화 작업이 많이 이루어졌다. 산업화 과정의 물리학과 화학, 그리고 과학적 사고의 획기적인 발전의 귀착이기도 한 탈신성화는 종교적 인간뿐 아니라 비종교적 인간에게까지 확산되었다. 그리하여 그것은 교회에까지 스며든다. 작가는 유럽 교회의 그와 같은 탈신성화된 사정을 한탄하면서 도대체 기도를 하기 위해 어디로 가야 하느냐고 질문한다.

19세기부터 교회 건물들은 협약[34)]의 성격을 갖는다. 교회 건물들은 […] 결혼, 세례, 첫 성체 배령, 교리 문답 강의, 장례식, 회의 등 공익사업 행정에 충당된다. 파리의 한 교회의 제의실祭衣室은 시청 사무실 못지않게 분주하며, 사원은 역과 재판소의 홀 같다. 도처에 게시물과 인쇄물이 붙어 있다. […] 도대체 기도를 올리기 위해 이제 어디로 가야 하는지?[35)]

중국의 사원들에서 그처럼 강하게 느껴지는 신성성은 이제 그 나라에서 접하게 되는 인류 초기의 풍경에 오버랩된다. 작가는 중국의 풍경들에서 "거의 화석화되어 보존된"[36)] 태초의 모습을 본다. 그리하여 그에게

33) 폴 클로델, 앞의 책, 135쪽.
34) 1801년 교황과 나폴레옹과의 강제 협약을 가리킨다.
35) 폴 클로델, 앞의 책, 132쪽.
36) 위의 책, 1047쪽.

"중국은 [⋯] 우리 시대에 볼 수 있는 원시 사회 유형의 최후의 잔존"[37]이다. 나아가 "중국은 인류의 모든 사상을 원시 상태 그대로 보존하고 있다. 중국은, 우리의 포도나무와 밀과 버찌나무와 사과나무 등 모든 낟알 식물과 유실수의 재배로 인한 변화 이전의 본래 모습대로 볼 수 있는 캅카스와 알타이의 정원들을 닮았다."[38] 이처럼 "최초의 상태 그대로 기적적으로 보존된 원시적인 땅인 중화민국"[39]은 작가가 '원시적인 인간'이라고 부른—여호와가 모세에게 내린 계시 이전의—인류에 관한 연구의 실제적인 장場이 되기도 했다.[40]

중국의 풍경에서 확인한 인류 초기의 그 실제적인 모습과 사원의 신성성은 그렇게 오버랩되면서 작가에게 구약 시대를 환기시킨다.

> 나는 [⋯] 가나안 땅을 닮은 이 땅에 다시 인사한다. [⋯] 정화의 순간! 동방과 북방의 나라 사이에서 끊임없이 바람이 불어온다. 풍성한 수확. 과일이 너무 많이 달려 힘들어하는 나무들이 강하게 또는 희미하게 향기를 풍기면서 (바람에) 떼밀리며 쉬지 않고 움직인다. 굉장한 대지의 결실들이 정화의 맑은 빛 속에서 (바람에) 흔들리고 있다.(「인사」, 93~94쪽)

이처럼 작가가 다시 돌아와 '인사하는' 땅은 가나안 족속이 사는 땅을 닮았다. 여호와가 이스라엘 족속을 이집트인의 손에서 건져 내어 인도해 주겠다는 그 "아름답고 광대한 땅, 젖과 꿀이 흐르는 땅"[41]으로, '약속의

---

37) 위의 책, 1047쪽,
38) 위의 책, 1080쪽.
39) Yvan Daniel, *Paul Claudel et l'empire du Milieu*, Les Indes savantes, 2003, 313쪽.
40) 위의 책, 314쪽 참조.

땅Terre promise'과 닮았다.

가을 들녘 태양과 대지의 융화는 「창세기」의 동방에 마련된 에덴동산을, 흐르는 강(양자강)은 그 에덴동산의 네 지류 중의 하나와 에덴동산을 경작하는 최초의 인간인 아담을 환기시킨다.[42] 황금빛의 그 가을 들녘은 또한 신과 인간이 대화를 나누던, 정화하는 맑은 햇빛에 "각종 나무의 실과"가 맛있게 익어 가던 「창세기」의 그 태초의 하늘과 대지를 환기시킨다.

> 하늘은 지극히 숭고한 사랑의 미소를 대지에 보낸다. (「10월」, 53쪽)
> 물은 포도주로 바뀌었다. 오렌지는 고요한 나뭇가지에서 빛나고 있다. 곡식과 볏짚, 나뭇잎과 과일 등 모든 것이 익었다. 진정, 황금빛이다. (「황금 시간」, 119쪽)
> 이 나라에 큰 재앙은 이제 지나갔다. 생명과 양식을 가득 안고 흘러가는 이 강은 에덴동산에서 발원하는 그 강물이 흘러 지나가는 곳만큼 황량한 지역을 적신다. 인간은 […] 처음으로 거칠고 강한 소리로 들판에서 외쳐 보지만 아무 응답이 없다. (「대하」, 62쪽)

실제로, 중국에 체류하던 시기에 작가는 아직 성직자가 되려는 마음을 포기하지 않고 있었다. 텐Taine의 실증주의와 르낭Ernest Renan의 반종교적 사상에 심취해 종교를 멀리하던 중 18살이 되던 해 크리스마스 축제 때 파리의 노트르담 성당에서 뜻밖의 계시를 받아 전격적으로 '개종'한 그는, 후에 외교관이 되어 중국에서 5년을 체류하는 동안에도 종교에 대

---

41) 『성경전서』, 대한성공회, 1956, 「출애굽기」 제3장 8절.
42) 위의 책, 「창세기」 제2장 10~15절. "강이 에덴에서 발원하여 동산을 적시고 거기서부터 갈라져 네 근원이 되었으니 첫째의 이름은 비손이라 금이 있는 하윌라 온 땅을 둘렀으며 그 땅의 금은 정금이요 그곳에는 베델리엄과 호마노도 있으며 둘째 강의 이름은 기혼이라 구스 온 땅에 둘렸고 셋째 강의 이름은 힛데겔이라 앗수르 동편으로 흐르며 넷째 강은 유브라데더라 여호와 하나님이 그 사람을 이끌어 에덴동산에 두사 그것을 다스리며 지키게 하시고."

한 소망을 포기하지 않았다. 1900년에 휴가차 귀국한 그는 리귀제Ligugé에 있는 베네딕트회 수도원으로 들어간다. 하지만 성직자의 길이 자신의 길이 아님을 종내 깨닫고 1901년에 다시 중국으로 돌아와 외교관직에 복귀한다. 그처럼 그는 중국에 체류하던 그 기간 내내 "내가 좋아하는 성서"[43]를 읽고 종교에 관해 성찰하는 일을 게을리하지 않는다. 그뿐만 아니라 그는 신앙과 철학의 관계와 하느님의 바람, 그리고 인격의 의미에 대해 큰 가르침을 준다고 하는 토마스 아퀴나스Thomas Aquinas(1224~1274)의 두 걸작 『신학 대전』과 『이단 논박 대전』을 읽고 주석을 붙인다.[44] 그는 중국에 관한 자신의 산문시집인 『동방의 인식』에 대한 인터뷰 『즉흥적인 기억들』에서 이렇게 고백한다.

> 극동 아시아에서 보낸 5년은 내가 계속해 왔던 종교 공부의 연속이었습니다. 토마스 아퀴나스의 두 『대전』을 처음부터 끝까지 읽고 주석을 단 것도 바로 그 5년 동안이었습니다. 그 책들은 영적인 측면에서든 예술적인 측면에서든 내게 아주 유익했습니다. 왜냐하면 그것들은 나의 정신을 단련해 주었으며, 이성적인 관점에서 뿐만 아니라 예술적인 관점에서 내게 특별한 한 도구를 제공해 주었기 때문입니다.[45]

그처럼 종교 문제에 몰두하던 젊은 작가가 접한 중국인들의 일상, 사원에서 '생생하게' 느낀 신성성, '화석화되어' 고스란히 남아 있는 인류 초기의 흔적은 구약 성서의 태초를 연상케 한다. 눈앞에 펼쳐지는 강과 들

---

43) Claude - Pierre Perez, *Le défini et l'inépuisable, Essai sur* Connaissance de l'Est *de Paul Claudel*, Annales Littéraires de l'Univ. de Besançon, 1995, 17쪽.

44) 그는 시 「정주민」에서 이 두 책의 독서와 신에 관한 성찰에 대해 언급한다. "Et, me saisissant d'un livre inépuisable, j'y poursuis l'étude de l'Etre."(「정주민」, 92쪽)

45) Claude - Pierre Perez, 앞의 책, 11쪽에서 재인용.

판 그리고 농부는 그의 환영 속에 여호와가 동방에 마련한 에덴동산과 아담 그리고 가나안 땅으로 생생하게 나타난다.

훗날 중국 체류에 대한 그의 추억에서 사원과 작은 성소들이 '특별히' 감미롭게 느껴졌던 것은, 그처럼 기적적으로 보존된 태초의 대지의 풍경과 더불어 그것들이 그에게 성서의 태초를 환기시켜 희열을 느끼게 해 주었기 때문이다. 엘리아데의 다음의 말은 우리의 이 견해에 대해 암시하는 바가 크다.

> 요컨대, 성스러운 곳의 변증법은 끊임없이 '낙원에 대한 향수'를 드러내 보인다.46)

삶과 죽음이 대립하지 않는 땅

> 그는 자신의 젊은 시절이 죽음에 대한 인식과 버림받았다는 감정으로 불행했다고 말했다.47)

모리스 블랑쇼의 위의 말처럼 클로델은 젊은 시절부터 죽음에 대해 고뇌했다. 중국에 오기 전에 집필한 두 작품 『황금 머리』(1889)와 『도시』(1890)의 두 주인공은 끊임없이 죽음과 싸우며 무無로 돌아가기를 거부한다. 그들은 저세상에 대한 공포에 봉착하며, 죽음에 대한 생각에 시달린다. 그 상태는 중국에 체류하는 동안에도 전혀 변하지 않는다. 그리하여 『동방의 인식』의 시들을 집필하는 도중에 쓴 『시론』 속의 글 「세계와 자아 인식론」은 죽고 난 뒤의 영혼과 육체의 분리, 영혼의 향방에 대해 고찰하

---

46) Mircea Eliade, *Traité d'histoire des religions*, Payot, 1983, 323쪽.
47) 모리스 블랑쇼, 앞의 책, 94쪽.

고 있다. 물론 이 문제는 앞서 언급했듯이 『성경』과 토마스 아퀴나스의 『신학 대전』, 『이단 논박 대전』 등을 읽으면서 고뇌한 종교적 차원의 문제와도 결부된다. 친구 프리조Frizeau에게 보낸 편지를 보면, 자신의 개인적인 문제의 해결을 위한 성찰의 결과물인 그 글을 집필할 당시 죽음의 문제, 더 정확히 말해 인간 영혼의 불멸성과 영혼의 인식 능력 및 의지 능력에 관한 문제가 그를 얼마나 '병적'으로 괴롭혔는지를 알 수 있다.

> 나는 현재로서는 철학서나 학술서에는 관심이 없네. 최근의 내 글(「인식론」)은 오래전부터 나를 괴롭혀 온 커다란 한 가지 의문, 즉 사후의 인식 상태에 대한 의문을 해결해 주었네. […] 그것은 내게서 '무시무시한 죽음'의 불안을 덜어 주었어. 내 안의 또 다른 불안들이 치유되는 것이 느껴지기를 나는 기대한다네.[48)

그런데 중국에 도착한 그에게 가장 인상적인 풍경 중의 하나가 사방에 널려 있는 무덤의 모습이었다. 들판과 구릉은 오래된 묘지들로 뒤덮여 있고 거지와 문둥병 환자들이 즐비한 거리를 지나 멀리 대나무 숲 사이로 보이는 사원의 탑을 구경하기 위해 천천히 걸어가는 서술자의 시야에 들어오는 묘지의 풍경, 그것은 진정 거대한 공동묘지와 다름없다.

> 들판은 거대한 공동묘지이다. 도처에 관들이 보인다. 시든 갈대 사이의 총塚들과 마른 풀 속에 줄지어 늘어선 작은 돌 말뚝들, 갓 모양의 입상들, 그리고 사자상獅子像들은 그것들이 오래된 묘지임을 말해 준다.(「사원의 탑」, 27쪽)

그가 걸어가는 시골길 양쪽으로 이어지는 낮은 구릉들, 그리고 그 건너

---

48) Paul Claudel, *Oeuvre poétique*, Gallimard, 2006, 1052쪽.

편에 펼쳐지는 산에도 무덤이 온통 산토끼 군서지처럼 끝이 없다. 그리하여 그곳은 작가에게 "무덤의 나라le pays des tombes"이자 "죽은 자들의 영역la région funèbre"이다.

> 석연치 않은 햇빛의 침침한 빛 속에 들여다보이는 저 죽은 자들의 영역은 전체가 거칠고 노란 솜털 같은 것으로 덮여 있다. 우리의 길 좌우 구릉들의 기슭에서부터 꼭대기까지, 그리고 계곡 반대편 까마득히 먼 산들에는 땅굴의 산토끼 군서지처럼 묘지들로 구멍이 뿅뿅 뚫려 있다. (「무덤들, 떠들썩한 소리」, 41쪽)

그처럼 무덤들은 산과 구릉, 들판을 가리지 않는다. 진창이 아닌 곳이면 어디든지 "마개로 막은 수도관처럼 크고 작은 오메가 문자 모양"의 무덤들로 뒤덮여 있다. 서술자 역시 구릉의 꼭대기에 있는 자신의 집에 다다르기 위해서는 무덤들을 거쳐야 하기에 그 또한 무덤의 나라에 살고 있는 것과 다름이 없다.[49] 그처럼 '죽은 자들의 영역'은 산 자들의 영역과 아주 근접해 있다. 산 자들의 땅과 죽은 자들의 땅이 확연히 구별되어 있지 않다. 작가가 보기에 "중국에서는 죽음(의 영역)이 삶(의 영역)만큼의 공간을 차지하고(「무덤들, 떠들썩한 소리」, 41쪽)" 있으며, "산 자와 죽은 자 사이의 관계의 끈이 깨끗이 끊어지지 않는다."(위의 시, 41쪽) 그리고 죽은 자들의 세계와 산 자들의 세계 사이의 구별은 문지방[50]에 의해 한 집의 안과 밖, 마루와 방, 또는 두 방 사이가 구별되는 것과 별 차이가 없다. 죽은 자들의 세계가 산 자들의 세계에 인접해 있는 것이다. 본디 삶의 세계

---

49) 위의 책, 42쪽 「무덤들, 떠들썩한 소리」 참조.
50) "Mais à peine suis-je... des manes. […] Et comme nous avons franchi le seuil de la vie."(「무덤」, 73쪽)

와 죽음의 세계는 뚜렷이 대립하거나 확연하게 분리·구별된 것이 아니다. 그리하여 장자莊子가 말한 것처럼, "인간의 생명이란 하늘과 땅 사이에 가득 찬 기氣의 모임과 흩어짐이다. 생명은 기가 모인 것이고 죽음은 기가 흩어진 것이다. 삶은 죽음의 뒤따름이고 죽음은 삶의 시작이다生也 死之徒 死也 生之始. 생명은 죽음의 연속이고 죽음은 생명의 시작이므로 사실 이 두 가지는 결코 본질적인 구별이 없다."51) 그처럼 장자는 "삶과 죽음의 변화 속에서 삶이 앞이고 죽음이 뒤라는 것도 몰랐으며, 죽음이 앞이고 삶이 뒤라는 것도 몰랐다."52)

클로델은 노장의 음양陰陽53)을 이용하여 나름대로 중국인의 죽음에 대한 생각을 이해한다. 음양이 서로 상보적이듯이 죽음과 삶 또한 서로 상보적이라는 것이다.

> 음양의 개념은 당신들로 하여금 중국인들의 사후의 삶에 대한 생각을 이해하게 해 줄 것이다. [···] 일반적으로 중국인들에게 사후의 삶은 이승의 삶의 상보물과 같다고 말할 수 있다. [···] 그곳에는 이승에서와 같은 풍속과 습관, 통치, 시정施政이 있다. 그것은 이를테면 육체적인 삶에 겹쳐진 정신적인 삶이다. 그 두 삶은 경계가 확실히 정해져 있지 않다. 따라서 경계가 불분명하다.54)

---

51) 콴지엔잉, 『노자와 장자에게 직접 배운다』, 노승현 옮김, 휴머니스트, 2004, 358쪽.
52) 위의 책, 364쪽.
53) 중국에 체류하는 동안 작가는 중국의 철학과 종교에 관한 서적을 많이 읽었으며 불교와 도교, 유교의 사상이 그의 문학 세계에 많은 영향을 끼친 사실은 주지하는 바이다. 『동방의 인식』에 실린 「운하에서의 휴식」에서도 『도덕경』에 대한 언급을 쉽게 발견할 수 있다. 작가는 또 1898년에 「Tao Teh King」이라는 시도 한 편 썼다.(Paul Claudel, *Oeuvre poétique*, Gallimard, 2006, 963쪽 시 참조)
54) 폴 클로델, 앞의 책, 1082쪽.

죽음에 대한 작가의 이와 같은 이해는 "모든 것의 근원으로 믿는 음양은 두 개의 존재가 아니라, 두 개의 이질적인 것이 합친 것이 아니라, 처음부터 두 개로 나눌 수 없는 하나로서의 존재의 두 가지 차원을 말할 뿐이다. 노자의 이른바 실체와 현상, 천당과 현세, 속세와 열반이 서로 갈라놓을 수 없는 하나의 존재"[55]라는 이해와 크게 다르지 않다.

이렇게 삶과 죽음은 뚜렷하게 분리·구별된 것이 아니기 때문에 문지방을 넘어 다른 공간으로 여행을 떠나는 것과 흡사하다. 중국에는 산 자가 죽음을 체험해 보는 이야기가 많이 전해 내려오는데, 작가가 소개하는 다음의 이야기는 죽음에 대한 중국인들의 그와 같은 생각을 잘 보여 준다.

> 중국의 민속에는 (체험을 위해) 산 자들이 죽음의 위험을 무릅쓰는 이야기가 많다. […] (그) 사람의 발길이 닿지 않는 곳을 헤매는 여행자 이야기가 있는데, 그는 안개 속에서 느닷없이 맞닥뜨린 케케묵은 묘석에 반쯤 지워진 이런 비문을 읽게 된다. '이곳은 두 세계의 경계임.'[56]

이처럼 죽음은 다른 곳으로 여행하는 것에 비유되기도 한다. 중국의 벽화나 두루마리 그림에서도 죽은 자가 홀연히 여행을 떠나는 모습의 묘사를 자주 볼 수 있다. 죽음을 여행에 비유하는 중국인들의 생각을 뒷받침해 주는 증표는 장례식에서도 잘 확인된다. 노자路資의 상징들이 곧 그것이다. 죽은 자의 안전하고 편안한 여행을 기원하면서 지푸라기로 꼰 새끼줄 틈 사이에 꿰어 상여에 매달아 놓는 지폐. 그 지폐는 이제 하나의 상징으로만 남는 경우가 많아졌다. 작가는 중국에서 여러 번 크고 작은 장례

---

55) 박이문, 『노장사상』, 문학과지성사, 1983, 83쪽.

56) 폴 클로델, 앞의 책, 1082쪽.

식을 참관하는데, 한 장례식 장면에 대해 이렇게 묘사한다.

나는 옛날의 수렵 도구들을 앞세우고 궁수들과 매부리와 낙타 행렬이 느릿느릿 앞으로 나아가는 것을 보았다. 낙타에는 황금빛 비단이 덮어씌워져 있었다. 검은담비 모피가 늘어져 있는 (낙타들의) 목 아래쪽으로는 한 움큼씩 뿌려지는 원반형의 흰 종이들, 즉 죽은 자의 노자가 어지러이 날아다녔다.[57]

사자死者의 영혼을 달래기 위해 사후 7개월째 올리는 제7월제를 목격한 서술자는 죽은 자의 노자[58]에 대해 이렇게 묘사한다.

그 마분지 더미들은 죽은 자들의 돈이다. 얇은 종이로 사람과 집과 동물의 형태를 오려 낸 것이다. 삶의 '수호성인들'인 그 가벼운 우상들은 죽은 자를 따라가는데, 죽은 자가 가는 곳에 함께 따라가 태워진다. (「제7월제」, 36쪽)

자신의 집에서 다른 곳으로 여행을 떠나는 것. 중국인들에게 죽음은 그 여행만큼 간단한 것이다. 복잡하게 생각할 일이 아니다. 삶과 죽음은 서로 대립되는 두 세계가 아니다. 상보적인 하나의 세계다. 그처럼 "삶과 죽음은 하나의 현상, 하나의 존재"[59]인 것이다.

그러니 죽음을 두려워할 필요가 없다. 『장자』의 「대종사大宗師」편에서 말하듯, 천지자연이 준 형체天大塊載我以形를 가지고 아름다운 자연을 거닐면서 소요逍遙를 즐기다가 죽음이 오면 그저 또 다른 여행의 기회로 생

---

57) 위의 책, 1079쪽.

58) 저자는 또 노자를 "monnaie illusoire(눈속임 돈)"이라고 표현하기도 한다. 폴 클로델, 앞의 책, 1022쪽 참조.

59) 박이문, 앞의 책, 84쪽.

각하고 홀연히 떠나면 되는 것이다. 장자는 말한다.

옛날에 진인은 삶을 기뻐하지도 않고 죽음을 싫어할 줄도 몰랐다. 출생했다고 기뻐하
지도 않고 죽음에도 항거하지 않으며 선선히 가고 선선히 올 뿐이다. 그 비롯되는 바
도 잊지 않고 그 끝나는 바도 추구하지 않는다. 삶을 받아서 기뻐하다가 죽어서 자연
으로 돌아간다.
古之眞人, 不知設生, 不知惡死, 基出不訴, 基入不距, 攸然而往, 攸然而來而
已矣. 不忘基所始, 不求基所終, 受而喜之, 忘而復之.[60]

자연의 일부인 인간은 다시 자연으로 돌아가게 되어 있다. 그것은 대우
주, 대자연의 필연이다. 그러니 대자연의 법칙에 순응할 필요가 있다. 클
로델에 의하면, 세상의 어떤 국민도 중국인만큼 자연과 어울려 아름다운
조화를 이루며 살아가지 못한다. 이 말은 곧 중국인들은 자연에 순응하며
살아간다는 말에 다름 아니다. 다음은 작가가 그 사실을 명확히 깨닫고
있음을 보여 준다.

중국에서만큼 자연과 인간이 그렇게 훌륭한 조화를 이루며 사는 것 같은 곳은 없다.
또한 (중국에서만큼) 자연과 인간이 서로를 더 잘 이해하는 곳도 없다. 때로는 마치
인간의 작품들이 자연의 자연발생적인 산물인 것처럼 인간이 자연을 모방하며, 또 때
로는 다름 아닌 바로 자연이 인간의 예술을 모방하는 것 같기도 하다. [...] 인간은 자
연을 파괴하여 자연의 의지를 자신의 의지로 대체하지 않는다. 인간은 개미와 새들처
럼 자연 속에서 자신의 자리만을 차지할 뿐이다.[61]

60) 노자 · 장자, 『노자 · 장자』, 장기근 · 이석호 옮김, 삼성출판사, 1982, 241쪽, 『장
자』「대종사」편.

227

중국인들의 자연관에 대한 작가의 이러한 이해는, 기독교에서의 인간과 자연과의 관계에 대한 반성이기도 하다. 주지하다시피, 기독교에서는 모든 자연 현상을 인간의 도구로 보기 때문이다. 인간은 자연과 대립해서 자연을 정복하고 이용할 수 있고, 그렇게 할 수 있는 권리가 있으며, 또 그렇게 해야 마땅하다고 주장한다. 그처럼 기독교는 자연의 인간화를 주장하고 인위적인 것을 찬양한다.62)

다시 죽음에 관한 우리의 이야기로 돌아오면, 작가에게 중국인들의 죽음에 대한 생각은 여행을 위해 집을 떠나는 것과 같다. 삶이 자연에 순응하는 것처럼 죽음 또한 자연에 순응하는 일이다. 그러므로 죽음을 대자연의 이치에 따른 운명으로 받아들여야 한다. 따라서 삶에 집착할 일도, 죽음에 대해 그렇게 슬퍼할 일도 아니다. 두려워할 일도 당연히 아니다. 그저 "나의 삶을 좋은 일로 여기는 것과 마찬가지로 나의 죽음을 좋은 일로 여겨야 한다故善吾生者, 乃所以善吾師也."63)

그처럼 현실의 삶의 공간에 아주 인접해 있는, 어떻게 보면 거의 그 안에 뒤섞여 있는 중국의 그 무덤들에 대한 추억이 훗날 작가에게 '특별히' 즐겁게 기억되는 것은 이러한 이유 때문이었다. 이 무덤들에 대한 철학적인 성찰은 당시 그를 매우 괴롭히던 "떨쳐 내야 할 불안들"64) 중의 하나였던 죽음에 대한 고뇌라는 개인적인 문제의 해결에 적지 않은 도움과 함께 더없는 위안이 되어 주었다.

61) 폴 클로델, 앞의 책, 1077쪽.
62) 박이문, 앞의 책, 93쪽.
63) 콴지엔잉, 앞의 책, 359쪽.
64) Paul Claudel, *Oeuvre poétique,* Gallimard, 2006, 1052쪽.

이상적인 세계를 알게 하는 중국

우리는 지금까지 작가가 14년여 동안 중국에서 외교관으로 근무하면서 그 체류의 경험에 기초하여 쓴 중국에 관한 작품들(산문시 모음집인 『동방의 인식』과 서론에서 밝힌 여러 산문들)을 바탕으로 작가에게 '특별히' 매력적이고 감미로웠던 세 가지 점, 즉 우글거리며 어울려 사는 우애로운 삶, 사원과 성소, 그리고 무덤들의 실상과 그 점들이 작가에게 왜 그토록 매력적으로 다가왔는지를 살펴보았다.

가족과 친지를 떠난 삶에서 느끼게 되는 '버림받은 것' 같은 감정과 나아가 '추방된 것' 같은 감정에 시달리기도 한 작가는 우글거리며 어울려 사는 중국인들의 삶에서 자발성에 기초한 진정한 자유와 형제애, 그리고 —상호성과 조화에 의해 더 잘 보완된—평등을 발견한다. 어떻게 보면 그것은 프랑스인들이 백여 년 전부터 추구해 오던 삼색기 정신이 그곳에서 실현되고 있는 것에 대한 확인이다. 유럽인들의 이분법적인 사고와 그 결과물인 과학만능주의적 실증주의 사고는 소위 문명화에는 기여한다. 그러나 '나'와 타인, '나'와 세계, '나'와 자연의 분리는 타인들과 상호 의존 관계에서 살아가야 한다는 사실을 수용하지 않음으로써 인간 상호 간의 교류와 이웃 사랑을 어렵게 한다. 설령 교류가 이루어질지라도 개인의 진정한 본질은 폐쇄한 채 피상적으로만 이루어지는 경우가 많아 개인은 고독과 소외만 느낄 뿐이다. 하지만 중국인들은 반대로 그와 같은 폐쇄적인 인간관을 가지고 있지 않다. 그렇기에 우글거리며 어울려 사는 그들의 공동체적인 삶은 서양인들의 삶과는 본질적으로 다르다. 서양의 문명화에 생소함과 혐오감을 느껴 오던 작가가 중국에 체류하는 동안 '물고기가 물 만난 듯' 편안함과 친숙함, 그리고 자연스러움을 느낀 것은 바로 그런 연유에서이다.

종교 문제로 고뇌하던 작가에게 중국의 많은 사원과 성소에서 생생하게 느끼는 신성성과, 자연 풍경에 '화석화되어' 새겨져 있는 흔적들은 구약 성서의 태초를 환기시킨다. 눈앞에 펼쳐지는 강과 들녘, 그리고 농부는 그의 환영 속에 인류 초기와, 구약 속의 동방에 마련된 에덴동산과 아담, 그리고 가나안 땅을 환기시킨다. 그처럼 탈신성화되지 않은 중국의 사원과 작은 성소들이 '특별히' 그에게 감미로웠던 것은 그것들이 기적적으로 보존된 태고의 풍경과 함께 신과 인간이 어울려 살던 『성서』의 태초를 꿈꾸게 함으로써 희열을 맛보게 해 주었기 때문이다.

시선이 가는 곳이면 거의 어디에서나 목격되는 무덤들은 작가에게 죽음에 대한 성찰을 요구한다. 죽은 뒤 인간 영혼의 불멸성과 인식 능력에 대한 고뇌 속에서 독서와 성찰을 거듭하던 작가에게 중국인들의 죽음에 대한 생각은 큰 위안이 되어 준다. 그들에게 죽음은 살던 집을 떠나 여행을 떠나는 것과 흡사하다. 삶과 죽음은 분리 · 구별되지 않는 하나의 현상으로 대자연의 이치에 따르는 일일 뿐이다. 그러므로 죽음 또한 대자연의 이치에 따른 운명으로 받아들여 그 운명에 순응해야 한다. 그처럼, 작가에게 중국 고전의 독서와 철학적 성찰의 기회를 제공한 무덤들은 당시 그의 마음에서 떠나지 않는 강박 관념 중 하나였던 죽음에 관한 개인적인 문제 해결에 큰 도움을 주고 위안이 되어 주었던 것이다.[65]

---

[65] 작가가 중국을 그토록 좋아하고 훗날 중국에 대해 행복한 추억을 가질 수 있었던 이유는 우리가 이 글에서 언급한 것 이외에도 여러 가지를 찾을 수 있을 것이다. 무엇보다 중국 체류 경험은 그에게 중국의 사상을 독서하고 성찰할 기회를 주어 그의 독특한 사상과 문학 세계, 나아가 시학 형성에 큰 도움을 주었다는 점을 들 수 있다. 또한 폴란드 여인 로잘리 베치Rosalie Vetch와의 사랑도 빼놓을 수 없다. 작가가 1900년 중국으로 가는 선상에서 만나 그들은 전격적인 사랑에 빠지는데, 중국은 그렇게 그들의 행복한 사랑의 배경이 되어 주었다. 『대낮의 분할』의 사랑과, 여주인공인 이제Ysé는 바로 그들의 사랑과 그녀를 모델로 하고 있음은 주지의 사실이다. 그처럼, 작가의 인생에서 중국은 이래저래 떼려야 뗄 수 없는, 행복하고 유익한 것을 듬뿍 가져다준 나라였음이 분명하다.

서두에서 우리는 작가의 중국에 대한 '사랑'의 진정성 여부를 거론했다. 그러면서 작가가 당시 제국주의 시대의 가장 강성한 국가의 지식인이자 외교관이었던 만큼 제국주의의 패권주의 이데올로기가 그의 마음에도 암암리에 스며 있지는 않은지 촉각을 곤두세웠다. 보았듯이, 작가의 중국에 대한 '사랑'의 진정성은 이 글의 진행 과정에서 자연스럽게 확인되었을 것이다. 두 번째의 의구심, 즉 클로델에게도 패권주의 이데올로기가 스며들어 있지 않은가의 문제도 해결될 수 있었다. 무엇보다도 앞서 인용한 적이 있는 작가의 고백("나는 현대 문명에 혐오감을 느낍니다. 나는 현대 문명에 항상 이방인처럼 느껴졌습니다. 이곳에서는 반대로 모든 것이 자연스럽고 정상적으로 보입니다")은 그에 대한 아주 적절한 답변이 되어 줄 것이다. 나아가 다음의 인용은 작가의 서양 현대 문명에 대한 혐오가 왜 제국주의 패권주의 이데올로기와 배치되는지에 대한 논리적이고 명쾌한 설명이 되어 줄 것이다.

19세기 중엽을 지나면서 서양인들은 자기 문명이 비서양의 나라들에 비해 앞서 있다는 우월 의식에 인종적 우월감을 가미하여 '문명화의 사명mission civilisatrice'이라는 새로운 도덕률을 만들어 냈다. [⋯] 이 문명화의 사명은 19세기 후반에 이르러 도덕적 의무감의 수준을 넘어 성서적인 의미로까지 윤색되기 시작했다. 그래서 식민지 지배는 신이 내린 사명이 되고, 서양인들이 건설하고 있는 제국은 사회적, 정신적 개혁을 가능하게 하는 거대한 교구로 상징화되었다. [⋯] 19세기 서양인들에게 문명화의 사명은 누구도 거역할 수 없는 지배적인 가치로 자리 잡고 있었[⋯]다. 문명화의 사명이라는 가치에 동의하는 것은 식민지 정책을 실행하는 제국 정부의 관료나 학자들에게 국한되지 않았다. 제국의 황제와 식민지 관료에서부터 식민지 쟁탈전을 벌이는 군대와 기독교 복음을 전파하는 선교사, 비유럽 지역을 탐사하는 탐험가와 인류학자까지 모두가 공유하는 일종의 시대정신이었다.66)

모리스 블랑쇼는 『미래의 책』에서 클로델을 "오로지 현재에게만 말을 거는" "현재의 인간"[67]이라고 평한다. 그런데 그가 말을 거는(혹은 언급하는) 현재는 과거와 미래, 더 나아가 무한을 알기[68] 위한 수단일 뿐이다. 그처럼 그는, 우리가 보았듯이, 자신의 눈으로 관찰하는 중국이라는 '현재'를 통해 태초와, 신이 인간과 어우러져 살던 구약의 시대와, '미래의 삶la vie future', 즉 죽음 뒤에 오는 세상l'au‑delà과, 프랑스 삼색기의 정신이 온전히 실천되는 이상적인 세계를 알아 가고co‑naître 있음을 볼 수 있다.

---

66) 조현범, 『문명과 야만−타자의 시선으로 본 19세기 조선』, 책세상, 2005, 39~40쪽.

67) 모리스 블랑쇼, 앞의 책, 97쪽.

68) 작가는, '안다'는 것은 세계와 '함께 태어나는 일co‑naissance'이기에 시인은 자연의 창조에 끊임없이 참여하여 그 자연과 '함께 태어날co‑naître' 필요가 있다는 주장을 『시론』에서 펴고 있다.

10장 클로델의 일본 취향에 관한 한 연구[*]

일본에 반한 클로델

"나는 동양의 이 큰 책grand livre을 다시 한 번 열어 보련다."[1] 1921년 1월, 클로델이 동경 주재 프랑스 대사로 임명받고 자신의 일기에 기록한 말이다. 1895년 7월부터 1909년 8월까지 14년여 동안을 중국에서 외교관으로 근무했던 클로델에게 이번에 주어진 '동양의 큰 책[2]'은 일본이라는 책이다. 그는 잠시 떠들어 보는 데 그쳤던[3] 이 책을 다시 한 번 자세히

[*] 이 논문은 2009년 정부(교육과학기술부)의 재원으로 한국연구재단의 지원을 받아 연구되었음.(KRF-2009-322-A00105)

1) Paul Claudel, *Journal*, t. I, Gallimard, 1968, 501쪽. Yvan Daniel, *Paul Claudel et l'empire du Milieu*, Les Indes savantes, 2003, 402쪽에서 재인용.

2) 말라르메와 교류했던 클로델은 "언어와 정신과 삶이 어우러져 용해된, 인식론적이고 존재적인 어떤 총체, 어떤 '하나'"(김경란, 『프랑스 상징주의』, 연세대출판부, 2005, 129쪽)를 의미하는 '대문자로서'의 '책Livre'의 용어를 차용하고 있다.

독서할 기회를 갖게 된 것이다.

청춘기에 "황금빛 물고기들, 노래하는 물고기들, 꽃 모양의 물거품들, 형언할 수 없는 바람"(「취한 배」)을 꿈꾸며 랭보처럼 미지를 동경했던 그, 당시의 단 한 가지의 소망, 즉 "이 흉측스러운 세계를 떠나는 것. 이 향락적이고 퇴폐적인 바빌론4)을 떠나는 것.—그의 강렬하고 시적인 언어로 요약하자면—'나를 에워싸고 있는 이 역겹고 흉측한 녹석綠石의 감옥을 부숴버리는 것!'"5)을 이루기 위해 외교관의 길을 택했던 그가 맨 처음 '열어 보고 싶었던 동양의 책'은 사실은 일본이라는 책이었다. 그래서 두 번이나 근무지로 일본을 지원했으나, 번번이 거절당했다. 첫 근무지인 미국에 이어 아시아로 발령이 났을 때에도 그토록 원했던 일본이 아니라 중국이었다.

클로델에 의하면, "나의 누나는 일본을 무한히 찬미했다. 그리하여 나 또한 일본 판화와 서적을 적지 않게 보았다. 나는 이 나라에 홀딱 반했었다."6) 이 말이 암시하듯, 클로델이 일본 체류를 열망했던 것도 그에 대한 예술가 누나 카미유의 대단한 일본 취향의 영향이 컸다.7)

---

3) 클로델은 중국에 오래 근무했지만, 일본에는 1898년 5~6월에 잠시 여행했을 뿐이다.

4) 여기서는 파리를 가리킨다.

5) Dominique Bona, *Camille et Paul*, Grasset, 2006, 73쪽.

6) Paul Claudel, *Mémoires improvisés*, Gallimard, 1954. 119쪽. 클로델은 훗날 『해 뜨는 나라의 검은 새』에 실린 글 「일본인의 정신에 대한 한 시선Un regard sur l'âme japonaise」에서도 일본의 우키요에에 대한 자신의 열정을 언급한다.(*L'Oiseau noir dans le soleil levant*, Claudel, Paul, *Oeuvres en prose*, Gallimard, 2006, 1128쪽 참조) 이후 「일본인의 정신에 대한 한 시선」의 인용은 쪽수만 표시한다.

7) Paul Claudel, *Connaissance de l'Est, suivi de L'Oiseau noir dans le soleil levant*, Poésie/Gallimard, 2004, 8쪽 참조.

일본에 심취한 누나 카미유 클로델

실제로 19세기 프랑스에서는 '동양 르네상스'를 맞이하는데, 그 분위기에 편승하여 일본 취향japonerie도 크게 확산되었다. 우키요에 등 일본 미술품에 대한 취향이 유럽의 대도시에 급속히 확산되면서 인기를 끌었고, 그에 힘입어 파리에는 일본의 골동품과 미술품을 파는 상점이 여럿 생겨난다. 1826년에 문을 연 '중국 문'과 '천자의 제국' 등 이름 있는 찻집들은 극동의 물건들도 함께 취급하면서 일본 취향의 확산에 기여한다. 그리하여 "19세기 중반 이후 […] 여기저기 일본식 찻집이 인기를 끌고 일본식 머리형, 병풍을 사용한 무대 세팅이 어디에서나 볼 수 있는 서구의 풍경이"[8] 되었다. 무엇보다 일본의 채색 목판화인 우키요에는 유럽인들을 매료했다. 인상주의 화가들이 우키요에의 매력에 빠져 일본 취향을 지속시켰음은 모두가 잘 아는 사실이다. 그들에게 일본 판화 우키요에는 자신들의 화법을 정당화할 수 있는 아주 훌륭한 매개물로 보였던 것이다.[9]

카미유 클로델 또한 당시의 그런 시대적 분위기 속에서 일본에 심취했다. 클로델보다 네 살이 많은 그녀는 동생에게 영향력이 컸는데, 일본에 대한 누나의 감탄은 "끊임없이 이동하는 생활, 방랑 생활"[10]을 꿈꾸던 클로델이 외교관의 직업을 택하는 데 결정적인 역할을 했다.

그리하여 마침내 꿈을 이루게 된 클로델은 1921년 11월부터 1927년 2월까지 약 5년(1925년 1월부터 1926년 2월까지 프랑스에서 보낸 휴가를 뺀 기간)을 일본에서 근무하게 되는데, 그 체류 경험을 바탕으로 1927년 『해 뜨는 나라의 검은 새L'Oiseau noir[11] dans le soleil levant』를 출판한다.

---

8) 『서양 문학 속의 동양을 찾아서』, 민용태, 고려원, 1997, 61쪽.

9) 이 책 6장 「공쿠르 형제와 우키요에」 참조.

10) Dominique Bona, 앞의 책, 324쪽.

11) 클로델은 일본식으로 Kurôderu라고 발음되는데, 그로부터 유사한 말 kurodori

이 작품은 당연히 '일본이라는 큰 책을 독서'하면서 '이해한co-naître' 일본에 대한 주관적인 지식을 담은 글이다. 따라서 본 논문에서 우리는 '일본이라는 책'의—이렇게 표현하는 것이 무리가 없다면—'메타 책méta-livre'인 『해 뜨는 나라의 검은 새』를 바탕으로 작가가 이해한 일본(인)을 살펴보고자 한다.

1926년 5월 7일, 클로델은 나라에 있는 하세데라 사원을 방문하여 "대단히 존경할 만한" 성직자를 만나는데, 그에게 자신이 두 번째로 아시아에 온 직접적인 이유를 이렇게 털어놓는다.

> "저는 하세데라 사원의 흰색 작약들 사이에 숨겨져 있는 붉은색 작약을 알기 위해 세상 저편 끝에서 왔습니다."[12]

"흰 작약들 속에 숨겨져 있는 붉은색 작약"은 물론 일본을 비유한 말이다. 일본을 그렇게 비유한 것은 주위의 흰색 작약들, 특히 그가 오랫동안 체류했던 중국, 잠시 다녀간 한국[13]의 문화나 국민성과는 크게 다른 일본(인) 고유의 특성이 있기 때문일 것이다. 따라서 우리는 이 글에서 클로델이 일본을 독서하여 얻은 주관적 지식들, 이를테면 일본(인) 고유의 특성들 가운데 작가의 말처럼 "삶에 대한 특별히 일본적인 태도"(1123쪽)에 대해 알아보고자 한다.

(검은 새, 즉 l'oiseau noir를 의미)가 유추되었다고 한다.

12) Paul Claudel, *Cent phrases pour éventails*, *Oeuvre poétique*, Gallimard, 2006, 706쪽.

13) 클로델은 1924년 5월 27일부터 3일간 부산-서울-부산-일본의 여정으로 한국을 다녀갔다.

일본인들의 숭배와 공경의 정신

일본에 부임한 대사 클로델은 보통의 외교관과는 달리 시인 대사로서 일본인들에게 남다른 관심과 사랑을 받는다.[14] 그는 1923년 7월 고라이 Goraï라는 일본인 친구로부터 '프랑스의 전통'에 대해 니코Nikkô 대학에서 강연을 해 줄 것을 제의받는다. 그러나 클로델은 프랑스인으로서 자국의 것에 관해 말한다는 것이 아주 어려운 일이라는 판단 아래, 제의받은 주제와 달리 거꾸로 일본에 대한 자신의 생각에 대해 강연을 한다. 이 강연의 제목이 바로 「일본인의 정신에 대한 한 시선」으로, 후에 『해 뜨는 나라의 검은 새』에 실린다. 그는 이 글에서 특별히 일본적인 정신적 경향으로—그의 말에 따르면 프랑스어에는 이 감정을 정확히 표현할 수 있는 어휘를 찾기 어렵지만—숭배, 공경, 존경을 모두 의미하는 'révérence'를 꼽는다. 이 숭배와 공경은 인간의 "두뇌로는 이해할 수 없는 우월[15] supériorité에 대한 자발적인 수락"(1123쪽)과 "우리를 둘러싸고 있는 신비로운 것 앞에서 우리의 개인적 존재를 억압함compression"으로써 생겨나는 감정으로, 그는 일본인의 정신에 깊이 스며들어 있는 이 감정의 근원을 '가미Kami'와 관련짓는다.

일본이 가미들의 땅이라 불렸던 것은 별다른 이유가 없는 게 아니다. 그런데 이와 같

---

14) 클로델은 실제로 사랑을 받을 만도 했다. 그는 일본의 많은 지식인들 및 예술인들과 교분을 나누면서 일본을 이해해 나갔기 때문이다. 또한 클로델은 양국의 젊은이들 간의 교류를 위해 일본인 사업가 에이치 시부사와Eichi Shibusawa의 재정적인 지원을 받아 1924년 12월 '프랑스 일본 집La Maison franco-japonais'을 개원했으며, 1927년에는 '프랑스 일본 학교L'Institut franco-japonais'를 세웠다. 또 1929년에는 파리 대학기숙사La Cité universitaire de Paris의 '일본관la Maison du Japon' 설립을 지원하기도 했다.

15) 자신보다 우월한 것을 지칭하기에, '위력'으로 번역해도 좋을 것 같다.

은 전통적인 정의는 내게 당신의 나라에 내려진 정의 가운데 가장 정확하고 가장 완전한 것 같다.(1123쪽)

클로델이 참고한 책16)에 의하면, "가미라는 단어는 불가사의하고 신비로운 위력을 지닌 이 세상의 모든 것"(1123쪽)을 지칭한다. 실제로, "일본어의 '가미神'는 어원상 '가미上'와 통한다. 그것은 선악·귀천·강약대소와는 관계없으며, 초인간적이냐 아니냐를 불문하고 어떤 의미에서는 위력 있는 존재를 뜻한다. [⋯] 우주 삼라만상 가운데 위력을 발휘하는 것은 무엇이든 가미가 될 수 있다."17)

일본인들은 시선을 돌려 맞닿는 곳마다 고요하고 엄숙한 장소들, 음산한 나무 그늘, 오래된 나무줄기와 오랜 세월 빗물에 닳은 바위와 같은 "해독解讀할 수 없는 성스러운 문서들과 유사한"(1125쪽) 예사롭지 않은 사물들, 큰 강, 드넓은 들판, 위엄 있는 산들이 자신에게 주의와 경의를 요구하는 것을 느낀다. 이처럼 자연에는 위력을 지닌 것으로서 숭배해야 할 대상, 즉 가미가 도처에 존재하는데, "가미라는 명칭이 붙어 있는 것 중 가장 많은 것은 천체·산·들·강·바다·바람·비·지수地水風土 등의 여러 원소를 비롯하여 새·짐승·벌레·수목·풀·금속·돌 등 자연 현상이나 자연물이다. 이와 더불어 위인이나 영웅, 귀족 등이 가미로 여겨지기도 했으며, 그 밖에 자연이나 인간의 여러 능력이 신격화된 경우도 적지 않다."18) 그렇기에 클로델에 의하면 "일본에서 초자연적인 것은 자연에

---

16) 클로델은 자신이 참고한 책(*The Political philosophy of modern Shintô*, D.C. Holtom, Translations of the japanese Asiatic Society)과, 그 책에서 내린 가미에 대한 정의를 주를 달아 설명해 놓았다.(1124쪽)

17) 무라오카 츠네츠구, 『일본 신도사』, 박규태 옮김, 예문서원, 1998, 26쪽.

18) 위의 책, 26쪽.

다름 아니다."(1126쪽) 따라서 일본의 "자연 전체는 예배를 위한 준비와 받을 채비가 되어 있는 사원"(1125쪽)이며, 또 그렇기에 "일본에서는 사람들이 별도로 기도를 할 필요가 없다. 왜냐하면 땅(자연) 자체가 신(가미)이기 때문이다."(1125쪽) 그러니 인간은 땅 위의 모든 것에 공손한 마음가짐으로 온정을 주거나 공경해야 한다. 그렇게 볼 때, 일본인들에게 깊이 스며들어 있는 숭배와 공경의 감정은 신도神道 신앙19)에서 그 뿌리를 찾을 수 있다. 신도 신앙은 곧 가미들을 숭배하는 신앙이기 때문이다.

클로델은 일본인 특유의 애국심도 가미와 관련지어 이해하는데, 그렇기에 그것 또한 그들의 이 숭배와 공경의 정신에 기초한다. 클로델에 의하면 일본인들의 애국심은 그들에게 가미인 자신들의 "국가의 일체가 된 상태un état de communion이며, 국가가 내세우는 인물에 대한 몰입"(1127쪽)이다. 바로 거기에서 그들의 천황에 대한 일본인들의 숭배가 생겨난다. 그들에게 천황은 그들의 '국가가 내세우는 인물'이기 때문이다. 실제로 일본의 신화에서 보듯 태양신이자 황실의 선조신이라는 이중성을 지닌 아마테라스는 국토와 만물, 모든 신의 부모인 이자나기와 이자나미 두 신이 낳은 신이다. 따라서 아마테라스는 국토와 형제이다. 그러므로 국가의 2대 구성요소인 일본의 국토와 그 주권자는 동일한 신 아마테라스에게서 생겨났다고 말할 수 있다. 따라서 천황은 '살아 있는 신現人神'으로서 국민의 아버지로 존숭되고 외경을 받아 왔다.

---

19) 무라오카 츠네츠구에 의하면, "신도 신앙은 예부터 있었지만 '신도'라는 명칭은 훨씬 후대에 나타났다. 물론 종교적 숭경 대상을 나타내는 '가미神'라는 명칭은 이전부터 있었지만 거기에다 '길'을 뜻하는 미치(道)를 붙인 '가미노미치神道'는 후대에 생긴 것이다. 고대 일본인은 '도道'를 도리나 가르침의 의미로 쓰지 않고, 이에 상응하는 어법으로 신에 대한 여러 제사를 총칭하는 '신사神事'라는 말을 사용했다."(위의 책, 15쪽)

일본인들에게 황제는 정신처럼 현존한다. 그는 언제나 존재하고, 영원히 계속될 존재이다. 사람들은 그가 [⋯] 끝나지 않을 것이라는 것을 안다.(「메이지」, 1196쪽)

클로델에 의하면, 일본(인) 고유의 숭배와 공경의 정신은 인간관계에도 크게 영향을 미치는데, 그에게 비친 일본인들의 인간관계는 이렇다.

가족 내에서, 친족 내에서, 동업자들 사이에서, 서로 간의 인간관계는 하나의 종교 제의처럼 규정되었다. [⋯] 일본인들의 규칙은 [⋯] 존경과 의식에서의 등급들degrés에 기초하기에 상대방의 신분, 자신이 속한 사회 집단에 따라 각각 다른 표현을 사용해야 한다.(1129쪽)

이 글에서 보듯, 일본인들의 인간관계는 아주 복잡하다. 진중하고, 엄숙하다. 종교의 제의처럼 격식과 숭배의 감정을 가지고 서로를 대해야 한다. 자신이 어느 사회 집단 속에 있느냐, 상대방이 누구이며 신분이 무엇이냐, 자신이 지금 어떤 무리 속에 있으며 그 무리 속에서 자신의 위치가 어떠냐에 따라 표현과 태도, 행동거지가 다르다. 그들은 때와 장소에 따라 취해야 할 적합한 행동에 대해 끊임없이 주의를 기울여야 한다. 이에 대해 루스 베네딕트는 다음과 같이 적절히 지적한다.

일본인을 이해하기 위해서는 먼저, "각자가 알맞은 위치를 갖는다"는 말이 무엇을 뜻하는가에 관한 일본인의 견해를 알아야 한다. 질서와 계층 제도에 대한 그들의 신뢰와, 자유와 평등에 대한 우리(서양인)의 신념은 전혀 다른 것이다. [⋯] 계층 제도에 대한 일본인의 신뢰야말로 인간 상호관계 및 개인과 국가의 관계에 관해 일본인이 품고 있는 관념 전체의 기초가 된다.[20]

일본인들의 이 계층 제도는 물론 구성원들 간의 위계질서에 기초한 수직적인 관계를 함축한다. 그러나 윗사람이라고 해서 아랫사람에게 아무렇게나 말하고, 행동하고, 명령해도 되는 그런 위압적이며 무례한 관계가 아니다. 이 관계에는 어느 나라에서도 볼 수 없는 상호 간의 조심성과 신중함, 그리고 존경이 있다. 그리하여 "적합한 행동에 의해 끊임없이 서로 인식해야만 하는 계급의 차이는 단순한 계급적 차이는 아니다. 성별이나 연령, 두 사람 사이의 가족 관계나 종래의 교제 관계 등이 모두 반드시 고려되어야 할 사항이다. 같은 두 사람 사이에도 처지가 변하면 그것에 알맞은 존경이 요청된다."[21] 이 관계에는 "전통적인 예절"[22](1129쪽)이 존재하며, 친절, 공손, 정성 그리고 타인에 대한 존경심에서 배어나오는 자기 자신의 낮추기, 즉 겸손이 자리한다. 그뿐 아니라 이 관계에는 타인에 대한 조심과 배려가 존재한다.

그런데 아래 인용한 클로델의 말은 —물론, 그의 식의 이해이다— 일본인들의 이와 같은 타인에 대한 조심, 배려, 존경의 기원을 이해하는 데 중요한 실마리를 제공해 준다.

사실, 물리적인 한 대상에 신비롭고 신을 닮은 어떤 점이 있다는 사실을 인정한다 해

20) 루스 베네딕트, 『국화와 칼』, 김윤식, 오인석 옮김, 을유문화사, 1995, 59쪽.
21) 위의 책, 65쪽.
22) 클로델은 주를 달아 일본 국민이 결코 벗어나지 못할 그들의 전통적인 예절이 가시화된 상징적인 예로 깊이 머리 숙여 하는 반복적인 절을 들고 있다. 그는 로티가 『국화부인』에서 묘사한 일본인들의 그 절하는 행위에 대해 언급한다. 로티는 일본인들의 그런 모습을 "두 손바닥을 펴 무릎에 얹고 말짱한 허리가 마치 갑자기 뚝 부러지는 것처럼 두 다리와 상체가 직각이 될 정도로 구부리며 공손하게 절을 하는데", "비굴할 정도로 공손하게 인사를 할 때", "떡방아를 찧듯이 허리를 구부리며 하는 절", "네 발로 기듯 하는 절" 등으로 묘사하면서 "매우 희극적"이고 경멸적으로 바라보았다.(이 책의 7장 「피에르 로티의 '잃어버린 환상'」 참조)

도, 살아 있는 사람보다 얼마다 더하겠는가! (1129쪽)

이 말은 곧 살아 있는 사람이 그 어떤 것보다 더 신비롭고 신과 닮았다는 것을 뜻한다. 이를테면 살아 있는 사람이 세상의 무엇보다 더 위력이 있는 가미로, 세상의 모든 가미 못지않게 숭배를 받아야 한다는 의미로 해석된다. 그렇다면 일본인들의 행동거지와 태도에 깊이 스며들어 있는 타인에 대한 조심, 배려, 존중, 존경, 공경의 감정 역시 신도 신앙에 기원을 두고 있다고 말할 수 있을 것이다.

그런데 클로델에 따르면, "일본 고유의 이 종교의 정신은 인간의 모든 종교의 정신과도 일치한다."(1130쪽) 그는 그 '인간의 모든 종교의 정신' 가운데 기독교의 정신을 예로 드는데, 기독교로 개종한 한 일본인의 입을 빌려 자신의 생각을 표현한다. 이 일본인 기독교도가 말하길, 자신은 복음서에서 이웃을 사랑하고 공경하라는 가르침에 가장 큰 감명을 받았는데, 이 가르침에 따르면 인간은 물질적으로나 정신적으로 아주 타락한 자들뿐만 아니라 아주 가난한 자들조차도 사랑하고, 배려하고, 존경해야 한다. 그들은 우리와 다름없는 피조물로 "신의 살아 있는 성전"(1131쪽)이기 때문이다. 그리하여 클로델은, 신도 신앙은 비록 기독교처럼 계시라는 관념에 기초하지는 않지만 그 정신은 기독교의 정신과 본질적으로 차이가 없다고 말한다. 일본인들에게 자연의 모든 피조물은 가미이기에, 어떤 존재가 되었든 사랑하는 마음을 가지고 공손하게 배려하고 공경해야 할 대상이기 때문이다. 그러므로 클로델에게는 "이 숭고한 정신(이웃을 사랑하고 공경하는 정신)보다 더 기독교적인 것은 없으며, 또 이 숭고한 정신보다 더 특별히 그리고 더 심오하게 일본적인 것은 없다."(1131쪽)

클로델은 일본인들의 자연과의 일체감 또한 신도 신앙에 기초한 그들 고유의 숭배와 공경의 정신과 관련지어 설명한다. 클로델의 눈에 "오늘날의 유럽인들은 자기 주변의 것들을 대할 때 그것이 어떻게 하면 자신에게 즐거움과 이익이 될 것인가만 생각한다."(1125쪽) 실제로 클로델은 서양의 문명화에 생소함과 함께 일종의 혐오감까지 느꼈다. 그는 말라르메에게 보낸 편지(1895년 12월 24일)에서 유럽인들과 다른 중국인들의 사고방식을 전하면서, 문명에 대한 혐오감을 이렇게 고백한다.

> 이곳(중국)에서의 삶은 자기 자신을 대단하게 생각하여 최고를 추구하는, 그리고 자신의 꿈을 가르치는 정신의 현대적 질병에 감염되지 않았습니다. […] 나는 현대 문명에 혐오감을 느낍니다. 나는 현대 문명에 항상 이방인처럼 느꼈습니다. 이곳에서는 반대로 모든 것이 자연스럽고 정상적으로 보입니다.23)

유럽인들의 이분법적인 사고, 그 결과물인 과학만능주의적 실증주의 사고는 소위 문명화에는 기여했지만 그것이 초래한 '나'와 타자, '나'와 세계, '나'와 자연과의 분리는 타자와의 상호의존 관계 속에서 살아가야 하는 현실을 경시하게 하여 상호 교류와 이웃 사랑을 어렵게 만든다. 설령 교류가 이루어진다 해도 개인의 참된 본질은 폐쇄한 채 피상적으로만 이루어지는 경우가 많아, 개인은 고독과 소외감만을 느낄 뿐이다. 유럽의 근대 사회에서는 이처럼 '외부'의 모든 것으로부터 분리된 자아관이 막강한 영향력을 발휘했다. 그리하여 이 사회에서는 "유럽의 지성적 전통과 언어 전통에 깊게 뿌리내리고 있어서 인간의 자기의식에 직접 주어진 것으로 보이는 구분, 즉 인간의 '내면'과 '외부세계' 사이를 가르는 날카로운 경계선을 그 타당성의 비판적·체계적인 검증 없이 철학적 인식론과 과학 이론, 그리고 사회학 이론의 자명한 가정으로 내세"24)웠다. 어쨌든,

---

23) Paul Claudel, *Oeuvre poétique*, Gallimard, 2006, 1027쪽.

그 결과로 과학의 발달과 문명화가 동양보다 빨리 이루어진 것은 사실이다. 그러나 서양인들처럼 "자신의 '내면' 속의 '자아'는 '외부'의 모든 인간들, 사물들로부터 단절되어 혼자 존재한다는 이념을 당연한 것으로 받아들이는 사람들은 개인들이 어려서부터 다른 사람들과 상호의존 관계에서 살아간다는 사실에 의미를 부여하기가 어렵다."[25]

클로델은 문명화로 인해 갈수록 파괴되어 가는 자신의 모국을 바라보면 괴롭다. 큰 재앙인 문명의 진보가 아름다운 강산을 갈수록 파괴하기 때문이다.

> 나는 프랑스로 돌아갈 때마다 흉악한 발명의 진척과 포도나무뿌리 진디병보다 더 위험한 재앙의 심화를 확인하면서, 마음이 매우 괴롭습니다. 그것들이 우리나라를 파괴하고 있기 때문입니다. (1132쪽)

반면, 그에게 일본인들은 정반대이다. 일본인들에게는 "그들의 나라가 모든 피조물에 기초하여 세워지고 장식된 일종의 성소"(1131쪽)이기 때문에, 자연의 모든 피조물은 성소 안의 가미와 같은 존재이다. 그러므로 그것들은 숭배와 공경을 받아야 할 것들이어서 "경건한 감정을 가지고 (그것들을) 바라보게 되며, 감동에 차고 온정이 넘치는 심정으로 피조물 전체와 일체감"(1128쪽)을 갖는다. 그들은 자연을 정복의 대상으로 바라보지 않는다. 그들은 '나'와 '외부 세계' 사이에 경계를 두지 않기에, '나'와 '외부 세계', 즉 '나'와 타자, '나'와 자연 사이에 경계가 존재하지 않는다. 클로델이 보기에 일본인들은 자연과의 완벽한 조화[26] 속에서 생활한다.

---

24) 노르베르트 엘리아스, 『문명화 과정 I』, 박미애 옮김, 한길사, 1996, 91쪽.
25) 위의 책, 87쪽.

(자기 집의 전통적인 축제에 참여하는 옛날 아이처럼) 일본인들은 자연을 정복하기보다는 오히려 자연에 자신을 추가한다. […] 인간과 자연 사이에 이 나라보다 더 밀접한 화합이 이루지는 나라는 없으며, 이 나라보다 더 뚜렷이 서로에게 흔적을 남기는 나라도 없다. 인간과 자연은 2세기 동안 서로를 바라보는 것밖에 한 일이 없다.(1132쪽)27)

그리하여 클로델은 "인간과 자연의 이 일체가 지속되기를, 일본인들의 이 자연과의 일체가 인류 전체에 가져다주는 교훈이 지속될 수 있기를 바란다."(1132쪽) 그러면서 그는 중국의 풍수지리설을 예로 들면서, 자연 파괴가 인류에게 가져다줄 수 있는 불길한 영향에 대해 경고한다.

---

26) 이 문제는 사실 반문화, 반인위의 사상으로 "자연과 인간 사이의 거리를 축소시키는 데에 인간의 궁극적인 해방을 믿고, 궁극적인 가치를 자연과의 완전한 조화에서 찾으려 했던"(박이문, 『노장사상』, 문학과지성사, 1983, 105쪽) 도교 사상과 밀접한 관계를 갖는다. 실제로 클로델은 중국에 체류하면서 중국의 철학과 종교에 관한 서적들을 많이 읽었다. 불교, 도교, 유교의 사상이 그의 문학 세계에 많은 영향을 끼친 사실은 주지하는 바다. 클로델은 1898년에 「Tao Teh King」이라는 제목으로 도교에 관한 시도 한 편 썼다.

27) 클로델은 1910년 5월 프라하에서 행한 강연 「중국의 미신」에서 중국에 대해서도 이와 유사한 표현을 쓰고 있다.

"중국에서만큼 자연과 인간이 그렇게 훌륭한 조화를 이루며 사는 것 같은 곳은 없다. 또한 (중국에서만큼) 자연과 인간이 서로를 더 잘 이해하는 곳도 없다. 때로는 마치 인간의 작품들이 자연의 자연발생적인 산물인 것처럼 인간이 자연을 모방하며, 또 때로는 다름 아닌 바로 자연이 인간의 예술을 모방하는 것 같기도 하다. […] 인간은 자연을 파괴하여 자연의 의지를 자신의 의지로 대체하지 않는다. 인간은 개미와 새들처럼 자연 속에서 자신의 자리만을 차지할 뿐이다."(Paul Claudel, *Oeuvres en prose*, Gallimard, 2006, 1077쪽)

이렇게 말한 클로델이 일본에 대해서도 유사하게 말한 것은, 대학에서의 강연임을 고려한 수사적인 표현일 수도 있겠지만, 서양 현대 문명에 대한 혐오가 컸던 그가 갖고 있던 서양·자연 파괴·문화/동양·자연과의 조화·반문화反文化라는 사고의 무의식적인 발로이기도 할 것이다.

중국에는 풍수지리風水地理라고 불리는 오래전부터 전해 내려오는 미신이 있다. 이 미신에 따르면, 인간이 자연의 조화를 깨트리면 반드시 벌을 받게 되며, 자연을 훼손하거나 자연의 형태와 흐름을 깨면 그 망가진 자연에서 사는 주민들은 온갖 불길한 영향에 속수무책으로 직면하게 된다.(1132쪽)

일본인들의 정결과 정화의 정신

1926년 말, 클로델은 미국 대사로 발령을 받는다. 그러나 이 무렵 일본 황제 요시히토Yoshi-Hito가 사망하자 프랑스 정부는 그를 '황제 장례 특별 대사'로 임명하고, 클로델은 장례가 끝날 때까지 일본에 머물게 된다.

클로델은 하늘은 무수한 별로, 대지는 하얀 눈으로 뒤덮인 차가운 밤에 "모든 일본"이 놀라운 질서 속에서 각자가 맡은 역할을 완벽하게 수행하며 치르는 천황의 장례 장면에 큰 감명을 받는다. "독특한" 장례의 모습과 그로부터 받은 인상을 묘사한 「미카도의 장례」에서, 작가는 그 전체 장면을 "정결과 전율의 느낌impression de pureté et de froid"으로 요약한다. 그러면서 그는 일본인에게 고유한 특성 하나를 덧붙인다.

> 일본인의 정신의 중요한 특성은 숭배(공경)인 것 같다는 견해를, 나는 예전에 일본인의 정신에 관한 연구에서 쓴 적이 있다. 이제 그 견해에 정결의 개념을 하나 더 추가해야 할 것 같다.(「미카도의 장례」, 1149쪽)

그는 "모든 일본"이 다 참석했다고 생각될 정도로 구름 떼처럼 군중이 몰려든 가운데에도 총성이나 나팔소리 등 의례에 필요한 것 외에는 아무 소리도 들리지 않을 정도로 차가운 겨울밤의 정적 속에서 질서정연하고 일사분란하게 장례가 행해지는 모습에서 그러한 느낌(정결한 느낌)을 받는다. 그러면서 이미 "죽음 자체가 최고의 정결 의식(정화)과 같다"(「미카도의 장례」, 1149쪽) 고 말하고는, 이렇게 덧붙인다.

이 관점에서 보면, 한 황제에게 입힐 수의로 대지는 흰 눈으로, 하늘은 무수한 별로 뒤덮인 이 차가운 밤보다 더 적합한 것은 없었다. (「미카도의 장례」, 1149쪽)

장례가 치러질 때의 차가운 밤하늘의 분위기는 우주 창조(제2의 탄생) 이전 "원초적인 미분화未分化 상태, 즉 우주적인 밤"[28]을 환기시킨다. 새로운 생명, 새로운 탄생, 영적인 탄생으로 이어지기 전, 분해되고 해체되어 무정형의 상태로의 회귀가 이루어지는, 말하자면 '정화'가 행해지는 그 절대적인 시초의 밤의 분위기를 떠올리게 한다.

클로델이 일본인들의 고유한 특성 가운데 하나로 제안하는 정결에 대해 앙리 미쇼의 시선은 어떠한지를 살펴보는 것도 흥미로울 것 같다. 그도 일본인들의 정결을 중요하게 언급하고 있기 때문이다. 그러나 앙리 미쇼는 클로델과는 전혀 다른 시선으로 일본인들의 정결을 바라본다. 그에 따르면 일본인들의 정결, 즉 "닦고 쓰는 것에 대한 편집증"[29]은 화폭 안에서는 "하늘까지도 씻어 내고laver […] 파도도 긁어 소제한다."(392쪽) 또 명예와 복수의 (상징인) 사무라이들은 "무자비하게 청산을 한다 laver."(392쪽) 일본인들의 정결에 대한 편집증은 이렇게 공격적으로 변질되는데, 그들은 러시아나 미국 등과 꼭 전쟁을 하고 싶어서가 아니라 정치적 시야를 "밝고 맑게 하기éclaircir" 위해 전쟁을 한다. 이처럼 '유럽의 미개인', 즉 앙리 미쇼에게 "세척은, 전쟁처럼, 유치한 어떤 면을 갖는다.

---

28) 미르체아 엘리아데, 『성과 속: 종교의 본질』, 이동하 역, 학민사, 1983, 149쪽.

29) Henri Michaux, *Michaux, Un Barbare en Asie, Oeuvres complètes*, t. 1, Gallimard, 1998, 392쪽. 이후 4개의 인용은 쪽수만 기재한다.

세척은 얼마간의 시간이 지나면 또 해야 하기 때문이다."(392쪽) 이처럼 앙리 미쇼에게 정결에 대한 일본 국민의 집착은 근대화 과정 속에서 그들의 탐욕을 채우는 데 장애가 되는 대상들을 제거하거나laver, 박멸exterminer하는 폭력으로 변질되어 버린다. 결국, 앙리 미쇼에게 일본 국민은 결국 이런 국민일 뿐이다.

> 요컨대 지혜도 순박함도 깊이도 없고, 지나치게 심각한 국민. 장난감과 새로운 것을 좋아하지만 즐길 줄도 모르고 야심적이기만 한, 분명 우리의 불행과 우리의 운명을 답습할 운명에 놓여 있는 국민.(389쪽)

그렇기에 앙리 미쇼의 눈에는, 서구화 과정 속에서 인간성과 도덕관념을 크게 상실한 일본인들에게서는 배울 만한 지혜가 없다. "온갖 결함을 안고 있는 서구 문명"(394쪽)이 걸어온 일탈의 길을 답습하고 있는 일본 문명에 대해 그는 혐오감, 나아가 두려움까지 느낀다. 뜨는 해le Soleil levant가 이미 기울고 있음déclin을 보여 주기 때문이며, 일본 문명의 "여명은 이미 우리 문명(서구 문명)의 황혼을 품고 있기"[30] 때문이다.[31] 앙리 미쇼가 일본, 중국, 인도 등 아시아를 여행한 것은 1930~1931년 사이로, 클로델이 일본에 체류한 시기와 비교하면 불과 몇 년 뒤일 뿐인데 그가 일본에 대해 이처럼 클로델과는 다른 시선을 가진 점은 매우 놀랍다.

우리의 주제로 다시 돌아가면, 일본인들에게는 이름에 대한 기리義理라는 것이 있다. 이는 서양의 명예와 유사한 개념으로, 자신의 이름이나

---

30) Paul-Laurent Assoun, *Analyses & réflexions sur Henri Michaux Un barbare en Asie*, Ouvrage collectif, Ellipses, 1992, 29쪽.

31) 이 책의 12장 「앙리 미쇼가 탐구한 아시아의 지혜들 - 『아시아에 간 미개인』을 중심으로」 292~294쪽 참조.

명성이 더렵혀지지 않도록 하는 의무이다. 그만큼 그들은 체면을 아주 중시한다. 그래서 자신의 이름에 대한 기리를 지키기 위해서는, "거친 행동이나 무례한 감정을 이웃에게 드러내어 불안과 불쾌감을 주어서는 안 된다."(「불길 속의 도시들을 가로질러」, 1137쪽) 슬픔, 격정, 흥분 등의 감정도 드러내어서는 안 된다. 1923년 일본에서 일어났던 대지진 때, 클로델의 한 동료는 아내와 외동아들을 찾으러 사고 현장으로 가는 일본 해군 장교와 같은 배를 타게 되었는데, 저녁에 여관에서 다시 만난 이 장교는 너무도 침착하고 평온한 표정을 하고 있었다. 클로델의 동료가 아내와 아들이 어떻게 되었냐고 물었더니, 그에게서 돌아온 대답은 너무도 간명했다.

"오! 둘 다 죽었습니다." 그러고는 그는 함께 하던 대화에 다시 끼어들었다. 그러나 잠시 뒤 그는 이렇게 말했다. "죄송합니다, 선생님께 제가 성의 없게 답변을 드렸다면요. 제가 원래 좀 신경질적이어서요. (「불길 속의 도시들을 가로질러」, 1137쪽)

이처럼 감정의 억누름(자제)도 일본인에게는 이름에 대한 기리의 한 측면이다. 슬픔, 고통, 위험 등에 직면하여 초연하지 못할 경우 일본인은 자신의 이름을 더럽힌다고 생각한다. 루스 베네딕트는, 서양인으로서는 이해하기 쉽지 않은 일본인들의 기리에 대해 이렇게 분석하고 있다.

이름에 대한 기리의 완전한 의의는 그곳에 포함되어 있는 여러 가지 비공격적인 덕들을 모두 고려하지 않으면 도저히 이해할 수 없다. 복수는 이름에 대한 기리가 때때로 요구하는 하나의 덕에 불과하다. 이름에 대한 기리 속에는 복수 이외에 조용하고 감추어진 많은 행동이 포함된다. 체면을 소중히 여기는 일본인에게 요구되는 스토이시즘, 즉 자제는 이름에 대한 기리의 일부분이다.[32]

"명예에 관한 규칙이 과도할 정도인"(1130쪽) 이 나라에서는 "성역과 같은 자신의 인격에 심한 모욕을 당한 사람은 자신에게 모욕을 가한 자를 사라지게 만들거나, 아니면 자신이 사라져 버리거나 하는 것 외에 다른 길이 없다."(1130쪽) 모욕을 당했을 때, 그들은 그 본질이 "싸우기보다는 서로를 바라보는 것에 있는 것"(「격투사의 염탐」, 1115쪽) 같은 스모의 두 선수처럼, 인내력을 갖고 주의 깊게 상대를 염탐하면서 공격의 기회를 노린다. 그러다가 기회다 싶을 때에 전광석화처럼 아주 난폭하게 상대방을 공격하여 쓰러뜨려 버리거나 돋우어 놓은 편편한 모래밭 밖으로 밀어내 버리는 것처럼, 전격적으로 설욕을 한다. 그리하여 모욕을 당해 더럽혀진 이름을 '씻는다.' 그렇지만 오명을 씻는 데 실패했을 경우, 그는 더럽혀진 자신의 이름을 자기 자신과 함께 땅속에 묻어 버리는 수밖에 없다.

> 이름名에 대한 기리란 자기 자신의 명성에 오점이 없도록 하는 의무이다. 그것은 일
> 련의 여러 가지 덕으로 되어 있다. […] 또한 이름에 대한 기리는 비방이나 모욕을 제
> 거하는 행위를 요구한다. 비방은 자신의 명예에 어두운 그림자를 드리우는 것이기 때
> 문에, 어떻게 해서든 벗어 버려야 한다. 그러기 위해 명예 훼손자에 대해 복수해야 할
> 경우도 있고, 자살해야 할 경우도 있다. 또한 이 양극단의 중간에는 여러 가지 가능한
> 행동 방침이 있다. 그러나 일본인은 자신의 명예를 훼손하는 일에 대해 그저 가볍게
> 얼굴을 찡그리는 정도로 끝내지 않는다.[33]

일본인들은 이름에 대한 기리를, 이를테면 모욕을 받은 오명을 '씻는' 의무를 크게 강조하지만, 실제로는 이 점이 오히려 그들로 하여금 치욕을

---

32) 루스 베네딕트, 앞의 책, 183쪽.
33) 위의 책, 179쪽.

당하는 기회가 최대한 줄어들도록 행동하게 만든다. 앞서 보았듯이, 자신이 속한 공동체 내에서 자신의 위치에 적합하게 행동하는 것, 구성원 모두에게 종교적인 것에 가깝게 격식과 예의를 갖추어 공손하게 대하는 것은 기리에 대한 의무를 행하는 길이기도 하지만, 다른 측면에서 보면 모욕을 당하는 일을 줄여 오명을 씻어야 할 기회를 최대한 줄일 수 있는 길이기도 하기 때문이다. 그런 의미에서, 일본인들의 고유한 특성 가운데 하나인 정결(정화)은 신도 종교의 모든 윤리를 이루고 있다는 클로델의 다음의 말은 타당성을 갖는다.34)

나는 이 견해(일본인의 정신의 중요한 특성은 숭배(공경)인 것처럼 보인다는 견해)에 정결을 하나 더해야 할 것 같다. 그런데 이 정결의 개념은 신도의 모든 도덕을 이루고 있으며, 어느 국민에게서도 이 이상의 정결함은 찾아보지 못한다.(「미카도의 장례」, 1149쪽)

일본에 있는 모든 사원의 입구에는 맑은 샘이 하나씩 있다. 순례자는 그 거룩한 공간 안으로 들어가기 전에 세속의 세진世塵을 이 샘에서 깨끗이 씻는다. 물론 상징적인 행위지만, 신과 교접하기 위해서는 마음의 정화가 필요하기 때문이다.

---

34) 물론, 정결(정화)에 관한 한 일본을 능가하는 나라가 없다는 주장은 과장일 수 있다. 그러나 과장일지언정 클로델에게는 '아무래도 좋을지 모른다.' 중국에서는 일본에 있는 신비로운 산으로 잘 알려져 있는데 실제로는 일본에 존재하지 않는 오미산에 대해 시를 쓴 뒤 "없다 해서 무슨 상관인가?"(「오미산 위의 노옹老翁」, Paul Claudel, *Oeuvre poétique*, Gallimard, 2006, p.1152)라고 말했던 것처럼, 그냥 그렇게 믿고 싶을 수도 있기 때문이다.

일본의 모든 사원의 정문에는 맑은 샘이 있다. 순례자는 안에서 예배를 드리기 전에, 손과 입을 씻고 들어가는 것을 잊지 않는다. (「일본 문학 산책」, 1153쪽)

사원 안에는 틀어박혀 두문불출하며 좌선에 전념하는 성직자들이 있다. 그들은 침묵 속에 명상을 하면서 자신의 내면을 관찰하고 성찰한다. 그들은 내면을 '씻고' 또 씻어 내면서 자기 심성의 본원을 탐구한다. 본래 지니고 있는 성품이 부처의 성품임을 깨달아, 불도佛道에 이르기 위해서이다. 대진리는 문자로 전해질 수 있는 성질의 것이 아니기에, 그들은 이심전심以心傳心과 불립문자不立文字를 주장한다. 그리하여 그들은 내면의 소리에 귀 기울이면서, 무한한 침묵을 함양한다.

대진리는 가르치지 못한다. 그것은 이심전심으로 전해진다. 추론은 또 다른 추론에 의해 무력화된다. 그러나 물이 그림자를 거절하지 못하듯, 우리네 마음속의 소란은 침묵을 오래 거절하지는 못할 것이다. 사람들은 우리에게 귀를 기울이라고 권한다. 만일 누가 우리에게 단 1분 동안만이라도 입장을 바꾸지 않게 하는 어떤 견해를 보여 준다면, 우리 안에는 불변이라는 관념이 박히게 되었을 것이다. (「자연과 도덕」, 1183쪽)

선불교의 명상은 일본의 예술에도 크게 영향을 미친다. 1923년 5월, 일본 문인들을 대상으로 한 강연에서 클로델은 이렇게 말한다.

아시아 시의 특징인 세계에 대한 평화로운 명상은, 서정시 또는 비극시라 불리는 시에 대한 서양의 개념과 대조를 이룬다. 전자는 꽃봉오리가 열릴 때 불변의 잔잔한 수면을 단 하나의 잔물결로도 흐리지 않고 어떠한 소리도 내지 않는 연꽃에 비교될 수 있다면, 후자는 숲을 스쳐 지나가면서 수많은 소리를 일으키는 바람과 같다.[35]

또한 자연과의 일치는 일본 예술의 중요한 덕목인데("communion avec l'ensemble des créatures... qui fait la vertu secrète de votre art", 1128쪽), 자연에 몰입하여 물아일체物我一體가 되기 위해서는 당연히 절대적인 침묵이 요구된다. 침묵을 깰 수 있는 어떠한 소리도 있어서는 안 된다. 클로델은 중국에 체류할 때 현자들이 다음의 말에 주의를 기울이던 것을 보았던 기억이 생생하다.

자연을 순치하고appriviser 싶으면, 소음을 내어서는 안 된다.[36]

클로델의 말처럼 자연과 친숙해져서, 자연을 이해하고 일체가 되기 위해서는 마음에 추악함ordure이 남아 있어서는 안 된다. 마음이 깨끗하지 못한 자는 "장미의 향기"를 이해하지 못하기 때문이다.

이제 우리 앞에 길게 펼쳐진, 경탄을 불러일으키는 그림이 그려진 저 족자를 보라! 작은 섬들과 바다가 그려진 저 그림을. 오, 도덕가들이여, 그 많은 해설과 이론이 무슨 소용이 있는가, 우리 안의 추악함은 저 청옥색과 양립하지 못한다는 것을 우리가 알게 될 때에는 말이다. [⋯] 정결한 마음만이 장미의 향기를 이해하리라. (「자연과 도덕」, 1184쪽)

"일본이여, 안녕히!"

"신비와 경이가 넘쳐 나는 나라"(「일본 문학 산책」, 1153쪽), "항해자에게는 끊임없이 놀라움을"(1124쪽) 제공하는 '매혹적인 섬.' 이 섬에서의 근

---

35) Autrand, M., Alexandre-Bergues, P., Daniel, Yvan, Dethubens, P., *Paul Claudel*, adpf, 2005, 62쪽에서 재인용.

36) 위의 책, 60쪽.

무릎 두 번이나 지원했던 클로델은 53세가 되어서야 비로소 그곳 대사로 임명되어 '동양의 큰 책'을 다시 열어 볼 기회를 갖는다.

"세계라는 이 사원 안에서 성대한 제사의 필요성을 면할 수 있는 자는 아무도 없다. 그들이 만드는 것, 그들이 수락하는 것, 그들이 함께 나누는 이 신비로움에 눈을 열게만 하라"37)고 『도시』에서 쾨브르Coeuvre의 입을 통해 말했던 클로델, 말라르메에게서처럼 세계는 해독해서 알아내야 할 텍스트이기에 시인이 해야 할 작업은 해석이라고 주장하며 co-naissance 라는 어휘로 자신의 시학 이론38)을 요약했던 클로델은 "언어와 지시체 사이의 거리, 세계를 관조하는 주체와 관조되는 세계 사이의 거리가 사라져 버린 의미에서의 신비주의적인 이해"39), 즉 과학의 지식처럼 객관적인 이해(앎, 지식)가 아닌 적극적 참여participative를 통한 이해를 위해 일본이 라는 '책'을 다시 한 번 열어 아주 즐겁게, 아니 더 정확히 말해 흥분에 찬 마음으로 '독서'를 시도한다.

그는 대학 강연, 여러 지역의 여행, 그곳 예술가와 지식인 들과의 접촉 및 지속적인 교류, 양국 간의 문화 교류를 위한 문화원과 교육 기관 설립, 출판(*Cent phrases pour eventails*, 1927), 동경 황실극장에서의 자신의 작품 공연(*La femme et son ombre*, 1924), 그리고 일본의 문화와 예술에 대한 연구 등 여러 활동을 펼쳐 시인 대사로서 얻을 수 있는 호의적인 인상을 적극 활용하여 일본의 이해를 시도한다.

그리하여 우리는 지금까지 텍스트를 바탕으로 그가 일본이라는 세계를

---

37) Anne-Marie Hubat-Blanc, *Paul Claudel*, Bertrand-Lacoste, 1994, 46쪽.
38) 클로델은, '안다(이해하다)'는 것은 세계와 함께 태어나는 일co-naissance이기에 시인은 자연의 창조에 끊임없이 참여하여 그 자연과 '함께 태어날co-naître' 필요가 있다는 주장을 그의 『시론』(1907)에서 펴고 있다.
39) Anne-Marie Hubat-Blanc, 앞의 책, 39쪽.

기쁘게 수락acquiescement하여 능동적이고 적극적인 참여participation를 통해 '이해한 것' 가운데, 일본(인)에게 고유한 특성들을 고찰해 보았다. 앞서 본 것처럼, 클로델이 제시한 일본인 고유의 특성 두 가지는 숭배와 공경, 정결과 정화이다.

일본인의 정신에는 숭배와 공경이 깊이 뿌리를 내리고 있는데, 그것은 인간의 지능으로는 도저히 이해할 수 없는 위력을 가진 우월한 존재에 대한 자발적 동의, 주변에서 접할 수 있는 모든 신비로운 것 앞에서의 자신의 한없는 낮춤에서 생겨난다. 클로델이 보기에, 일본인들에게 깊이 스며들어 있는 이 정신의 바탕에는 '가미'에 대한 숭배가 있다. 일본인 특유의 애국심 또한 숭배와 공경의 정신에 기초한다. 클로델에 의하면, 일본인의 애국심 또한 가미인 그들의 국가와의 일체감이며, 국가가 내세우는 인물에 대한 몰입 정신이다. 그로부터 일본인들 특유의 천황 숭배가 유래한다. 천황은 그들의 '국가가 내세우는 인물'이기 때문이다. 일본인의 숭배와 공경의 정신은 인간관계에도 깊은 영향을 미친다. 일본 사회는 촘촘한 계층들로 구성되어 있는데, 이 계층 제도에 대한 신뢰는 사회 내에서의 인간관계, 그리고 개인과 국가의 관계에 대해 일본인이 품고 있는 관념 전체의 바탕이 된다. 이 계층 제도 속에서 각자는 자신에게 알맞은 위치를 찾아 그에 적합한 처신을 해야 하는데, 밀접한 관계가 형성되는 공동체 안에서 서로에 대한 행동은 마치 종교의 제의처럼 격식과 공경의 심정을 갖는다. 이처럼 숭배와 공경은 계층 제도가 뿌리내린 사회 내에서 상호 인간관계에 대한 행동 규범의 정신적 토대가 된다.

일본인들에게는 이름에 대한 기리라는 것이 있는데, 이것은 명예와 유사한 것으로 자신의 이름이 더럽혀지지 않도록 하는 의무이다. 모욕을 받은 오명을 '씻는' 의무를 크게 강조하는 그들이기에 자신의 명예에 어두운 그림자를 드리워 훼손한 자에게 복수를 해야 할 경우도 있으며, 때로는 자살을 택해야 할 경우도 있다. 물론 이 양극단의 중간에 여러 가지 가능한 행동 방침이 있을 수 있지만, 일본인들은 자신의 명예를 훼손하는 일을 결코 가벼이 넘기지 않는다. 그들은 모욕당한 오명을 '씻는' 의무를 매우 중시하므로, 그와 같은 태도는 오히려 그들에게 가능한 한 모욕을 당하는 기회를 줄일 수 있도록 행동하게 한다.

클로델은 1945년 8월 30일자 「피가로」지에 「일본이여, 안녕히!」이라는 글을 게재한다. 그토록 애착을 가졌던 일본을 떠난 뒤 18년 6개월이 지나 쓴 글이다. 히로시마와 나가사키의 원자 폭탄 투하로 패망한 당시 상황에 대해서라면 그 또한 별로 언급하고 싶지 않다. 자신이 사랑했던 그 '옛날의' 일본을 생각하면.

> 내가 사랑했던 것은, 내가 오랫동안 살았던 [⋯] 그 옛날의 일본이다. 물론, 나는 모두와 마찬가지로 군부의 잔인성과 배신, 그리고 난폭성을 비난한다. 노정치가들의 지혜가 결핍된 이 나라의 패망은 바로 그 군부 탓인 것이다. [⋯] 몇몇 다례茶禮가 머리에 떠오른다. 교토의 향香 가게나 친구 키타의 가게에서 보냈던 오후들이, 오래된 황궁에서 황금빛 눈雪 빛의 그 변덕스러운 낙원으로 미끄러져 들어갔던 일들이 머리에 떠오른다⋯.
> 일본이여, 안녕히! (「일본이여, 안녕히!」, 1153쪽)

클로델의 의식 속에서 '함께 태어난co-naître' 일본의 모습은 다분히 환상적이다. 그의 시론에 따르면, 당연한 일일지도 모른다. 시는 과학적 지식(知)처럼 객관적인 것이 아니라 주관적인 것이기 때문이다. 그런 의미에서, 그의 문학적 태도는 낭만주의자들의 태도와도 다분히 닮았다고 할 수 있다. 위의 인용을 보면, 그는 너무도 강한 충격에 의해 자신이 오랫동안 품어 왔던 환상에서 깨어난 것 같다. 그러나 오랫동안 사랑했던 그 환상적인 일본40)을 잊지 못한다. 아니, 잊고 싶어 하지 않는다. 그리하여 환상적이었던 옛 일본이나마 간직하기 위해, 환멸을 주는 현실의 일본과 작별을 고하지 않을 수 없는 것이다.

---

40) 일본에 대한 작가의 환상적인 시각은, 19세기에 일어났던 '동양 르네상스'라는 시대적 영향, 누나의 일본 찬미의 영향, 그리고 작가 개인의 서양 문명에 대한 혐오감 등이 어우러져 생겨난 것일 터이다.

11장 20세기 초 프랑스 작가들과 한국[*]

- 로티와 클로델을 중심으로

한국 땅을 밟은 서양의 두 작가

피에르 로티는 해군 장교로서 프랑스가 청나라와 전쟁(1884~1885)을 하던 때, 타고 있던 라 트리옹팡트 호를 수선하기 위해 약 5주 동안(1885년 7월 8일~8월 12일) 나가사키 항에 기항한다. 당시 주변의 여러 명소를 둘러보고 쓴 글을 여러 잡지에 기고(1886년~1887)하였고, 이 글들의 모음집이 『일본의 가을 정취』이다. 그리고 오카네상이라는 젊은 일본 여인과의 결혼 생활을 기록한 일기를 바탕으로 구성한 작품이 『국화부인』이다. 그로부터 15년이 지난 1900년 로티는 다시 르 르두타블 호를 타고 중국으로 향한다. 그해 6월 베이징에서 일어난 외세 배척 운동인 의화단 사건

* 이 논문은 2012년 정부(교육과학기술부)의 재원으로 한국연구재단의 지원을 받아 수행된 연구임.(NRF-2012S1A5A2A01016750)

으로 위험에 처한 재외 국민을 보호하기 위해서였다. 그는 그해 10월 18일부터 다음 해 10월 29일까지 일본과 중국을 오가는데, 당시 일본 체류 중 경험한 그곳 여인들과의 연애담과 일본의 풍경, 풍습을 일기체로 묘사한 작품이 『이 여사의 제3의 청춘』1)(1905)이다. 이로써 소위 로티의 일본 3부작이 완성되는데, 바로 이 작품에 한국 방문기가 삽입되어 있다. 당시 로티는 1901년 6월 17일부터 26일까지 9일 동안 서울에 머문다.

한편, 폴 클로델은 외교관으로서 중국에서 14년여(1895년 7월~1909년 8월)를 근무한다. 그는 오랜 중국 체류의 경험을 바탕으로 중국 관련 작품들인 『동방의 인식』(1900년 1판, 1907년 제2부를 덧붙여 2판 출판), 『용의 영향 속에서』, 「중국의 미신」, 「중국 이야기」, 「베이징 추억」, 「중국인 예찬」을 남겼다. 중국 근무에 이어 그는 프라하로 발령이 나는데, 1910년 5월 그곳에서 중국에 관해 강연을 한다. 바로 이 글이 「중국의 미신」으로, 클로델은 중국의 미신에 관한 예를 들면서 한국을 언급한다. "일본을 무한히 찬미했던"2) 누나 카미유의 영향으로 그 또한 일본에 홀딱 반해 첫 근무지로 일본을 지원했지만 번번이 꿈을 이루지 못하다가, 마침내 1921년 11월부터 1927년 2월까지 약 5년(1925년 1월~1926년 2월까지 프랑스에서 보낸 휴가 기간을 뺀 기간)을 일본에서 근무하게 된다. 그는 그곳에서의 체류 경험을 바탕으로 『해 뜨는 나라의 검은 새』(1927)를 출판한다. 이 작품에서 클로델은 일본 예술에 대한 견해를 말하면서 한국의 춤 등 주로 예술에 관해 간헐적으로 언급한다. 일본에서 근무하던 클로델은 1924년 5월 27일부터 29일까지 3일 동안 부산을 거쳐 서울에 온 뒤, 다시 부산을 거쳐 일본으로

---

1) Pierre Loti, *La troisième jeunesse de Madame Prune*, Kailash, 1996, XL~XLI. (180~205쪽) 이후 작품의 인용은 이 판본을 바탕으로 하며, 쪽수만 기재한다.

2) Paul Claudel, *Mémoires improvisés*, Gallimard, 1954. 119쪽.

돌아간다. 당시의 이 짧은 여행을 기록한 일기에서 그는 한국의 모습을 스케치한다.3)

그리하여 이 글에서는 로티와 클로델이 바라본 한국(인)4)의 모습을 그들의 작품을 바탕으로 드러내 보고자 한다.5) 당시 한국이 제국주의 열강의 각축장이었던 만큼, 군인으로서 그리고 외교관으로서 그 최전선에서 첨예한 각축전을 목격했던 두 작가가 한국을 어떤 시선으로 바라보았는지를 살펴보는 것은 매우 흥미롭고 의미 있는 일일 것이다.

로티의 한국

나(로티)는 서울에서 황궁의 정문 바로 앞 한 작은 집에 머물렀던 기억이 난다.

(181쪽)6)

---

3) 이 부분은 로티와 클로델에 관한 앞선 글에서의 설명들과 겹치는 부분이 많다. 각각 글이 독립적으로 작성되었기 때문이다.

4) 당시는 물론 대한제국 시대였으나, 이 글에서는 특별한 경우를 제외하고는 한국이라 칭한다.

5) 공통적인 한 주제에 관해서도 아니고, 한 글 안에 두 작가를 다루는 것은 물론 용이하지 않을뿐더러 많은 결점을 야기할 수 있다. 그럼에도 불구하고 이렇게밖에 할 수 없었던 것은 당시 프랑스 작가들이 한국에 대해 쓴 글이 너무도 드물었기 때문이다. 한 작가씩 다루어도 한 편의 논문이 될 수 있을 정도로 충분히 한국을 다룬 글이 없어서 무리인 줄 알면서도 부득이하게 한 논문 안에서 다루는 점을 양해해 주면 고맙겠다.

6) 이 작품이 일기를 바탕으로 한 것임을 감안할 때, 그리고 또 이 부분의 앞뒤 맥락을 감안할 때, 이 표현으로 짐작건대 한국 방문기를 처음부터 이 작품에 포함시킬 계획은 아니었던 것 같다. 비슷한 시기(로티의 이 작품은 1905년 출판됨)에 출판된 한국 관련 작품들 -George Ducrocq, *Pauvre et douce Corée*, H. Champion, 1904(조르주 뒤크로, 『조선-가련하고 정다운 나라』, 최미경 옮김, 눈빛, 2006), Emile Bourdaret, *En Corée*, Plon-Nourrit, 1904(에밀 부르다레, 『대한제국의 최후의 숨결』, 정진국 옮김, 글항아리, 2009), Mme Claire Vautier, Hippolite Frandin, *En Corée*, Librairie C. H. Delagrave, 1905- 을 상기해 보면 이 추측은 더욱 가능성이 높다. 이를테면 로티는 이

로티는 한국에 대하여 오로지 그가 "보고 들었던 것만"[7] 기억을 되살려 써 나간다.

1901년 6월 17일부터 로티는 궁중[8] 앞 작은 집에 체류하면서 이른 아침의 근위대 교대, 왕을 알현하기 위해 궁중에 들어오는 고관들, 서울의 풍경(한국인들의 모습, 의복, 길거리 상점들), 망루에서 내려다본 서울 풍경, 성채 밖의 시골(한국인과의 접촉), 일본인이 운영하는 찻집, 서울의 폭우, 경복궁, 창덕궁, 고종 알현 등의 순서로 묘사해 나간다.

'이상한' 나라 한국

로티가 보기에 한국은 '이상한 모습' 천지이다.[9] 이른 새벽 궁중의 기상나팔 소리에 잠이 깬 그가 머물고 있는 집 창문으로 보이는 근무 교대 중의 근위대는 "유럽식 복장"(181쪽)인데도 "키가 작은 이상한étrange 모습의 병사들"(181쪽)이다. "납작한 황색 얼굴들은 아직도 매우 새것인 자신들의 우스꽝스러운 복장un accoutrement에 아주 놀라는 모습이다." (181쪽) 곧이어 "똑같이 흰색 모슬린 천으로 지은 옷을 입은 무리"(181쪽)

미 이국 취향에 관한 작품들로 프랑스에서 명성을 얻고 있었기에, 명성황후 시해 사건 (을미사변, 1895) 등이 프랑스인들에게 한국에 대한 관심을 불러일으키고 있는 데다 한국에 대한 책들이 여럿 출판되는 것을 보면서 자신의 한국 체류 이야기를 삽입하고자 했으리라는 것이 우리의 조심스러운 추측이다.

7) 로티는 자신의 작품에서 묘사한 이국적인 대상들이 전혀 상상력이 가미되지 않은, 생생한 현실임을 강조하기 위해 "나는 오로지 내가 보고 들은 것만 썼다"(Yves la Prairie, *Le vrai visage de Pierre Loti*, L'ancre de Marine, 1995, 57쪽)고 말한다.

8) 아관파천 이후, 고종은 러시아 공사관에서 1897년 2월 경운궁慶運宮(德壽宮)으로 환어還御한 상황이었다. 1897년 10월 12일, 국왕을 황제로 존칭하고 국호를 대한제국으로 고친 이후부터 1907년까지는 대한제국의 황궁이었다.

9) 『이 여사의 제3의 청춘』에는 한국에 대한 25쪽 분량의 묘사에 '이상함'과 관련된 어휘만 19번 나온다. étrange(4), un accoutrement(1), saugrenu(3), drôle(3), ridicule(1), bizarrerie(1), invraisemblable(1), extravagant(1), cacasserie(1), clown(3).

가 양옆으로 아주 낮은 작은 집들이 늘어선 길을 따라 걷는데, 지붕이 "동물의 등껍질 같은 조각들로 입혀진"(183쪽) 이 집들은 "아주 괴상망측한 saugrenu"(181쪽) 모양새다.

"불가피한 관습에 따라 상투를 틀어 올리고"(184쪽), 벗겨지지 않도록 검은색 말총 턱 끈이 달린 아주 작은 모자(갓)를 써야 하는 장가간 모든 남자들의 모습은 "못 견디게 웃길 정도로 우스운drôle"(184쪽) 몰골이다. "그것은 우리(유럽인들)에게는 익살 광대들clowns이나 고안해 냈을 것 같은 너무도 우스꽝스러운ridicule 작은 모자"(184쪽)이다. 모자뿐만이 아니다. 상복과 상주들이 쓴 짚으로 만든 건巾(아마도 이것은 직접 본 것이 아니라 사진으로나 본 듯하다)는 차치하고라도, 아이들이 입는 옷, "아주 길게 깃을 세운, 두 젖가슴의 뾰족한 부분이 드러나도록 터진"(185쪽) 양반 부인들의 의복과 외투 등 한국인들의 의복은 모두가 "아주 이상해toute cette bizarrerie des costumes"(185쪽) 보인다. 그렇지만 의복에서만은 "두려운 두 이웃 국가, 즉 중국과 일본의 영향이 느껴지지 않는다."(185쪽)

서울에 도착하여 3~4일이 지나 로티는 그가 탄 함선의 포티에 제독과 프랑스 공사, 그 밖의 여러 외교 사절들과 함께 황제를 알현한다. 알현이 끝난 뒤, 일행은 유럽인들을 접대하기 위해 특별히 건축된 연회장으로 옮겨, "엘리제궁에서나 대접받을 듯한 유럽식 상차림의 저녁 식사"(199쪽) 대접을 받는다. 포도주와 프랑스식 음식 재료는 모두 큰 비용을 들여 프랑스에서 조달해 온 것들이었다. 식사가 끝난 뒤에는 황실 무용단이 그들을 즐겁게 해 주기로 되어 있다는 것을 잘 알고 있었기에, "그 기대는 너무도 큰 즐거움이었다."(200쪽) 그러나 마침내 등장한 열두 명의 궁중 무용수는 그에게는 '이상한' 모습일 뿐이었다.

긴 드레스 속에 파묻혀 너무도 우습고drôle 태를 부리는, 약간은 창백하고 아주 수줍어하는 모습의 열두 명의 어린 사람들! 매우 키가 작고 납작한 얼굴, 더 이상 크게 뜰 수 있을 것 같지 않은 째진 눈,[10] 공들여 나선형으로 땋아 이상야릇하게 꾸민 invraisemblable 머리 스타일은 각자 열두 명의 평범한 여인들의 숱 많은 머리를 보여 주고 있었다. (202쪽)

기대하며 즐겁게 기다린 보람도 없이 그들은 그에게 전혀 매력적이지 않았다. "기상천외한extravagant 쪽진 머리 위에"(203쪽) 꽃으로 머리를 꾸민 그들은 "결국 모두 추한 얼굴이었다."(203쪽) 그들의 모습은 로티에게는 너무도 기괴해서[11] 그런 모양새의 무용수는 아시아 어디에서도 "전혀 상상할 수 없었을 것이다."(203쪽)

이처럼 "한국에서는 모든 것이 괴상망측해서saugrenu 예상이 전혀 불가능하다."(203쪽) 군함을 타고 여러 나라를 두루 돌아다니면서 이국취미에 탐닉한 그로서는 자신이 접하는 '다른 세계들'이 그 세계만의 독특함을 보여 줄 때 더욱 만족스럽다. 독특함은 '다른 대상과 특히 구별될 정도로 다름'을 의미하기에, 이국의 풍물이나 제도 등이 그동안 보아 왔던 것

---

10) 아시아인들의 눈을 묘사할 때 유럽인들이 사용하는 상투적인 표현이다. 그러나 뒤크로는 그렇게 묘사하지 않는다. "눈은 째지지 않았으며, 항상 열을 띠지도 않는다. […] 얼굴은 사할린 섬의 아이누인처럼 덥수룩한 수염으로 덮여 있다… 얼굴 표정은 일상적으로 온화한 모습이며, 눈은 가늘고 꿈을 꾸는 듯하다."(뒤크로, 앞의 책, 73쪽)

11) 에밀 부르다레는 로티와는 전혀 다른 시각으로 바라보고 있다. 그는 궁중 무용수들에 대해 이렇게 묘사한다. "열다섯에서 열여덟 봄날 같은 기생이라고 하는 젊은 처녀들이었다. […] 이 귀여운 여인들은 그렇게 빼어난 미모는 아니지만, 우아함을 잃지 않았다. 가발을 얹은 무거운 머리 탓에 목놀림은 약간 경직된 채, 화려한 색상의 비단옷을 입고 신데렐라의 발걸음으로 그림같이 분장한 이 작은 인형들이 펼치는 춤사위는 눈을 즐겁게만 했다."(『대한제국의 최후의 숨결』, 정진국 옮김, 글항아리, 2009, 127쪽) 같은 책 25~133쪽에는 황제의 알현과 여흥에 대해 잘 묘사되어 있다. 로티에게 보이는 모습과는 많은 차이가 있음을 발견할 수 있다.

263

과 다르면 다를수록 이국취미는 더 자극되며, 더 만족될 것이다. 토도로 프에 의하면, "매력charme은 이해가 안 되는 것incompréhension에서 생 겨난다. 따라서 이국취미(이국정서)는 마음을 사로잡는 것séduction과 알 지 못하는 것ignorance의 혼합, 즉 이상함étrangeté 때문에 새롭게 일어나 는 감정 이외의 아무것도 아니다."12)

그런데 자신이 그동안 보았던 것과 다른 것들을 직접 접할 때는 그 대 상의 '이상함'이 불러일으키는 감정, 즉 이국정서를 만족시킬 수 있지만 작가 자신이 보고 느낀 그 '이상함'을 표현할 수 있는 수단이란 언어 밖에 없다. 그리하여 로티는 한국에서 접하는 이국적인 대상들(근위대 병사들과 그 들의 복장, 전통 가옥, 전통 의상, 갓, 쪽진 머리, 궁중 무용수들의 모습 등 한국의 모 든 것)의 '이상함'을 묘사하기 위해 우리가 앞서 언급한 어휘들(étrange, un accoutrement, saugrenu, drôle, ridicule, bizarrerie, invraisemblable, extravagant, cacasserie, clown)을 자주 사용한다.

그러나 이러한 어휘들의 사용은 자칫 위험할 수 있다. 조소와 경멸의 의미를 내포할 수 있기 때문이다.13) 이 어휘들이 타자, 즉 타 문화를 처음 접할 때 느낄 수 있는 '이상함'의 감정을 순수하게 표현하여 이국정서를 자극하는 데 사용되지 않을 경우 그 의미 효과는 사뭇 다를 수 있다. 이를 테면 그것은 "자신의 것을 일반적이며 절대적인 기준으로 여기는 자가 바 라보는, 자신의 것이 아닌 것에 대한 시선"14)일 수 있기 때문이며, 차이를 차이로 인정하지 않고 차별로 변질시키는 부정적인 시선, 곧 사이드가 비 판하는 오리엔탈리즘 속의 그 서양인들의 시선 같은 것일 수가 있기 때문

---

12) Tzvetan Todorov, *Nous et les autres*, Edition du Seuil, 1989, 416쪽.
13) 우리는 이 어휘들이 일본에 대해 사용될 때 조소와 빈정거림, 경멸, 그리고 멸시 가 교차하는 것을 확인한 바 있다. 이 책의 7장 「피에르 로티의 '잃어버린 환상'」 참조.
14) 위의 글, 174쪽.

이다. 사이드가 주장한 것처럼 그와 같은 시선은 '의심스러우며 위험'하다. '우월'과 '열등'을 상기시키기 때문이다. 한국(인)이 불러일으키는 '이상함'을 묘사하기 위해 사용한 이 어휘들은 거의 똑같이 일본(인)이 불러일으키는 '이상함'을 묘사하는 데도 사용된다. 그러나 로티가 일본(인)에 대한 혐오와 경멸, 비하, 반감을 공공연하게 드러내기 위해 사용했던 것에 비하면 같은 어휘들이지만 한국(인)에 대해서는 부정적인 뉘앙스가 덜 느껴지는 것은 사실이다. 하지만 일본인들을 자주 동물에 비유한 것처럼 한국인들 또한 자주 동물에 비유하고 있는 것에 비추어 볼 때, 이 어휘들은 비유된 동물들의 '이상한' 모습을 환기시키면서 한국(인)에 대해서도 작가의 그 '불순한' 시선을, 나아가 그의 뿌리 깊은 인종 차별주의를 변함없이 드러내고 있다고 할 수 있을 것이다.15)

로티는 한국인의 모습을 큰 곤충grands insectes, 바다표범phoques, 쥐며느리cloportes, 고양이, 풍뎅이과의 벌레인 왕쇠똥구리scarabée, 황소taureau 등에 비유하고 있다. 동물의 비유에서도 그것을 통해 일본인들에 대해 반감과 혐오감을 직접적으로 표현하는 것과는 달리, 한국인에 대해서는 그 정도까지의 감정은 보이지 않는다. 반대로 오히려 동정심까지 보이기도 한다. 그렇지만 그 근본에서는 비하적이다. 동물에 대한 비유 자체가 동물성을 부각시켜 인간을 동물 수준의 열등한 존재로 깎아내리는 행위이기 때문이다.

먼저, '큰 곤충'에 대한 비유를 보자.

옻칠을 한 우아한 가마들이 궁중 입구로 속속 도착하는 모습이 작가가 머무는 숙소의 창문 너머로 보인다. 황제를 알현하는 시간이다. 가마 안

---

15) 일본인에 비유한 동물로는 원숭이(오랑우탄 포함)와 고양이, 파충류, 쥐새끼, 곤충 등이 있다. 이에 대해서는 김중현의 위의 글, 175~180쪽 참조.

에서 나오는 고관들의 모습이 그의 시선에 가까이 다가온다. 그들의 동작은 지나치게 격식을 차리기에, 엄숙하기까지 하다. 꽃무늬가 수놓인 비단옷에 높은 모자를 쓰고 있다. 모자는 모양이 두 종류인데, 하나는 쩍 벌어진 귀 같은 것이 양쪽으로 붙어 있고, 다른 하나는 곤충의 더듬이 같은 것들이 붙어 있다. 작가에게 이 챙 없는 모자들은 이미 "중국에서는 약 3세기 전에 구식이 되어 버린"(181쪽) 것들로, 이런 "구식 고관들dignitaires antédiluviens"은 "몰락해 가는 오래된 왕국"(182쪽)의 국사를 처리하러 궁중으로 들어가기 위해 궁중 입구의 계단을 "곤충들처럼" 줄지어 "기어오른다."(182쪽) 작가에게, 성장盛裝한 모습의 "그들(고관들)은 복잡하게 생긴 대가리와 반짝이는 앞날개를 가진 큰 곤충들 같았다."(182쪽)

동물 더듬이 모양의 모자는 이제 더욱 구체화된다. 황제와 황태자를 알현할 때 그들 곁에 서 있던 대신, 통역관 등 궁중 관리들은 모두가 초시류의 왕쇠똥구리를 부분적으로 닮은 모자를 쓰고 있었다.

> 모두가 옛날 명나라 시대에 썼던, 왕쇠똥구리의 더듬이 같은 것이 달린 그 높은 챙 없는 모자를 쓰고 있었다.(198쪽)

이제 작가는 서울의 거리를 묘사한다. 너무도 넓은 데다 가로수도 없고 높은 건물도 없어 하늘이 오롯이 드러나는 도로들, 그 끝부분에 성채의 문들이 보일 정도로 휑한 그 길들을 지나가는 "모두가 하얀 모슬린 천의 옷을 입어 온통 흰 무리"(183쪽) 가운데는 여자들이 거의 없다. 대부분이 남자들로, 작가의 눈에 비친 그들의 모습은 이러하다.

> 납작한 얼굴에 듬성듬성 난 뻣뻣한 턱수염은 마치 바다표범의 축 늘어진 입술 같았다.
> (183쪽)

로티는 언덕 위에 멋지게 자리 잡은 "엄청나게 큰 성당"(188쪽)을 찾는다.16) 교회의 고딕식 첨탑 꼭대기 위에 서 있는 그의 시야에는 수천의 오두막집들이 한눈에 내려다보였는데 "그것들은 거의 모두 서로 닮았고 모두 크기가 똑같았으며,"(182쪽) 갑각류의 등껍질 모양의 '잿빛' 지붕들17)은 "고도古都들 중에서 가장 우중충하고 칙칙한 잿빛의 서울"(182쪽)에서 마치 "수많은 쥐며느리 무리처럼 보였다."(189쪽) 그에게 비친 서울은 우중충하고 칙칙한 곳에 우글거리며 모여 사는 군서류群棲類를 상기시킨다. 쥐며느리의 떼거리 삶을 연상시키는 묘사에 뒤이어 오는 또 다른 묘사는 이렇다. 이 성당 주변은 프랑스 선교사들이 거주하는 구역인데, 조용한 한 거리에 "우리나라(프랑스)의 수녀들이 고양이 같은 어린 남녀 아이들 떼bande18)"(189쪽)를 키우고 있다는 것이다.19)

---

16) 1897년에 완성된 명동성당을 가리킨다. 성당이 한양을 내려다보고 있어서 대한 제국 정부는 풍수지리상의 이유로 문제를 제기하기도 했다고 한다.

17) 이폴리트 프랑댕(*En Corée*, Librairie C. H. Delagrave, 1905)도 한국에 처음 도착하여 제물포와 서울 사이의 객관客館에서 바라본 시골집 지붕을 갑각류에 비유한다. 그러나 프랑댕이 비유한 것은 거북이이며, 로티가 비유한 것은 쥐며느리이다. "나는 처음에 그것을 거대한 거북이의 집단이 모여 있는 것이라고 착각했다. 하지만 가까이 다가가면서 그 갑각류 같은 형상이 바로 토착민의 오두막 지붕이라는 사실을 확인할 수 있었다. […] 한국의 건축술은 시골뿐만 아니라 도시에서조차 원시 시대의 우스꽝스러운 모습이었다. 벽도 지붕과 마찬가지로 진흙으로 만들어졌다."(이상각, 『꼬레아러시』, 효형출판, 2010, 131쪽에서 재인용)

조르주 뒤크로는 이렇게 묘사하고 있다 "두텁고 나지막한 초가지붕들은 햇볕에 움츠리고 있는 고양이들 같으며, 그 속에서는 잔잔한 가정생활이 진행되고 있는 듯하다." (뒤크로, 앞의 책, 68쪽)

18) 프랑스어에서 bande는 '동물의 떼', '도당', '패거리' 등 대체로 부정적인 의미로 사용된다.

19) 그 밖에도 로티가 사용한 동물 비유는 다음과 같다. 황제를 알현한 뒤, 저녁 향연에서 행해진 곡예의 곡예사들은 "놀랍도록 작달막했는데"(201쪽), 그들의 목은 마치 황소 목 같았다. 또한 그들이 지르는 소리는 "새소리", "매미 소리" 같았는데, 멀리서 들으면 영락없이 "아름다운 여름날 저녁 건초 더미 속에서 곤충들이 내는 즐거운 소리" (202쪽) 같았다.

동물의 주요한 특성 가운데 하나는 떼살이의 생태이다. 동물은 무리지어 함께 서식한다. 작가가 한국인을 비유하는 쥐며느리, 바다표범은 군서류다. 우글거리며 사는 이 동물들은 때로는 보는 이에게 혐오감을 준다. 이 혐오감은 대체로 추함laideur에 기인하는데, "동물 세계에서 추의 가능성은 식물 세계에서보다 훨씬 더 크다. 왜냐하면 전자의 경우 다양함은 무한히 커지고 삶은 보다 기운차고 자기중심적으로 되기 때문이다."[20]

토도로프에 따르면, 인종 차별주의 학설들은 (인간) 가치에 대해 단 하나의 위계hiérarchie unique des valeurs를 세우려 한다. 그 학설들은 인종 간에 다름이 있다는 것을 확인하는 데 만족하지 않고, 우월하거나 열등한 인종이 있다고 믿는다. 물론 이러한 가치 체계는 대체로 자기 민족 중심주의에 기초한다. 그 체계들은 인종 간의 우열을 판단하는 기준으로 육체적인 기준과 정신적·지적 기준을 설정한다. "특히 신체적인 특질의 측면에서 용이하게 사용되는 (우열의) 판단 기준은 미학적인 평가라는 형태를 취한다. 이를테면 '우리 인종은 아름답다, 그런데 저들 인종은 그들 사이에 정도의 차이만 있을 뿐 우리 인종보다 추하다' 등등. 그리고 정신적인 특질의 측면에서의 (우열의) 판단 기준은 지적인 자질(우리는 영리한데 intelligents, 저들은 어리석다bêtes 등)과 윤리적인 자질(우리는 고상하고 기품이 있는데nobles, 저들은 야만적이다bestiaux 등)에 관련된다."[21]

그런데 인종 간의 우열을 판단하는 이 기준들 가운데, 특히 신체적 기준을 고려해 보면 로티는 인종 차별주의자raciste[22]나 다름없다. 한국 남

---

20) 카를 로젠크란츠, 『추의 미학』, 조경식 옮김, 나남, 2008, 39쪽.

21) 토도로프, 앞의 책, 137쪽.

22) 토도로프는 raciste와 racialiste를 구분한다. 전자는 일반적으로 받아들여지고 있는 인종 차별주의자이다. 이는 자신과 신체적인 특징이 다른 인종에 대해 가지는 증오와 경멸 등을 행동으로 드러내는 차원을 가리킨다. 반면 후자는 인종에 대한 학설이나

268 프랑스 문학과 오리엔탈리즘

성들의 뻣뻣한 턱수염을 바다표범의 축 늘어진 입술로, 놀랍도록 작달막해서 잘록한 부분을 찾아볼 수 없을 정도로 두터운 궁중 곡예사의 목을 황소의 목에 직접 비유한 것을 제외하면, 로티가 동물에 비유한 모습들은 주로 한국인들의 의상과 주거 등 신체적인 것과는 직접적으로 관련이 없다. 그렇지만 이런 비유들 또한 열등한 존재의 메타포들인 동물적 특성들 animalités, 즉 추함, 혐오감, 군서성을 환기시키기고도 남는다. 그러나 로티의 한국인에 대한 동물 비유는, 일본인들을 '괴상망측하게' 생긴 원숭이와 오랑우탄을 비롯한 여러 다른 동물에 비유하는 것보다는 직접성과 노골성이 덜하다.23)

몰락해 가는 오래된 왕국

로티에게 한국은 또 "몰락해 가는 오래된 왕국"(182쪽)으로 보일 뿐이다. 그렇기에 그가 본 한국의 모든 것은 오로지 파멸해 가는 왕국을 환기시킬 뿐이다.

견해, 즉 이데올로기에 관련된다. 그러므로 racialiste가 항상 raciste가 되는 것은 아니다. 그렇지만 인종주의 이론racialisme에 바탕을 둔 racisme은 가장 위험한 것으로, 나치즘이 그 좋은 예이다.(토도로프, 위의 책, 133쪽 참조) 그러나 토도로프의 이 구분에는 좀 모호함이 있는 것도 사실이다. 행동과 견해를 정의할 때 어디까지가 행동이고 어디까지가 견해 또는 학설인지의 문제가 제기되기 때문이다. 토도로프는 로티를 racialiste vulgaire로 간주한다. 그러나 다른 인종에 대한 반감, 경멸 등을 글로 표현하는 것도 행동의 범주에 속할 것이기에, 우리는 로티를 raciste로 생각한다.

23) 물론 로티는 한국인의 정신적인 차원까지는 묘사하지 않는다. 그가 "자신이 있는 나라의 기묘하고 독창적인 모습들을 아주 빠른 시간 내에 바라보고, 포착하고, 기억해 두는 놀라운 능력을 가진"(Yves la Prairie, 앞의 책, 56쪽) '작가이자 리포터이자 민족학자'였을지라도 9일 동안의 체류로 한국인의 정신적, 윤리적 차원까지 관찰하기에는 당연히 역부족이었을 것이다. 그러나 일본에 오래 체류한 그에게 일본인은 정신적인 측면에서도 야만적이다. 서양인에 비해 일본인, 나아가 황인종의 (상대적인) 정신적 열등함에 관한 언급은 특히 『일본의 가을 정취』에서 많이 찾아 볼 수 있다.

아침부터, 태양이 작열했다. 성벽이 요철 모양인 성채와 회색빛 산들로 둘러싸인 이 거대한 회색 도시에. 먼지투성이의 무수한 오두막집들 사이로 난, 회색 토양의, 폭 100미터 상당한 거리까지 똑바로 난 길들. 그 작은 집들은 거의 모두가 서로 닮았으며, 모두가 크기가 똑같은, 갑각류 등껍질 모양의 '잿빛' 지붕들로 덮여 있다. (182쪽)

로티에게 한국은 이처럼 온통 '회색빛gris'이다. 서울은 태양이 밝게 빛나지만 흑백 사진처럼 칙칙하기만 하다. 모든 것이 빛이 바래 우중충하다. 어둡고 침침하다. 밝음과 명랑함은 찾아보기 어렵다. 서울의 '표정'은 이처럼 우울하고 어둡다. "서울은 칙칙한 잿빛 풍경"(182쪽)인데다, "우울과 부동성으로 응축"(183쪽)되어 있다. 앞에서 본 것처럼 "이상한" 나라 한국을 보여 주기 위해 '이상함'을 환기시키는 어휘들을 많이 사용했던 로티는 이제 다른 한편으로 "몰락해 가는 오래된 왕국"을 환기시킬 수 있는 어휘를 총동원한다.24)

그는 "황후가 칼로 살해된, 범죄 행위가 있던 그날 밤 이후로 두려움에서 버려진 오래된 궁중"(193쪽)을 찾는다. 이미 가시덤불로 뒤덮여 원시 그대로의 총림으로 변해 버린, 격리된 채 침묵만이 흐르는 정원 내의 육중하고 화려한 건물들은 어수선하게만 보일 뿐이다. 궁중 앞뜰의 대리석 바닥

---

24) 『이 여사의 제3의 청춘』에 삽입된 한국에 대한 25쪽 분량의 묘사에 '쇠퇴'와 '몰락'을 환기시키거나 관련된 어휘만 총 53번 나온다. gris(9), grisailles(1), cendre(1), poudreux(1), poussière(2), pâle(1), noirci(1), noirâtre(1), nuageux(1), assombri(3), obscurité(1), funèste(1), funèbre(1), sinistre(1), tristesse(2), tragique(1), mélancolique(2), pénombre(1), sépulcrale(2), démodé(1), rococo(1), momifié(1), immobilité(1), plaintif(1), décrépitude(1), abandonné(1), vieux(6), disjoint(1), brisé(1), croulant(1), en ruine(2), mourant(1), se mourir(1), étonnant effet de cimetière(1).

은 이미 "험하게 쪼개지고 갈라져"(194쪽) 있고, 큰 도자기들과 멋지게 꾸민 조약돌들은 헝클어진 가시덤불과 무성한 풀들로 뒤덮여 있다. "새들도 거의 찾지 않는 것 같은"(194쪽) 그 "공포의 궁중"(194쪽)의 "조그만 방, 즉 어두컴컴하고 발이 쳐진 그 범죄의 방은 어떤 음산한 무질서를 보여 주고 있었다."(194쪽) 로티에 의하면, 황제는 황후가 살해된 이후 어둠이 깔리기 시작하면 몸에서 떨어져 나온 흥건히 피에 젖은 손들이 그의 주위에 어른거려 서울의 반대편 끝, 유럽의 조차지租借地 근처, 로티가 머물고 있는 집 바로 앞에 조그만 궁전을 짓도록 명령하여(195쪽) 그곳으로 거처를 옮겼다. 이처럼, "화려한 조상들의 땅에는 모든 것이 파멸의 길을 걷고 있었다."(195쪽) 16세기 무렵에는 아랍인 항해사들을 통해 서양의 야만인들에게 항해 나침반의 비밀을 전수하기까지 한 한국인들(186쪽)이었건만, "지금은 아시아를 짓누르는 무서운 쇠퇴가 너무도 오래된 이 민족에게까지 확산되어, 한국은 천자의 제국(중국)처럼 망해 가고 있다."(187쪽)

로티는 한 성문을 지나 서울의 사대문을 벗어난다. 그러자 곧 생글생글 잘 웃는 쪽진 머리의 일본 여인들을 발견한다. 일본인들이 운영하는 깨끗한 가게와 매력적인 찻집에서 일하는 여인들이었다. 그는 자신이 오사카나 에도(동경의 옛 이름)에 와 있는 것 같은 착각에 빠진다. 마침내 그는 강대국의 해군 장교로서 자신도 그 연루로부터 자유롭지 못한 식민지 제국주의 시대에 대해 언급을 한다.

그런데 이것(가게, 찻집 등 경제적인 침투)은 한국의 존속에 가장 위협적인 위험 가운데 하나인, 바로 그 일본인들의 침투의 시발이었다. (189쪽)

그리하여 그는 한국을 떠나기 전날 이렇게 자신에게 질문을 던진다.

이 이상한 나라 한국은 아직 얼마나 더 존속할 것인가? 중국의 유순한débonnaire 속박에서 얼마 전 겨우 벗어났는데, 이렇게 사방에서 위협을 가해 오다니. 일본은 손이 미치는 거리에 있는 쉽게 당하는 먹이처럼 한국을 노리고 있다. 그리고 또 북쪽에서는 시베리아 대초원과 만주 평원을 가로질러 성큼성큼 러시아가 다가오고 있다. (205쪽)

강대국들의 각축장이 되어 있는 한국의 우울한 현실25)과 그 현실의 힘겨운 고난 속에서 "오랫동안 무기력해진 늙은 황제"(205쪽)에 대해, 알현 때 그를 환대해 주었던 그 "웃는 얼굴의 […] 아주 기품이 있고 총명하며 어진"(198쪽) 황제에 대해 로티는 동정심을 보인다. 이와 같은 감정은 물론 머지않아 강자에게 잡아먹힐지도 모를 약자에 대한 연민과 정의감에 기인할 수도 있다. 그런데 로티는 한국을 위협하는 나라로 일본과 러시아를 들고 있지만, 실제로는 일본을 더 의심스러워하고 있는 것 같다. 아래 인용에서 보듯이, '호전적이고 교만한' 일본인들에 대한 그의 부정적인 시선은 이 추측을 더 개연성 있게 해 준다. 물론 일본에 대한 이 부정적인 시선은 당시 일본에 대한 그의 인종적 편견, 반감, 혐오감, 나아가 군사적 팽창에 대한 적대감과 두려움 등에 기인할 것이다.26)

---

25) 인용에서 로티가 이해하고 있는 당시 한국의 역사적 현실을 잘 보여 주는 글을 보면 다음과 같다. "청일전쟁(1894~95)에서 승리한 일본은 요동반도 등 광대한 영토와 막대한 배상금을 청으로부터 받아 냈을 뿐만 아니라, 조선에서 청의 세력을 축출함으로써 조선에 대한 독점적 지배권을 확보한 듯이 보였다. 그러나 러시아·독일·프랑스 등의 '삼국간섭'(1895. 5)을 계기로 러시아가 국내의 민비 세력을 매개로 본격적으로 진출해 들어옴으로써, 한반도는 러시아와 일본의 대립이 기본 축을 이루는 가운데 여러 제국주의 열강의 각축장으로 변하였다."(김준형, 「한국근대사와 제국주의」, 『제국주의와 한국사회』, 한울아카데미, 2002, 118쪽)

26) 김학준은 뒤크로가 그의 *Pauvre et douce Corée*에서 일본에 저항하다 시해된 명성황후를 높이 평가하고 일본에 대해 반감을 표시한 것에 대해 그 이유를 이렇게 말한다. 물론 역사적 상황에 기인한 판단이지만, 로티가 한국에 대해 갖는 동정심의 이유

신체적으로 말하자면, 지구상에서 가장 추한 국민. 호전적이고 교만하기 짝이 없는 국민. 타인의 행복에 시기심이 많은 국민. (서양인들의) 언어도단의 부주의로 그들에게 제작상의 비밀을 넘겨주고만 그 무기와 폭발물들을 잔혹하게, 그리고 원숭이처럼 교활하게 사용하는 국민. 같은 황인종 집단 사이에서 우리 백인종들에 대한 증오의 효모가 되고 장래의 살육과 침략의 선동자가 될 아주 작은 체구의 이 국민.(240쪽)

클로델의 한국

클로델은 『해 뜨는 나라의 검은 새』에서 일본의 전통 연극 노Nô와, 일본이 모방한 중국과 한국의 조상statue(1175쪽), 황실의 궁중 무용인 부가쿠Bougakou[27)와 한국의 용춤(1179쪽) 등에 대해 자신의 견해를 말하면서 일본의 그 전통 춤들과 한국의 민속춤, 조상 사이의 영향 관계에 대해 언급한다.

서울 방문 일기에서는, 경복궁을 걸으면서 떠오른 명성황후 시해 사건, 한 박물관에서 본 신비롭고 인상적인 미륵보살彌勒菩薩(Maitreya), 점프대에서 즐겁게 뛰며 노는 여자 고아 아이들, 조선 총독 사이토의 집에서 관람한 한국의 궁중 음악 협주 장면, 그리고 자신의 사랑하는 아이들을 생각

에 대한 설명으로도 적절한 것 같다. "여기서 우리는 일본에 대한 태도에서 영국인들과 프랑스인들 사이의 차이를 확인하게 된다. 대체로 영국인들이 친일적 태도를 취했음에 비해 프랑스인들은 반일적인 태도를 취하거나 비록 반일적은 아니라고 해도 일본에 대해 결코 좋게 말하지 않았다. 프랑스인들은 일본에 대해 적대적인 러시아를 지지했기 때문이다."(『서양인들이 관찰한 후기 조선』, 서강대학교출판부, 2010, 449쪽)

27) 한국과 중국 등에서 전래한 전통 무용 형식에서 유래한 이 춤은 사호노마이左方舞와 우호노마이右方舞라는 두 가지 기본 형식으로 이루어진다. 사호노마이는 도가쿠唐樂(주로 중국 음악에서 유래한 음악)에 맞춰 추며, 우호노마이는 주로 고마가쿠高麗樂(한국에서 전래한 음악)에 맞춰 추는데, 클로델은 이 춤을 보기에 앞서 한국의 민속 춤인 용춤(클로델은 1923년의 일기에서 이 춤을 'Nasari'로 적고 있다. 1178쪽 주2 참조)을 본다.

나게 하는 세 명의 예쁜 아이들에 대해 간단히 기술하고 있다. 그의 눈에는 "왜가리처럼 우울한 많은 한국인들"28)이 스쳐 지나가지만, 클로델은 그에 대한 언급을 계속하지 않는다. 클로델은 일본의 전통 춤에 대해 자세히 기술하고 평하면서 한국의 민속춤과의 영향 관계에 잠시 관심을 표하나, 깊은 지식이 없어서인지는 몰라도 아주 단편적인 설명에 머문다.

클로델은 1910년 프라하에서 「중국의 미신」이라는 제목으로 강연을 하는데, 중국의 주요 '미신'으로 풍수지리설과 음양설을 소개하면서 그 미신들과 관련하여 한국의 전설과 태극기를 예로 든다. 클로델은 한국과 일본의 문화가 중국으로부터 많은 영향을 받았음을 숨기지 않으며,29) 경우에 따라서는 한 가지의 문화적인 특징을 거론할 때 그것을 동(북)아시아 문화권에 공통적인 것으로 바라보는 경향이 있다. 이런 경향은 「중국의 미신」에서 풍수지리설과 음양설에 대해 하나씩 든 예가 한국 것이라는 점에서도 어느 정도 확인할 수 있다. 따라서 우리는 한국의 전설을 예로 든 풍수지리설에 관해 이야기를 더 진척시켜 보고자 한다.

상쾌한 아침의 나라 한국

중국에서는 도처에서 미신을 찾아볼 수 있다. 그것은 사회의 모든 계층, 심지어는 교육을 가장 많이 받은 사람들에게까지도 스며들어 있다.30)

---

28) Paul Claudel, *Journal*, t. I, Gallimard, 1968, 632쪽.
29) "옛 중국은 사라졌다. 그러나 예전에 그 나라의 '달빛'을 받았던 주위의 나라들에는 아직도 그 희미한 빛이 지속적으로 비치고 있다."(1178쪽)
30) Paul Claudel, *Oeuvres en prose*, Gallimard, 2006, 1075쪽. 이후 클로델의 작품들의 인용은 이 책을 바탕으로 하며, 쪽수만 기재한다.

클로델에 따르면 "미신은 인간 본성의 직접적인 필요에서 생겨난다. 세계는 인간에게 너무 큰 존재여서, 이를테면, 그들의 신체의 크기에도 영혼의 크기에도 비교될 수가 없다. […] 따라서 미신은 자연을 우리의 크기에 맞게 맞춤으로써, 예기지 못한 사건을 쫓아 준다."(1076쪽)

이 미신들 가운데 풍수지리Feng-shui가 있는데, "바람을 의미하는 풍Feng과 물을 의미하는 수Shui로 이루어진 이것은 (바람의) 방향과 (물의) 흐름에 관한 설"(1076쪽)로, "이를테면 그것은 자연에 관한 인상학人相學이다."(1076쪽) 풍수지리설은 "중국인들의 자연에 대한 인식"(1076쪽)을 잘 보여 주는데, "함부로 나무들을 베거나 하천의 물길을 변경시키거나 하는 일은 자연의 영속적인 체계에 손상을 입히는 일이며, 컵처럼 하늘과 땅의 이로운 기운을 받아들이는 이 용기에 학대를 가하는 일이다. 그러니 이런 모독 행위로부터 결과할 수 있는 것이라고는 물난리, 돌림병 등 온갖 종류의 자연재해밖에 없다. 반대로, 중국인들에게 어떤 지형들은 불완전해서, 사람 손에 의해 보완되어 완전하게 해야 할 필요가 있는 것 같다. 그리하여 그런 곳들의 귀퉁이에 사원을 짓고 탑을 높게 쌓으며, 길모퉁이에 소나무 […] 등을 심고 아치형의 문을 세운다."(1076쪽) 클로델이 보기에 중국인들은 자연을 해하지 않으며, 자연과의 공존을 추구한다. 자연과 완벽한 조화를 이루며 사는 중국인들의 삶에 대해 클로델은 이렇게 묘사한다.

중국에서만큼 자연과 인간이 그토록 훌륭하게 조화를 이루며 사는 것 같은 곳은 없다. 또한 (중국에서만큼) 자연과 인간이 서로를 더 잘 이해하는 곳도 없다. 때로는 마치 인간의 작품들이 자연의 자연발생적인 산물인 것처럼 인간이 자연을 모방하며, 또 때로는 다름 아닌 바로 자연이 인간의 예술을 모방하는 것 같기도 하다… 인간은 자연을 파괴하여 자연의 의지를 자신의 의지로 대체하지 않는다. 인간은 개미와 새들처럼 자연 속에서 자신의 자리만을 차지할 뿐이다. (1077쪽)

그런데 풍수지리설을 중시한 것은 중국인들만이 아니다. 자연에 대한 그와 같은 인식을 보여 주는 풍수지리설은 중국인들의 전유물만은 아니기 때문이다. 클로델이 풍수지리에 관해 한국의 전설을 예로 든 것은 한국인들에게도 풍수지리가 일상화되어 있다[31]는 자신의 생각을 우회적으로 보여 주는 일이기도 할 것이다. 그가 예로 드는 한국의 전설은 이렇다.

오랜 옛날부터 "외침과 내부의 혼란의 희생물"(1077쪽)이 되곤 했던 한국. 나라의 그와 같은 재앙에 상심하던 옛날의 한 왕이 자문을 받기 위해 중국의 유명한 풍수지리 전문가를 찾는다. 그 늙은 현자는 지도를 가져오게 하여 "말 발 형태를 좀 닮은"(1077쪽) 한반도의 이상한 모양새를 지적하면서 나라가 "선천성 기형으로 고통스러워하고 있다"(1077쪽)고 진단한다. 그는 인체의 축들이 분리되고 관절이 빠지는 등 생체 구조가 조절이 안 되어 균형을 잃었을 때 한의가 침을 놓아 치료하는 것과 똑같은 방식으로 '기형적인 나라'를 '치유'해야 한다고 왕에게 조언한다.

당신의 왕국에 대해서도 그(침술 치료)와 똑같은 방법을 사용해야 합니다. 제가 붓으로 이 지도 위에 해롭고 불길한 기운이 있는 곳들을 모두 표시해 드리겠습니다. 그 모든 곳에 상황에 따라 탑, 사원, 조상이 있는 제단을 세우고, 비문을 새기고, 신성한 나무를 심으십시오. 그렇게 하시면 당신의 왕국은 공식적으로 그렇게 불리고 있듯이 '고요한 아침의 왕국'이라는 이름에 정말 어울릴 수 있을 것입니다. (1078쪽)

---

31) 로티도 풍수지리설에 관해 묘사하고 있다. 고종을 알현할 때 궁중에서는 마침 명성왕후 묘지 이전에 관해 논의 중이었는데, 세 명의 유명한 궁중 무당nécromanciens이 이전할 묏자리를 잘못 골라 즉각적인 처형의 위기에 몰렸으나 유배로 감형되었다는 일화를 소개(192~193쪽 참조)하고 있다. 이 무당은 물론 흙점쟁이géomancien인 지관地官일 것이다.

클로델은 자신이 살던 서양에서 이루어지고 있는 문명화에 생소함과 함께 어떤 혐오감까지 느끼고 있었다. 그리하여 "그 흉측스러운 세계를 떠나는 것. 그 향락적이고 퇴폐적인 바빌론(파리를 가리킴)을 떠나는 것.—그의 강렬하고 시적인 언어로 요약하자면 —'나를 에워싸고 있는 이 역겹고 흉측한 녹석의 감옥을 부숴 버리는 것!'"32)이라는 자신의 '유일한' 소원을 이루기 위해 외교관의 길을 택했었다. 그는 근무지인 중국에 도착한 뒤 5개월 정도가 지나, '화요회'에서 많은 이야기를 나누었던 문학적 스승 말라르메에게 보낸 편지(1895년 12월 24일)에서 현대 문명에 대한 혐오감을 이렇게 고백한다.

> 이곳(중국)에서의 삶은 자기 자신을 대단하게 생각하여 최고를 추구하는 ⋯ 현대적 질병에 감염되지 않았습니다. [⋯] 나는 현대 문명에 혐오감을 느낍니다. 나는 항상 현대 문명에 이방인처럼 느껴졌습니다. 이곳에서는 반대로 모든 것이 자연스럽고 정상적으로 보입니다.33)

클로델은 그 후 많은 세월이 흘러 일본에서 대사로 근무하던 시절 니코 대학에서 한 강연 「일본인의 정신에 대한 한 시선」(1923)에서도 모국에 돌아갈 때마다 느끼는 괴로운 심정을 토로한다. 문명화에 의해 갈수록 아름다운 강산이 파괴되어 가는 것을 목격해야 했기 때문이다. 그에게는, 문명의 진보는 곧 큰 재앙이다.

---

32) Dominique Bona, *Camille et Paul*, Grasset, 2006, 73쪽.
33) Paul Claudel, *Oeuvre poétique*, Gallimard, 2006, 1027쪽.

나는 프랑스로 돌아갈 때마다 흉악한 발명의 진척과 포도나무뿌리 진디병보다 더 위험한 재앙의 심화를 확인하면서, 마음이 매우 괴롭다. 그것들이 우리나라를 파괴하고 있기 때문이다. (1132쪽)

중국인들과 마찬가지로 자연과의 완벽한 조화 속에서 사는 일본인들[34]을 보면서, 클로델은 일본인들의 "인간과 자연의 그 일체가 지속되기를 […] 바란다."(1132쪽) 그러면서 그는 중국의 오랜 미신인 풍수지리설을 다시 거론하는데, 자연 파괴가 인류에게 가져다줄 수 있는 불길한 결과를 경고하기 위해서이다.

중국에는 풍수지리설이라고 불리는 오래전부터 전해 내려오는 미신이 있다. 이 미신에 따르면, 인간이 자연의 조화를 깨트리면 반드시 벌을 받게 되며, 자연을 훼손하거나 자연의 형태와 흐름을 깨면 그 망가진 자연에서 사는 주민들은 온갖 불길한 영향에 속수무책으로 직면하게 된다. (1132쪽)

자연과의 완벽한 조화 문제는 사실 반문화, 반인위의 사상으로 "자연과 인간 사이의 거리를 축소시키는 데에 인간의 궁극적인 해방을 믿고, 궁극적인 가치를 자연과의 완전한 조화에서 찾으려 했던"[35] 도교 사상[36]과 밀접한 관계를 갖는다. 실제로 클로델은 중국에 체류하면서 중국의 철학

---

34) 클로델은 이렇게 말한다. "일본인들은 자연을 정복하기보다는 오히려 자연에 자신을 추가한다. […] 인간과 자연 사이에 이 나라보다 더 밀접한 화합이 이루지는 나라는 없으며, 이 나라보다 더 뚜렷이 서로에게 흔적을 남기는 나라도 없다."(1132쪽)

35) 박이문, 『노장사상』, 문학과지성사, 1983, 105쪽.

36) 클로델은 음양설을 설명하면서 한국의 태극기를 예로 든다.(1081쪽) 그러나 그는 음양설이 중국인들이나 한국인들의 자연과의 조화로운 삶에 미친 영향에 대해서까지는 설명하지 못하고 있다.

과 종교에 대한 서적을 많이 읽었고 불교, 도교, 유교의 사상이 그의 문학 세계에 큰 영향을 끼친 점은 잘 알려져 있다. 클로델은 1898년에는 「Tao Teh King」이라는 제목의 도교 관련 시를 쓰기도 했다. 아무튼, 클로델이 보기에 중국인과 일본인은 자연과 완벽한 조화를 이루며 살아간다. 서양 현대 문명에 대한 혐오가 컸기에, 동(북)아시아인들의 자연에 대한 그 같은 인식과 태도는 그에게는 더욱 대단하다. 그러나 자연에 대한 동(북)아시아인들의 그러한 태도에 대한 예찬은 지나친 점도 보여 마치 서양 · 자연 파괴 · 문화/동양 · 자연과의 조화 · 반문화라는 이분법적인 사고가 그의 정신에도 깊이 뿌리내리고 있는 것은 아닌가 하는 생각까지 든다.37)

그런데 당시 서양 문명에 대한 혐오와 그것이 가져온 위기의식에 대한 성찰은 여러 지식인들이 행하고 있었다. 그들은 이미 유럽 대륙을 짓누르고 있던 물질문명과 그로부터 야기된 위기의식에 공감하고 있었던 것이다. 그리하여 당시 서구 문명의 위기를 경고한 유명한 저작 중의 하나가 바로 슈펭글러O. Spengler의 『서구의 몰락』(1권 1918, 2권 1922)이다. 문화와 유기체 간의 유사성을 강조한 그의 문화유기체론에 의하면 "인간의 역사는 봄, 여름, 가을, 겨울의 네 단계를 거치면서 무르익을 대로 무르익으면 사멸, 몰락에 이른다."38) 성장과 번영, 몰락의 길을 밟는 모든 유기체처럼 세계사에 나타난 문화들도 모두 몰락하게 되는데 각 문화의 수명은 대체로 1000년 정도라는 것이다. 그리하여 그는 "세계사의 형태학이라는 방법을 통해 문화의 불가피한 붕괴를 문명으로의 이행 과정으로 보았으며, 이 이행이 19세기에 이루어졌다면서 서구 사회의 몰락을 예언하기에 이르렀다."39)

---

37) 이 책의 10장 「클로델의 일본 취향에 관한 한 연구」 주 27번 참조.
38) 오스발트 A. G. 슈펭글러, 『서구의 몰락』, 양해림 옮김, 책세상, 2008, 8쪽.

슈펭글러 외에도, 폴 발레리를 들 수 있다. 그는 1차 세계대전 종전 이듬해에 「정신의 위기」(1919)를 발표하여 그 전쟁이 서구 기계 문명의 탐욕의 소산이라고 비판한다. "우리는 지금 우리 모두의 앞에 역사의 깊은 수렁이 아주 깊게 패여 있는 것을 본다. 우리는 문명이 생명과 똑같이 덧없음을 느낀다"[40]는 그의 견해에서 확인할 수 있듯이, 발레리 역시 슈펭글러의 문화 유기체론적인 역사관을 받아들이면서 "무엇보다 과학의 창조자인 유럽"[41]이 이 과학을 이용하여 만들어 낸 탐욕스러운 물질문명을 비판한다.

서양 문명에 혐오감을 갖고 있던 클로델에게 동(북)아시아는 문명화의 길을 걷고 있던 유럽처럼 이분법적인 사고에 빠져 자연을 파괴하지 않았다. 서양처럼 '나'와 자연, '나'와 타자와의 대립을 통해 자연, 세계, 타자를 파괴하거나 수탈하지 않았다.

클로델이 보기에, 풍수지리설은 비록 미신이지만 동(북)아시아인들의 자연에 대한 인식과 태도, 즉 서양인들처럼 '나'와 자연과의 분리를 통해 자연을 파괴하지 않고 자연과의 조화를 중시하는 삶에 커다란 기여를 하고 있다. 그런데 풍수지리에 대한 실례로 한국의 전설을 든 사실에 비추어 볼 때 그에게는 한국 또한 중국처럼 풍수지리를 중시하는 나라이며, 따라서 자연을 대하는 태도가 중국이나 일본과 다르지 않다. 당연히 한국도 자연 파괴를 통해 이룬 서양 문명과는 대척점에 존재한다. 그리하여 바로 그 대척점에 존재하는 나라, 즉 1924년 5월 27일에 첫발을 디딘 한국에 대한 첫인상은 곧 상쾌함이다. 서구화되지 않은 '상쾌한' 문명, 물질에 대한 탐욕에 오염되지 않은 문명의 상쾌한 공기에 영혼까지 신선함을

---

39) 위의 책, 8쪽.
40) Paul Valérie, "La crise de l'esprit", *Variété*, Gallimard, 1924, 12쪽.
41) 위의 책, 46쪽.

느낀다. 이곳이야말로 '자연스럽고 정상적인' 곳이다.

27일 바닷길로 출발, 저녁 부산에 도착. 가볍게 불어오는 감미롭고 상쾌한 공기, "'상쾌한' 아침의 나라" 한국이다.[42]

군인이 본 한국, 외교관이 본 한국

로티는 해군 장교라는 직업을 이용해 이국의 온갖 생소함을 추구하며, 그 생소함에 기인하는 '이상함'을 즐긴다. 그런데 이 이상함이 야기하는 느낌을 즐기는 취미가 곧 이국취미이기에 이국취미는 당연히 그 이상함을 옹호한다. 따라서 이국정서를 만족시키기 위해서는 가능한 한 인종과 문화 사이에 존재하는 차이들이 상호 교류에 의해 사라지지 말아야 할 것이다. 한국에 처음 온 로티에게 한국의 모든 것 역시 생소하며, 이상하다. 그러나 앞서 보았듯이, 이 이상함을 묘사하기 위해 사용하는 어휘들이 이국정서를 만족시키기 위한 순수한 목적에서 사용되지 않을 경우 자칫 위험할 수가 있다. 조소와 경멸을 드러내 보임으로써 인종과 문화 간의 '우월'과 '열등'을 환기시킬 수 있기 때문이다. 그런데 실제로 한국(인)의 '이상함'을 묘사하기 위해 사용되는 그 어휘들은 저의가 '의심스러우며 위험'하다. 일본인들을 자주 동물에 비유한 것과 마찬가지로 한국인도 자주 동물에 비유하고 있는 것에 비추어 볼 때, 그 어휘들이 '이상함'을 환기시킴으로써 이국정서를 만족시키기 위해 '순수하게' 사용된 것만은 아니라는 것이 우리의 판단이다. 한국인들을 열등한 동물에 비유한 것은 그에게 뿌리 깊은 인종 차별주의의 발로라고밖에 생각할 수 없기 때문이다.

로티가 보여 주고자 했던 또 다른 한국은 몰락해 가는 왕국이다. 열강

---

42) Paul Claudel, *Journal*, t. I, Gallimard, 1968, 631쪽.

간 각축 현실을 누구보다도 생생하게 목격할 수 있었던 제국주의 시대 강대국의 장교인 그에게, 한국은 머지않아 강대국들에게 잡아먹힐 먹이로밖에 보이지 않는다. 그렇기에 서울은 그에게 온통 '잿빛'으로만 보인다. 하지만 몰락해 가는 왕국을 바라보는 그의 시선은 연민과 동정심에 가깝다. 그것은 약자에 대한 정의감에서일 수도 있겠고, 일본에 대한 반감에서일 수도 있을 것이다.

한 가지 덧붙이자면, 그가 비록 인종 차별주의자이기는 할지라도 "제국의 황제와 식민 관료에서부터 식민지 쟁탈 전쟁을 벌이는 군대와 기독교 복음을 전파하는 선교사, 비유럽 지역을 탐사하는 탐험가와 인류학자들까지 모두가 공유하는 일종의 시대정신이었던"[43] '문명화의 사명'이라는 19세기 서양인들의 지배적인 가치는 공유하지 않았을 수도 있다는 점이다. 문명화는 곧 서양을 닮아 가는 것이기에, 각 인종과 문화 간의 차이를 줄여 생소함과 이상함에서 오는 이국정서를 만족시키지 못하는 결과를 가져올 것이기 때문이다. 그런데 혹 우리의 이 주장이 타당할지라도, 앞서 보았듯 문명화에 대한 로티의 반감은 클로델이 서구의 문명화에 대해 가졌던 혐오와는 다른 차원에서이다.

클로델에게 한국은 서구화되지 않은 '상쾌한' 문명이 보존된 나라이다. 서양처럼 탐욕적인 물질문명에 오염되지 않은 곳이다. 이곳에서 인간은 자연과 조화를 잘 이루며 살아가고 있다. 일상에서 중시되는 풍수지리설의 자연관에서도 볼 수 있듯이, 한국인들의 자연에 대한 인식과 태도는 그가 속한 서양과는 크게 다르기 때문이다.

그는 자신의 작품들에서 당시의 정치 상황, 즉 제국주의적 시대 상황에 대해서는 극도로 언급을 자제한다. 그렇기에 로티와는 달리 당시 한국의

---

43) 조현범, 『문명과 야만 - 타자의 시선으로 본 19세기 조선』, 책세상, 2002, 40쪽.

상황에 대해서도 거의 언급을 하지 않는다.44) 그 대신 그는 중국이나 일본에 대해서처럼 한국에 대해서도 문화와 예술에 대해 더 관심을 보이며, 자주 언급한다. 서구 문명에 혐오감을 느끼던 그로서 자신의 문명과는 다른 문화권의 문화와 문명에 대해 관심을 갖는 것은 어쩌면 당연한 일일 것이다. 그는 동(북)아시아 지역에서 일본 문화가 중국 문화의 영향을 받은 점을 인정하지만, 두 문화 사이에 존재하는 확연한 차이도 잘 알고 있으며 그 차이를 확실히 존중하고 있다. 그처럼 그는 문화상대주의적인 시각을 보이며, 각 문화가 갖는 고유성을 인정하고 평가하려는 태도를 견지한다.

한국 문화와 중국 문화의 관계에 대해 말하자면, 앞서 보았듯이 그는 이 두 문화를 때로 유사하게 바라보는 시선이 없지만은 않다. 그러나 타문화에 대해 평가할 때엔 항상 아주 조심스럽고 객관적인 태도를 보이는 그인 만큼, 한국 문화에 대해서도 그 고유성을 음미하고 최대한 존중하는 시선을 읽어 낼 수 있다.

----

44) 1910년의 강연 「중국의 미신」에서 그는 한국의 상황을 "우리가 지금 보고 있는 것과 같은 불안정하고 고통 받는 상태"(1077쪽) 정도로만 언급한다. 1923년 한국을 방문해서는 "마츠오카Matsuoka와 정치에 관한 대화"(*Journal*, t. I, Gallimard, 1968, p.631)를 나누기까지 하지만, 일기임에도 불구하고 그 내용에 대해서는 전혀 언급되어 있지 않다. 불레스텍스는, "상하이에 도착한 나는 한국의 암살자들이 두려워 배에서 내리지 않았다"는 그의 일기(1925년 1월 27일)를 바탕으로 그가 "한국 사람들에 대해서는 다소 경계심이 있었던 듯하다"(『착한 미개인 동양의 현자』, 김정연 옮김, 청년사, 2001, 270쪽)고 말한다. 외교관이라는 민감한 입장 때문이기도 했겠지만, 어쨌든 그는 당시 정치 상황 전반에 대해 언급을 극도로 자제한다. 따라서 한국 사람에 대한 경계심도 당시의 일시적인 것에 불과했을 가능성이 크다.

12장 앙리 미쇼가 탐구한 아시아의 지혜들[*]
-『아시아에 간 미개인』을 중심으로

'소생의 환희'를 느끼게 하는 그 아시아적인 지혜는 무엇인가?

문명이란 무엇인지? 막다른 지경에 처해 있을 뿐Une impasse.[1)]

　앙리 미쇼Henri Michaux가 1930~31년 사이에 8개월여 동안 아시아를 여행[2)]하면서 스스로에게 던진 물음이자 답변이다. 여기에서 문명은 당연히 자신이 몸담고 있는 서구 문명을 가리킨다. 미쇼는 그의 인생 전반 30

　* 이 논문은 2007년도 한국학술진흥재단의 지원에 의하여 연구되었음.(KRF- A00786)
　1) Henri Michaux, *Michaux, Un Barbare en Asie, Oeuvres complètes, tome 1*, Gallimard, 1998, 408쪽. 이후의 이 작품의 인용은 쪽수만 기재한다.
　2) 이 여행(인도, 네팔, 인도네시아, 말레이시아, 중국, 일본)에서 돌아와 출판한 작품이 *Un Barbare en Asie*(1933)로, 일종의 철학적 르포르타주이자 에세이이다.

년을 "권태와 모순과 옹졸함과 패배와 판에 박힌 일상의 되풀이"(332쪽)
속에 가둬 둔 조국 벨기에와 유럽에 큰 싫증을 느낀다. 활동적인 취향을
타고난 그는 마침내 유럽을 떠난다. 그는 "자신의 조국, 그리고 자기를 옭
아매는 온갖 종류의 속박 및 관계, 자기도 모르게 자기 안에 달라붙어 있
는 그리스 · 로마 · 게르만 문화적인 것과 벨기에의 관습적인 것들을 자신
으로부터 추방하기"3) 위해 여행을 떠난다. 그 여행은 이를테면 타의에 의
한 것이 아닌, 자의에 의한 자신의 "추방 여행voyage d'expatriation"4)이
었다. 그러므로 그의 여행은 "큰 기만"인 서구 문명과 그리스 로마(라틴)
문화에 대한 거부를 의미한다. 그렇듯, 그가 삶에서 느끼는 자신이 속한
문명에 대한 염증은 가히 무의식적이었다.

그런데 당시 그러한 의식과 사고는 앙리 미쇼만의 전유물은 아니었다.
미쇼처럼 서구 문명을 거부할 정도까지는 아니었지만 많은 지식인들은
이미 유럽 대륙을 짓누르고 있던 물질문명과 그로부터 야기된 위기의식
에 공감하고 있었다. 당시 서구 문명의 위기를 경고한 유명한 저작 중의
하나가 바로 슈펭글러의 『서구의 몰락』5)이다. 문화와 살아 있는 유기체
간의 유사성을 강조한 그의 문화유기체론에 의하면 "인간의 역사는 봄,
여름, 가을, 겨울의 네 단계를 거치면서 무르익을 대로 무르익으면 사멸,
몰락에 이른다."6) 성장, 번영, 몰락의 순서를 밟는 모든 유기체처럼 세계
사에 나타난 모든 문화들도 몰락하게 되는데 각 문화의 수명은 대체로
1000년 정도이다. 그리하여 그는 "세계사의 형태학이라는 방법을 통해

---

3) Michaux, *Quelques renseignements sur cinquante-neuf années d'existence*,
Michaux, Henri, *Oeuvres complètes, tome 1*, Gallimard, 1998, CXXXIII쪽.

4) 위의 책, CXXXIII쪽.

5) 제1권은 1918년에, 제2권은 1922년에 출판되었다.

6) 오스발트 A. G. 슈펭글러, 『서구의 몰락』, 양해림 옮김, 책세상, 2008, 8쪽.

문화의 불가피한 붕괴를 문명으로의 이행 과정으로 보았으며, 이 이행이 19세기에 이루어졌다면서 서구 사회의 몰락을 예언하기에 이르렀다."[7]

슈펭글러 외에도, 1차 세계대전 종전 이듬해인 1919년에 폴 발레리는 「정신의 위기」를 발표하여 서구 기계 문명의 탐욕의 소산이 바로 그 전쟁이라고 비판하면서 서양인들의 각성을 촉구한다. "우리는 지금 우리 모두의 앞에 역사의 깊은 수렁이 아주 깊게 패여 있는 것을 본다. 우리는 문명이 생명과 똑같이 덧없음을 느낀다"[8]는 말에서 보듯, 발레리 역시 슈펭글러의 문화유기체론적인 역사관을 펼치면서 "무엇보다 과학의 창조자인 유럽"[9]이 그 과학에 기초하여 만들어 낸 탐욕적인 물질문명의 세계를 이렇게 비판한다.

> 유럽 정신이 지배하는 곳이면 어디나 극도의 욕망과 극도의 노동과 극도의 자본, 극도의 생산성, 극도의 야심, 극도의 권력, 극도의 자연 변형, 극도의 교류와 교역이 출현하는 것을 본다. 이와 같은 '극도maximum'의 집합체가 곧 유럽, 혹은 유럽의 이미지이다. [...] 인종이나 언어 혹은 관습에 의해서가 아닌, 욕망이나 의지의 크기에 의해 유럽인이 규정되는 것은 놀라운 일이다.[10]

미쇼는 1927년 12월부터 1년여 동안 남아메리카 적도 지대를 다녀오는데, 그의 첫 번째 걸작이라고 할 수 있는 『에콰도르』는 "유럽 문명에 대한 염증"[11]에서 감행한 일종의 그 탈출 여행의 결실이다. 그런데 그 작품

---

7) 위의 책, 8쪽.
8) Paul Valéry, "La crise de l'esprit", *Variété*, Gallimard, 1924, 12쪽.
9) 위의 책, 46쪽.
10) 위의 책, 49쪽.
11) Malcolm Bowie, *Henri Michaux, A study of his literary works*, Clarendom

속의 '1928년 3월 29일'자 여행 일기에서 작가는 발레리의 「정신의 위기」를 읽고 성찰했음을 보여 주면서 유럽 문명에 대한 자신의 혐오는 이미 그 이전부터 있어 왔음을 밝힌다. 그러면서 그는 서구와는 다른 세계, 즉 홍콩, 중국, 일본 등에 대해 언급한다. 그것은 이미 19세기부터 자기들 문명의 쇠퇴를 느끼고 있던 많은 유럽인들이 슈펭글러와 발레리의 '몰락'과 '위기' 담론을 다시 접하면서 서구의 "소생력을 동양에서 얻을지도 모른다며 소생에 대한 바람을 품고"12) 동양으로 떠난 것처럼, 미쇼도 같은 바람을 간직하고 있었음을 보여 준다.

1928년 3월 29일.
폴 발레리는 현대 문명, 즉 유럽 문명에 대해 아주 명확하게 규정했다. 나는 그가 유럽 문명의 한계에 대해 그렇게 상세히 지적하기 이전에 이미 그 문명에 대해 혐오감을 느끼고 있었다. [⋯] 아! 발레리 씨, 유럽 문명은, 그래요, 당신의 로마인들과 그리스인들, 그리고 기독교도들은 아무에게도 활력소가 되지 못합니다.
2500년에 살게 될 인간들은, 20세기는 지구를 평평하게 생각했다고 말할 것이다⋯ 지구는 아직 둥글지 않다. 그렇다. 그러니 둥글게 만들어야 한다. 작가들은 세계에 대해 서로 이야기하기 시작한다. 때로 그들 중에는 여행을 떠나 홍콩까지 가서 황인종 여인과 저녁을 보내는 사람이 있다. 그 사람이 돌아오면, 우리는 그를 관찰하거나 불러 이야기를 듣는다. [⋯] 그 사람은 중국에 대해 잘 안다. 마찬가지로, 로테르담에 정박할 때 내가 탄 배에 밧줄로 묶어 둔 배 한 척에 일본인 선원들이 있었는데, 나는 그들이 프랑스에 대해 말하는 것에 귀 기울이고는 했다.13)

press · Oxford, 1973, 64쪽.

12) Henri Michaux, *Michaux, Un Barbare en Asie, Oeuvres complètes, tome 1*, Gallimard, 1998, 1107쪽.

13) *Michaux, Ecuador*, Henri Michaux, *Oeuvres complètes, tome 1*, Gallimard,

그런데 그가 감행한 남아메리카 대륙으로의 여행은 그에게 새로운 활력을, 따라서 '쇠퇴한' 서구 문명에 불어넣어 줄 어떤 활력소(혹은, 청량제)의 발견에 대한 바람에 부응하지 못한다. 그러나 "남아메리카가 그에게 인간미 있거나 인식적인, 혹은 활력을 되찾게 해 주는 신선한 정신적 양식을 제공해 주지는 못했을지언정 적어도 그가 가지고 간 양식(그에게 스며 있는 유럽 문명적인 것)은 그에게서 제거해 주었다. 그것은 정화시키는 성과로서, 다른 어떤 유익한 성과 못지않다."[14]

그리하여 작가는 마침내 아시아로 향한다. "유럽이 침몰했다는 소식을 들어도 그렇게 불안해하지는 않을 것 같군요"[15]라고 지인 장 폴랑에게 편지를 쓸 정도로 그는 아시아 여행에 몰입한다. 그만큼 그 여행은 작가에게 매우 만족스러웠다. 여행을 떠나기 전, 아니 여행지에 도착해서까지 그는 "별것 아닌 나라나 국민들을 접하지나 않을까 줄곧 걱정해 왔지만 […] 인도인들과 중국인들은 그렇지 않다"[16]는 것을 마침내 확인한다. 그리하여 작가에게 "인도인은 본질적인 문제에 일괄적으로 답을 해 주고 있다고 생각되는 최초의 국민으로, 다른 국민들과 구별될 만한 가치가 있는 국민이며 […] 중국은 너무도 큰 감동을 주어 감탄과 흥분 속에서 아주 빨리 펜을 들게 만든 나라, 이어 몇 년 동안을 깊이 생각해 보고 되새김을 요한 나라"[17]가 된다. 나아가 그 나라들은 작가에게 "소생의 환희"(332쪽)마저 느끼게 한다.

1998, 181쪽.

14) Jacques Cels, *Henri Michaux*, Edition Labor, 1990, 104쪽.

15) Henri Michaux, *Michaux, Oeuvres complètes, tome 1*, Gallimard, 1998, XCVI쪽.

16) 위의 책, XCVI쪽.

17) 위의 책, CXXXIII쪽.

그렇다면 작가에게 그 '소생의 환희'를 느끼게 하는 것은 무엇인가? 아시아 여행에서 돌아와 출판한 작품의 제목(*Un Barbare en Asie*)은 그에 대한 암시를 준다. 자신을 '유럽의 미개인', 혹은 '교양 없는 유럽인'의 위치에 놓음으로써 아시아에서 교양인esprit cultivé의 지혜를 배웠음을 아주 재치 있게 표현하고 있기 때문이다.18) 과연 작가에게 '소생의 환희'를 느끼게 한 그 아시아적인 지혜는 무엇인가? 그 지혜는 물론 '쇠퇴'해 가는 서구 문명에 재(소)생력을 불어넣어 줄 수 있는 슬기이기도 할 것이다.

인도인들의 행복한 정신주의

미쇼는 『아시아에 간 미개인』에서, 인도에 대해 풍경이나 사회생활보다는 인도인들의 정신생활과 신앙생활에 더 관심을 갖는다. '인도에 간 유럽의 미개인'은 즉각 "정신성spiritualité에 아주 민감한 감각을 지닌"19) 국민과 접한다. "가시적인 세계를 어느 누구보다 부정한 […] 인도 국민은 정신적으로뿐만 아니라 물질적으로도 태평하다."(290쪽) 개인적인 영혼의 구제를 갈망하는 인도인들에게 "사회 문제는 어쩌면 부차적인 것에 불과하다."(314쪽) 베나레스Bénarès(바라나시)에 가도 갠지스 강Gange에 가도 그들은 "저마다 자기 일에만 전념하며 자기 자신의 구원에 신경을 쓴다."(314쪽)

"인도인들은 종교적이다. 그들은 자신이 모든 것과 연결되어 있다고 생각한다."(287쪽) 그들에게는 그들 주위의 모든 것이 "강하고 크다Tout lui est bon."(289쪽) 그러므로 주위의 모든 것이 그들의 우상idôles이 된다.

---

18) 이와 같은 입장 역시 서구 중심적 사유를 배격하는 슈펭글러의 역사적 상대주의와 관련이 깊다. 당연히 그동안 서구인들에게 타자인 아시아인들에 대한 부정적인 시각, 즉 아시아인을 위험하고 해로운 타자로 바라보던 시각과는 대조적이다.

19) Jacques Cels, 앞의 책, 105쪽.

『리그베다』는 불(아그니 신), 대기, 하늘(인드라 신), 태양 등 우주를 이루는 기본 요소들에 대한 찬가들로 넘쳐 난다. 모든 것을 자신의 우상으로 만드는 그들은 우상들을 경배한다. "경배하기를 열렬히 좋아하는"(289쪽) 인도인들은 "모든 것을 경배한다."(306쪽) 그처럼, "인도인들의 신은 도처에 깔려 있다."(311쪽) 그러므로 "인도인들의 종교에는 일신교, 다신교, 범신론(자연 숭배), 정령 숭배, 사탄 숭배가 다 포함된다. […] 인도인들은 '모든 것'을 종교 안에 두었다." 그렇게 인도인들은 "절대자Absolu의 백성이며, 철저하게 종교적인 국민"(290쪽)이다.

"인도인들은 모든 것에 기도한다."(307쪽) 심지어 그들은 자기 아내와 사랑을 할 때조차도 신을 생각하며(301쪽), 마스터베이션을 할 때에도 신을 생각한다.(302쪽) "그들은 당신들(유럽인들)을 너무 개별화시키며 사랑의 관념을 '우주Tout'[20]의 관념으로 이행시킬 줄 모르는 (유럽풍의) 여인과 섹스하는 것은 훨씬 더 해로울 것"(302쪽)이라고 말할 정도다. 그처럼 그들의 "모든 행동은 신성하며 그 행동에 대해 생각할 때마다 우주Tout와 분리해서 생각하는 법이 없다."(310쪽) 그리하여 인도인들은 기도를 할 때 가능한 한 옷을 다 벗고 한다. 신과 자기 사이를 가로막을 수 있는 장애물을 최대한 없애겠다는 생각에서이다. 작가는 그와 같은 인도인들의 기도 자세를 유럽인들의 기도 자세와 비교하면서 이렇게 말한다.

> 기도할 때 인도인들과 유럽인들 사이에는 다른 모습이 한 가지 있는데, 그것은 아주 중요한 차이로 이런 것이다. 즉, 인도인은 가능한 한 옷을 걸치지 않고 기도를 한다. 건강 상태가 좋지 않을 경우 가슴이나 배만 덮는다. 여기에서는 품위 같은 것이 문제가 되지 않는다. 그들은 고요한 세계의 어둠 속에서 혼자 기도한다. 우주와 자기 사이에 어떠한

---

20) 신과 우주를 똑같은 것으로 보는 범신론적인 관점의 어휘이다.

중개물이나 옷이 가로막고 있어서는 안 된다. 육체와 어떠한 분리를 느껴서도 안 된다. […] 어떤 옷이 됐든 옷이란 옷은 모두 우주로부터 (기도하는 사람을) 분리시킨다. 반면 벗은 채 어둠 속에 누워 있으면, 우주는 당신에게 흘러 들어온다.(301쪽)

그런 태도로 기도할 때 기도하는 사람은 우주 또는 절대자와 하나가 된다. 신과 하나가 된다. 인도인들에게 이런 노력은 전혀 드문 일이 아니다. 예외적인 기도 행위도 아니다. 절대자와 하나가 되는 일이 항상 성공적이지는 않지만 어쨌든 인도인들은 끊임없이 절대자와의 일치를 갈망하며 추구한다.

개인의 영혼과 신과의 결합. 이런 구도가 희귀한 일이라고 생각지 말라. 다수의 인도인들은 오로지 그것에만 전념한다. 그런 일은 조금도 이례적인 것이 아니다. 그 결합에 도달하는 것은 다른 문제이기도 하지만 말이다.(291쪽)

이처럼 인도인들은 신과 우주, 그리고 자연과 하나가 되기 위해 진력한다. 그것은 당연히 자신의 삶을 둘러싸고 있는 초자연적인 힘을 인식하고 유한의 인간 조건을 극복하기 위한 노력이다. 절대자와 하나가 될 때 인간은 불가항력의 인간 조건에서 오는 공포로부터 벗어날 수 있다. 그러기 위해서는 그들이 믿는 절대자와 하나가 되어 그 절대자의 힘을 활용할 필요가 있다. 그러기에 인도의 철학 사상이나 종교 사상의 대부분은 주문인 만트라mantras나 주술적인 기도에 다름 아니다. 그만큼 인도의 철학이나 사상은 인간의 영적 생활이나 현실 생활에 직접적인 영향을 미쳐 인간의 생명을 연장시키는 반면 서양의 그것들은 생명을 단축시킨다.

인도인의 모든 사상은 주술적이다. 사상은 인간의 내면 존재와 외부의 존재들에 직접적으로 영향을 미쳐야 한다. 서양 과학의 공식들은 직접적으로 영향을 미치지 못한다. 어떠한 공식도, 이를테면 지렛대 (원리의) 공식조차도 이륜 가마에 직접적으로 영향을 미치지 못하기에, 손으로 끌어야 한다.

서양 철학은 머리카락을 빠지게 하며, 생명을 단축시킨다. 반면 동양 철학은 머리카락을 늘려 주며, 생명을 연장시킨다. 철학 사상이나 종교 사상으로 통하는 것 대부분은 "열려라, 참깨" 같은 효력을 발휘하는 만트라나 주술적인 기도와 다르지 않다. (287쪽)

작가에게 인도인들은 이처럼 신을 잃지 않았다. 절대자와 끊임없이 소통하면서 불가항력적이고 유한한 인간 조건을 극복해 나간다. 옛사람들, 보다 정확히 말해 근대화 이전의 서구인들의 "종교는 (그들이) 살아가는 세계 그 자체였으며, 생활 그 자체, 좀 더 확장하면 사람들의 인생과 일체화된 것[…]이었기에 그들은 매우 행복한 상태였다고 말할 수 있"[21]다.

그 반면, 베버의 말처럼 '인식의 나무 열매를 이미 먹었으며' "과학과 합리주의의 세례를 받고 '탈마술화(탈주술화)'된 서구 사회"[22]는 절대자로부터 분리되어 지옥으로 향하고 있다. 작가는 인도인들과 비교하면서 그 상황을 유럽인들에게 이렇게 경고한다.

절대자로부터의 분리. 유럽인들이여, 당신들은 그렇게 지옥으로 향하고 있지만 인도인들은 그에 대한 생각을 놓지 않는다. (288쪽)

서구 현대사의 본질적인 사실이 되어 인간의 삶을 변화시킨 "명확성과

21) 강상중, 『고민하는 힘』, 이경덕 옮김, 사계절, 2009, 98쪽.
22) 위의 책, 101쪽.

정확성의 증가", 23) 다시 말해 과학만능주의는 인간의 이성을 계산하는 이성으로 만들어 "계산 불가능한 것을 사고나 행동에서 처음부터 '불합리한 것'으로 배제하려 들게 되고, 합리성을 위해선 그런 것이 있다면 파괴하고 부수려 하게 된다."24) 인간관계까지를 포함해 모든 것을 계산 가능한 것으로 변화시키려는 근대의 시대정신은 공동체를 파괴하고 인간을 점점 개인화시키면서 세속화를 유발했다. 종교적 가치나 자연법적인 가치, 그리고 절대적인 가치는 근대 사회가 만들어 낸 상대주의의 물결과 계산의 윤리 앞에서 파괴되고 만다.25) 그리하여 이 "세속화는 인간을 고대의 주술적 세계에서 해방시켰으며, 서구 세계에서 도시의 역사는 시민이 권리의 주체로 진화할 수 있는 하나의 공간을 만들어 냈다. 그러나 다른 한편으로는 바로 그 합리화의 과정은 상상력과 영감을 규격화된 일상성과 기술적 절차의 요구에 따르도록 강요했는데, 이로부터 영혼을 상실한 기계 로봇 같은 새로운 인성의 창조가 가속화되었다."26)

인생의 전반기 30년 동안 그토록 작가를 짓눌렀던 '권태나 모순적 상황, 옹졸함, 패배, 그리고 판에 박힌 일상의 되풀이'는 바로 그 서구 근대화 과정에서 "모든 관계를 계산의 관계만으로 한정하려는 태도"27)와 그로 인한 개인의 물질적 탐욕이 초래한 세속화와 공동체의 붕괴, 개인주의화, 그리고 그 과정에서 불가피하게 사회와 신으로부터 고립되면서 느끼게 된 소외 의식의 결과일 것이다. 다시 막스 베버의 말을 빌리면 "특유의

23) Paul Valéry, *Regards sur le monde actuel et autres essais*, Gallimard, 1945, 21쪽.
24) 이진경 편저, 『모더니티의 지층들』, 그린비, 2008, 42쪽.
25) 브라이언 터너 저, 『막스 베버, 근대성과 탈근대성의 역사사회학』, 최우영 옮김, 백산서당, 2005, 252~253쪽 참조.
26) 위의 책, 38쪽.
27) 이진경, 앞의 책, 31쪽.

합리화와 지성화, 그리고 무엇보다 세계의 탈주술화를 수반하는 우리 시대의 숙명은 궁극적 원리와 대부분의 숭고한 가치가 공적 삶에서 퇴각해버렸으며 […] 과거에 위대한 공동체를 마치 불과 같이 휩쓸고 그것들을 하나로 결합시켰던 예언적 영성靈性에 조응하는 그 무엇이 오늘날에는 단지 소규모 집단 개인 사이에만 가늘게 맥박치고"[28] 있는 현실에서 작가는 바로 인도에서, 다시 말해 인도인들이 여전히 잃지 않은 주술적이고 영적이며 비합리적인 삶에서 서구인들이 잃어버린 '궁극적 원리와 숭고한 가치, 그리고 공동체를 하나로 결합시켰던 예언적 영성'을 발견했던 것이다. 인도인들의 그와 같은 삶이야말로 자칭 '미개인'인 작가 자신이 배운 인도적 지혜이다. 자신의 운명에 순종할 줄 알며(338쪽) 탐욕이 채워질 때에만 휴식을 취하는 유럽인들과는 달리 물질적인 욕망을 아예 가지지 않는 인도인들(315쪽)의 자족적인 삶 또한 바로 그 정신주의적 삶의 결과로, '유럽의 미개인'이 배운 인도적인 지혜이다. 그러므로 인도인들의 그와 같은 지혜는 서구인들이 배워야 할 지혜이기도 하다.

중국인들의 인화人和적 현실주의

미쇼에게 중국인들은 현실적이다.[29] 인도인들과는 달리, 그리고 또 그

---

28) 브라이언 터너, 앞의 책, 39쪽. 이 시기를 서구 문화의 쇠퇴기인 문명기로 규정한 슈펭글러도, 과학적 무종교 또는 추상적인 죽은 형이상학이 종교를 대신하며 냉혹한 사실주의가 권위 및 전통의 숭배를 대신하는 것이 이 시기의 특징이라고 진단한다. "또한 종교적인 신념이 쇠퇴하여 점차 소멸하며 회의주의가 철학 사조를 지배한다. 이 시기 모든 곳에 퍼져 나가는 정신적 풍조는 환멸과 권태이며 과학과 효용성, 그리고 진보에 대한 예찬이 가득하다"고 진단한다.(양해림,「서구 몰락의 예언자 슈펭글러」, 슈펭글러, 앞의 책, 151~152 참조). 슈펭글러의 이 진단 역시 베버가 지적한 근대 사회의 합리화 과정에서 나타나는 서구인들의 사회 · 정신적 변화 모습과 맥을 같이한다.

29) "Il(Le Chinois) est pratique."(359쪽)

동안 주장되어 온 것과는 달리 중국인들은 종교심이나 종교적 성향을 별로 지니고 있지 않다. 그들의 주된 관심의 대상은 실생활vie pratique이다. 미쇼가 『논어』의 다음 구절30)을 인용한 것은 중국인들에 대한 그의 시선을 명쾌하게 요약한다.

> 인간의 이해 범주를 넘어선— 사물들에 대한— 원리를 탐구하는 것, 인간의 상태를 초월한 어떤 믿을 수 없는 행동을 하는 것, 그런 것은 내가 하고자 하는 바가 아니다. (359쪽)

그처럼 중국인들은 어떤 "초월적인 (학문) 체계"(373쪽) 나 "천재성의 번득임"(373쪽) 같은 것을 원하지 않았으며, 따라서 가지고 있지도 않다. 반대로 중국인들은 "현실적인 가치에 대한 헤아릴 수 없을 정도로 많은 독창적인 생각들"(373쪽)을 갖고 있다. 따라서 "낭만적인 중국은 아직 태어나지 않았다."(374쪽) 작가에게 중국인들은 사람과 사람 사이의 관계에 크게 신경을 쓴다. 이를테면 자신이 속한 공동체 안에서의 인간관계를 매우 중시한다. 작가에게는 "중국인들만큼 큰 배려와 정성, 그리고 조심스러움을 보이며 인간관계에 신경을 쓴 사람들은 없었다."(374쪽) 그리하여 그들은 '모욕'을 크게 두려워한다.31) 자신이 모욕을 당하는 일은 물론이려니와 타인에게 모욕을 주는 일 또한 '끔찍하게' 두려워한다. 그들은 서로에

---

30) 미쇼는, 이 말이 공자의 말은 아니며 공자가 옛 중국 철학자의 말을 인용했다고 밝히고 있다.

31) 아비샤이 마갈릿(『품위 있는 사회』, 2008)의 품위 있는 사회에 대한 정의, 즉 "문명화된 사회가 구성원들이 서로 모욕하지 않는 사회라면, 품위 있는 사회는 제도가 사람들을 모욕하지 않는 사회"라는 정의에 따르면 미쇼가 자신을 '미개인Barbare'이라고 부른 이유를 또 다른 차원에서 이해할 수 있을 것이다. 제국주의의 전성기였던 당시 서구는 세계 구성원들을 크게 모욕하고 있었다.

게 모욕을 주지 않기 위해 아주 공손하며 예의바르게 행동한다. 그들은 모욕을 당하지 않기 위해 겸손해진다. 따라서 예의범절은 공동체 생활에서 모욕을 피하기 위한 하나의 행동 방식이다.

> 중국인들에게는 모욕에 대한 두려움이 너무 커서 그것이 그들의 문화를 지배할 정도이다. 그들은 그 때문에 공손하고 예의가 바르다. 타인에게 모욕을 주지 않기 위해서다. 그들은 또 자신이 모욕을 당하지 않기 위해 겸손하게 행동한다. 예절과 공손함은 모욕을 막기 위한 한 방법이다. (385쪽)

그러므로 "친절, 안정(평안), 의복의 정제整齊, 예절"(373쪽)을 중시하는 "도덕론의 에디슨인 공자"(373쪽)의 말을 빌리면, 곧 극기복례克己復禮의 문제이다. 공자에게 '예禮'는 공동체 속에서 개인 간의 질서에서 크게는 국가 질서에 이르기까지 모든 예절을 의미하는 아주 중요한 개념이다. 그러기에 자신을 이기고 예로 돌아가는 것은 자신이 속한 공동체의 질서와 안정, 그리고 조화를 위해 필수적인 실천 덕목이다. 공자에 따르면 극기복례하는 것이 곧 인仁이다. 공자는 논어 「안연」편(24장)에서 제자 안연의 인仁에 대한 질문에 이렇게 대답한다. "극기복례하는 것이 인이다. 하루만이라도 극기복례하면 천하가 인으로 돌아갈 수 있다. 인을 행하는 것은 자신에게서 비롯되는 것이다. 어찌 다른 사람에게서 비롯될 수 있겠는가 克己復禮爲仁, 一日克己復禮, 天下歸仁焉, 爲人由己, 而由人乎哉."[32] 자기를 잘 통제하는 것은 사사욕심을 이겨 내는 것으로, 자신의 욕심을 이겨 낼 때 비로소 타인에 대한 배려가 생겨난다. 그리하여 중국인들은 타인의 일에 함부로 간섭하지 않으며(373쪽), 언제나 친절하며(369쪽), 겸손하고 정

---

32) 신동준, 『공자와 천하를 논하다』, 한길사, 2007, 434쪽.

32) 신동준, 『공자와 천하를 논하다』, 한길사, 2007, 434쪽.

직하며(370쪽), 평화를 사랑한다.(382쪽) 남의 일에 함부로 끼어들지 않고, 겸손하고 친절하게 배려하면서 평화 공존을 추구하는 마음속에는 타인에 대한 정중한 존중이 내재되어 있다. 그런데 남에 대한 존중이야말로 남에 대한 사랑의 시발점일 것이다. '사람을 사랑하는 것愛人', 그것 역시 공자의 말에 따르면 인이다.

미쇼에 따르면, 중국인들이 가장 좋아하는 상태는 '균형(또는 안정 équilibre)과 조화(또는 화합, 화목harmonie)'이다. 그들에게는 그 상태가 바로 일종의 '이상향'이기도 하다.

이 황홀경[33]은 '균형'과 '조화'에 의해 얻어진다. 그 상태는 중국인들이 무엇보다도 좋아하고 높이 평가하는 상태인데, 그들에게는 일종의 이상향paradis인 것이다.(367쪽)

미쇼는 위 인용문의 주註에서 중국인들이 '갈망하는' 천지인天地人의 조화에 대해 이렇게 설명하고 있다. "중국인은, 그 안에서는 천지가 완전히 평온 상태에 있으며 모든 존재가 최상의 발달을 이루는 우주의 조화를 항상 원해 왔다."(367쪽) 이것은 『논어』의 핵심 사상인 천인합일天人合一

---

33) 이백二伯의 시 「달을 노래함」에 대한 작가의 감상평이다. 그 '황홀경'은 질서와 조화 상태에서 얻어지는데, 예악禮樂은 그것에 다다를 수 있는 효과적인 수단이었으며, 위정자와 군자는 반드시 습득해야 했다. 공자는 『예기』의 「악기」편에서 이렇게 말하고 있다. "악樂은 천지의 조화이고, 예는 천지의 질서이다. 조화를 이루는 까닭에 백물百物이 모두 화육하고, 질서가 있는 까닭에 군물群物이 모두 분별分別이 있다. 악은 하늘에 근거해 만들어지고, 예는 땅의 법칙으로 만들어진다. 잘못 만들면 어지러워지고 잘못 지으면 난폭하게 된다. 그래서 천지의 도리에 밝은 뒤에야 예악을 일으킬 수 있는 것이다."(신동준, 앞의 책, 348쪽) 미쇼가 본문과 주에서 '균형과 조화'에 대해 설명하는 내용에 비춰 보면 공자는 이 예악에 대해 이해한 것 같다.

에 대한 작가 나름의 이해이기도 하다. 그것은 "하늘의 큼과 땅의 두터움을 사람 마음에 융합시키는 데 있다. 이렇게 해서 하늘과 땅과 사람이 완벽한 조화를 이루게 되면, 사람은 비할 데 없는 강력한 힘을 가지게 된다. 오늘날 우리는 '천시天時, 지리地利, 인화人和의 삼박자가 갖춰져야만天時不如地利, 地利不如人和(『맹자』「公孫丑」下)'"34) 화목하고 조화로우며 안정된 사회를 이룰 수 있다. 인화人和는 곧 사람들끼리의 화목과 조화를 이루는 것이다.

미쇼에게, 중국인들은 사람 사이의 조화만을 추구하지는 않는다. 노장사상을 많이 공부한 미쇼35)는 몇 가지 에피소드36)를 들면서 노자의 천화天和로 중국인들의 조화 취향을 한층 더 강조한다. 천화는 자연과 조화를 이루는 것으로 도가에서는 "인화의 근거로서 천화天和를 중시한다."37) 이를테면 도가에서는 가장 근본적인 것이 천지의 본성인 덕을 명백히 아는 것이며 인간으로 하여금 자연과 조화를 이루게 하는 것이다. 이어 그를 바탕으로 천하 사람들과 조화를 이루게 한다夫明白於天地之德者, 此之謂大本大宗, 與天和者也, 所以均調天下.(與人和者也.『莊子』「天道」) 인간이 사물과 타자를 자기 본위로 대하지 않고 부드럽고 유연하게 공동체 속으로 '녹아 들어갈 때', 이를테면 자기를 최대한 '지울 때effacement suprême' 자신이 속한 공동체는 조화롭고 화목할 수 있다. 미쇼에게 도Tao를 이해

---

34) 위단, 『위단의 논어심득』, 임동석 옮김, 에버리치홀딩스, 2007, 23쪽.

35) 미쇼는 중국인 화가 친구 자오우키Zao Wou-Ki와 『도덕경』의 번역까지 기획한다. 그는 친구 자오우키의 그림 감상에 대한 책(*Jeu d'encre, Trajet Zao Wou-Ki*)도 출판했다.

36) 노자의 제자인 한 사냥꾼이 사냥감을 쫓기 위해 숲에 불을 지른 뒤 불과 바위에 아랑곳 않고 사냥감을 잡으러 달려가는 이야기, 그리고 제자가 맹수 사이에서 아주 자연스럽게 어울려 사는 이야기를 얘기한다.(381~382쪽)

37) 이강수, 『노자와 장자』, 길, 2006, 281쪽.

하는 두 키워드는 유연성과 자기 지우기effacement de soi이며, 무엇보다 자기 지우기는 "중국인들이 깊이 숙고해 온 것"(382쪽)이다. 이를테면 그 것은 노자의 무위無爲의 행동 규범에 대한 숙고이기도 할 것이다. 그렇게 볼 때, 작가에 따르면, 중국인들은 위무위爲無爲를 실천함으로써 천지인 天地人의 조화를 이루려 노력하고 있는 국민인 것이다.

어쨌든 "개인이 아닌 집단을 좋아하고, 사물 한 개가 아닌 전경 panorama을 좋아하는"(370쪽) 중국인들은 자신이 속한 집단의 안정과 화 합, 그리고 평화를 위해 도리에 어긋나거나 이치에 합당하지 않은 행동은 멀리하려 노력한다. "이치에 합당한 것le raisonnable과, 모든 것을 이치 에 합당하게 설명하는 것에 매료"(375쪽)된 "중국인들은 절대로 이치에 합 당한 행동의 추구를 멈추지 않는다."(375쪽)

"이치에 합당하게 보이기를 원하는 중국인들"(374쪽), 그리고 "놀라울 정도로 지혜의 기름이 발라진 (중국인들의) 얼굴에 비해 유럽인들의 얼굴 은 완전히 극단적인excessif 모습이며, 완전히 멧돼지의 그 추한 몰골이 다."(359쪽) 중국인들의 평화롭고pacifique 평온한calme 감정은 "유럽인 들의 흥분énervement, 그리고 행동action과 대조적"(367쪽)이다. 이처럼 작가에게 유럽인들은 흥분을 잘하며 행동을 포함하여 '모든 것에서 지나 치며excessif', 이치에 합당하지 못하고 분별이 없다. 또한 겸손하지 못하 고 중용中庸을 모른다. 그러기에 "중국인들은 어느 것 하나 가만히 남겨 둘 줄 모르고 무엇이나 손을 대고 참견하는 저 저주받은 인간들, 즉 우리 (유럽인들)를 미워한다."(375쪽) 물론 질투심과 함께.[38] 많은 면에서 중국 인들과 대척적對蹠的인 유럽인들에 대한 작가의 신랄한 비판과 반성은 이 렇게 계속된다.

----

38) "Aussi, quelle haine en Extrême-Orient, et jalousie!"(375쪽)

그런데 저마다의 인간은 자기를 평가하는 동시에 자기의 국민과 가족, 종교, 그리고 자기가 사는 시대를 평가 가능케 하는 모습을 띠고 있다. 전쟁이 또다시 일어날 것인지? 유럽인들이여, 당신들의 모습을 바라보라, 당신들의 모습을 들여다보라. 당신들의 표정에는 전혀 평화로움이 없다. 그 표정에는 대립과 욕망, 탐욕, 그 모든 것이 아로새겨져 있다. 당신들은 평화조차도 폭력적으로 원한다.(398쪽)

서구는 근대 사회의 합리화 과정에서 개인의 자유를 기초로 개인주의 시대의 전성기를 맞이한다. "사람과 사람 사이가 종교, 전통과 관습, 문화, 지연과 혈연의 결합 등에 의해 자동적으로 사회 속에서 굳게 연결되어 있던"[39] '나'의 총체인 '우리'는 '나'라는 개체로 분리된다. 그렇게 '계산'이 토대가 되어 야기된 '사회의 해체'에는 인간 소외의 과정이 내포될 수밖에 없다. 그처럼 서구의 문명은 인간을 고립시킨다. 나아가 모든 것을 상품화함으로써 화폐를 통해 비교하고 계산하는 시대를 맞이한 서구 근대의 "계산하는 삶은 우리의 삶 자체를 냉정한 계산속에 밀어 넣고, 우리의 행동을 계산속에 복속시킨다."[40] 그리하여 "계산된 경제적 이득을 향한 욕망"[41]은 이어 탐욕을 낳음으로써, 막스 베버의 말처럼 유럽인을 "마음이 없는 향락인"으로 만들어 버렸다. 발레리가 「정신의 위기」에서 지적했듯이, 유럽인은 이제 그들의 피부색이나 언어, 복장이 아닌 탐욕과 극단적인 의지와 행동에 의해 규정되기에 이르렀다. 서구인들의 극단적인 개인주의와 계산적인 삶이 낳은 탐욕의 결과가 바로 제국주의이자 1차

---

39) 강상중, 앞의 책, 33쪽.
40) 이진경, 앞의 책, 42쪽.
41) 위의 책, 43쪽.

세계대전이다. "'자기의 성'을 쌓는 자는 반드시 파멸한다"는 칼 야스퍼스의 말처럼, 유럽인들은 비유럽인들뿐만 아니라 같은 유럽인들에 대해서까지 '자기의 성'을 높이 쌓음으로써 파탄을 초래했던 것이다.

철저한 개인주의와 탐욕, 화폐가 지배하는 서구 사회에서 살던 작가에게 그 모순에 찬 우울한 사회는 당연히 권태와 옹졸함에 사로잡히게 만드는 사회였기에, 어떤 윤리를 가지고 살아가야 하는지 스스로에게 질문을 던지지 않을 수 없었을 것이다. 중국에 간 '유럽의 미개인'은 바로 유가의 인화와 도가의 천화를 실천하면서[42] 살아가는 중국인들의 평화 공동체적인 삶에서 그에 대한 또 다른 답변을, "깊이 생각하고 검토한 뒤 도출된 현실적이고 실천적인 지혜"(369쪽)—이런 지혜를 추구하고 따르는 일은 중국인들의 변함없는 주 관심사이기도 했다—를 배울 수 있었던 것이다.

서양을 좇는 일본의 서구화

일본 사람들에게는 대하大河가 없다. 중국 속담에 "대하는 지혜를 동반한다"는 말이 있다. 지혜와 평화. 그들은 평화 대신에 화산만 하나 덜렁 가지고 있다. 그것은 이론의 여지없이 장엄한 산이지만, 어떻든 정기적으로 일본을 진흙탕과 용암과 재난으로 범람케 한다. 단지 대하만 없는 게 아니다. 큰 나무나 넓은 공간도 없다. (388쪽)

인도와 중국에 관한 양보다 훨씬 더 짧은 분량의 일본 여행기는 이렇게 시작되는데, 작가에게 일본이 뭔가 편치 못함을 보여 준다. 이어 계속되

---

42) 작가는 "공자와 노자가 중국인들을 어디까지 중국인화시켰는지, 아니면 탈중국인화시켰는지 알기는 어렵다"(372쪽)고 말한다. 하지만 지금까지 보아 왔듯이 작가는 중국인들이 그들의 사상에 깊이 젖어 있다고 믿고 있다.

는 이야기는 "습하고 위험한 기후"(388쪽), 세상에서 결핵 환자가 가장 많은 나라, 나무들의 발육 부진, "밝은 표정도 없는… 초췌하고 무뚝뚝한 남자들"(388쪽), "감정이 없는 친절"(388쪽)과 "하녀 같은 아내와 시녀 같은 소녀들"(388쪽), 그녀들의 "곱추 같은 모양의… 미련한 복장"(388쪽), "폐쇄적이고 오만한 섬나라 근성"(389쪽) 등 일본인들에 대해 온통 부정적인 표현 일색이다. 한결같은 모습의 도시들은 활기가 없으며, 자동차들은 지겹도록 경적을 울려댄다.(389쪽) 게다가 "목욕탕에서조차 첩자를 만날"(389쪽) 정도로 일본 국민은 "자신들의 가식과 관습과 경찰과 규율과 군용 장비에 [...] 포로가 된 자들"(389쪽)이다.

하지만 다른 한편으로, 일본 국민은 "세상에서 가장 부지런하며, 가장 말수가 적으며, 가장 능률적이고 효과적이며 스스로를 가장 잘 억제하는"(389쪽) 국민이기도 하다. 한발 늦게 서양의 과학과 효용성을 예찬하며 수용한 일본은 메이지 유신 이후 전력을 다해 서구화를 추진함으로써 "정복하고 근대화하고 기록들을 갱신했으며 [...] 그렇다. 그 외의 것들은 더 말하지 않아도 모두가 안다."(389쪽) 그리하여 일본인들은 "10년 만에 동경을 재건했으며"(389쪽), 서구 식민지 제국주의의 식민지 정책을 뒤좇아 "한국43)을 식민지화했다."(389쪽)

일본 사람들의 정리 정돈과 "닦고 쓰는 것에 대한 편집증"(392쪽)은 화폭 안에서 "하늘까지도 씻어 내며laver [...] 파도 또한 긁어 소제한다."(392쪽) "명예와 복수의 (상징인) 사무라이. 사무라이들은 무자비하게 청산한다laver."(392쪽) 일본인들의 청결에 대한 편집증은 사무라이처럼

---

43) 미쇼는 한국에도 잠시 들렀다. "A Séoul(Corée)"(394쪽)라는 특별한 제목으로 반쪽 분량을 할애했으나, "한국인의 특징이기도 한 이상하게 격한 모습을 보여 주는" 한국의 음악에 대해서만 짧게 언급하고 있다.

그렇게 공격적으로 변질된다. 그리하여 그들은 러시아나 미국 등과 꼭 전쟁을 하고 싶어서가 아니라 "정치적 시야를 '밝게 하기éclaircir' 위해 전쟁을 한다. 그처럼 '유럽의 미개인'에게 "세척은, 전쟁처럼, 유치한 어떤 면을 지닌다. 왜냐하면 세척은 얼마간의 시간이 지나면 또 해야 하기 때문이다."(392쪽) 질서와 정돈과 청소와 청결에 대한 일본 국민의 집착은 근대화의 과정 속에서 자신의 탐욕의 실현에 장애가 되는 대상들을 제거하거나laver, 박멸exterminer하는 팽창주의로 변질되어 버린다.

결국 작가에게는 서구화의 과정 속에서 오만해지고 영혼을 잃어버린, 다시 말해 인간다운 가치관과 도덕관념을 크게 상실한 일본인들에게서는 배우고 깨칠 만한 지혜가 없다. 자신이 몸담고 있는 "온갖 결함을 지닌 서구 문명"(394쪽)이 걸어온 일탈의 길을 답습하고 있는 일본 문명에서 작가는 혐오감을, 나아가 두려움을 느끼기까지 한다. 뜨는 해le Soleil levant가 벌써 기울음déclin을 보여 주고 있기 때문이며, 일본 문명의 "여명이 이미 우리(서구 문명)의 황혼을 지니고 있"[44]기 때문이다.

그리하여 작가에게 일본 국민은 결국 이런 국민일 뿐이다.

> 요컨대 지혜도 순박함도 깊이도 없으며 지나치게 심각한 국민. 장남감과 새로운 것을 좋아하지만 즐길 줄도 모르고 야심적이기만 한, 분명 우리의 불행과 우리의 운명을 답습할 운명에 놓여 있는 국민.(389쪽)

아시아에서 발견한 '소생의 환희'

19세기 중반 이후 과학과 합리화의 급속한 진전은 서양에서 세속화와

---

44) *Analyses & réflexions sur Henri Michaux Un barbare en Asie*, Ouvrage collectif, Ellipes, 1992, 29쪽.

개인주의, 그리고 오랜 세월을 지켜 온 전통적인 사회의 해체를 가져왔다. 과학적인 것이 비과학적인 것인 신적인 것이나 신비적인 것을 대체함으로써 탈주술화를 초래했다. 그리하여 전통적인 종교가 지식인과 대중 모두에게서 빠른 속도로 외면을 당한다. "나아가 유럽 인구의 45%를 차지하는 로마 가톨릭 국가들에서도, 제국의 시대에 들어오면서 중간계급의 합리주의와 사회주의 교사들의 협공으로 인해 신앙심은 급속히 퇴색했다."[45] 과학과 효용성과 진보의 예찬에 탈주술화는 그처럼 서양을 급진적으로 탈그리스도화시킨다. 마치 제도처럼 공동체 안에 존재하면서 개인들을, 사람과 사람 사이를 긴밀하게 연결해 주던 종교의 퇴색화는 공동체가 지니고 있던 '목가적 연결'의 해체를 가져온다. 슈펭글러에 따르면, 문화의 마지막 단계인 문명의 시기에 도달한 서구인들은 "정신생활의 만족을 찾는 행복보다는 물질생활의 물질적 행복과 윤택함을 앞세우는 동물적 근성을 십분 발휘하여 거대한 과학 기술의 노예가 되"[46]었다. 문명이 인간을 고립시킴으로써 전통 사회는 '고립된 인간의 집합체'에 다름 아니게 된다. '물질적 행복'의 추구는 탐욕을 더욱 부추기며, 폴 발레리가 「정신의 위기」에서 지적한 것처럼 과학과 합리주의의 진전의 결과인 기계문명을 마치 "인류의 최고의 지혜와 개가"[47]처럼 간주하기에 이른다. 그들은 "유럽을 세계의 '봉건 군주'로 만든 방법과 도구를 수출하기 위해 경쟁하며 […] 자신들의 전통 속에 머물면서 변함없이 그 상태에서 지내기만을 바라는 아주 많은 민족들을 영악해지게 하거나 가르치고 무장시켜 줌으로써 얻는 이득을 취하기 위해 서로 다투었다."[48] 바로 그 결과가 유럽

---

45) 에릭 홉스봄, 『제국주의 시대』, 김동택 옮김, 한길사, 2006, 472쪽.
46) 슈펭글러, 앞의 책, 151쪽.
47) Paul Valéry, *Variété*, Gallimard, 1924, 18쪽.
48) Paul Valéry, 앞의 책, 27쪽.

공동체를 공멸로 몰아넣을 뻔했던 제1차 세계대전이었다.

슈펭글러의 유럽 문명 비판과 폴 발레리의 유럽 정신의 위기에 대한 경고에 충격을 받은 작가와 그 밖의 지식인들은, 쇠퇴해 가는 그들의 문명을 소생시킬 수 있는 힘을 동양에서 찾을 수 있지 않을까 기대한다.49) 바로 그 무렵, 30년 동안 자신의 인생에 권태와 모순과 불안과 무기력만을 느끼게 하던 유럽 문명에 염증을 느낀 미쇼는 아시아로 떠난다. 그것은 "반항적이고 탐구적인 인간"50)으로서, 제목 『아시아에 간 미개인』이 암시하듯, '유럽의 미개인'이 서양 문명에 저항하며 아시아로부터 지혜를 탐구해 보기 위한 여행이었다.

앞에서 본 것처럼, 그 여행은 서양의 불행과 운명을 답습할 것이 분명한 모습에 혐오감과 두려움을 느끼게 한 일본 여행을 제외하고는 작가에게 아주 큰 수확을 가져다주었으며, 따라서 당연히 만족스러웠다. 그 이유는 서양인들이 근대화 과정, 즉 문명화 과정에서 잃은 인간다운 가치관과 도덕관념을 아시아에서 확인할 수 있었기 때문이다. 인도인들은 탈주술화되지 않은 공동체 속에서 자족적인 정신생활을 통해 행복을 누리고 있었으며, 중국인들은 유가의 인에 기초한 인화와 도가의 위무위에 기초한 천화를 바탕으로 아직 해체되지 않은 화목한 공동체 생활 속에서 "그들의 생활의 근본이 되는 철저한 인본주의"51)를 실천하며 살고 있었다. 얼마간 환상적이며 이상적이기까지 한52) 아시아인들에게서 본 그와 같은

---

49) 서구의 문명화에 혐오감을 느낀 폴 클로델도 그 가운데 한 작가이다. 이에 대해서는 이 책의 10장 「클로델의 일본 취향에 관한 한 연구」참조.

50) *Analyses & réflexions sur Henri Michaux Un barbare en Asie*, Ouvrage collectif, Ellipes, 1992, 5쪽.

51) 요시카와고지로, 『요시카와고지로의 공자와 논어』, 조영렬 옮김, 뿌리와이파리, 2006, 46쪽.

52) 이 문제는 주체와 타자 관련 글이라면 항상 제기될 수 있다. 우리는 그동안 사이

삶의 모습은 당연히 작가에게 '소생의 환희'를 선물하고도 남았으리라. 그것은 또한 '쇠퇴한' 서양 문명에 소생력을 불어넣어 줄 수 있는 아시아의 지혜이기도 하리라.

드의 주장을 어느 정도 수용하면서, 다른 한편으로는 문학 텍스트 층위에 내재하는 세속성과 상황성 외에도 개별성 역시 중요한 자리를 차지하고 있음을 주장함으로써 서구의 동양에 관한 거의 모든 텍스트를 '위험한 대상들'로 바라보고 있는 그의 획일적인 시선을 비판해 왔다.

미쇼 역시 자신의 이 텍스트에 아시아에 대한 환상이 섞이지 않을 수 없었음을 이후에 출판된 두 판본(1945년판, 1967년판)의 서문에서 암시하고 있다.

보론: 볼테르의 『철학 콩트』 속의 중국 이미지[*]

18세기 유럽의 중국 문화 열풍

초창기 중국의 문화를 유럽에 소개한 사람들은 대체로 예수회 선교사들이었다. 예수회 선교사인 『천주실록』(1584)의 저자 미켈레 루지에리 Michele Ruggieri(1543~1607)와 『천주실의』(1593)의 저자 마테오 리치 Matteo Ricci (1552~1610)는 16세기 말부터 중국 실정에 맞는 '중국화中國化' 선교 활동을 시작했다. 그 후 예수회 선교사들은 선교 보고서와 서한, 저술, 그리고 경서經書 번역 등을 통해 중국 문화를 유럽에 소개하고, 그에 대한 지식을 확산시켰다.

예수회의 이러한 활동은 중국 문화에 대한 유럽인들의 열광적인 반응을 불러일으켜, 17세기 초에 '중국'은 이미 유럽의 대중문화 속으로 침투

* 이 논문은 2013년 정부(교육부)의 재원으로 한국연구재단의 지원을 받아 수행된 연구임.(NRF-2013S1A5B5A07046272)

하게 되었다. 예수회에서는 당시 사서四書 번역도 시도했는데, 이 번역물들 가운데 가장 영향력이 컸던 것은 『중국의 철학자, 공자*Confucius Sinarum Philosophus*』(1687)로, 공자에 대한 찬사 일변도인 이 책은 유럽에서 널리 읽혔다. 예수회는 이처럼 당시 유럽이 필요로 하는 문화적 요구를 충족시킬 수 있는 철학으로 유가 사상을 소개하는 데 성공했다.

그리하여 유럽의 지식인으로서 중국 문화를 상당히 깊이 이해하고 있던 라이프니츠G. W. Leibniz(1646~1716) 등 당시 저명한 지식인들은 "자신들이 스스로 발견해 낸 우주의 진리가 이미 유가 철학에 들어 있음을 확인했다."[1] 실천 철학에서는 유럽이 중국에 뒤지고 있다고 판단하면서 당시의 생활에 맞게 윤리학과 정치학의 개조를 시도했던 라이프니츠는 자신의 저서 『중국의 최근 소식*Novissima Sinca*』(1697)의 서문에서 "중국인들에게 계시 종교를 가르치기 위해 유럽에서 중국으로 간 기독교 선교사들처럼 유럽인들에게 자연 종교를 가르치기 위해 중국에서 유럽으로 오는 중국의 선교사들도 똑같이 있어야 한다"[2]고 주장하기도 했다. 유럽에서 출판된 많은 중국 관련 서적을 탐독한 그는 중국에 관한 지식을 얻기 위해 선교사들과 서신 교환을 통해 직접 접촉하려고도 했는데, 그가 지적으로 가장 큰 도움을 받은 것은 프랑스 출신 예수회 선교사 조아생 부베Joachim Bouvet(1656~1730)였다. 루이 14세의 지원을 받은 부베는 당시 청나라의 군주였던 강희제의 선택을 받아 궁중에서 황제에게 수학을 가르치기도 하면서 루이 14세와의 교류를 확대하는 데 크게 기여했다. 그가 집필하여 루이 14세에게 헌정한 『강희제전*Portrait historique de*

---

1) 데이비드 문젤로, 『동양과 서양의 위대한 만남 1500~1800』, 김성규 역, 휴머니스트, 2009, 148쪽.
2) 위의 책, 161쪽.

l'Empereur de la Chine』(1697)은 유럽에서 대단한 인기를 모았다. 이처럼 부베 등 예수회 선교사들이 문화적인 측면에서 청조에 많은 기여를 하자, 강희제는 가톨릭교에 호감을 갖게 되어 1692년에는 가톨릭교의 중국 내 포교를 공식적으로 허락했으며, 이어 쯔진청 안에 프랑스 선교사들의 거처를 마련해 주기까지 했다.

18세기에는 이미 도자기, 중국화, 중국 병풍, 비단 염색 등이 유럽에 널리 퍼지고 있었고, 중국 예술의 양식을 모조한 새와 꽃을 그리는 풍조도 크게 유행했다. 그리하여 "당시 어느 정도 부유한 집에서는 '중국 실室'이나 '중국 코너'를 만들어 진품 혹은 가짜 중국 제품을 진열할"[3] 정도였다고 한다. 루이 15세의 정부 퐁파두르 부인의 총애를 받았던 프랑수아 부셰François Boucher(1703~1770), 그리고 중국화를 상당히 소장하고 있던 와토Jean-Antoine Watteau(1684~1721)는 당시 프랑스에 유행하던 중국 예술의 양식을 모방하여 유화를 그리기도 했다. '한풍漢風' 혹은 '중국 붐'이라 불렸던 중국과 그 문화에 대한 이러한 심취Sinomanie는 프랑스에서 가장 두드러졌는데, 당연히 프랑스 궁정에까지 영향을 미쳤다. 중국의 황제가 봄에 거행하는 밭갈이 의식 참가 같은 것이 그 한 예인데, 1756년에는 루이 15세 등 유럽의 여러 군주들이 이 의식에 친히 참가했으며, 볼테르는 이 의식을 크게 칭송하기도 했다. 그러나 18세기 유럽에서 중국의 문화를 전파하는 주된 동력, 다시 말해 '중국애호Sinophilie'의 확산을 주도한 사람들은 기독교 선교사들이 아니라 반기독교적인 입장을 취하는 계몽주의 철학자들이었다. 독일에 라이프니츠와 그의 제자 크리스티안 볼프Christian Freiherr von Wolff(1679~1754) 같은 '중국 애호가'가 있었다면, 프랑스에는 볼테르Voltaire와 중농주의자 케네François

---

3) 위안싱페이, 『중국문명대시야 4』, 장연, 김호림 옮김, 2007, 336쪽.

Quesnay(1694~1774)가 있었다.

볼테르의 중국 예찬

볼테르는 『철학 사전*Dictionnaire philosophique*』(1764)에서 중국은 유럽의 어느 나라보다 고결하고 훌륭한 나라라고 과장되게 칭송한다. 유교를 통해 이상적인 정부 형태를 만들 수 있다고 생각한 계몽주의자들과 마찬가지로 그 또한 공자와 유교가 유럽의 윤리적이고 정치적인 모델이 될 수 있다고 믿었으며, "중국이 유교의 합리적인 가치에 따라 황제가 지배하는 개명 군주제의 본보기"[4]라고 주장했다. 중농주의의 지도자이자 '유럽의 공자'로 알려지기까지 한 케네는 자신의 저서 『중국의 전제 제도*Le despotisme de la Chine*』(1767)에서 중국을 본떠 프랑스의 경제를 농업 중심으로 재편할 것을 주장했다. 그는 또 중국의 과거 제도에 감탄했는데, "중국의 과거 제도에 의한 관리 채용 사례는 프랑스에 영향을 주어 프랑스 혁명 기간인 1791년에 공무원 채용 시험을 실시하게 되었다"[5]고 한다. 18세기 프랑스인들의 영국 심취Anglomanie는 잘 알려진 사실이다. 그러나 당시 프랑스는 영국보다 중국에 더 큰 호감을 가졌을 뿐만 아니라 사상계에 미친 중국의 영향이 매우 컸다. 그리하여 1769년경 프랑스에서는 유럽의 일부 지방보다도 중국이 더 많이 알려져 있었다고 한다.[6]

이 글은 18세기 프랑스에서 그 같은 중국 열정을 주도했던 계몽 사상가 볼테르의 『철학 콩트*Contes philosophiques*』 속에 형상화된 중국 이미지와 볼테르가 중국으로부터 받은 영향 관계를 고찰해 보는 것을 목적으

---

4) 데이비드 문젤로, 앞의 책, 205쪽.
5) 송태현, 「몽테스키외의 중국관 비판」, 『세계문학비교연구』 40, 2012, 161쪽.
6) 위의 글, 161쪽 참조.

로 한다. 그것은 18세기 유럽의 지적 풍토에 큰 영향력을 행사했던 행동하는 지식인 볼테르의 중국에 대한 시선을 고찰하는 일이기도 할 것이다.

그동안 볼테르의 중국 관련 주제는 종종 연구되어 온 것이 사실이다. 그러나 그 연구 글은 주로 그의 역사서와 철학서 등에 한정되었다. 따라서 이 글은 그 저서들을 제외한 『철학 콩트』를 중심으로 한다. 그렇지만 중국에 대한 볼테르의 전체적인 견해와의 맥락 속에서 그 역사서나 철학서에 표명된 중국에 대한 그의 견해들을 언급하는 일은 어느 정도는 불가피할 것이다.

『철학 콩트』 속의 중국

볼테르(본명 François-Marie Arouet, 1694~1778)는 시를 비롯해 희곡, 역사서, 철학서, 서간, 콩트 등 여러 장르에서 방대한 작품을 남겼다. 그는 평생 동안 소설을 진지한 정신에는 어울리지 않는 열등한 장르로 여겨, 자기 이름을 명시하여 소설 작품을 출판한 적이 없었다.[7] 그러나 후세에 그는 소설가로 더 기억되는데, 그의 바람과는 상반되는 그 같은 아이러니는 '볼테르식 생산'에 따라 창작된 『철학 콩트』에 기인한다. 양적(2~3쪽 분량의 짧은 콩트부터 중편 소설 정도의 작품에 이르기까지 다양하다)으로뿐만 아니라 질적으로나 완성도에서도 균일하지 않은 이 26편의 작품군群은 대부분 1739년에서 1775년 사이에 집필되었다. 선행 모델 장르를 찾아볼 수 없어 순전한 볼테르의 발명품으로 간주되는 볼테르 특유의 이 문학 장르에 대해 저자와 같은 시대 사람인 콩도르세는 이렇게 정의하고 있다.

이 장르는 비범한 재능을 요구한다. 즉, 자연스러움을 멈추지 않으면서도 심오하며,

---

7) 이동렬, 「볼테르의 철학적 콩트와 계몽사상」, 『불어불문학연구』, 1996, 291쪽 참조.

진실됨을 멈추지 않으면서도 신랄한 철학의 결과를 농담조로, 상상력의 생생한 필치로, 또는 소설적 요소들 자체에 의해 표현할 줄 아는 재능 말이다. 철학자여야 하지만, 철학자처럼 나타나 보여서는 절대로 안 되는 것이다.[8]

계몽주의 문학이 대체로 그렇듯, 『철학 콩트』도 이를테면 볼테르가 자신의 계몽주의 사상을 대중적으로 전파하기 위한 수단으로 고안해 낸 한 문학 양식이다.

바질 기와 테오도르 베테르망[9]에 따르면, 볼테르의 중국 심취는 대체로 1740년에서 1760년 사이에 최고조에 달한다. 이는 그가 17세기 초의 중국의 정치보다 더 나은 정치는 상상할 수 없으며, 사실상 모든 권력이 엄격한 시험을 통과한 관리에게 있는 중국에서처럼 관리가 되려면 엄격한 시험을 통과해야 한다고 주장한 『풍속론*Essai sur les moeurs et l'esprit des nations*』(1756)의 집필에 착수한 1740년과, 중국에 관한 항목에서 자기의 서재에는 공자의 초상화만 걸어 두었다고 실토하면서 중국을 유럽의 어느 나라보다도 고결하고 훌륭한 나라로 칭송한 『철학 사전』이 출간된 1764년과 그 시기가 대체로 일치한다. 1735년 뒤 알드Du Halde 사제가 출간한 『중국의 묘사*Description de la Chine*』에 실린 「조씨 가의 고아 L'orphelin de Tchao」를 모델로 한 『중국의 고아』가 1755년에 출판된 것에 비추어 보면, 기와 베테르망의 주장에는 그다지 무리가 없는 것 같다.

실제로 『철학 콩트』의 작품들 가운데 중국에 관해 많이 언급한 작품들도 대체로 이 시기에 집필되었다. 이를테면 '동방 이야기Histoire orientale'라

8) 이동렬, 『빛의 세기, 이성의 문학』, 문학과지성사, 2008, 118쪽에서 재인용.
9) Basil Guy, *The French image of China before and after Voltaire(Studies on Voltaire and the eighteenth century)*, Institut et Musée Voltaire, 1963, chapitre Ⅶ.

는 부제가 붙은 『자디그 또는 운명Zadig ou la destinée』은 1747년에 출판되었고, 종교적 불관용과 전례 논쟁을 비판하기 위해 중국을 중요하게 참조하는 『스카르멘타도의 유랑기Histoire des voyages de Scarmentado』는 1858년(집필은 1753년)에, 그리고 아주 간단히 몇 마디로 언급하고 있지만 중국에 대한 이국적인 환상을 제공하는 『미크로메가스Micromégas』는 1752년에, 역시 큰 죄악에 대한 중국인들의 지혜로운 자각을 아주 간단히 언급하는 『렝제뉘L'Ingénu』는 1762년에 각각 출판되었다.

『철학 콩트』의 인물들은 대부분 여행을 한다. 단순한 방랑자(스카르멘타도)로서, 군인(렝제뉘)으로서, 운명의 부름(캉디드)을 받아서, 사랑(포르모상트)을 찾아서, 추방된 자(자디그)로서, 조사 임무 수행(바북)을 위해서, 연구(피타고라스)를 위해서, 법정 출두(아마베드)를 위해서 등등 대부분의 주인공은 끊임없이 장거리를 이동하거나 많은 나라를 편력한다. 그들은 여행지의 모든 새로운 것을 큰 호기심을 갖고 바라보며 배운다. 자신의 관점에서 좋거나 바람직한 것에 대해서는 찬사를 아끼지 않으며, 그렇지 않은 것에 대해서도 자기의 지적 수양에 타산지석으로 삼는다. 그러므로 그들에게는 자기들이 접하는 새로운 세계의 모든 것이 배울 거리가 된다.

그렇게 볼 때 『철학 콩트』 속 주인공들의 이 모든 여행은 배움과 수양을 위한 여행이며, 따라서 철학적 여행이라고 할 수 있다. 그 여행지는 물론 "반계몽주의obscurantisme가 지배하는 세계(『스카르멘타도의 유랑기』, 『캉디드』, 「인도 모험」, 「아마베드의 편지」)이기도 하고, 계몽이 된 세계(「바빌론의 공주」, 「이성에 대한 찬사」)이기도 하며, 선과 악이 여전히 공존하는 세계(「바북」, 『자디그』, 『렝제뉘』, 「제니의 이야기」)이기도 하다."10) 그렇게 볼 때 『철

---

10) Voltaire, *Romans et contes,* Gallimard, 1979, LXXI쪽. 이후 이 책의 인용은 년도와 쪽수만 기재한다.

학 콩트』속의 여행들은 볼테르가 자신의 철학적 사유가 잘 구현되고 있
거나 아니면 반대로 비이성적이고 비합리적인 것들, 즉 편견들이 만연해
있는 세계를 보여 주기 위한 유용한 수단으로 기능한다고 말할 수 있다.

그런데『철학 콩트』속에서 중국으로 여행하는 주인공들은 그곳에서
이성의 빛이 지배하는 세계, 즉 계몽이 된 세계를 발견한다. 그들에게 중
국은 종교적 편견과 광신이 존재하지 않고 관용이 실천되는 세계, 덕치德
治의 결과 정치·사회적 모순이 잘 해소되어 백성들의 현세의 행복 추구
에 방해물이 없는 세계의 이미지로 다가온다.

지상에서 가장 관용적인 나라 중국

『스카르멘타도의 유랑기』의 주인공 스카르멘타도는 열다섯 살에 아버
지의 권유로 이탈리아 로마로 공부를 하러 떠난다. 그는 모든 진리를 배
울 수 있으리라는 희망을 품고 그곳에 도착한다. 그러나 시뇨라 화텔로라
는 젊은 귀부인의 사랑을 받아, 역시 그녀를 사랑하는 힘 있는 두 젊은 사
제의 질투를 사 파문을 당한 뒤 독살의 위험에까지 처한다. 스카르멘타도
는 이를 피해 즉시 여행길에 오른다. 그는 프랑스, 영국, 네덜란드, 터키
를 거쳐 통역인 하나를 고용하고 중국까지 간다. 그에게 다가오는 중국은
"모든 사람이 자유롭고 즐겁게 살고 있는 나라"(93쪽)이다. 그러면서 서술
자는 중국에서 있었던 가톨릭 종파 간의 싸움에 대해 길게 언급한다.

> 그런데 존귀하신 예수회 사제들은, 존귀하신 성 도미니크회 사제들처럼 […] 자기들
> 은 하느님을 위해 영혼을 거두어들이고 있다고 말했다. 사람들은 그렇게도 열성적으
> 로 개종을 시키는 사람들을 여태껏 본 적이 없었다. 그들은 잇달아 서로를 박해하였
> 고, 여러 권의 비난의 글을 로마에 보냈다. 그들은 또 하나의 영혼이라도 더 자기 종파
> 로 개종시키려고 서로를 이교도나 타락한 자로 취급했다. 무엇보다 경의를 표하는 방

식에 대해 그들 사이에 끔찍한 싸움이 벌어졌다. 예수회 사제들은 중국인들이 그들의 부모에게 예를 표할 때 중국식으로 하기를 바랐다. 그러나 성 도미니크회 사제들은 중국인들도 로마식으로 하기를 원했다.(볼테르 1979, 93쪽)

다름이 아닌 전례 논쟁에 관한 언급이다. 중국에서 시작되어 유럽에까지 확산된 전례 논쟁은 한 세기(1640~1742) 동안 지속되었다. 그러니 그 시대를 거쳐 살았던 볼테르도 이 논쟁에 대해 잘 알고 있었다. 전례 논쟁은 "유학자들이 공자를 종교적 의례의 대상으로 존경하였다는 것을 부정하고, 제사나 제천 의례, 그리고 공자 공경 의례인 석전제釋奠祭 같은 중국 의례를 모두 허용하는 입장을 견지했을 뿐만 아니라 […] 유교에서 이야기하는 상제上帝가 기독교의 하느님과 같은 것이기에 기본적으로 유교를 인정하고 유교가 모르는 것을 더 가르쳐 주고 더 보충하자는 입장, 즉 보유론補儒論을 견지한"[11] 마테오 리치의 선교 방식에 반대하여, 중국인들이 상제라 부르는 실체는 기독교의 신과 같지 않으니 기독교의 하느님을 천天이나 상제와 일치시키는 것은 위험한 일이며, 조상에 대한 제사나 공자에 대한 석전제도 우상 숭배이니 금해야 한다고 주장한 같은 예수회 수도사 롱고바르디Longobardi의 입장이 대립되면서 시작되었다. 이에 성 도미니크 수도회가 가세하면서 논쟁은 더욱 확대되었다. 그들은 예수회의 적응주의 선교 방식에 대해 로마 교황청이 보인 관용적 태도에 불만을 품고 예수회를 "비난하는 글을 여러 권" 교황청에 보내 항의를 하는가 하면, 결국 "서로를 박해"하기에 이르렀다.

유럽으로까지 확산된 이 전례 논쟁은 볼테르가 프랑스의 종교적 불관

---

11) 송태현, 「볼테르와 중국: 전례 논쟁에 대한 볼테르의 견해」, 『외국문학연구』, 2012, 169쪽.

용을 질타할 때마다 유용한 수단으로 이용되는데, 그렇기에 그의 여러 저서, 즉 『루이 14세의 세기』와 『철학 사전』, 그리고 『관용론Traité sur la tolérance』(1763) 등에서 빠지지 않고 언급된다. 『루이 14세의 세기』에서는 서양 선교회들 간의 싸움인 전례 논쟁이 중국의 황가에까지 불행을 초래한 사실을 환기시키며 비판을 가한다. 외국인 선교사들 자기들끼리의 싸움이 남의 집에까지 불행을 가져다주었다는 것이다.

> 예수회조차 여러 중국인의 죽음을 초래했는데, 특히 예수회를 두둔하는 두 왕자에게 피를 흘리게 했다. 지구 반대편 끝에서 온 그들이 황가皇家에 불화를 낳아 두 왕자의 목숨을 앗아 가게 하다니 매우 유감스러운 일이 아니었던가? 12)

이 예문에서 짐작할 수 있듯이, 볼테르는 적응주의 입장에서 선교를 해 성공을 거둔 예수회 사제들에 대해 우호적인 입장을 취한다. 그러나 이 전례 논쟁은 기독교에 대해 우호적인 생각을 갖고 있던 강희제에게 큰 실망을 안겨 줘 선교사들을 추방하기에 이르며, 마침내 교황청과의 알력까지 낳아 1717년에는 중국 내에서 기독교를 금하는 칙령을 내리게 된다. 그러나 볼테르는 당시 청조의 두 황제, 즉 강희제와 그의 아들 옹정제雍正帝의 이러한 외국 선교사들에 대한 추방과 박해를 오히려 옹호한다. "중국인을 무신론자라고 비판하는 동시에 그들이 우상 숭배를 한다고 말하는 것은 (서양인들의) 자체 모순이라고 판단한 […] 그(볼테르)는 중국인들이 무릎 꿇고 하는 절을 예배로 간주하는 것은 중국인의 관습을 유럽인의 기준으로 판단하는 것"13)으로 보았다는 주장에서 알 수 있듯, 볼테르의 이

----

12) Voltaire, *Le siècle de Louis XIV,* Le monde en 10/18, 1980, 437쪽. 이후 이 책의 인용은 년도와 쪽수만 기재한다.

옹호는 타 문화에 대한 서양인들의 불관용에 대한 비판에 그 이유가 있기도 하지만, 무엇보다 선교사들 상호 간의 종교적 불관용에서 오는 광기 어린 박해에 대한 비판에 더 큰 이유가 있는 것 같다. 볼테르가 「중국에서의 예수회의 추방에 관한 진술」이라는 글에서 옹정제가 리골레Rigolet 수사에게 하는 말을 인용한 것을 보면, 그의 비판이 어느 쪽을 향하고 있는지를 알 수 있다.

나는 관용적이오. 그런데도 당신 모두를 추방하는 것은 당신들이 불관용적이기 때문이오. 내가 당신들을 추방하는 것은 당신들이 서로 갈라져 서로를 미워하고, 당신들이 당신들을 삼킨 독으로 내 백성을 물들게 하기 때문이오.[14]

나아가 『관용론』에서 볼테르는 직접 이렇게까지 지적하고 있다.

중국 역사상 가장 지혜롭고 너그러운 통치자인 옹정제가 예수회 선교사들을 추방했던 것은 사실이다. 그러나 그것은 이 황제가 신앙의 자유를 허락하지 않았기 때문이 아니다. 예수회 선교사들이 박해를 받은 이유는 반대로 이들 선교사들이 신앙의 자유를 부정했다는 데 있었다.[15]

전례 논쟁은 당연히 기독교의 종교적 광신과 편협성에 기인한다. 볼테르는 무엇보다 온 생애를 불관용, 즉 종교적 불관용의 타파를 위해 몸 바

---

13) 송태현, 앞의 글, 174쪽.
14) 위의 글, 175쪽에서 재인용.
15) Voltaire, *Essai sur les moeurs et l'esprit des nations et sur les principaux faits de l'histoire depuis Charlemagne jusqu'à Louis XIII(VOL 1)*, Nabu Public Domain Reprints, 2011, 61쪽. 이후 이 책의 인용은 년도와 쪽수만 기재한다.

쳐 싸웠다. 그런 그에게 중국은 유럽보다 종교의 자유가 훨씬 많고 관용이 존재하며, 광신이 거의 존재하지 않는다. 『풍속론』에서도 그는 이렇게 중국인들의 종교적 관용을 찬미하며 유럽과 프랑스의 기독교의 불관용을 우회적으로 비판한다.

> 황제들의 종교는 [⋯] 성직자들과 제국의 싸움에 의해 혼란을 겪은 적이 없고, 그토록 터무니없는 논쟁을 하며 서로 싸우는 불합리한 개혁에 휘말리지도 않았다. 그런데 광란 상태의 그 논쟁들은 반란분자들이 조종하는 광신도들의 손에 결국 칼을 쥐여 주었던 것이다. 무엇보다 그런 일이 없었다는 점에서 중국인들은 세상 어느 국민보다 우월하다⋯. 중국의 학자들은 [⋯] 라오키움과 포 및 여러 다른 종파를 받아들였다. 당국은 백성이 국교國敎가 아닌 다른 종교들을 믿을 수 있다고 생각했다. (볼테르 2011, 114~116쪽)

『스카르멘타도의 유랑기』에서 중요하게 언급된 이 전례 논쟁은 「바빌론의 공주La princesse de Babylone」(1768)에서도 언급되는데, 이 콩트의 줄거리를 요약하면 대략 다음과 같다.

지상에서 가장 강성하고 막강한 권력을 행사하는 바빌론의 왕 벨뤼스Bélus에게는 포르모상트Formosante라는 외동딸이 있었다. 그녀는 비너스에 필적하는 아름다운 공주로, 벨뤼스 왕은 자신의 왕국보다 딸을 더 자랑스럽게 생각했다. 마침내 딸에게 배필을 찾아 줄 때가 되었다. 그리하여 이집트 왕, 인도 왕, 스키타이 왕이 바빌론 제국의 왕이 제안한 경기, 즉 8척이나 되는 엄청나게 무겁고 큰 넴브로드Nembrod의 활을 당겨 쏘는 경기에서 이겨 포르모상트를 아내로 맞이하기 위해 온다. 그때 낯선 청년이 나타났는데, 몸은 헤라클레스처럼 강건하고 얼굴은 아도니스처럼 아름다웠다. 숨죽이며 경기를 지켜보고 있던 사람들은 이 낯선 청년의 미와 우아함, 그리고 넘치는 위엄에 매료된다. 사람들의 말에 의하면 "세상에 공주에 버금가는 미를 지닌 사람으로는 그 청년밖에 없다." 세 왕은 결국 실패를 하고, 이 미남 청년은 넴브로드의 활시위를 어렵지 않게 당겨 경기장 밖으로 화살을 날려 보낸다. 그러나 세 경쟁자의 질투를 뒤로하고 아끼던 새 한 마리를 공주에게 남긴 채 홀연히 그곳을 떠난다. 공주는 떠나버린 그를 사랑하게 된다. 그녀는 그 청년이 주고 간 새와의 대화를 통해 그의 이름은 아마장Amazan이고, 강가리드Gangadrides족이며, 강가리드족은 갠지스 강 연안 동편에 살고 있는 덕망이 높은 무적의 민족이라는 것을 알게 된다. 새의 안내를 받아 공주는 애인을 찾아 세계를 편력한다.

마침내 공주는 사랑하는 아마장을 찾아 중국까지 간다. 캄발루 Cambalu(베이징. 마르코 폴로가 쓴 몽골식 표기)에 도착한 그녀에게 보이는 중국은 "바빌론보다 크고 그곳과는 전혀 다른 아주 아름다운 도시이다."16) 애인 아마장을 찾아야 한다는 생각에 그 새로운 풍경과 풍속 들이 그렇게 크게 다가오지 않는 포르모상트에게 그곳은 또 낯섦에서 오는 두려움의 대상이 된다. 외국의 사제들을 추방한 지 얼마 되지 않은 터라 더욱 두려움에 사로잡힌 포르모상트는 황제의 분별과 견해에 고무되며 안심을 한다. 자기는 유럽인들의 그 불관용적인 독단과는 거리가 멀기 때문이다.

이 황제는 외국의 성직자들을 자기 나라에서 막 쫓아냈던 터였다. 반대편 끝 서양에서 온 그들은 중국인 모두를 자기들처럼 생각하게 만들려는 몰상식한 희망을 품었으며, 진리를 선포한다며 다른 한편으로는 이미 부와 명예를 거머쥐고 있었다. 이 황제는 이들을 쫓아내면서 이렇게 말했다. "당신들은 […] 지상에서 가장 관용적인 이 나라에 와서 불관용적인 독단을 설파했소. 제국의 국경까지 명예롭게 바래다 드리도록 시키

---

16) Voltaire, *Romans et contes*, Garnier Frères, 1960, 372쪽. 이후 이 책의 인용은 년도와 쪽수만 기재한다.

319

겠소. […] 이젠 내 나라에 더는 오지 마시오." 바빌론의 공주는 황제의 이러한 분별과 견해를 듣고는 기뻤다. 그녀는 궁정에서 자기를 잘 대접해 줄 것이라는 생각에 더욱 확신을 가졌다. 자기는 불관용적인 독단과는 거리가 멀기 때문이었다.(볼테르 1960, 373쪽)

추방당하는 사제들이 국경까지 안전하게 도착할 수 있도록 배려와 관용을 아끼지 않은 옹정제를 환기시키는 이 예문은 관용 정신을 종교적인 차원을 넘어 일상과 사상의 차원까지 확대시키고 있다. 본래 관용이라는 말은 종교와 관련된 것이었지만 그의 『관용론』에서 관용은 종교적 범위를 넘어 정치, 사회, 사상적 함축을 지닌 매우 포괄적인 의미를 갖는다. 따라서 "관용은 신앙이나 절대적 진리의 영역이 아니라 보다 나은 것, 보다 완전한 것으로의 가능성을 언제나 열어 두는 철학적 실용 정신의 영역"[17]에 속한다. 진리를 선포한다는 구실 아래 모든 중국인들에게 '자기들처럼 생각하도록 강요하는 것'을 못 견뎌 서양의 선교사들을 자국에서 추방한 황제는, 자신의 제국이 지상에서 가장 관용적인 나라임을 자부한다. 왕의 이 말은 물론 18세기 중국 예찬론자의 대부라고 일컬어지는 볼테르의 말로, 그에게 중국은 편견과 광신이 이성에 의해 잘 제어되어 관용이 지배하는 사회이다. 외국의 선교사들이 자기들 생각을 중국 백성에까지 강요하는 것에 노하여 황제가 이들을 추방한 것에 대한 볼테르의 비판은, 그것이 전례 논쟁이라는 종교 · 역사적 범주를 넘어 기독교의 유일성을 깨뜨리는 행위이자, 송태현에 의하면 "유럽 중심주의를 극복한 것이었고, 문화 상대주의적 시각을 견지하는 동시에, 자기비판적이며 자기반성적인 관점을 유지한"[18] 그의 큰 장점을 보여 주고 있다고도 말할 수 있다.

---

17) 이동렬, 앞의 책, 111쪽.

개명 군주가 다스리는 이상적인 나라 중국

「바빌론의 공주」의 포르모상트 공주가 만난 중국의 황제는 "세상에서 가장 정의롭고, 가장 정중하며 가장 지혜로운 군주이다. 그는 최초로 조그만 땅뙈기를 손수 경작함으로써 자신의 백성에게 농자農者(또는 농업)가 천하지대본天下之大本임을 일깨웠다. 그는 최초로 덕德을 포상했다. 법은 죄인에게 자기가 범한 죄에 대해 수치심을 느끼게 하는 데 만족했다." (볼테르 1960, 372~373쪽)

어떻게 보면 이 황제는 볼테르가 품고 있던 계몽 전제군주의 이상형이라고 말할 수 있다. 잘 알다시피, 볼테르는 주권 재민을 설파하면서 혁명적 사회 변혁을 주창한 루소와는 달리 좀 더 온건한, 아니면 점진적인 입헌 계몽 군주제를 옹호했다. 그리하여 자기의 사회 개혁 사상을 현실 정치에 적용하기 위해 프러시아의 프리드리히 2세와도 협력해 보았지만, 끝내 현실적 권력 앞에서 좌절을 맛보고 1753년 프러시아를 떠나고 말았다. 그런 볼테르였기에 더욱더 이상적인 계몽 군주를 꿈꾸었을 것이다. 그런데 그런 이상적인 개명 군주를 그는 중국에서 발견한다. 위의 「바빌론의 공주」의 인용에서 보듯 이 황제는 청의 강희제의 아들 옹정제를 모델로 하고 있다. 농업을 장려하기 위해 봄에 친히 밭갈이 의식을 행했던 옹정제식의 다스림이야말로 볼테르에게는 권위주의적 사회 제도에 갇혀 기득권층과 민중 사이의 심화된 불평등과 모순으로 뒤덮인 프랑스 사회를 변혁할 수 있는 최상의 길로 여겨진다. 『루이 14세의 세기』에서도 옹정제의 다스림에 대해 이렇게 언급하고 있다.

---

18) 송태현, 앞의 글, 179쪽.

새로 등극한 옹정제의 법과 공익에 대한 사랑은 선왕先王을 능가했다. 어느 황제도 그보다 농업을 장려한 적이 없다. [⋯] 이 군주는 자신의 제국 어디에서든 재판에 회부되지 않고는, 아니 3심을 거치지 않고는 사형에 처하지 못하게 했다. 이 칙령 저변에 깔린 두 가지 동기는 칙령 자체만큼이나 존경할 만하다. 그 동기 중 하나는 사람 목숨에 대한 중시이고, 다른 하나는 자기 백성에 대한 애정이다. (볼테르 1980, 435쪽)

볼테르에게 중국 황제의 다스림은 강희제나 옹정제 시대처럼 법치法治, 덕치德治, 인정仁政이다.

먼저, 법은 범죄자에게 수치를 느끼도록 하는 데 그 목적이 있다. 이를테면 백성을 교정하여 올바른 길로 인도하는 데 더 역점을 둔다. 또한 법은 공정성과 정의를 실현하기 위한 수단이다. 그러니 어떤 범죄도 재판을 받지 않고는 처벌을 할 수 없다. 사형에 처하는 일은 더더욱 있을 수 없다. 이런 일은 비이성적이고 비합리적인 사회 제도 아래에서 기득권자들에 의해 비일비재하게 행해져 왔다. 그러니 법은 공정성 실현의 가장 효과적인 수단이며 약자에 대한 강자의 횡포를 막을 수 있는 일차적인 거름 장치이다. 종교적 광신과 불관용의 관점에서만 주로 조명되는 장 칼라스 사건이지만, 그리하여 그 사건에 대한 투쟁 과정의 소산이 곧 『관용론』이지만, 볼테르는 그 저서에서 종교적 광신과 불관용 문제 못지않게 프랑스 사법 제도의 모순과 편견, 그리고 그에 기초한 신중치 못한 재판에 대해서도 중요하게 지적한다.

우리는 날마다 우리 이성의 불완전함과 법률의 불충분함을 느끼고 있다. 그러한 결함이 가져오는 참담한 결과를 단 한 사람의 주도로 한 시민이 거열형에 처해질 때보다 더 잘 보여 주는 것이 있을까? 고대 아테네에서는 사형 판결을 내리려면 의사 결정에 참여한 시민 반수의 찬성에 더해서 50명이 더 찬성해야만 했다. 이러한 사실에서 우리는 무엇을 배우는가? 무익하게도 다음과 같은 사실, 즉 그리스인들이 우리보다 더 현명하고 더 인도적이었다는 사실을 확인하는 데 그칠 뿐이다. (볼테르 2001, 34쪽)

또한 볼테르가 보기에 참다운 군주라면 아버지가 자식을 보호하듯, 잘못된 길로 가는 자식을 교정하여 올바른 길로 인도하듯 백성들을 그렇게 보호하고 인도해야 한다. 그러니 죄인일지라도 자기의 아들인 양 함부로 목숨을 거두게 할 수는 없는 일이다. 그렇기에 법에 따라 다스리는 일, 곧 법치는 백성 한 사람 한 사람의 권리와 목숨을 중시하는 일이며, 그런 다스림을 행하는 군주는 백성을 사랑하는 군주이기에 그 다스림은 달리 말하면 인정仁政이기도 한 것이다.

이러한 법치와 인정은 『자디그 또는 운명』에서 자디그라는 인물을 통해서도 잘 구현되고 있다. 『철학 서한』으로 인해 자신에게 가해진 검열과 탄압을 피해 로렌 지방 근처에 있는 샤틀레 부인의 시레Cirey 영지에서 약 10년 동안을 은둔한 뒤, 이미 장관이 되어 있던 친구 다르장송 후작의 추천으로 1743년부터 국왕의 자료편찬관으로 일하면서 자신의 정치적 이상을 실현해 볼 기회를 가졌던 볼테르였기에 이 작품이 출판(1747)될 당시 그는 이미 궁중 생활에 대해 잘 알고 있었다.

자디그는 바빌론의 청년으로 누구나처럼 행복을 꿈꾼다. 그는 외모와 부, 총명, 덕성, 젊음 등 행복에 필요한 최상의 조건을 다 갖추고 있다. 그러나 그의 삶은 그 조건에 걸맞지 않게 행복은커녕 계속 불운에 시달린다. 그의 운명은 불행한 모험의 연속이다. 자기를 사랑한다고 믿었던 두 여인에게 배반을 당하고, 지나친 박식과 통찰력 때문에 고발을 당해 감옥에 갇혔다가, 무죄가 밝혀져 풀려나 총명과 덕성으로 왕의 총애를 받다가 마침내 재상의 자리에 오른다. 명재상으로 존경을 받던 그에 대한 왕비의 애정이 들통나면서 다시 왕의 질투심을 사 추방된다. 방랑 생활을 하던 그는 박해받는 한 여인을 구하려다 그녀의 남편을 살해하게 되고, 다시 도망치다가 아랍인의 노예가 되어 화형 선고까지 받는다. 그런 불행들 속에서도 그는 바빌론으로 돌아와 사랑하는 왕비 아스타르테Astarté를 찾아내고 노예가 되어 있던 그녀를 해방시킨 후, 왕을 지명하는 무술 시합에 익명으로 참여하여 승리를 거둠으로써 바빌론의 왕이 되어 마침내 아스타르테와 결혼을 한다.

아랍어로 '정의로운 자'를 뜻하는 자디그는 우여곡절 끝에 왕의 특별한 신임을 얻어 재상의 자리에 오른다. 그는 그 자리에 있을 때 강희제와 옹정제가 펼친 것과 같은 법치와 인정을 펼쳐 백성들의 신뢰와 사랑을 한 몸에 받는다. 국사는 법과 제도에 따라 행해진다. 언로言路는 언제나 열려 있다.

> 그(자디그)는 온 백성에게 법의 신성한 힘을 느끼게 했지만 어느 누구에게도 자기의 위엄의 무게를 느끼게 하지는 않았다. 그는 국무 회의의 발언들을 제약하지 않았고, 어느 장관이든 의견을 자유롭게 개진해도 불편해하지 않았다. 그가 어떤 사건을 심판할 때면, 판결을 내리는 것은 그가 아니라 법이었다. 그러나 그는 법이 지나치게 엄격하면 완화했고, 법이 없으면 조로아스터의 법으로 여겨질 만한 법을 공정하게 제정했다. (볼테르 1960, 15쪽)

그에게 법은 무고한 백성을 잘못 처벌하기보다는 한 명이라도 구하기 위한 것이며, 그는 죄인을 벌하기보다는 진실을 밝히는 데 큰 재능이 있었다.

> 여러 국가가 다음과 같은 훌륭한 원칙을, 즉 무고한 자를 처벌하기보다는 위험이 따를지언정 죄인 한 명의 목숨을 구하는 것이 더 낫다는 원칙을 갖게 된 것은 바로 그(자디그) 덕분이다. 그는 법이 백성들에게 겁을 주는 것 못지않게 그들을 구하도록 만들어

진 것이라 생각했다. 그는 모두가 흐리는 진실을 낱낱이 밝히는 데 큰 재능이 있었다. (볼테르 1960, 16쪽)

「바빌론의 공주」에서 지상 최고의 군주로 찬미를 받는 중국의 황제는 최초로 덕에 대한 포상 제도를 실시한 만큼, 그 지혜롭고 덕이 높은 황제를 떠올리게 하는 자디그에게 덕치는 그의 어진 다스림의 근본 원칙이 된다. 그러니 볼테르에게 중국인들은 "지상에서 가장 오래된 민족이기도 하지만 도덕과 통치에서도 그 어떤 민족보다 우월한 민족"(볼테르 1980, 430쪽)이다. 그런데 "자디그라는 인물의 지혜롭고 어진 그 성품은 공자를 떠올리게 한다."(볼테르 1979, 749쪽 주)

실제로, "정의롭고 덕성스러우며 합리적인 인물로 저자의 모습에 가장 근접한 볼테르의 화신과 같은 인물"[19]인 자디그뿐만 아니라 「바빌론의 공주」에서 저자가 찬미하는 중국의 법치, 덕치, 인정은 공자의 가르침을 따르는 위정자들의 태도의 결실이다. 공자는 "공정함을 주 특징으로 갖고 있는 그 종교를 재흥시켜" 그의 사후에도 도덕과 법의 완벽성에서 최고를 유지하는 이 나라에서 공정함과 정의가 구현되는 사회를 만드는 데 크게 기여한다.

공자는 […] 공정함을 주 특징으로 갖고 있는 그 종교를 재흥시켰다. 그는 그 종교를 가르쳤고, 속국의 왕의 대신뿐 아니라 추방자, 도망자, 가난한 자 등 권세가들이나 몰락한 자들, 그리고 지위가 낮은 자들에게 그 종교를 실천케 했다. 살아 있을 때 그를 따르는 제자는 5천이나 되었다. 사후에도, 황제들, […] 고위 관리들, 학자들, 그리고 하층 계급을 제외한 모두가 그의 제자가 되었다. (볼테르 2011, 365쪽)

....
19) 이동렬, 앞의 책, 130쪽.

당시 프랑스를 비롯한 유럽에서는 공자의 신화가 크게 유행했는데, 무엇보다 계몽 사상가들에게 큰 영향을 미쳤다. 그리하여 그들에게 중국은 곧 '공자의 나라'였다. 계몽 시대 지식인들에게 중국은 계몽된 국가로 보편적인 계몽의 의의를 갖고 있었는데, "특히 현실과 현세를 중시하는 중국의 전통은 종교적으로나 정치적으로 위기에 빠진 프랑스인들을 매료시켰다. 계몽 사상가들에게 영향을 미친 중국 사상이란 실은 유가 사상을 말하는 것이다. 현세를 중시하고 인仁을 중시하는 공자의 사상, 특히 인정과 덕치를 바탕으로 한 정치사상은 계몽 사상가들에게 많은 영감을 주었다."[20] 당시 유럽에서는 이 시기의 유럽을 '중국의 유럽'이라 불렀을 정도로 유가 사상은 종교와 사회 등의 면에서 18세기 프랑스인들에게 신선한 충격을 주었던 것이 사실이다.

"18세기 계몽주의의 후견 성인"[21]이 된 공자를 다르장송 후작은 『중국인의 편지』(1739)에서 "지금까지 세상에 태어난 인물 가운데 가장 위대한 인물"[22]로 칭송하는가 하면, 피에르 푸아브르는 "만일 그 제국의 법률이 만국의 법률이 되기만 한다면, 중국은 전 세계의 미래에 대한 매혹적인 묘사를 제공할 것이다. 베이징으로 가라! 불후의 전능자(공자)를 응시하라. 그는 진실하고 완전한 하늘의 이미지이다"[23]라고까지 찬미한다. 볼테르는 예수회 선교사들의 저서를 통해 공자가 "이상적인 철학자 겸 정치가로서 종교적 독단으로부터 자유로운 정치철학을 제시했을 뿐 아니라, 중

20) 위안싱페이, 앞의 책, 345쪽.

21) Adolf Reichwein, *China and Europe: Intellectual and Artistic Contacts In The Eighteenth Century*, Reichwein Press, 2007, 77쪽.

22) J. J. 클라크, 『동양은 어떻게 서양을 계몽했는가』, 장세룡 옮김, 우물이 있는 곳, 2004, 69쪽.

23) 위의 책, 69쪽.

국을 지배하는 평온하고 조화로운 정치 질서의 토대를 세운 원형적 합리주의자"24)라는 것을 배웠지만, 『풍속론』 등 그의 중국 관련 글을 보면 스스로도 공자에 대해 깊이 공부를 한 것 같다. 기독교라는 것이 그저 미신에 가득 찬 신앙, 부패한 제도에 불과한 종교로만 보이는 볼테르에게 "학식 있는 사람들의 종교(유교)는 […] 다시 한 번 말하지만 감탄할 만한 것으로 미신도 없고 불합리한 신화도 없으며 이성과 자연을 모욕하지 않는다."(볼테르 1967, 109쪽) 그리하여 중국인들은 자기들의 조상을 공경할 뿐만 아니라 오랜 세월 자기들에게 덕을 가르치는 공자 또한 공경하며 제사를 지낸다.

> 이 위대한 제국의 법과 평온은 가장 자연적이고 신성한 법, 즉 자식들의 아버지에 대한 공경에 기초한다. 그 밖에도 그들은 그들의 도덕적 스승들을, 특히 공자를 공경한다. 그는 오래전의 현자로 […] 그들에게 덕을 가르쳤는데, 학자들은 함께 모여 공자에게 제사를 올렸다. 그들은 상급자에게 하는 방식대로 무릎을 꿇고 엎드려 (공자에게) 절을 올린다.(볼테르 1980, 431쪽)

볼테르는 "독단이 없고, 성직자가 없으며, 한마디로 순수 이신론에 입각한 관용적인 종교의 꽃을 중국에서 발견했다."25) 그런데 그 종교가 다름 아닌 유교로, 사회에 도덕적이고 정의로우며 덕德을 바탕으로 하는 인仁의 질서를 부여하고 또 그것을 유지하는 데 성공한 이 종교는 서양의 종교, 즉 기독교보다 훨씬 더 효과적인 종교적 구조물이었다.

게다가 현실과 현세를 중시하는 중국의 전통과 그 전통을 뒷받침하는

---

24) 위의 책, 73쪽.
25) 위의 책, 73쪽.

유가 사상은 현세에서 인간의 행복 추구를 주된 관심사로 삼는 계몽 사상가들에게는 당연히 귀감이 되는 사상이었다. 인간의 행복을 저해하는 요소를 제거하려는 투쟁의 현실적이고도 실제적인 도구인 이성에 대한 무한한 신뢰는 인류의 무한한 진보의 가능성에 대한 믿음을 갖게 했고, 다시 이 믿음에 기초하여 현세에서의 행복한 삶을 믿는 낙관주의를 낳은 계몽사상은 당연히 이러한 중국의 전통을, 그리고 그 전통을 뒷받침하는 유가 사상에 매료되어 자기들이 추구하는 세계의 모델로 삼을 수밖에 없었을 것이다. 『자디그 또는 운명』에서 자디그는 어느 날 여러 나라 사람들이 모인 저녁 식사에 참석한다. 저마다 자기 나라에 대해 한마디씩 하는데, 그중 베이징에서 온 사람의 입에서 나오는 이 말은 현실과 현세의 행복을 중시하는 중국인들의 태도를 잘 보여 준다. 그것은 물론 볼테르가 하고자 하는 말이며, 계몽주의자들이 하고자 하는 말일 것이다.

> 캄발루에서 온 사람이 이렇게 말했다. "저는 이집트 사람들, 칼데아 사람들, 그리스 사람들, 켈트인들을 존경합니다. 저는 저의 나라에 대해서는 아무 말도 하지 않겠습니다. 저의 나라는 이집트, 칼데아, 인도를 모두 합친 땅만큼이나 큽니다. 저는 또 어느 나라가 더 오래되었는지에 대해서도 논쟁하지 않겠습니다. 왜냐하면 (현재) 행복하다는 것만으로 충분하기 때문이며, 나라가 오래되고 안 되고는 별로 중요하지 않기 때문입니다. (볼테르 1960, 32쪽)

볼테르의 투쟁에 '징발'당한 중국

철학의 세기를 대표하는 투사적 계몽주의 철학자 볼테르의 『철학 콩트』 속 중국의 이미지는 매우 유토피아적이다.

볼테르에게는 기독교야말로 온갖 권위와 불관용과 인습과 부조리와 미신과 편견과 광신의 온상이자 상징이었다. 따라서 그에게 "종교와 신앙이

제도 속으로 들어와 합리적 사회관계를 불가능하게 만들고, 개인의 의식과 양심을 편협하게 왜곡하기에 이르는 미신으로 기능할 뿐만 아니라 이성의 건전한 비판 능력과 자유롭고 무한한 가능성을 제한하는 광신을 퍼뜨리는 문화적 장치로 작용한다면, 그것은 모든 지적 투쟁의 가장 우선적인 목표물이 되어야 한다."26) 그래서 볼테르는 그 모든 비이성적이고 비합리적인 것들과 싸워야 했다. "치욕스러운 것을 깨부숴라!Ecrasez l'Infâme!"라는 볼테르의 투사적 슬로건은 잘 알려져 있다. 그 '치욕스러운 것'이 무엇을 의미하는가에 대해서는 의견이 분분하다. 볼테르 자신이 명확히 언급하지 않았기 때문이다. 장 오리외Jean Orieux는 그에 대해 이렇게 풀이한다. "어떤 사람들은 로마 교회라고 말한다. 그것이 가장 가까운 뜻이겠지만, 사정은 좀 더 복잡해 보인다. […] '치욕스러운 것,' 때로는 그것이 로마 교회이기는 하지만, 로마 교회가 치욕을 독점하고 있는 것은 아니다. '치욕스러운 것,' 그것은 불관용, 광신, 박해다. 그것은 부적으로 둘러싸이고 독 투창으로 무장했으며 거대한 어리석음에 올라탄 '미신'이다."27)

불관용과 광신과 박해를 '깨부수기' 위해 투사적으로 일생을 살아온 볼테르에게 『철학 콩트』는 당연히 그런 것들과의 투쟁을 위한 한 수단으로, 즉 문학적 수단으로 이해되어야 할 것이다. 『철학 콩트』는 비이성적이고 비합리적이며 인습과 부조리와 모순으로 가득 찬 구제도의 현실에 대한 문학의 전복적 기능의 효과적인 수행을 노리고 있다.

그 기능 가운데 저자에 의해 긴요하게 '징발'당하고 있는 것이 곧 중국의 이미지이다. 볼테르를 위시한 중국 찬미자들에게는 종교적 광신과 편견, 정치·사회적 모순으로 가득 찬 프랑스와 유럽의 대척점에 바로 중국

---

26) 이동렬, 앞의 책, 109쪽.
27) 위의 책, 113쪽에서 재인용.

이 있다. 계몽 사상가들 및 중국 애호가들은 "철학, 통치 체제, 교육 체계 등 중국의 모든 것에 매료되었다. 또한 그들은 유럽의 철학과 제도의 부적절성을 검증하는 거울로서, 도덕적·정치적 개혁의 모델로서, 기독교의 유일성에 대한 자부심을 깨뜨리기 위한 도구로서 중국을 받아들였"[28]던 것이다. 앞서 보았듯이, 그의 다른 저서들에서와 마찬가지로 『철학 콩트』 속에서도 볼테르는 모순에 찬 구제도와 광신과 편견, 그리고 불관용으로 현세의 행복을 심각하게 가로막고 있는 교회의 부조리와 정통성을 공격하기 위해 중국의 이미지를 이용하고 있다. 그 이미지는 물론 대체로 예수회 선교사들의 관점에서 만들어진 것이다. 볼테르는 중국을 찬미하는 다른 계몽 사상가들과 마찬가지로 그 이미지 가운데서도 자신의 계몽주의적 관점에 긍정적으로 응하는 것만을 받아들여서, 자기의 목적에 어울리게 더욱 윤색하고 있다. 그렇기에 볼테르의 중국에 대한 표현, 혹은 지식이 정확한 것인지 아닌지의 여부는 그렇게 중요하지 않다. 어느 정도 객관성이 담보되어야 하는 사전, 즉 그의 『철학 사전』에서까지도 이렇게 자기의 욕망에, 즉 내적 시선에 자극되어 중국을 '꿈꾸고' 있기 때문이다.

> 그들의 제국의 정체政體는 실로 세상에서 가장 훌륭하다. 이 정체는 세상에서 유일하게 부권에 기초하고 있고 […] 지방 총독이 자신의 책임을 다하지 못해 백성들의 갈채를 받지 못할 경우 처벌을 받는 유일한 나라이다. 또한 다른 어느 나라를 봐도 법은 범죄를 벌하는 일이 고작이나 이 나라는 세상에서 유일하게 덕의 실천을 포상하며, 자기 나라를 정복한 자들에게 되레 자기들의 법을 채택하게 만든 유일한 나라이다. (볼테르 1967, 108쪽)

---

28) 클라크, 앞의 책, 68쪽.

참고문헌

강상중, 『오리엔탈리즘을 넘어서』, 이경덕 · 임성모 옮김, 이산, 1997.

_____, 『고민하는 힘』, 이경덕 옮김, 사계절, 2009.

강옥선 외, 『제국주의와 저항의 담론』, L.I.E., 2007.

고모리 요이치, 『포스트콜로니얼』, 송태욱 옮김, 삼인, 2002.

고바야시 다다시, 『우키요에의 美』, 이세경 옮김, 이다미디어, 2004.

고은 역주, 『唐詩選』, 민음사, 1978.

김경란, 『프랑스 상징주의』, 연세대학교출판부, 2005.

김덕영, 『막스베버 이 사람을 보라』, 인물과 사상사, 2008.

김붕구 외, 『프랑스 문학사』, 일조각, 1996.

김중현, 『서양 문학 속의 아시아―발자크 연구』, 국학자료원, 1999.

_____, 『세기의 전설』, 좋은책만들기, 2001.

김하경 편역, 『아라비안나이트』(전5권), 시대의 창, 2006.

김학규 역저, 『唐詩選』, 명문당, 2003.

김학준, 『서양인들이 관찰한 후기 조선』, 서강대학교출판부, 2010.

노자 · 장자, 『노자 · 장자』, 장기근 · 이석호 옮김, 삼성출판사, 1982.

노르베르트 엘리아스, 『문명화 과정I』, 박미애 옮김, 한길사, 1996.

데이비드 문젤로, 『동양과 서양의 위대한 만남 1500~1800』, 김성규 역, 휴머니스트, 2009.

레비스트로스, 『야생의 사고』, 안정남 옮김, 한길사, 2005.

루스 베네딕트, 『국화와 칼』, 김윤식 · 오인석 옮김, 을유문화사, 2006.

린타캉 · 탕쉰, 『공자와 맹지에게 직접 배운다』, 강진석 옮김, humanist, 2004.

마리 클로드 쇼도느레 외, 『프랑스 낭만주의』, 김윤진 옮김, 창해ABC북, 2001.

미르체아 엘리아데, 『성과 속: 종교의 본질』, 이동하 옮김, 학민사, 1983.

모리스 세륄라즈, 『인상주의』, 최민 옮김, 열화당, 2000.

무라오카 츠네츠구, 『일본 신도사』, 박규태 옮김, 예문서원, 1998, 26쪽.

민용태, 『서양 문학 속의 동양을 찾아서』, 고려원, 1997.

박이문, 『노장사상』, 문학과지성사, 1983.

방 티겜, 『불문학 사조 12장』, 민희식 옮김, 문학사상사, 1981.

벨 훅스, 『행복한 페미니즘』, 박정애 옮김, 백년글사랑, 2002.

브라이언 터너, 『막스 베버, 근대성과 탈근대성의 역사사회학』, 최우영 옮김, 백산 서당, 2005.

새뮤얼 헌팅턴, 『문명의 충돌』, 이희재 옮김, 김영사, 1997.

송덕호, 「19세기 프랑스 문학에 나타난 극동」, 『세계문학 비교연구』(제3집), 한국 세계문학비교학회, 1998.

송면, 『프랑스 문학사』, 일지사, 1981.

송태현, 「몽테스키외의 중국관 비판」, 『세계문학비교연구』(40), 2012.

_____, 「볼테르와 중국: 전례논쟁에 대한 볼테르의 견해」, 『외국문학연구』(48), 2012.

신동준, 『공자와 천하를 논하다』, 한길사, 2007.

아르놀트 하우저, 『문학과 예술의 사회사』(근세편 하), 염무웅 · 반성완 옮김, 창비, 1995.

_____, 『문학과 예술의 사회사』(현대편), 백낙청 · 염무웅 옮김, 창비, 1981.

에드워드 사이드, 『오리엔탈리즘』, 박홍규 옮김, 교보문고, 2001.

_____, 『문화와 제국주의』, 박홍규 옮김, 문예출판사, 2005.

에릭 홉스봄, 『제국주의 시대』, 김동택 옮김, 한길사, 2002.

에밀 부르다레, 『대한제국의 최후의 숨결』, 정진국 옮김, 글항아리, 2009.

오스발트 A. G. 슈펭글러, 『서구의 몰락』, 양해림 옮김, 책세상, 2008.

왕방웅, 『노자—생명의 철학』, 천병돈 옮김, 작은이야기, 2007.

요시카와고지로, 『요시카와고지로의 공자와 논어』, 조영렬 옮김, 뿌리와이파리, 2006.

위단, 『위단의 논어심득』, 임동석 옮김, 에버리치홀딩스, 2007.

위안싱페이, 『중국문명대시야 4』, 장연, 김호림 옮김, 2007.

윤일주, 『채색학 입문』, 민음사, 1977.

이강수, 『노자와 장자』, 길, 2006.

이사야 벌린, 『낭만주의의 뿌리』, 강유원, 나현영 옮김, 이제이북스, 2005.

이상각, 『꼬레아러시』, 효형출판, 2010.

이어령, 『축소 지향의 일본인』, 문학사상사, 2006.

_____, 『젊음의 탄생』, 생각의 나무, 2008.

이옥순, 『우리 안의 오리엔탈리즘』, 푸른역사, 2002.

이영주 외 역주, 『唐詩選』, 서울대출판부, 2002.

이진경 편저, 『모더니티의 지층들』, 그린비, 2008.

이휘영 외, 『불문학개론』, 정음사, 1981.

장상환 외, 『제국주의와 한국사회』, 한울아카데미, 2002.

정진농, 『오리엔탈리즘의 역사』, 살림, 2004.

조르주 뒤크로, 『가련하고 정다운 나라 조선』, 최미경 옮김, 눈빛, 2006.

조현범, 『문명과 야만—타자의 시선으로 본 19세기 조선』, 책세상, 2002.

존 맥켄지, 『오리엔탈리즘 예술과 역사』, 박홍규 외 옮김, 문화디자인, 2006.

카를 로렌크란츠, 『추의 미학』, 조경식 옮김, 나남, 2008.

콴지엔잉, 『노자와 장자에게 직접 배운다』, 노승현 옮김, 휴머니스트, 2004.

J. J. 클라크, 『동양은 어떻게 서양을 계몽했는가』, 장세룡 옮김, 우물이 있는 집, 2004.

프레데릭 불레스텍스, 『착한 미개인 동양의 현자』, 김정연 옮김, 청년사, 2001.

한병철, 『피로사회』, 김태환 옮김, 문학과지성사, 2012.

호르헤 라라인, 『이데올로기와 문화정체성—모더니티와 제3세계의 현존』, 김범춘 외 옮김, 모티브북, 1994.

Analyses & réflexions sur Henri Michaux Un barbare en Asie, Ouvrage collectif, Ellipes, 1992.

André, S., *Gobineau: parcours mythiques*, Lettres modernes, 1990.

Armogathe, Jean-Robert, "Voltaire et la Chine: une mise au point", *Actes du colloque international de sinologie. La mission française de Pékin aux XVIIème et XVIIIème siècles*, sept. 1974, Les Belles Lettres, 1976.

Assoun, Paul-Laurent, *Analyses & réflexions sur Henri Michaux Un barbare en Asie*, Ouvrage collectif, Ellipes, 1992.

Autrand, M., Alexandre-Bergues, P., Daniel, Yvan, Dethubens, P., *Paul Claudel*, adpf, 2005.

Balzac, Honoré de, *Oeuvres diverses*, t. 27, 28, *La Comédie humaine*, 28 vol., édition nouvelle établie par La Société des Etudes balzaciennes, Club de l'honnête homme, 1955~1963(본문에서는 *C.H.H.*로 표기).

_____, *Oeuvres diverses I*, Bibliothèque de la Pléiade, 1990, 1996.

_____, *Correspondance*, 5.vol., Garnier, 1962~1969.

_____, *Voyage de Paris à Java*, Club de l'Honnête Homme(Oeuvres complètes, t. 27), 1962.

Barthes, Roland, *L'empire des signes*, Seuil, 2005.

Béguin, Albert, *L'âme romantique et le rêve*, José Corti, 1986.

Bellour, Raymond, *Henri Michaux*, Gallimard(Folio), 1986.

Billy, A., *Les frères Goncourt*, Flammarion, 1954.

Blanchot, Maurice, "Claudel et l'infini", *Le livre à venir*, Gallimard, 1990.

Boissel, Jean, *Gobineau biographie mythes et réalité*, Berg International, 1993.

Bona, Dominique, *Camille et Paul*, Grasset, 2006.

Bowie, Malcolm, *Henri Michaux, A study of his literary works*, Clarendom press · Oxford, 1973.

Brahimi, Denise, Joanna Richardson, *Théophile et Judith vont en Orient*, La Boîte à Documents, 1990.

Buenzod, J., *La formation de la pensée de Gobineau*, Nizet, 1967.

Buisine, Alain, *Pierre Loti l'écrivain et son double*, Tallandier, 2004.

Blanchot, Maurice, *"Claudel et l'infini"*, *Le livre à venir*, Gallimard, 1990.

Boisdeffre, Pierre de, *Pierre Loti*, Pirot Christian Eds, 1996.

Castex, P. - G., Surer, P., *Manuel des études littéraires françaises(XIX siècle)*, 1981.

Cels, Jacques, *Henri Michaux*, Edition Labor, 1990.

Champeau, Stéphnie, *La notion d'artiste chez les Goncourt*, Honoré

Champion, 2000.

Chesneau, Jean, *Histoire de Chine*, Hatier, 1969.

Citron, Pierre, *Dans Balzac*, Seuil, 1986.

_____, "Le rêve asiatique de Balzac", *L'Année balzacienne*, Garnier, 1968.

Claudel, Paul, *Oeuvre poétique*, Bibliothèque de la pléiade, Gallimard, 2006.

_____, *Oeuvres en prose*, Bibliothèque de la pléiade, Gallimard, 2006.

_____, *Connaissance de l'Est, L'Oiseau noir dans le soleil levant*, Poésie/Gallimard, 2004.

_____, *Journal*, t. I, Gallimard, 1968.

_____, *Mémoires improvisés*, Gallimard, 1954.

Court - Perez, F., *Théophile Gautier un romantique ironique*, Champion, 1998.

Crouzet, M., *Arthur Gobineau Colloque du centenaire*, Minard, 1990.

Daniel, Yvan, *Paul Claudel et l'empire du Milieu*, Les Indes savantes, 2003.

_____, Autrand, M., Dethubens, P., *Paul Claudel*, adpf, 2005.

Daunais, Isabelle, *L'Art de la mesure ou l'invention de l'espace dans les récits d'Orient*, PUV, 1996.

Ducros, Guy, *Gobineau et sa fortune littéraire*, coll. Tels qu'en eux-même, 1971.

Eco, Umberto, *Les limites de l'interprétation*, LGF, Livre de poche, 1994.

Elkan, Lajos, *Les voyages et les propriétés d'Henri Michaux*, Peter Lang, 1987.

Eliade, Mircea, *Traité d'histoire des religions*, Payot, 1983.

_____, *Le mythe de l'éternel retour*, Gallimard, 1969.

el Nouty, H., "Gobineau et "Asie", *Cahiers de l'Association internationale des Etudes françaises*, Les Nouvelles-Lettres, juin 1961.

_____, "Le Pittoresque oriental chez Gobineau", *Connaissance de l'étranger*, Didier, 1964.

"Est - il bien Loti?", *Le Nouvel Observateur*, 25~31 juillet 1991.

Faguet, Emile, Dix - Neuvième Siècle(Etudes littéraires), Boivin & Cie, 1949.

Faugérolas, Marie - Ange, *Théophile Gautier*, L'Harmattan, 2002.

Gautier, Judith, *Le Collier des jours, souvenir de ma vie*, Christian Pirot, 1994.

_____, *Le Livre de Jade*, Imprimerie nationale, 2004.

_____, *Le Dragon impérial*, Armand Colin, 1893.

Gautier, Théophile, *Théophile Gautier I*, Bibliothèque de la Pléiade, Gallimard, 2002.

Gobineau, *Nouvelles asiatiques, Gobineau Oeuvres complètes*, tome III, Gallimard, 1987.

_____, *Trois ans en Asie, Gobineau Oeuvres complètes*, tome II, Gallimard, 1983.

_____, *Les religions et les philosophies dans l'Asie centrale*, dans *Gobineau Oeuvres complètes*, tome II, Gallimard, 1983.

Goncourt, Edmond et Jules de, *Manette Salomon*, Gallimard, 1996.

Goncourt, Edmond de, *Outamaro*, Flammarion, 1891.

_____, *Hokousaï*, Slatkine reprints, 1986.

_____, *La maison d'un artiste I, II*, L'Echelle de Jacob, 2003.

Guimbaud, Louis, *Les Orientales de Victor Hugo*, Malfère, 1928.

Guy, Basil, Besterman, Theodore, *The French image of China before and after Voltaire(Studies on Voltaire and the eighteenth century)*, Institut et Musée Voltaire, 1963.

Hentsch, Thierry, *L'Orient imaginaire*, Les Editions de Minuit, 1988.

Hubat - Blanc, Anne - Marie, *Paul Claudel*, Bertrand - Lacoste, 1994.

K'ang, Sié, "La Chine dans l'oeuvre de Judith Gautier", *Connaître*, 1938.

Kempf, Roger, *L'indiscrétion des frères Goncourt*, Grasset, 2004.

KIM J. H., *Balzac et l'Asie*, thèses de doctorat ès - lettres, Univ. de Nancy II, 1993.

Koyama - Richard, Brigitte, *Japon rêvé, Edmond de Goncourt et Hayashi Tadamasa*, Hermann, 2001.

Lagarde, André, Laurent Michard, *XIX siècle*, Bordas.

La Prairie, Yves, *Le vrais visage de Pierre Loti*, L'Ancre de marine, 1995.

Lectures de Loti, Association pour la maison de Pierre Loti, Carnet de l'exotisme, Nouvelle série No.3, Kailash, 2002.

"Le Japonisme en France dans la seconde moitié du XIXe siècle à la faveur de la diffusion de l'estampe japonaise", *L'Asie dans la litterature et les arts français aux XIXe et XXe siècles*, Cahiers de l'association internationale des études françaises No.13, Juin 1961.

Les Etudes gobiniennes, dirigés par J. Gaulmier depuis 1966.

Les Mille et une nuits 1~2, traduit par le Dr. J. C. MARDRUS, Robert Laffont(col. Bouquins), 1988.

Loti, Pierre, *Madame Chrysanthème*, GF - Flammarion, 1990.

_____, *La troisième jeunesse de Madame Prune*, Kailash, 1996.

_____, *Japoneries d'automne, Pierre Loti, Voyages(1872~1913)*, Robert Laffont, 1991.

Lowe, Lisa, *Critical terrains—French and British Orientalisms*, Cornell Univ. Press, 1991.

Magazine littéraire(No. 269), septembre 1989.

Magazine littéraire, dossier Michaux, No.85 février 1974, No.220, juin 1985, No.364, avril 1988.

Marceau, Félicien, *Balzac et son monde*, Gallimard, 1966.

Marthé, Roger, *L'Exotisme*, Bordas, 1972.

Martino, P., *L'Epoque romantique en France*, Boivin, 1944.

Maulpoix, Jean-Michel, *Henri Michaux passager clandestin*, Champ

Vallon, 1990.

Maurois, André, *Prométhée ou la vie de Balzac*, Flammarion, 1974.

Michaux, Henri, *Michaux: Oeuvres complètes, tome 1*, Gallimard, 1998.

_____, *Un Barbare en Asie*, Gallimard, 1967.

_____, *Idéogrames en Chine*, Fata Morgana, 1984.

_____, *Jeux d'encre Trajet Zao Wou-ki*, L'Echoppe, 1993.

Milner, Max, *Littérature française*, t. 12(Le Romantisme), Arthaud, 1973.

Milza, Pierre, *Voltaire*, Perrin, 2007.

Moura, Jean - Marc, *Lire l'exotisme*, Dunot, 1992.

Musée Voltaire, *Voltaire et la Chine*, Cristel, 2003.

Park Young-Hai, "La Chine de Voltaire à travers *L'Orphelin de La Chine* en France et en Europe", *Etude de la littérature française* 37, 1998.

Perez, Claude - Pierre, *Le défini et l'inépuisable, Essai sur Connaissance de l'Est de Paul Claudel*, Annales Littéraires de l'Univ. de Besançon, 1995.

Poulet, George, "Théophile Gautier", *Etudes sur le temps humain/1*, Edition du Rocher(Presses Pocket), 1952.

_____, *"Claudel"*, *Les métamorphoses du cercle*, Flammarion, 1979.

Quin, Zhaoming, *Orientalism and Modernism*, Duke Univ. Press, 1995.

Racot, A., *Les Parnassiens*, Minard, 1967.

Reichwein, Adolf, *China and Europe: Intellectual and Artistic Contacts In The Eighteenth Century*, Reichwein Press, 2007.

Rey, P. - L., *L'univers romanesque de Gobineau*, Gallimard, 1981.

Richter, Jean, *Etudes et recherches sur Théophile Gautier prosateur*, Nizet, 1981.

Roger, Jérôme, *Ecuador et Un barbare en Asie d'Henri Michaux*, Gallimard(Folio), 2005.

Saint - Léger, Marie - Paule de, *Pierre Loti L'insaisissable*, L'Harmattan,

1996.

Schwab, Raymon, *La Renaissance orientale*, Payot, 1950.

Todorov, Tzvetan, *Nous et les autres*, Seuil, 1989.

_____, *La conquête de l'Amérique—la question de l'autre*, 1991.

Trotet, François, *Henri Michaux, ou, La sagesse du vide*, Albin Michel, 1992.

Ubersfeld, Anne, *Théophile Gautier*, Stock, 1992.

Valéry, Paul, "La crise de l'esprit", *Variété*, Gallimard, 1924.

_____, *Regards sur le monde actuel et autres essais*, Gallimard, 1945.

Voltaire, *Romans et contes*, Gallimard, 1979.

_____, *Romans et contes*, Garnier Frères, 1960.

_____, *Essai sur les moeurs et l'esprit des nations et sur les principaux faits de l'histoire depuis Charlemagne jusqu'à Louis XIII(VOL 1)*, NABU PUBLIC DOMAIN REPRINTS, 2011.

_____, *Dictionnaire philosophique*, Garnier, 1967.

_____, *Le siècle de Louis XIV*, Le monde en 10/18, 1980.

_____, *Traité sur la tolérance: A l'occasion de la mort de Jean Calas*, J'ai lu, 2013.

Vouilloux, Benard, *L'art des Goncourt, une esthétique du style*, L'Harmattan, 1997.

Walzer, Pierre - Olivier, *Littérature française,* T.15, Artaud, 1975.

Wasserman, Michel, *D'or et neige Paul Claudel et le Japon*, Gallimard, 2008.

Yang, Liu, *Henri Michaux et la Chine*, Manuscrit, 2006.

찾아보기

ㄱ

『가르강튀아』 71

『고대 시집』 31

고비노, 아르튀르 8, 33, 112~114, 119, 124~127, 129~131, 183

고티에, 쥐디트 8, 30~32, 64~65, 84~94, 97~102, 105, 108, 110~111, 135

고티에, 테오필 8, 30~32, 60, 63~66, 68, 70, 73~76, 78~80, 83~92, 110, 135, 182

공쿠르 형제 8, 32, 87, 132, 135~136, 139, 143, 145, 148~150, 153~156, 158~160, 182, 204, 235

『구나토누』 32

『국화부인』 33, 158, 160, 162~170, 172~175, 178~181, 183, 241, 258

『금빛 비단 병풍』 32

『금치산자』 38, 52

『기독교의 정수』 25, 67

ㄴ

『낙원의 정복』 89

네르발, 제라르 27~30, 32, 69, 182

노디에, 샤를 37

ㄷ

단테 21

『대낮의 분할』 207, 230

도데, 알퐁스 33, 135

『도시』 208, 221, 254

『돈키호테』 71

『동방 시집』 11, 17, 20, 24~26, 62~64, 132~134

『동방 여행』 27

『동방의 인식』 206~208, 220~221, 224, 229, 254

『동양 여행』 27~28

『동양과 이집트 여행』 30

뒤마, 알렉상드르 21, 41

ㄹ

라마르틴, 알퐁스 26~30, 182

『러시아 여행기』 75

로티, 피에르 9~10, 32~33, 89, 158~163, 168, 176~177, 183~199, 202, 211, 241, 258~265, 267~273, 276, 281~283

『로티의 결혼』 159, 166, 200

루소, 장자크 9, 10, 27, 81, 321

르낭, 에르네스트 183~184, 219

릴, 르콩트 드 31, 99, 111

ㅁ

『마네트 살로몽』 32, 136~137, 148~149, 153~155, 159

말라르메, 스테판 34, 208~210, 212, 233, 243, 254, 277

『명상 시집』 26

모리어, 제임스 113

『모팽 양』 31, 63, 67
『미라 소설』 90

ㅂ
바이런 26
발자크, 오노레 9~10, 17, 21, 29,
  35, 37~43, 45~46, 51~58, 73,
  78, 80, 118~119, 124, 182
『베다』 21
베를렌, 폴 31
보들레르, 샤를 34, 97
『부처와 그의 종교』 21
『베이징의 마지막 날들』 33, 187~
  188, 198
「베이징 추억」 207, 259
비니, 알프레드 21, 29

ㅅ
사드 30
사시, 실베스트르 드 19~20, 183
사이드, 에드워드 4~9, 18, 20~22,
  29, 35~36, 62, 86, 111, 129~130,
  133, 161, 164~165, 171, 182,
  205, 264~265, 306
『살람보』 30
생트뵈브 21, 64, 66, 135
생틸레르, 바르텔레미 21
샤토브리앙, 르네 25, 67
『성 앙투안의 유혹』 30
『수상루』 31, 64~65, 69, 75, 78, 90,
  110
『순교자』 25
술리에, 프레데릭 41

쉬, 외젠 41
슐레겔, 프리드리히 폰 29, 133
스탈 부인 29
『시론』 221, 232, 254
『신학 대전』 220, 222

ㅇ
『아랍 명문 선집』 20
『아랍어 문법』 19
『아시아 이야기』 34, 112~117, 128,
  131
『아시아에서의 3년』 34, 114, 120,
  127~128
『아지야데』 33, 166, 169
아퀴나스, 토마스 220, 222
『아탈라』 25
『아테네움』 29, 133
『악의 꽃』 34
『어느 예술가의 집』 32, 148~149,
  154, 159
『에로디아』 30
『에르나니』 63
『에밀』 27
『여행 수첩』 30
『5대 찬가』 207
『옥의 서』 31, 85, 89, 92, 97, 99,
  102, 107~111, 135
『왕위 찬탈자』 89
「용의 영향 속에서」 206, 259
『우울의 꽃』 166
『우타마로』 32, 149, 152
『웃음을 파는 상인』 89
『월요 이야기』 33

위고, 빅토르 8, 11, 17, 20, 24~28, 32, 61~64, 88, 97, 132~134, 139, 182
『이 여사의 제3의 청춘』 33, 160~162, 166, 173~174, 179~181, 184~185, 187, 259, 261, 270
『이국 시집』 31
『이네르』 40~41, 43~45, 53
『이단 논박 대전』 220, 222
『이집트 여행』 30
『이집트지』 19
『인종 불평등론』 115~116, 127~128, 130~131
『일리아스』 141
『일본의 가을 정취』 33, 158, 160, 162, 172~173, 177, 179, 181, 184, 186, 258, 269
『일본의 예술』 32, 149

ㅈ
『자바 여행』 29~30, 40~55, 58, 78, 80, 119
『잠자리 시』 32
『제7일의 휴식』 207
「중국 이야기」 207, 259
『중국 중국인』 29, 37~38, 40, 42~43, 52~58
『중국에서』 89
「중국의 미신」 207, 245, 259, 274, 283
「중국인 예찬」 207, 259
『즉흥적인 기억들』 220

ㅊ
『천일야화』 43, 112~114, 120, 127~130

ㅋ
『크롬웰』 26
클로델, 폴 9~10, 203~204, 206, 209, 211~212, 214, 217, 224, 224~228, 231~249, 251~260, 273~280, 282, 305

ㅌ
텐 219

ㅍ
『파리에서 예루살렘까지의 여정』 25
『페르시아인 이야기』 34
『포르튀니오』 60, 63~64, 67~71, 77, 79~82, 89, 110
프랑스, 아나톨 31
플로베르, 귀스타브 30, 32, 135

ㅎ
『하늘의 딸』 89
『하지 바바의 모험』 113
호메로스 99, 100, 141, 164
『호쿠사이』 32, 149, 155
『황금 머리』 221
『황제의 용』 32, 85, 87, 89, 92, 100~102, 109, 135
훔볼트 183